Gauvreau ou Le Cycle de L'Or

www.sophron.art

Cet ouvrage n'est pas biographique. Les personnages qui s'y trouvent s'inspirent de personnes ayant vécu et l'action s'inspire de faits documentés, mais le récit et les dialogues sont fictifs.

Cet ouvrage ne cherche pas à refléter la réalité ni représenter de manière fidèle les personnages historiques qui y sont personnifiés. L'auteur reconnaît cette liberté créatrice, et il tient à distancer son œuvre de la réalité. Ce livre est un poème hommage à l'idylle qu'ont connue Claude Gauvreau et Muriel Guilbault.

L'auteur tient à remercier Gilles Lapointe ainsi que Yohann Rose, avec qui un amour épormyable pour ce grand poète est partagé. Leur érudition aura également guidé les courants narratifs au coeur de ce récit.

À mon Émeraude.

Je t'aime

L'Or Et Les Mots

Pouvons-nous n'aimer qu'une fois ? S'abandonner à une passion d'absolu couleur d'existence. On idéalise le romantisme dans une littérature empreinte de séduction, mais le réel nous rattrape comme une égratignure laissée sur un microsillon. Le gramophone s'adonnait si bien aux chants d'une soprano, on oublie l'univers émané de vibrations. La magie s'opérait dans notre esprit : Thaïs va vivre ! La belle ingénue aura défroqué Athanaël de sa vocation monastique. La prêtresse païenne finira ses jours dans un couvent. Le porteur de foi, dans l'opéra de Massenet, a profondément adoré une femme qui n'aura jamais partagé son intimité.

Claude Gauvreau, aussi, n'a connu qu'une muse, une seule Contemporain d'une époque où le Québec s'éveillait, le poète aura choisi de peindre l'éther. Ces mouvances cosmiques à la base de l'ordre universel plongeaient l'érudit dans son parcours automatiste. L'émotion forge un besoin essentiel chez l'humanité en quête de bonheur. L'évolution, cependant, dicte un courant pragmatique à l'image d'anges gardiens. La raison aura tôt fait de remettre le chaos à sa place, bien que la nature impose une cacophonie matinale en sourdine du soir. La poésie, c'est un prisme Dieu. Ce roman raconte le récit de deux êtres qui se sont retrouvés dans les confins d'une fièvre. On n'aime, vraiment, qu'une fois.

Les flots de la rivière sans histoire s'atténuent. L'albâtre d'un corridor trace des silhouettes à travers un moustiquaire. L'air se rafraîchit, mais les flammes d'un feu discret rappellent les amoureux à l'ordre. Le non-dit s'infiltre dans la paume de leur conversation. Rien ne s'éternise, sinon ces silences qui remémorent le bien-être Une chanson aux effluves de douceur caresse l'ouïe en quête de chaleur. Ils s'observent. Ces nouveau-nés laissent le soin à l'existence d'ouvrir leur champ d'allusion. Des mains s'enfoncent dans une chevelure, d'autres s'aventurent sur l'épaule de l'être apprécié. Une respiration nerveuse ; on sourit. Le toucher revient au bercail, puis on se reprend, tranquillement, en se souhaitant la bienvenue. On accepte, puis on replonge.

Ce premier baiser en terre reconnue, c'est le plus beau souvenir qu'il apporte avec lui. L'abandon revêt les habits dont il rêvait toute sa vie. S'enlacer l'un de l'autre, lâchement, sans attachement seulement lasser le temps jusqu'à l'effacement.
Puis s'embrasser finalement !

> *Je suis tellement bien dans tes bras, avec tes caresses, ta tendresse… j'aimerais que ça ne finisse jamais…*

Mais tout doit se conclure, un jour, même le bonheur.
Par chance, il y a les souvenirs.

L'opacité s'invente une récente noirceur. L'harmonie du non-être s'enduit d'une plénitude en conduit d'inexistence. Les sons disparaissent, laissant au soi les soins nihilistes. C'est la promesse des jours sans douleur et l'allégresse des amours sans couleur. Les vibrations s'évaporent sous une sensation à l'or du cycle poétisé. La vague revient à l'océan. Elle attend qu'une conscience la ramène, incarnate, au fond d'une naissance au requiem écarlate. Les clochers s'agitent derrière un cinéma muet. Le blanc du noir se dégrise. Les passions s'assoupissent sur un tapis raisonnable, puis c'est le temps de la récréation. L'immeuble ne sera bientôt plus qu'un mauvais pas. Laissons au piano la liberté de ses émotions.

Le bruit des pas contre un plancher aux tuiles éclatantes retentit. Son audition ne lui appartient plus. Cette cacophonie esquisse des sillons aux répercussions de tambours. Tout plonge dans un long couloir ! Une lumière se dessine, c'est une porte.

Il respire encore.

ATTENTE

Les chevaux hiridicots
attendent la fuite en porte de cèdre
La flamme s'enflamme
dans la perversité des boutons de manchettes
La cloche sonne le tocsin
Ce n'est pas vrai
Le tocsin est une ombre de bras
Les rats mangent la soupe
Le seuil est une chevelure incarnate qui boit des
pas
De la vie

Claude Gauvreau — Poèmes de Détention, 1961

Chapitre Un:

Saint-Jean-De-Dieu

Il ressentait le silence, puis le bruit de ses pas, lourds et nonchalants.
Le couloir s'ouvrait avec son grand sourire aux préjugés amers.
Au-dessus de sa tête, une ampoule se battait entre la lueur et la
mort. La porte se tenait droite. Sobrement vêtu de blanc, patient
d'hôpital, institution psychiatrique, Claude conservait une serviette,
ses pantalons et un chandail dans ses bras. Derrière lui, le corridor
montrait un long et pénible chemin parcouru. Il allait au bout de ce
dernier. S'il reculait, il retrouverait le secrétariat, et il y verrait
Pierre en train de discuter avec le personnel du centre. Claude
figeait devant ce seuil qui le retenait de ce côté, fermant les yeux,
perdus dans un songe incolore. On va l'enfermer. On va le tenir à
l'écart d'une société qui n'a jamais cherché à le comprendre.
On étouffe le progrès dans une caverne platonique, mais le poète en
connaît trop, et c'est trop, c'est trop lourd sur ses épaules pour qu'il
pousse cette porte, et la voix de son frère l'emporte:

« Ces institutions, docteur, si vous saviez quelle image elles
projettent. » soupirait-il, au loin. Il ne pouvait nier ce qui a conduit
son frangin entre ces murs. Ces institutions? Les mots hantaient
Claude, comme le murmure d'une famille qui se voyait appelée à ne
pas comprendre son cheminement. Il avait ratifié le manifeste de
Borduas, et il le signe davantage à chacun des pas qu'il enfonce
dans ce long corridor. Son esprit s'engouffre dans un néant aux
accents intersidéraux. Son sourire, à peine couvert sous une frêle
moustache qui porte sa vingt-septième année avec tout le panache
d'une adolescence qui perdure à son âge adulte, se veut le seul
véritable héros.

7

Claude Gauvreau, véritable monument à la carrure d'argile et de bronze, un homme rectangulaire aux épaules larges et solides comme le chêne. En ouvrant le seuil, laisser son frère derrière discuter avec le docteur ne le dérange pas. Oublier le confort d'un quotidien au Montréal tranquille ? Était-ce pour l'inconnu d'un hôpital froid au silence étouffant ? Le murmure des néons en proie à l'agonie pleut depuis le plafond. Ce matin de juillet, à l'an mille neuf cent cinquante-deux, l'histoire se dessine.

En franchissant ce seuil, le corridor lui offre une vue sans équivoque : trois docteurs autour d'une cigarette. Puis, derrière eux, deux patients s'automutilent. Enfin, tout près, une jeune trisomique serre la main d'un homme un peu plus âgé, et lourdement dépressif. Ils se tiennent, ils s'aiment, Claude les remarque, et il s'enveloppe du mystère de cette beauté qui renvoie les conventions dites convenables aux rangs archaïques d'une société qui refuse d'évoluer. Appelons *folie* ce que la foule ne peut comprendre ou concevoir. Accepter est difficile, tellement il intimide de nager dans des eaux marginales. Claude se désire de courage. Il avance dans ce nouveau domaine sans flancher, sans baisser les yeux face à la lourdeur d'une masse qui le veut schizophrène. S'inventer une conformité à toute épreuve. Personne ne supporte l'anormalité ! Elle n'est loi que pour la petitesse apeurée devant le néant anéanti. Claude a depuis longtemps appris à respirer à travers ses blessures.

Le corridor s'imposait, de plus en plus étroit, alors que la voix de son frère se voulait de plus en plus lointaine. Il ne ressentait que les chuchotements d'outre-tombe pour lui tenir la main.
Un gardien l'observe, avec dédain, comme tout le monde, mais le poète s'en fout. On lui a dit que sa chambre se tenait au bout du couloir, à droite ! Allons-y ! *Nous sommes des prismes solipsistes d'une cacophonie universelle* se rappelait-il, à voix basse, pour se donner de la vaillance.

La vie ne dure qu'un instant, mais elle projette l'éternité dans la paume de la souffrance. Un homme de son âge se tenait devant, la tête entre les mains. Un être hyper sensible, il goûtait les sons à travers les parois de sa peau, hurlant dans la dissension des siens qui le rejettent monstrueusement. Il regarda Claude, ivre de silence, une cicatrice arpentait son front autiste, et Claude savait sans comprendre, il comprenait sans savoir. Il aimerait pouvoir le réconforter, mais son entourage demeure plus chaotique que cet instant. Plutôt se coucher et espérer pouvoir dormir, laisser ces patients souffrir avec patience, patiemment souffrir à son tour.

Sa minuscule chambre l'angoisse. Une porte le séparait du couloir, et une frêle fenêtre s'improvisait geôlière entre son incarcération et la cour arrière. Le petit lit déborde de draps plus larges, gisant contre le plancher de bois franc, et le tapis de fausse fourrure. On lui a donné cette luxure ? On y trouvait un pupitre, aussi, avec quelques feuilles de papier, ou bien est-il en train d'imaginer cette scène ? Un auteur quelconque voudrait-il qu'il soit emprisonné avec ces éléments de liberté ? Le sommeil l'abandonnait, maintenant, avant que l'on ne referme la porte à clé. Si on pouvait le rassurer, lui dire qu'elle l'a réellement aimé comme le silence s'imposait ? Non ! On ne va pas réduire son histoire à l'oubli. On n'enfermera pas cet influenceur au vocable de genèse dans ce cubicule étouffeur de jeunesse ! La poésie transcende le poète, et la muse porte l'univers dans un souvenir partagé. Mais Claude ressentait l'angoisse que dissimulait la petitesse de son cachot aux murs blancs et à l'éclairage trop généreux.
Les néons grondaient en silence.

Il s'approcha du pupitre, observant le bois que d'autres détenus ont gravé, de leurs ongles, laissant des traces de sang. La table fut rongée de leurs dents ou à l'aide d'un outil quelconque. Ce pupitre a une histoire à raconter, si seulement les molécules savaient raconter des histoires, au vainqueur la gloire ! Il accepterait, alors, ce matelas de fortune, et cette chambre étroite. Son frère, aimé de la société qui l'envoie vers ce renfermement, apprendra à l'apprécier, lui, Pierre, le peintre, l'intellectuel porteur de noblesses à la langue des Canadiens français. Et si les opprimés étaient des univers distincts ? Claude le concevait bien.

Il imaginait la conversation que son docteur pourrait avoir avec son aîné. Un combat de penseurs, ignorant la douleur des patients. Une œuvre peut s'approprier un million d'années pour naître ; la beauté ne peut pas respirer sous la pression d'une idée Immature : « Ces images vous hantent-elles ? » insistait le spécialiste. Pierre ne pouvait répondre à cette question, alors le médecin souffla un moment, avant de prendre quelques notes. Allaient-ils comprendre l'amour qui unissait un auteur et une actrice morte avant son âge ?

Le poète visualisait le bureau, minuscule mais bien ordonné, un stylo se perd au bord de la table, le plancher l'invitant à tomber.

« Mon frère n'est pourtant pas antisocial, docteur Lemieux ! Je veux dire, pas d'un naturel antisocial. »

Claude s'imaginait ces paroles, mais ignorait s'il les avait saisies avant de s'enfoncer davantage dans ce long corridor.

« Et nous ne traitons pas les maux de société, monsieur Gauvreau. Seulement les pathologies dangereusement isolantes. »

Claude pouvait déceler la voix du docteur Lemieux. Il les entendait discuter dans sa tête, mais il préférait ne plus rien comprendre. La chambre semblait se resserrer autour de lui, à la manière d'un étouffement subtil. Le plafond s'enlisant au plancher, les murs glissant l'un dans l'autre et Claude, pris au centre de cette impasse, il sentait son souffle s'enfuir. Il demeurait droit, comme le marbre d'un cimetière éternel. Il n'est pas antisocial ; la société est antipoète. Certaines histoires ne se racontent pas. Il aurait sans doute préféré ne jamais traverser la sienne. Pourquoi la liberté l'a-t-elle entraîné dans cette prison ?

Aimer, simplement, l'être qui lui procurait aisance et joie par sa seule présence. Pourquoi vivre si la raison se perd dans les méandres d'une passion inassouvie ? Pour cette voie d'une créativité indomptable. Pour sa muse épormyable, la mélodie sans le chant, la beauté sans l'art, le sourire s'affichant au fond du surmoi.

« Je ne vais pas fondre dans ce cubicule. » murmura-t-il au silence qui cherchait à le voir effondré, meurtri, mort et oublié.

S'il s'approche de la petite fenêtre aux barreaux de fer, il aperçoit le trottoir et quelques passants. Il pourrait s'enfuir, s'il le voulait Retourner par le corridor le confronterait à des gardiens, des infirmières, des docteurs et des plus fous que lui. Il va guérir, sans doute, abandonner son combat inutile : ne pas contrarier son frère qui l'apprécie, mais qui croit ce traitement nécessaire. Il a besoin de se retrouver ici. Doit-il souffrir dans cet isolement ? Si Seulement ! Si seulement il avait pu saigner avec elle, à ses côtés, sans jamais lâcher sa main. On interne les fous ; pas les amants. La vie est ce filament qui s'effiloche sans laisser de fragments, sans se sentir vieillir et sans ressentir la perte de sa jeunesse. *Vivre !* Pensait-il, en retrouvant le sourire dans son souffle. *Vivre, seulement, simplement.*

Il s'assied finalement sur le petit matelas. Celui qui occupait le plus grand espace, hormis le pupitre qui le dévisage sans arrêt.
La journée portait son milieu d'après-midi avec une forte agression. Il voulait sommeiller, mais pas en plein jour. Il aurait bien bu une bière avec son frère, mais Pierre l'a conduit ici, et il doit maintenant partir. Dévorer un livre ? Ses bagages ne l'ont pas suivi. Aucune lecture se semble disponible. Dormir ? Impossible, l'univers avait pris possession de son esprit, son cœur s'est perdu dans les méandres d'une voix qui n'existe plus. La solitude devenait son unique compagne.

Il s'installa sur le frêle matelas, s'imaginant apprivoiser une nouvelle ville, ou un village quelconque. Il entendait le bruit des calèches, les quelques voitures, et les passants qui gueulaient. Vivre à Montréal. L'illusion l'encombrait comme auparavant. Comme ces chants adultes qui cherchent à taire l'enfant inculte pour l'étouffer dans ses adultères.

Mon petiot, pensait-il. *Je suis désolé...*

11

Les souvenirs se mêlaient à une galaxie en proie à ses désirs inassouvis, son urgent besoin d'évoluer avec elle : l'impossibilité de la revoir, la serrer contre lui, puis dire, doucement, qu'elle lui manque. Pourquoi craindre une jeunesse qui fuit les heures que le temps égorge ? L'horreur, c'est vieillir à l'ombre d'histoires qui ne seront jamais. Il ne saura jamais ce qu'aurait pu être l'âge d'or dans les bras de celle qu'il a éperdument aimée. Voilà que, pour le punir d'avoir exprimé avec violence sa douleur la plus intense, on l'enferme dans une minuscule chambre aux murs trop blancs.

Installé sur ce petit lit instable, Claude observe le plafond et se demande si ces nations qui explosent ou grandissent à grands pas de culture se souviendront de l'enfance aux dogmes inexistants Pourquoi doter l'homme d'un cerveau capable d'imaginer des univers qui se verront propagés à travers l'art, alors que le corps du poète perd sa vie à chercher l'embrassade cajoleuse ?

Dormir, si seulement, s'il pouvait y parvenir, la solitude lui chuchote des histoires à l'énergie négative. Se reposer, même un peu, un bref instant, le temps d'oublier jusqu'à cette existence écaillée sur la table du poissonnier. Le silence remplissait la chambre étroite, et la lune, un globe à la blancheur effacée, envie d'un jappement, mais le créateur ne disparaissait.

Le matin vint border le naos aseptisé d'une amertume à peine plus lourde que celle de la veille, si ce n'était des mélodies anarchiques d'oiseaux perchés dans la cour de cette prison hospitalière. Claude fixait toujours le même plafond, le même vide emplissait son cerveau épuisé. Lorsqu'il entendit un gardien déverrouiller la porte de sa chambre, il comprit qu'il aurait droit à une sorte de liberté supervisée. Il attendit trois heures, avant de trouver l'énergie pour pousser un pas hors du lit. Il s'assied, d'abord, apercevant le pupitre et les feuilles blanches. Pierre a sans doute demandé qu'ils lui donnent cette petite issue de secours. Et s'il décidait de ne pas sortir de sa cellule ? Viendrait-on le forcer à rejoindre les autres internés ?

Cette odeur de renfermé émanait du couloir, tellement immonde que Claude préférait rester dans sa chambre. Sa porte se tenait béante, mais il n'osait pas franchir son seuil. Il se dirigea vers le pupitre, question de l'observer, prendre le temps de l'apprivoiser. Près de trente feuilles blanches parsemaient les lieux. Un stylo à réservoir traînait en dessous de la chaise. Claude tira le tiroir pour y trouver un pot d'encre, encore scellé. Quelqu'un savait qu'un poète allait loger ici. Est-ce qu'un des psychiatres chercherait à le faire écrire, pour ensuite déchiffrer son âme à travers ses œuvres exploréennes ? Il referma le pupitre et se tourna vers la porte entrouverte.

Un adolescent, timide, l'observait. De son point de vue, Claude ressemblait à un fier golem, vêtu d'une robe de chambre blanche, la même que portent tous les détenus. Mais la carrure du poète lui inspirait une lumière à la profondeur insondable. Lorsque Claude plongea son regard dans celui du jeune homme, celui-ci s'enfuit, sans poser de questions.

Claude referma la porte. La solitude revint s'installer à ses côtés comme l'incarnation d'un vide universel. Il s'approcha de la fenêtre et observa la modeste foule qui s'amassait dans la cour arrière. Les œillades des gardiens fixaient tout le monde, à la fois protecteurs et autoritaires. Puis, se présente Doris Hall, l'infirmière.

Petit bout de femme, son regard assuré portait un vécu amer. Ces prisonniers de l'institution psychiatrique, ce sont ses enfants. Elle pouvait, à travers la dureté de ce style démaquillé, apporter tant de chaleur, elle devenait un havre pour le voyageur endolori. Dans l'esprit du poète, les souffrants et les vulnérables qui entouraient l'infirmière Hall s'imposaient comme des personnages, plus que des humains. Devait il les réduise à ce stade ? Pouvait-il considérer leur parcours jusqu'à la dépression ? Avaient-ils aimé l'ange suicidé Ces réflexions le forcèrent à fermer les yeux, et s'il allait les rejoindre ?Serait-il aussi une figure dans la perception d'un autre détenu ? Il quitta sa chambre, sans se poser de question. Il franchit le corridor,quelques soignantes, un docteur, mais il visait à s'enfuir, déjà. C'était son premier matin dans cet enfer.

Quand il ouvrit la porte de la cour arrière, elle était là. L'infirmière Hall émanait une beauté exceptionnelle. Cette petitesse à la grandeur des plus vastes aspirations l'observait se mêler aux autres malades avec le plus maternel des sourires. Il évita de croiser son regard. Au fond, l'adolescent semblait attendre quelqu'un, mordillant ses ongles avec une nervosité parsemée d'angoisse qui trahissait son malaise. Claude s'assied sur un banc blanc, tout près. Le jeune homme d'à peine quinze ans vint le rejoindre :

« Vous êtes ici depuis longtemps,vous ? » lui demanda-t-il.

Claude préférait ne pas répondre, observant plutôt l'infirmière Hall discuter avec deux collègues, près d'un trisomique en fauteuil roulant. Le garçon se tourna vers Claude, puis, effrayé, fixa un autre point. Il trouva le courage d'affirmer :

« Je vous ai jamais vu, puis moi, je suis ici depuis que je suis très jeune. On m'a dit qu'il y avait plus de place, ailleurs. Les sans familles vont avec les fous. »

La conversation semblait improbable. L'adolescent regarda ses pieds, les yeux ouverts et remplis d'une lourdeur invivable. Il devait continuer à s'exprimer. Claude n'allait pas répondre, alors il enfila, d'un trait, sans respirer :

« J'imagine que pour un gouvement, c'est plus facile de nous utiliser ou se débarrasser de nous quand on est sans défense. »

Puis, rien. La vie devenait un peu plus énergétique, avec deux gardiens qui sont venus courtiser Doris, et cinq détenus qui se joints à un groupe de compères. Le garçon observait Claude, attendant son approbation. Claude prit un grand souffle et laissa s'échapper :

« Gouvernement. »

« Pardon ? » lui demanda-t-il. Claude l'ignora et quitta son petit banc. Le jeune homme le suivit.

« Je m'appelle Émile ! Puis vous, c'est quoi ? » s'enquiert-il. Claude s'enfuyait à pas lent, alors Émile cria :

« C'est quoi votre ti-nom ? »

Mais Claude était déjà loin. Émile soupira, puis il s'assied sur le petit banc blanc. Doris se tourna vers l'adolescent. Elle avait l'âge de sa mère, du moins celle qu'il rêvait connaître. Il rongea ses ongles davantage, se demandant ce qu'il aurait pu dire pour effrayer l'homme qui pourrait être son père. Il pourrissait derrière ces murs depuis sa plus tendre enfance, et chaque instant lui imposait une conscience : avait-il commis une faute pour se retrouver interné ici, à jamais ? Les prêtres ne parlent pas de vies antérieures, mais cette image avait du sens, dans son imaginaire. Quand il visitait la chapelle de l'institut psychiatrique, le dimanche matin, il se perdait dans le symbolisme des fresques et des statues qui rappellent le Divin crucifié. Personne ne lui a appris les rouages de cette histoire, alors il se concevait le Christ mort par amour. Ayant vu Claude dans sa chambre, deux heures plus tôt, il cru apercevoir la même histoire.

EDITH LUEL —

Non. Je suis morte.
Le scandale de ma mort est l'épreuve des sanctifiés que vous êtes.
On ne revient plus. C'est fini. On est la signalisation impondérable
d'un passage agréable.
Je ne suis plus qu'apparence...
J'ai ôté le revêtissement de douleur. Je ne souffre pas. Marcassilar.
N'aie pas pitié de ce soleil minuscule qui fut l'assemblage de mon
incorporation terrestre.
N'aie pas pitié. Je ne souffre plus.
Tu peux dormir. Tu peux rire.
Je suis sur toi une tendresse. Rien de plus.
Ne donne pas au monde ton cœur d'athlète.
Ton gros cœur. Qui est un front bombé de cattalo. Un front bombé
du mélange de la fièvre et de l'authenticité voyante. Je suis un
murmure.
Une plaie liquéfiée qui siffle en passant sur les branchages.
Apparence, apparence... Je ne suis plus en vie.

Claude Gauvreau, L'Asile de la Pureté, 1953 —

Chapitre Deux:

L'Ange Suicidé

Le papier s'est froissé. La vie des gens importe peu. Elle l'a aimé
Elle l'adorait. Mourir pour l'autre, ça ne se fait pas ! Mais vivre,
et quoi ? Le pupitre lui semblait ancien. Dormir, si seulement, à
jamais S'il le pouvait. Le poète est un homme fort, un être
impeccable. Il va survivre. Il observe le lit bien fait que les préposées
aux chambres ont pris soin d'ordonner. C'est trop! Trop lourd de
perfection, d'un long geste ininterrompu, il jette l'oreiller au sol, tire
les draps pour mettre à nu le matelas, et il s'assied. Le pupitre
compte maintenant trois courts poèmes qu'il a écrits, il y a à peine
trois heures. Il n'ose pas les relire, ce serait irresponsable.
L'expression est un vent indomptable qui doit exploser de l'intérieur,
et s'émulsionner à travers la page, jusqu'à devenir un ouragan idéal.
Il observe une modeste flaque d'encre qui s'est formée aux pieds
de la petite chaise de bois, s'imaginant y voir une toile automatiste
que l'univers aurait créée à son image. La porte s'ouvre timidement.
Claude ne le remarque aucunement, mais il devine la silhouette de
l'infirmière Hall.

« Comment allez-vous aujourd'hui, mister Gauvreau ? » lui
demanda-t-elle, d'une voix douce et sécurisante.

Claude n'avait rien à lui répondre. Elle s'avança vers son coin de
travail d'une démarche assurée. Son pied droit effaça la flaque
d'encre accidentellement, et elle poussa son regard en direction des
trois ou quatre poèmes qui traînaient sur le pupitre, en ramassa un.
Claude porta son attention vers la fenêtre. Elle se mit à lire.

« Vous avez écrit ça ? » demanda-t-elle, admirablement surprise : « Bien entendu! » Elle déposa les textes et sortit quelques pilules de sa poche avant, s'approchant de Claude d'un pas lourd. « Ils sont impressionnants. Vous devriez les publier. »

Claude ne répondait pas. Il prit les médicaments et les avala sans se questionner. Elle quitta la chambre aussitôt. Il se leva machinalement, puis se dirigea vers ses poèmes. Il les relit tous lentement, puis les déchira avec acharnement. Il les dépeça avec dégoût ! Il en fit des miettes, avec honte et faiblesse, puis il retourna au lit, sans verser une seule larme. Il s'assied pour porter son regard vers le plafond. Il se remémorait l'après-midi passée dans la cour de l'institution. Sous un respire méditatif, il s'imaginait cette souvenance comme un rêve.

Elle était là, à discuter avec d'autres consœurs. Le jeune Émile se tenait près de lui, intrigué de le voir s'amouracher d'une employée des lieux.

« C'est Doris. L'infirmière, je veux dire, elle s'appelle Doris Hall. » chuchotait-il.

Claude ferma les yeux pour s'évoquer son parfum, à mi- chemin entre la lavande et le savon à lessive. « Vous la trouvez jolie ? » demanda le garçon. « Elle me rappelle quelqu'un, c'est tout. » Claude lui avait répondu.

Toujours couché sur son matelas, il projetait la mémoire de cette rencontre. Émile se parlait tout bas : « Il faut pas trop réfléchir, je crois. Surtout ce qui fait mal. On m'a dit que je suis schizoïde sans m'expliquer c'est quoi. On dit des choses, comme ça. »

Puis, Claude ouvrit les yeux, les images se sont dissipées. De retour dans sa chambre, il se parla à lui-même, comme s'il répondait au curieux : « C'est ça le monde, Émile. » Il fixa le pupitre et le papier, puis se leva.

« C'est plein de feu quand c'est jeune, ça voudrait voir la ville brûler. Mais quand ça vieillit, ça trouve son confort, ça se refroidit. La jeunesse meurt. »

Il ne souriait pas, il avait oublié comment s'y prendre. Il ne pleurait pas, non plus, tel le marbre épormyable. Le silence revint s'étendre dans la petite pièce. La silhouette d'Émile se dessinait dans le corridor, de l'autre côté de la porte, à peine fermée.

« Claude ? C'est votre nom ? C'est vous ? » demandait Émile, incertain de son prochain mouvement. Allait-il s'inviter dans son intimité ou demeurer à l'écart ?

« Monsieur Gauvreau ? » interrogeait-il. Claude se refusa à lui répondre. « On dit qu'il y a un poète parmi nous ! »

Le silence s'en prit au jeune homme, incapable d'insister davantage. Claude se retourna un bref instant et annonça, avant de fermer la porte : « Il faut regagner sa chambre, Émile ! Ce n'est pas l'heure de la récréation. »

Il fixa, ensuite, l'encre et les pages inexplorées, le pupitre et la solitude. Sa raison d'être venait se manifester, une nouvelle fois. Exister pour écrire ; écrire pour exister. Il s'installa sans trop de confort et ramassa la plume. Il caressait à peine la feuille vierge comme pour l'agacer, la séduire, l'amadouer pour qu'elle y perdre sa blancheur immaculée, entre les mains de l'auteur conquérant. Ce ne sera que quelques mots, quelques-uns, la muse est une hermine farouche. Ce sera un titre, sans doute, un début à tout, quelques exergues sans fondation. « Poèmes de détention, par Claude Gauvreau. » Et ce sera tout.

Si peu, si tôt. L'angoisse l'empoignait par les tripes, l'égorgeant sans qu'il parvienne à produire le moindre éclat insufflé. *Puis non,* pensait-il. *Le poétique n'est pas inspiré !* Il est, et c'est tout. Saisir le moment quand il vient. Le prendre en otage, pour lui promettre comme unique libération la parole enfouie ! Le verbe littéraire, c'est graver dans le temps le soi au moment de laisser quelques gestes de quelques doigts s'éparpiller sur un plancher de papier.

19

Ne plus réfléchir ! Seulement écrire. S'approprier les moires pour ensevelir le peu de mémoire qui voudrait s'échapper. Respirer sans y apporter de souffle. Le torse se bombe par lui-même, le cerveau n'a plus d'emprise sur ce qui s'en vient.

L'Urgence d'apparaître !
Les cowboys aux museaux d'angélines narquoisent la tuerie prébéienne
Il y a du tchall
Par-dessus le parniquoate de la muselière cendrée.

Presser la plume contre la fibre, sans lever la main. S'enlever la moindre envie de rompre le serment qui se bâtit entre l'œuvre et le poète. *Les gars ont des mitaines aux oreilles.* On poursuit la création ! *Le sermon s'enlise dans la lisse chiasse avec les excréments d'évêques*

La chambre n'est plus. L'hôpital n'encombre plus son existence. Il n'y a que le verbe qui soit vrai. La tournure des phrases qui s'effacent au fur et à mesure que la pensée s'impose. Respirer, c'est important, mais sans y porter d'intérêt. Il n'y a que la pression du mouvement contre l'espace qui s'étend entre les particules d'encre. Les molécules s'agglomèrent en une idée manifestée, sans pour autant y apporter d'attention.

Ah oui ! *Ah oui Une beauté mugît comme des flots doloris*

Le reflet aux flans de satin reluit. L'avenir appartient aux entités libres ! C'est en s'exprimant que l'on brise les chaînes de nos croyances. C'est en s'écoutant qu'on fracasse celles des autres Claude est le seul maître de lui-même ! Ni les prêtres et ni les docteurs ne sauront lui dicter quel être l'habite ! Nous sommes des univers souverains. Le carpe diem, c'est vivre au creux de nos sourires. *Sur les exaltations des muguets les possédants possèdent la cime rose.*

C'est fait ! Un poème vient de naître. Il s'appartient. Claude peut aller dormir.

I

Thathamauzauskayakutès

Claude Gauvreau — Étal Mixte 1950 — 1951

21

Chapitre Trois:

Les Entrailles

La salle du docteur Lemieux se voulait irréprochable de propreté. Une immense bibliothèque se dresse à l'entrée, contre lemur de droite, cachant quelques classeurs où l'on y trouve les dossiers de ses patients. Celui de Claude s'ouvrait sur un bureau bien rangé Lemieux, grand bonhomme à demi chauve, dans la mi- cinquantaine aimait son travail. La condition humaine et les mystères de la psyché le fascinent depuis plusieurs décennies. Le cas de Claude Gauvreau l'interpelle davantage. Ce fier golem à l'aura du prophète incompris s'est fait arrêter dans un théâtre, il y a quelques jours. Les policiers se sont pointés, après avoir reçu l'annonce d'un hurleur agressif qui s'en prenait à l'auditoire. Le médecin reconnaît une psychose d'une violence issue d'un traumatisme. Si tout se passe dans l'esprit, et que celui-ci s'accessoirise dans l'écosystème électrochimique d'un cerveau, alors il saurait traiter ces maux qui nuisent à l'essor humain de ses patients.

Claude en n'était pas à sa première visite dans cet établissement. Un peu plus tôt, le docteur Lemieux s'entretenait avec son frère, Pierre, qui semblait inquiet de quitter l'endroit sans son frangin. Les centres psychiatriques ne font pas bonne figure. On raconte que, souvent, on y déposait des membres de la famille pour des raisons anodines. Une femme y serait laissée de force, simplement parce qu'elle refusait sa fonction d'épouse. Une autre, soupçonnée de trop s'adonner aux plaisirs carniers, se retrouvait tout aussi aisément enfermée. Une sorte de volonté de domination des marges s'affiche. Des rôles nous sont attribués dès notre plus jeune âge, de la même manière qu'une société s'affranchira de notre identité.

Y trouver le bonheur? Impossible. S'y complaire avec facilité ? Impensable. L'asile se dessine à la manière d'une intempestive envolée de fer et de barbelés. C'est ce qui attend Claude Gauvreau, à Saint-Jean-De-Dieu. Membre d'un cercle de lettrés, s'affirmant athées alors que le Québec demeurait subjugué par l'emprise de l'Église Catholique, ils avaient signé un manifeste qu'ils appelaient *Le Refus Global*. Le docteur Lemieux croyait que des intellectuels capables de se soulever contre le clergé ne méritaient pas de se retrouver entre ces murs. Mais un être souffrant peu importe son éducation, sa classe sociale, existe comme un être éperdument en quête de lumière. Peut-être que l'érudition qui prévaut dans cette institution représente le salut qui attend le créateur. Lemieux est un homme d'idée, un apôtre du dogme médical, il ne va pas laisser son ego dépasser les limites de son mandat. Il n'est pas plus instruit que ce patient, il s'y connaît différemment.

Poète... ce mot l'inquiétait! Il se rappelait le cas de Nelligan, que l'on avait emmuré pour des raisons semblables. Selon Lemieux l'Église a interné l'auteur qui admirait Baudelaire. Les prêtres l'avaient mis à l'index. Et si les policiers servaient un clergé moderne ? Lemieux fronça les sourcils et analysa le rapport de ces derniers. Il démontrait des signes troublants. Une violence mêlée à un épisode psychotique n'est pas sans rassurer le professionnel des maux existentiels.

Il réfléchit un moment, puis inspecta le document davantage, avant de déposer celui-ci. Il s'assied, prit quelques notes. On y trouvait, entre autres, la question : « Serait-il porté à des comportements schizoïdes ? » S'en suivirent quelques annotations. Elles rapprochent cette observation à certains éléments que présentait le fait divers des policiers. Le spécialiste peignait un profil, comme s'il s'improvisait artiste de l'analyse. Il n'avait pas encore rencontré ce patient, mais il croyait avoir une bonne idée, une manière de bien cerner sa silhouette, tracer l'ombre de sa lumière, le profond de sa surface. Il s'arrêta un instant, inspectant le silence qui meublait son bureau alors que sa porte entrouverte donnait sur un corridor désert.

Les plantes vertes projetaient un sentiment anodin de lassitude. Un gardien passe par le couloir, et le docteur observe son regard, intrigué par les sourcils crispés de l'employé. Souffre-t-il ? Devrait-il aller lui parler ? Pourrait-il le soigner ? Le surveillant poursuivit son chemin et Lemieux retourna à ses notes. *Claude Gauvreau est un intellectuel* écrivit-il, avant de se demander si ce patient représentait, ou non, un défi au-delà de ses aptitudes d'analyse. Pourquoi interner des penseurs ? Ils nous ont donné la science et celle-ci nous a offert la modernité. Encore aujourd'hui, des masses allergiques à l'incompréhension voudront se débarrasser de ces vérités ardues pour se conformer dans l'illusion à l'arithmétique inexistante. Le gardien était un analphabète, songeait-il. On y constate du bétail pour la minorité à la culture établie. Il souriait, en se disant qu'il allait finalement, analyser le cas d'un semblable : *un artiste de la maïeutique inconsciente.*

Le poète fixait un point, de l'autre côté de la fenêtre qui éclairait le dos du praticien. Un silence soutenait les regards tendus, alors que Lemieux s'appliquait à relire et ajuster ses notes. Les dix premières minutes de l'entretien pesaient sur l'atmosphère. On aurait imaginé qu'une annonce funèbre sortirait de la bouche du docteur. Allons rompre ce climat d'une lame raisonnée.

« Vous êtes dans un entourage intellectuel, je vois. » s'expliquait le thérapeute. « Votre mère encourageait cette culture ? »

Trois cents formules de réponses différentes hantaient Claude. Une question semblait plus qu'éloquente :

« Vous croyez que l'érudition est une maladie, docteur ? »

« C'est un privilège, Claude, vous ne croyez pas ? »

« Les privilèges sont des attrapes. La vraie liberté, c'est quand on laisse l'inconscient s'exprimer. Les écoles, ce sont des bactéries sociales. On n'y forme pas des penseurs ; on y prépare une génération de voteurs ! »

« Voteurs ? Vous voulez dire, des voleurs ou des moteurs ? »

« Il y a une différence ? Pardonnez mon langage exploréen, mais, entre vous et moi, seriez-vous mécanicien chez les fous si on vous avait donné la chance d'être peintre ? »

« Claude ! Je suis ici pour vous aider. Je pose les questions. »

« Avez-vous peur de devenir mon patient ? »

« Claude ! »

« Bon, posez-moi une question… »

Un soupir, puis le psychiatre se gratta le front, du bout d'un crayon mal aiguisé. Il fouilla ses notes, encore un peu, puis gribouilla quelques mots. Affronter le vif du sujet :

« Pourquoi avez-vous agressé l'auditoire, au théâtre ? » demanda-t-il. Claude demeurait de marbre, puis poussa un anodin :

« J'ai agressé un auditoire ? »

« Le rapport de police en fait mention. Vous invectiviez un public. Vous les avez assaillis ou non ? »

« Pensez-vous que vous auriez pu avoir une conversation sensée avec ces policiers ? »

« Ils faisaient leur travail, Claude. »

« Et vous faites le vôtre. Je ne suis pas agressif, docteur. J'ai mes moments de passion, comme tout le monde. »

« Alors, qu'est-ce qui a incité cette passion à éclater de la sorte ? Je ne vais pas qualifier l'incident, je m'en remets à votre jugement, mais votre comportement a effrayé quelques gens. »

Claude soupira à son tour. Il ferma les yeux. Il réfléchit un temps.

« Je ne sais pas, docteur. Je souffre depuis tant d'années. Je souffre, c'est profond, et ça me pique comme des scorpions Parfois, je fais des actions, mais j'ai perdu les ficelles. L'univers voulait me voir dans cet embarras. Pourquoi ? Je ne sais, pas, docteur. J'étais amnésique, quand les faits se sont accomplis. J'avais bu, oui, mais voulons-nous interdire la boisson pour autant Devrions-nous ? »

« Vous avez bu ? »

« Elle buvait tout le temps. »

« Elle ? Vous avez perdu un être cher ? »

Claude figea un long moment. C'est un mot sans valeur. Il a égaré le goût de vivre. Les jours se tranchaient la peau, ne laissant qu'un vent amer aux soirs qui mugissaient sous un toit poussiéreux. *Un être cher, non,* pensait-il.

« Incommensurable… »

« Elle vous a laissé ? »

Claude pouvait difficilement répondre. Lemieux insista :

« Vous l'aimiez ? »

« Les atomes n'aiment pas. Ils se crochissent pour l'autre. »

« Vous pensiez à elle, au moment de faire cette crise au théâtre ? »

« C'est le rapport de police qui vous fait parler ? »

Lemieux sentait qu'il perdait le contrôle sur la conversation. Faire montre d'un peu plus de tact :

« Je respecte ce qui s'est passé, mais selon votre perspective des faits, pouvez-vous me répondre ? »

Claude se rangea du bord de la confession, mais il ne parvenait pas à expliquer ses gestes :

« C'était la noirceur, docteur. Je ne me rappelle de rien. »

« Quand votre amnésie a commencé à se dissiper, qu'elles étaient les premières pensées qui vous venaient à l'esprit ? »

Claude fixa les murs, cherchant à s'évader de cette situation. Il dit, sans réfléchir :

« Des visions ! Plus que des pensées, des visions. »

Lemieux porta quelques feuilles à son bureau.

« Avec votre permission, j'aimerais discuter de ces poèmes que vous avez écrits. »

Claude se tourne vers son confident, un peu inquiet. Il cherche à se calmer : « Les Entrailles ? »

« Oui, j'aimerais que nous discutions de vos entrailles. »

Pris d'une profonde nostalgie, il se calme : « Ce n'était pas les miennes, docteur. »

Il contemple le plancher, ressentant une profonde douleur taciturne. Le médecin l'observe, intéressé. Claude fuyait son regard, mais Lemieux semblait insister, sans s'imposer. Un long silence s'en suivit. Ceux-ci valent souvent mieux qu'une heure de confession. Savoir les écouter, leur accorder une place dans la discussion, s'effacer encore plus, mais demeurer confiant et sécurisant.

Claude soupira, incertain du déroulement. S'intéresse-t-il à sa littérature ? Il en doute. Il veut déballer sa psyché pour la détailler, à sa manière, à travers son attention biaisée, et tracer un portrait infidèle qui justifiera son salaire auprès de ses gestionnaires. *Ses entrailles ?* Pensait-il, la larme à l'œil, s'il savait.

« Si vous saviez… » chuchota-t-il, à peine.

Lemieux a cru entendre un son. Il tourna son regard dans cette direction et fronça les sourcils : « Pardon ? »

Claude se referma. Les pleurs venaient d'eux-mêmes. Le docteur les aperçut, mais il n'en prit aucune note. Lorsque le patient souffre, il doit demeurer à l'écoute.

Claude ne pouvait rien dire. Le silence devenait insoutenable. L'asthme s'invitait dans ses poumons sans air. L'oxygène se rarifiait.

« Docteur... » murmura-t-il.

Puis il chercha à se calmer, trouver un brin de souffle, un souffle, en vain. Il tourna son regard en direction du plafond, mais le scientifique le dévisageait. Il attendait une réponse. Discuter de ses entrailles ? Les entrailles, lézandre, lézard, les non, les noms, il veut des noms, démons, des monts, il sourit, satisfait, et lui raconta :

« Elle s'appelait Laura ! » Et c'est tout.

Il ne l'aura pas.

Lemieux prit quelques moments pour pondre ses notes, sans même regarder son patient dans les yeux. Claude l'observait, s'improvisant plus docteur que le docteur Lemieux, mais son âme gisait, ou bien vide, ou bien fractale. Si elle se prouvait avide. Claude avait mal.

« Aimeriez-vous qu'on en parle ? » demanda-t-il. Claude fronça le front et se leva, d'un bond.

« Je vais prendre ma récréation. » laissa-t-il entendre, sa voix tremblotante. Lemieux ne s'y opposa d'aucune manière.

La cour, déserte et incolore, portait une image désolante dans l'esprit du poète. Chacun de ses pas traduisait sa crainte devant l'inconnu. Il se répétait les mêmes mots, comme un mantra, ou une lettre qu'il voulait se dicter tout bas, de peur d'en oublier l'essentiel. *Nous sommes, toi et moi, le cycle de l'or.* On y ressentait un vent de réconfort à se convaincre d'un tel mysticisme. La vie perd son emprise sur l'âme, lorsque l'amour se veut siamois.

Elle s'appelait Muriel. Sa lumière donnait naissance aux océans. Les paupières lourdes et endolories, Claude n'en pouvait plus de survivre sans elle. En poussant les cent pas à l'arrière de l'hôpital, l'écrivain-explorateur avait l'impression de revisiter un vécu à l'image de ses personnages meurtris.

En ouvrant la porte qui donne accès à la cour, Doris Hall pouvait apercevoir la silhouette un peu balourde d'un patient noyé de nostalgie. Son œil délabré ne paraissait pas dépourvu d'une sorte d'éveil. Il était trop beau pour croupir en ces lieux, pensait l'ingénue. Elle ressentait la pesanteur de ses maux. Comme elle voudrait le prendre dans ses bras. Retirer le voile qui les sépare pouvait-il se vêtir d'un cran du concret? Ce n'est pourtant pas l'heure de la récréation, mais l'abîme en peau de patience s'est immiscé. Doris devait regagner ses responsabilités avant que leurs regards ne se croisent. Sa présence dans cet enfer implique une part de vocation pour trois qu'elle garde en secret. Maintenant, en observant cet artiste enlisé dans ses tourments, elle aimerait que leurs destins abrègent ces incertitudes.

De retour dans sa chambre, Claude étudiait à nouveau l'effort qui se tissait un lieu, de l'autre côté de sa fenêtre. S'il prolongeait son regard, il pouvait apercevoir le trottoir, et quelques passants qui vaquaient à l'ombre d'un vécu insaisissable. Le silence meublait la petitesse de sa geôle à la manière d'un spectre au souffle aphone. Le grondement des néons semblait avoir une conversation avec les démons du prisonnier. Et si les murs complotaient contre ses souvenirs ? Son rythme cardiaque n'a pas cessé de s'activer depuis que le docteur Lemieux a mentionné ses entrailles. Ses réflexions sont devenues des galaxies de supernovae. Elles portent à fruition la promesse d'une finité universelle. Et si le monde entier ne voit pas arriver l'an mille neuf cent cinquante-sept ? Claude venait d'avoir trente-cinq ans, mais il était prêt, sinon résolu, à mourir, un jour, mais pas maintenant. Elle imposera d'abord sa marque dans la psyché d'une culture canadienne-française ! Il sera le prophète de cette Terre Promise.

Il observait les passants qui ont aimé, ils aiment encore, mais ils n'ont pas connu Muriel, la brillante Muriel, son petiot, son désir, son plus tendre attachement. Il avait oublié comment sourire, mais s'ouvrir lui était devenu une seconde nature. On n'en dira pas autant des docteurs avides de potins. Mais à la plume, en revanche. Son espace formulait un amas de mots à l'alchimie particulière, et la beauté d'une avalanche à la coïncidence universelle.

S'il s'exprimait ainsi aux médecins, ils le garderaient ici
indéfiniment. Le monde a tellement grandi depuis l'ère des lumières
et l'intellect produit des bonds gigantesques dans les deux ou trois
cents dernières années. La technologie a suivi, mais la
compréhension de l'autre demeure un sentier encore vierge.
Dans une dizaine d'années, la fierté patriotique américaine, ou la
russe pourra sans doute porter un premier pied humain sur la lune.
Dans l'intervalle, survient la guerre idéologique, à savoir laquelle
des philosophies économiques guidera les foules vers la liberté.
Chacun dépeint son semblable comme une entité gargantuesque,
asservissant son propre peuple, et chaque société apprend à détester
son prochain. Un demi-siècle plus tard, cette crainte prendra des
formes climatiques. Pendant ce temps, les puissances s'arnaquent,
Claude observe un couple s'embrasser.

Ils ne sauront jamais ce que signifie chérir de sang sans la chair
L'amour platonique, c'est l'abandon du soi en faveur de l'appréciée
Adolescent, il défiait les frères au couvent. On disait à sa mère qu'il
était un insolent, barbouillant des caricatures pornographiques dans
ses cahiers, rejetant l'ordre établi. Jésus Christ a-t-il réellement
existé ? Ou bien est-ce que l'image du mythe est devenue un outil
d'oppression qui fait oublier le message du mystique crucifié ?
Les frères n'ont jamais voulu avoir cette conversation. Sa mère,
cependant, l'invitait à bras ouverts.

Si le peuple canadien-français se soulève dans ce Refus Global qu'a
incité Paul-Émile Borduas, alors ce seront les ménages
monoparentaux qui guideront la révolution. Rejeter la religion
superstitieuse ne suffit pas ; assurons-nous que l'on ne va pas la
remplacer par une séculière. Si l'argent devenait le prochain culte
Claude a repoussé certaines règles que les producteurs de
radioromans lui ont imposées. Le monde entier n'a pas à s'émouvoir
devant les problèmes d'une famille Plouffe de Montréal. Ils ont aussi
l'opportunité de découvrir les mystères du Vampire et de la
Nymphomane, fruit de son imaginaire. L'unique univers, c'est celui
que l'on a bâti à la sueur de notre affront

Le petiot peut subsister, à travers sa poésie, l'affranchissement d'un amour qui ne s'est uni qu'une seule fois, mais qui existera ensemble jusqu'à la fin du Verbe. Aimer fomente un vœu de force, non une génuflexion devant l'impossible. L'automatisme représente une ouverture vers le nihilisme libérateur. Un Zen avant son heure. Aimer n'est pas un jeu, et vivre n'a pas d'enjeu, sinon de mourir, un jour, heureux.

Le couple qui s'embrassait, au loin, sous le regard du poète, n'avait aucune idée de l'étendue des concepts qu'ils imposaient dans l'esprit du penseur. Est-ce que l'harmonie a une adresse ? A-t-elle un semblant d'être ? Muriel Guilbault se réinvente chez Doris Hall, si seulement l'une avait voulu résister la souffrance jusqu'à se faire connaître. L'autre, c'est son infirmière. Il peine, comme sa muse qui s'est laissée mourir. Il vivra. Le monde entier verra.

Il observa le pupitre, la plume, l'encre et le papier. C'était son cloîtré cinéma, mais il avait plus que l'incompréhension du médium devant les médias pour sentir sa psyché en vie.

Il retourna au lit et médita, les yeux fermés. Il cherchait à se remémorer un poème d'Antonin Artaud, pour se rappeler que le présumé fou n'est pas nécessairement le plus sot. Et si l'éducation se voulait un moyen d'endoctriner des nations sans fondation ? Des zombies à la solde de monstres flagrants, un jour, peut-être, la masse inculte saura supplanter l'infime marginalité sur son terrain dit d'intellect. On démontrera au petit peuple que la Terre n'a pas de forme. Elle devient ce que l'on en désire. Le troupeau du plus haut lieu appauvrit le plus influençable.

Claude a vu un match de lutte, quelques semaines avant son incarcération : *véritable théâtre de l'absurde*, pensait-il. N'est-ce pas le plus beau de la poésie que de pouvoir projeter contre l'ennui les plus vivaces émotions ? Et si le scientifique peignait la vérité sur un canevas de questions ? Les nombres et la géométrie cartésienne lui servent d'acrylique et de pinceaux. Si seulement il pouvait se rappeler ce texte d'Artaud.

31

Avait-il aussi aimé une muse jusqu'à la folie ? Toutes ses pensées délaissèrent le confort chaotique de ses réflexions philosophiques. Un élan vers l'abandon, et le néant lui montre celle qu'il aimera à jamais. Muriel. Un soupire lui coupe le souffle, pour une fraction de seconde. Il espérait ne plus jamais respirer.

Le plafond devenait un poids. Le plancher projetait sa gravité à travers le lit. Son corps était engourdi. Il ne pouvait prononcer un mot, invoquer une réflexion. Allait-il disparaître parmi le silence des jours qui ne seront plus jamais ? Il pensait à son frère : Pierre, qui l'aimait à sa manière. Sa mère qui venait se chicaner avec les aumôniers de son école, et le curé de la paroisse. Athée, elle vivait en paix et monoparentale, à une époque où on chassait encore les sorcières. Elle s'imposait femme droite et forte qui se tenait debout devant une société emmitouflée. Ce traditionnel la souhaitait diminuée, mais elle s'élevait, déesse cultivée. Elle encourageait la passation du savoir avec ses deux garçons. Claude voulait la revoir, elle aussi. Retrouver la jeune vingtaine qu'il laissait derrière. Son adolescence s'accrochait à la crinière de son innocence. Recouvrer l'instant de leur rencontre, cette cruciale connaissance.

Il rejoignit, pour un moment, un éclat d'accalmie, puis il regagna le confort de son lit. Au moment de fermer les yeux, question de dormir un peu, c'est l'univers du beau et du bien qui vint se blottir contre sa peau, sur son sein. Tout n'est pas poésie. Mais l'harmonie, l'harmonie, oui. C'est dans ces moments incertains, entre la veille et l'éveil, que l'anarchie des mots s'invente une alchimie nouvelle. Il souriait, tant les fées de l'inspiration s'abreuvaient à même les commissures de son cerveau en pleine ébullition. Et s'il parvenait à faire revivre l'instant d'une foudre qui s'est abattue sur l'âme de deux adolescents ? Pourrait-il lui offrir la vie éternelle à travers le sacrifice de sa littérature ? *Automatiste*, pensait-il.
Une littérature automatiste.

« Le petiot vivra… » se répétait-il, à basse voix.

Le Vampire, La Nymphomane (ensemble)

Pieuvre, étends sur nous ton festin de lichette ! Pieuvre, lente pieuvre, sois notre nappe servile où la cour du roman s'assoira pour bouffer. Sur nos crânes de roche l'aïoli et le cèdre tressauteront dans la sauce de nave — Nous serons les tombeaux de la frime mourante. Mastiquez les sapins, décelez le boudin avec vos fourchettes, impassible est la limace et neutre est l'obélisque ! Non ! Le bandeau de la faim n'attifera pas nos nouilles ! Le fiel au grès de chaste n'insulisera pas le rameau de nos palmipèdes ! Fier le Grand Dono — altier est notre testament. Du haut de nos courages nous pétrifions la morve.

(Le Vampire et La Nymphomane se suicident.)

Claude Gauvreau – Le Vampire et la Nymphomane, opéra, 1949

Chapitre Quatre:

Gesù Crie

L'austérité tapissait les murs d'une traditionnelle amertume en soie d'infortune. Une horloge poinçonnait l'air du temps, comme un silence parsemé d'angoisse. Tout près, un crucifixgrondait le regard rebelle d'un jeune Claude, du haut de ses treizeans. S'il poussait son observation ailleurs, c'était celui d'un prêtre échevelé qui croiserait son fer. Il ne doit pas s'engager dans une conversation avec ces derniers. Plutôt crever en silence qu'affronter l'Église, une nouvelle fois. Disparaître, si seulement il parvenait à se fondre dans l'oubli, peut-être que les soutanes l'ignoreraient ? *Allez-vous-en !* Pensait-il. Mais les deux corbeaux présents préféraient écrire quelques notes, dans un cahier.

Le directeur fermait le trio, derrière un grand bureau. Les dessins de Claude gisaient devant lui, et la sévérité de son jugement pesait comme une lame assoiffée de misère juvénile. Tant de haine s'émanait d'eux. Où trouver leur Dieu d'amour ?

« Ta mère s'en vient, Claude. » Le haut placé annonçait cette nouvelle comme pour plonger l'adolescent dans un tumulte apeuré. « As-tu eu le temps de penser au péché que tu as commis ? »

Claude baissa les yeux, s'apitoyant contre un *non, mon père* timide. « Pardon, jeune homme ? » Insistait l'homme de foi.

« Non, mon père. » Silence.

« On en discutera avec ta mère. » finissait le directeur, rejetant avec dégoût les dessins du délinquant.

Claude camouflait son sourire derrière un rictus repentant. Ne poussons pas l'insulte jusqu'à se faire renvoyer du collège, mais il n'allait pas plier l'échine devant ces narcissiques à l'altruisme vaniteux. Donnez aux plus pauvres ! Nous, on a assez récolté.

Julienne se présenta dans les bureaux de la direction. Ses soupirs agacés trahissaient son impatience. « Désolé, je suis en retard. » s'exprimait ainsi sa nonchalance.

« Asseyez-vous, madame Gauvreau. Nous pouvons à peine retenir notre colère. Mais Dieu est bon, il est miséricordieux, alors nous pourrons tous, ici, lui demander pardon. »

« Pardon pour qu'est-ce que mon enfant vous a fait ? »

Ces mots, à peine sortaient-ils de son verbe que le directeur déposa trois feuilles de papier devant elle. Julienne se pencha pour interroger le premier dessin : on y voyait un vagin bien tracé, sous un crucifix aux formes phalliques. En grosses lettres, Claude avait griffonné : *À mort les castrateurs d'imaginaire en robe des cavernes.* Julienne souriait. « Bon, la thématique est un peu crue. Je la dirais vulgaire, mais le propos ? J'aime bien. »

« Madame! »

« Mademoiselle ! Quand les soutanes parlent de Bon Dieu, d'enfer, ça ne me rejoint pas. J'aime autant mieux que vous m'appeliez mademoiselle. Puis si vous cherchez mon époux, demandez donc au Saint-Esprit ! Mais bon, quel crime est-ce que mon fils a commis ? Ce sont juste des dessins. »

Les deux prêtres se regardaient, stupéfaits. Le directeur n'en revenait pas non plus. « Vous n'avez jamais été mariée ? » implorait-il.

« C'est pas comme si vous connaissiez ça, vous, le mariage. Ça vous choque ? J'ai deux enfants, de beaux et brillants garçons. » Amusée, Julienne tourna la page. Le second dessin montrait le Sacré-Cœur enfermé dans une cage. On pouvait y lire :

Nelligan n'était pas fou.

« Celui-ci, par contre, j'aime pas trop. Il pourrait être un peu plus audacieux. Mais bon, mon père, on ne fera pas un drame pour quelques barbeaux. Je vous assure que Claude ne cherche aucunement à déplaire l'Église. »

Il ignorait comment répondre à une femme libre au caractère affranchi. « Nous comprenons. » finit-il par avouer. « Mais ce collège a des règles strictes, des principes nobles. Nous ne voudrions pas perdre Claude dans le péché, mademoiselle Gauvreau. »

« Saint-Mars ! » Elle le corrigea en le dévisageant d'une vigueur affirmée. Puis, elle retourna aux dessins, tournant une page.

« Vous avez, j'en suis certaine, déjà eu treize ans. »

Les trois prêtres se regardaient, incapables de répondre. Le directeur finit par rompre le malaise.

« Mademoiselle Saint-Mars, il est clair que Claude représente un caractère rebelle qui n'est que trop néfaste pour le bien-fondé de ce collège. Mais son âme peut être sauvée. »

La mère monoparentale souriait devant autant d'ignorance. Elle existait à des années-lumière avant son temps. Elle se disait qu'il ne manquait plus que la confesse de son penchant envers la connaissance littéraire. Son savoir autodidacte rivalisait ce que cette école essaie d'inculquer. Cette femme a fui le mariage pour élever ses petits, et elle refuse de se plier au bon vouloir de l'Église ou de la théocratie duplessiste, quel outrage ! Quelle honte ! D'ailleurs, le troisième dessin de Claude illustrait sa mère. Elle conquiert la paroisse telle Athéna au sommet du Mont-Royal.

« Vous n'avez jamais eu d'enfants qui ne font qu'à sa tête ? » interrogea-t-elle. Les deux autres prêtres semblaient rigoler un peu. Le directeur se pensait plus critique. « Oui, pardon, je voulais dire Claude ne pense pas à mal faire. »

« Vous croyez que les âmes qui se retrouvent en enfer pensaient à mal faire ? » lui reprocha-t-il. « Nous souhaitons tous bien agir, madame Saint-Mars, mais Dieu nous impose des règles, et Dieu seul sait ce qui est bon. »

La dame examinait son garçon. Claude conservait son visage sévère. Elle sympathisa avec la dureté de son fils et lui caressa le dos. « Mademoiselle ! Je vous ai déjà dit de reconnaître mon titre de mère monoparentale et femme libérée ! »

« Madame, je… »

« Vous pensez que votre empire romain se donne le droit de s'installer dans ma chaumière ? Dans mon privé ! Vous n'approuvez pas ces dessins, monsieur, mais moi je choisis de féliciter mon garçon. Il se tient debout devant un système débilitant qui ne pense qu'à former la prochaine génération de porteurs d'eau aux pieds de la *Hudson Bay Company*. Nous aurons un Canada français fort, monsieur le directeur. Que vous soyez ou non d'accord, mes deux fils participeront à notre révolution. Et je vous assure que les soutanes, vous allez être les premiers au bûcher ! Viens, Claude ! Je t'expulse du collège avant de perdre mon sang-froid. » Julienne jeta les feuilles au visage du prêtre et se releva.

Elle quitta le bureau en traînant son garçon par le bras. Claude souriait, victorieux. Il observait sa mère, encore rouge de colère. Le chemin vers la maison se fit en silence. Il se perdait au centre de son monde intérieur, absorbé par la violente épreuve qu'il venait de vivre. Julienne s'imposait en brise-glace des générations intellectuelles à venir. Claude sera un révolutionnaire ! C'est décidé ! À l'image de sa procréatrice, ils dérangeront les esprits endormis, pousseront les limites des conventions, fendront les murs traditionnels ! Il sera poète ! Il engouffra les thèses littéraires par milliers. Il s'abreuvait du génie de géants qui ont foulé cette Terre avant lui. Comme sa mère, il fera trembler l'Église, éveillera les mœurs d'un peuple en quête de gloire, au cœur de l'Odyssée des cultures.

Une fois de retour dans sa petite chambre, Claude s'installa derrière son pupitre et ramassa une feuille blanche et un crayon. Pas question d'illustrer, cette fois. Ce sera un poème, ou une pièce de théâtre. De l'autre côté de la porte, il entendait la radio. Sa mère et son frère écoutaient une revue littéraire, à Radio-Canada. Un jour, on y commentera ses livres. La virginité de la page l'intimidait.

Quoi écrire ? Des milliers de personnages sans visage s'empilaient dans son esprit. Pouvait-il, seulement, leur accorder des mots à l'image de leur énergie ? *Puiser dans son inconscient*, pensait-il, *laisser l'inspiration s'exprimer d'elle-même.* Rien ne venait à bout de ce blocage. C'était comme si la beauté de l'univers s'offrait à lui, mais son peu de vocabulaire ne parvenait même pas à décrire l'ombre d'un orteil de titans.

Et s'il exposait sa journée ? Non, ce serait trop ennuyeux. Il se doit de savoir émouvoir ! On ne dérange pas les masses en racontant son quotidien. On se forge une biographie plus élogieuse que soi-même. On se projette dans le vécu héroïque de conquérants plus forts que nous. On s'invente des tueurs de dragons, des sauveurs de princesse, mais on ne parle pas de nous. La fable, c'est les autres. On s'impose à la fois humble et gigantesque. On fige dans l'ambre de l'encre des créatures intemporelles. *Alors, je dois écrire !* Insista-t-il, en silence, mais rien. La page demeurait vide, sinon fantomatique.

Claude quitta son petit banc pour errer dans sa chambre. Il fixait les ouvrages littéraires que sa mère lui a donnés, toute son enfance durant. Lamartine, Nelligan, Allan Poe, et s'il lisait, à la place ? Ou s'il redécouvrait les réalisations de ses maîtres ? Il demeure encore jeune, il pourra toujours écrire ses œuvres complètes un peu plus tard. Le poète quitta l'odieux d'une page qui ne savait se peindre de mots par elle-même, et se jeta au lit, un roman de Jules Vernes entre les mains. Ce sera *De la Terre à la Lune* ! Claude souriait, dans les souliers d'un jeune Michel Ardan. Il se voyait sauter à pieds joints dans l'aventure de Barbicane. *Est-ce qu'on ira sur la Lune, un jour ?* Se demandait-il. Même si on y parvenait, on y verrait des masses qui refuseraient de reconnaître le progrès.

Même si l'Église disparaissait, on retrouverait toujours des populations entières qui préfèrent que l'on dicte leurs croyances. Sans doute que certains iront défendre des hypothèses insensées. On ira sûrement sur la Lune, mais pour quelques-uns parmi nous, dont l'avancement de la pensée comme de la technologie effraie, ce sera impossible. Et pour les soutanes, ces personnes se réfugieront dans une nostalgie des temps révolus. Quoi qu'il en soit, Claude sera le Jules Vernes de la poésie québécoise !

Trois semaines plus tard, l'amour de son unicité s'est présenté à lui pour la première fois. C'était à deux pas de la salle Le Gesù, au cœur de la métropole. Claude ne voulait rien savoir d'une pièce, mais sa mère insistait. Il aurait préféré rester à la maison et lire les magazines, le dictionnaire, apprendre de nouveaux mots et concepts. *Le théâtre est une perte de temps*, pensait-il, à cet âge où l'intellect naissant se concoctait un univers adolescent. La rue de Bleury semble trop étroite pour un jeune Claude. Une petite foule s'enfonçait devant l'édifice. Les pierres grisâtres de l'établissement lui rappelaient le collège qu'il déteste. La file d'attente s'agrandit, et le poète évitait de se tenir trop près des siens. Julienne cherchait les billets dans sa sacoche, alors que Pierre veillait sur son frangin, craignant que ce dernier leur fasse honte ou qu'il allât s'enfuir.

« T'es dans la lune, Claude. » lui réprimait-il. Mais le petit frère ignorait le plus âgé.

Le ciel se peignait d'un bleu si clair qu'on aurait cru à un pastel sur fond de papier mâché. La pièce ne commençait pas avant le début de la soirée, mais les adeptes s'amassaient devant les lieux une heure avant le la représentation. Claude imaginait ses mots. Il dévisageait son frère, à défaut d'avoir trouvé les termes qui l'auraient bouché d'emblée. *L'un de nous écrira des téléromans ancestraux,* pensait-il, à une époque où la télévision n'existait pas. Claude survola ailleurs pour ne pas confronter Pierre, le temps d'une paix. Julienne se retourna d'un pas franc, fixant ses enfants avec conviction et autorité :

« Ce soir, je ne veux pas vous entendre vous chamailler. » se plaignait-elle, ramenant Claude sous son sein et cherchant à défier le regard arbitraire de Pierre.

« On est avec de grandes personnes, pis une salle de théâtre, c'est le seul lieu sacré qui se respecte. »

Claude et Pierre se sont observés, pour les quelques secondes qui ont pris à Julienne. Le temps de mettre son bout de doigt dans sa bouche, ramasser un peu de salive et nettoyer la tache de moutarde qui hantait la commissure gauche de Claude. Il demeurait sans bouger, comme quand il avait six ans.

Sa mère se tenait droite, dévisageant des hommes plus instruits qu'elle, mais pas plus éduqués. Enseigner la culture à ses enfants, en marge de ce que les prêtres et les fondations religieuses cherchaient à transmettre aux étudiants, a toujours été une priorité chez cette jeune mère. Elle prenait plaisir et fierté à brandir ces livres que l'Église avait, auparavant, mis à l'index. *Ses fils seront des érudits,* pensait- elle, *et non des abrutis sous le joug d'une institution qui impose ses superstitions.*

« Tiens-toi droit ! » grogna-t-elle envers Pierre, alors qu'il s'adossait contre le mur du théâtre. Il grommela un brin. Finalement, il rejoint les rangs maternels. C'est à ce moment qu'il remarqua une voiture noire se garer, de l'autre côté de la rue.

Claude, lui, découvrait le visage angélique d'une jeune femme, une fille de son âge, au teint pâle, les yeux bien maquillés. Son rouge à lèvres contrastait avec sa peau blanchâtre. Au moment d'ouvrir la portière, alors que son père parvenait à stationner l'automobile avec finesse, près du trottoir, Claude aperçut la petite robe grise qu'elle portait. On aurait dit une muse rebelle au sourire à la fois léger et conquérant. Elle traversait la rue avec une imposante grâce, laissant derrière elle ses parents.

Pierre aurait cru découvrir l'indépendance incarnée. Julienne voyait bien ses deux fils s'amouracher de cette nymphe, et elle s'amusait avec un brin d'amertume. Ses garçons devenaient des adultes.

Au moment de ramener son attention à la file qui attendait toujours l'ouverture du théâtre, sa vigilance croisa celle d'un homme bien vêtu. L'étranger portait un chapeau melon qui couvrait un visage rond et fortement moustachu. Un échange amical se faisait sentir entre les regards de Julienne et de ce gentleman. Il se tourna vers elle pour lui souhaiter le bonjour, sans un mot, simplement un geste poli de la tête :

« Monsieur Tardif ? » s'exclama-t-elle, surprise et émerveillée. « Quelle joie de vous trouver ici. C'est qu'on ne vous voit plus à mes soirées littéraires. »

L'homme semblait ne pas vouloir se mêler à cette conversation, mais son identité fut mise à nue, il sentait le devoir l'appeler. *Soignons les apparences*, pensait-il. Il lui offrit un plus vibrant profil, alors qu'il regardait la jolie mère de la nymphe, tenant le bras de son époux.On aurait dit un couple modèle venu vendre les bienfaits d'une famille parfaite. Leur fille ne cherchait pas à se fondre à cette fresque. Monsieur Tardif s'alluma, alors, un cigare. Voulait-il démontrer à Julienne sa caste sociale, capable de brûler de l'argent entre ses lèvres ? « Ah, Julienne ? Elles me manquent, vous savez. Je devrais trouver du temps dans mon horaire chargé pour y retourner. » s'excusa-t-il, à la fois embêté et désirant s'inventer une sorte d'intérêt pastiche.

« Vous connaissez mes fils ? Pierre et Claude Gauvreau. » laissa t-elle entendre, cherchant à l'intriguer davantage. Il est venu seul, au théâtre. Richard Tardif a toujours préféré son rôle de célibataire qui fait tourner les têtes. « Des jeunes hommes brillants ! Vous les destinez à être de grands intellectuels, madame. » lui répondit-il, avant de l'ignorer. Julienne accepta ces compliments sans se poser de question. Elle pivota vers ses deux garçons. Elle sentait un froid glacial se dessiner entre les deux. Elle remarqua la présence de la fillette, derrière eux. *Ne me faites pas honte,* pensait-elle. Puis, elle fixa tout droit, espérant sans doute que Richard Tardif allait lui adresser à nouveau la parole. Il regardait sa montre, comme si le passage des minutes lui dictait une passion. Elle se perdait dans cet instant, ignorant l'instant qui perdait Pierre et Claude dans l'influence de cette jolie blonde aux yeux pairs.

C'est à ce moment que le monde se divisa à jamais. Il devint une clôture allumée contre une bière assumée. Claude se tourna vers Pierre, sans sourire, sans s'ouvrir, sans souffrir, uniquement pour s'assurer qu'il demeurait debout devant leur mère. Mais les mirettes de la nymphe l'invitaient ailleurs. Il se plaisait, sans connaître son nom, simplement en se disant qu'il l'avait aperçu en d'autres circonstances. Il n'aurait sans doute pas oublié un regard aussi enchanteur de sitôt, mais voilà qu'il soupire à chercher à détourner son attention. Mais elle l'a vu, elle également. La presque femme aimait bien éprouver la chaleur des œillades masculines autour d'elle. Elle voulait lui adresser la parole, mais ses parents sont arrivés derrière à ce moment.

« Tiens-toi droit, Muriel ! » se fâchait sa mère et, aussitôt, Claude ressentit l'appel des alchimistes, ces sculpteurs de coïncidences. *Muriel*, pensait-il. Le mur mûrissait à travers elle, et mugissait à travers lui. Il se retourna, recherchant la réciprocité de son sourire, mais elle mâchait une gomme sans regarder devant. Il osa s'approcher d'elle, mais le théâtre venait d'ouvrir ses portes, et Julienne le prit par le col pour le tirer vers la culture. Muriel daigna lever les yeux dans sa direction. Pierre et Claude, déjà, rejoignaient le public à l'intérieur.

Elle pivota vers ses deux garçons. Elle sentait un froid glacial se dessiner entre les deux. Elle remarqua la présence de la fillette, derrière eux. *Ne me faites pas honte*, pensait-elle. Puis, elle fixa tout droit, espérant sans doute que Richard Tardif allait lui adresser à nouveau la parole. Il regardait sa montre, comme si le passage des minutes lui dictait une passion. Elle se perdait dans cet instant, ignorant l'instant qui perdait Pierre et Claude dans l'influence de cette jolie blonde aux yeux pairs.

C'est à ce moment que le monde se divisa à jamais. Il devint une clôture allumée contre une bière assumée. Claude se tourna vers Pierre, sans sourire, sans s'ouvrir, sans souffrir, uniquement pour s'assurer qu'il demeurait debout devant leur mère. Mais les mirettes de la nymphe l'invitaient ailleurs. Il se plaisait, sans connaître son nom, en se disant qu'il l'aperçut en d'autres circonstances.

Il n'aurait sans doute pas oublié un regard aussi enchanteur de sitôt, mais voilà qu'il soupire à chercher à détourner son attention. Mais elle l'a vu, elle également. La presque femme aimait bien éprouver la chaleur des œillades masculines autour d'elle. Elle voulait lui adresser la parole, mais ses parents sont arrivés derrière à ce moment. Claude ressentait dans son ventre toute la hantise des amants qui n'ont jamais connu un retour sur leurs offrandes à la grande Vénus. Les idées bouillonnaient dans sa tête. Son cœur souhaitait vomir de ne pas s'asseoir à côté d'elle. L'audience prenait siège. Il appréhendait un millier de conversations former un orchestre au capharnaüm sans équivoque. Il ferma les yeux, voulant entendre la voix de celle qu'il venait de croiser. Elle n'avait rien dit d'audible.

Il avait ressenti son âme, croyait-il. Avait-elle ressenti le sien
L'angoisse le prenait par les tripes. Si elle passait pour disparaître ?
Et si elle n'habitait pas Montréal, et il la perdait de vue, demain ?
Comment pourrait-il marcher à travers tous les voisinages jusqu'à
Québec, ou même l'île Jésus, pour la retrouver ?

« Claude ! » chuchotait sa mère.
« Assieds-toi ! La pièce va commencer ! »

Il abandonna sa quête impossible, sans avoir recouvré la présence de
son double encore naissant. Il souffrait, tout bas, tellement ses idées
devenaient des harfangs cannibales. Le paisible ne recherche aucune
approbation. Va-t-elle l'oublier ? Et si cet instant d'intensité miroitait
en mirage ? Surtout, ne pas espérer, mais elle l'avait déjà lourdement
possédé. « Muriel, assieds-toi comme du monde ! » entendit-il,
à quelques sièges vers sa droite.

Elle se tenait debout et cherchait visiblement quelqu'un des yeux.
Claude s'écroula au fond de son banc devenu trop mou. Il fixait les
rideaux, devant la scène. Sa mère lui a fait lire Ubu Roy deux jours
avant cette performance, mais il ne parvenait pas à imaginer un
décor, des personnages, rien. Il visualisait plutôt l'histoire,
déconnectée de cette réalité, d'un homme seul, perdu sur une planète
sans vie. Chaque matin, il se lève pour polliniser des fleurs géantes,
avec une patience sans borne. Il aurait aimé être cet homme.

« Muriel ! » entendit-il, encore une fois, avant de porter son
regard vers celle qui avait capté son attention. La belle blonde se
rassied avec une obéissance qui projetait une colère cryptée.

Puis, les rideaux se hissent.

La salle sombra dans une noirceur à peine dévoilée. La scène se
remplit, graduellement, d'une clarté artificielle, concentrée au centre,
montrant un décor minimaliste : deux sofas et une table. Voulaient-
ils représenter une sorte de chambre du trône ? L'éclairage se drapait
d'une bleutée à l'image d'une matinée faiblement endormie.

Claude portait son regard en direction de l'action qui s'apprêtait à s'imposer, mais son esprit cherchait à savoir si le parfum fleuri qui effleurait sa peau provenait de la belle nymphe. Le silence s'en prit de la salle, espérant l'arrivée des acteurs. Ceux-ci se laissaient désirer, puis, après un long moment, la voix grave d'un baryton s'écria : « MERDRE ! »

C'est à ce moment que le théâtre projeta sa magie. Le regard ébahi des spectateurs attendait la venue d'un homme et d'une femme vêtus de l'absurde. On leur rappelait à la fois la salle fermée, et les semblables qui, comme eux, observent une histoire inventée.
Puis, on les invite à croire qu'ils ont percé l'intimité d'un tyran excentrique et de son épouse machiavélique. L'acteur qui personnifiait le roi Ubu s'imposait trapu, et gros. Vêtu de blanc, et arborant sur son ventre cette spirale tracée grossièrement. Le visage peint comme un clown à la craie pâle et au crayon noir, il fixait l'auditoire, prenant son estomac à deux mains, avant de répéter son :

« Merdre… »

Une femme plus élancée et filiforme le rejoignit aussitôt, poussant d'une voix criarde et nasillarde quelques mots :

« Oh ! Voilà du joli, Père Ubu, vous estes un fort grand voyou. » exhorta-t-elle. Claude portait son attention ailleurs.

Elle est assise à quelques bancs de lui. Elle le sait ? L'a-t-elle vu s'installer ? Il observa un bref instant dans sa direction. La nymphe scrutait ses chaussures. La pièce ne semble pas la passionner.
Alors, elle ne concernera pas Claude non plus ! Il étudiait ses pieds rapidement, espérant que les regards ne se croisent pas, enfin pas tout de suite. Julienne se tourna vers lui. Claude se souvenait de son éloge à l'égard du génie d'Alfred Jarry. C'était sans doute pour plaire à sa mère. Il revint vers la pièce et s'adossait maladroitement pour se montrer intéressé. Les acteurs s'époumonaient à réciter leurs lignes, mais Claude voulait savoir si elle. Il se mordait les lèvres.
Le spectacle, c'est cette belle inconnue.

« Claude… » chuchotait Julienne, en portant un regard à la fois inquiet et austère vers ses jambes qui tremblaient. Il se calma et donna à la pièce une chance. Une scène seconde s'en suivit, puis bien d'autres, et de la fin du premier acte.

Claude s'endormait. Il voulait partir rejoindre la nymphe dans un lieu secret. Il ferma les yeux, ayant réfléchi sur la mélodie des mots de Jarry. Il se demandait si l'alchimie évoluait encore dans ce monde. Des paroles, comme des consonnes. Les sons ne riment à rien, mais se fondent dans la conscience de l'auditeur. Il avait déjà lu comment les savants du moyen-âge ignoraient les mathématiques. Cette dernière servait mieux les marchants que les guérisseurs, ou ces hommes des sciences occultes. Les rois cachaient leur peur de la mort, sous une fortune que leurs ancêtres auront conquise à coups de sang et d'épée. Le peuple s'est porté survivant derrière une bourgeoisie qui sortait la guillotine, armé d'un siècle des Lumières bien aiguisé. Et la gourmandise aura changé de bord. Mais la nature demeure indéniable.

« Monsieur Bougrelas, vous avez été ce matin fort impertinent avec Monsieur Ubu, chevalier de mes ordres et comte de Sandomir. » récitait un acteur. Claude s'assoupit. Rêvait-il cet instant ? Dormir, certes, mais la nymphe se drapait de plus de mystère. Il se tourna dans sa direction. Elle avait déjà quitté sa place. Ses parents demeuraient assis, mais elle avait disparu.

« Concentre-toi sur la représentation, Claude. » murmurait-il. Son esprit divaguait. Et si notre vie dressait le cirque d'une entité occulte ? Nous sommes sans doute l'auteur de notre théâtre ; notre entourage est une bande d'acteurs médiocres. Toutes ces réflexions ne faisaient aucun sens, mais Claude voulait s'acharner à fixer la performance dans les yeux. La déesse a-t-elle quitté pout la toilette ? Attendons encore un peu.

Le troisième acte arrivait à sa finale. Claude observait la pièce, et la splendide enfant ne s'y trouvait toujours pas. Son inspiration s'épuisait. Il regardait dans la direction du siège vide, ayant mémorisé les mots qu'il lui offrirait pour se présenter. Ses parents ne s'inquiétaient visiblement pas autant du départ de la belle Muriel.

« Bientôt après je manque d'être lapidée par ce Bougrelas et ces enragés. » entendait-il. Mère Ubu s'exprimait sur scène, seule au centre du cercle lumineux.

Il tourna son attention un moment vers l'action théâtrale.
« Je perds mon cavalier le Palotin Giron qui était si amoureux de mes attraits qu'il se pâmait d'aise en me voyant. »

Quelle beauté enivrante, pensait-il. Elle ressemblait à la sienne, mais en plus jeune. Une grande actrice se tenait droite, élançant sa svelte figure comme un roseau en quête d'étoiles. Sa robe noire rappelait celui des sœurs, et son visage fin et austère, au petit rire mesquin, aurait pu appartenir à une diablesse. Elle projetait ses lignes avec force et adresse, comme si elle lançait des couteaux à la salle. Claude souriait devant autant de grâce. Il gardait toujours un coin d'œil en direction de la belle Muriel. Son siège brillait de sa désertion.

Intrigué, il se leva du sien et aperçut la nymphe se diriger vers la porte de sortie. Sans réfléchir, il fit de même. La salle semblait captivée par la performance. Le jeune insouciant incommodait ses voisins d'auditoire. Il voulait, sans doute, aller uriner avec empressement. Claude ne s'excusa d'aucune manière, accélérant le pas pour retrouver celle qui s'enfuit. Au moment de la croiser dans le hall d'entrée, Claude figea. Elle se tenait devant la porte et cherchait, au fond d'une poche, un paquet de cigarettes. Il pouvait enfin la contempler de toute la beauté de son mystère. Elle lui sourit avant d'allumer son tube de tabac.

« T'as jamais vu une jeune femme fumer ? » lui demanda-t-elle.

Il ne répondit pas. Elle sortit. Claude la suivit sans trop réfléchir. La porte principale l'encadrait. Elle lui présenta un boyau de papier fraîchement rempli de nicotine. Claude se perdait à mi-chemin entre l'offrande et la déesse. Elle avait trois ans de plus que lui, et c'est comme si elle en avait trente.

« C'est mon père qui les roule, le matin. Je lui en pique quelques-unes. Je pense pas que ça lui dérange. »

« Vous n'aimez pas le théâtre? » lui demanda-t-il, d'un air à la fois angoissé et intéressé.

Elle tenait toujours la cigarette entre ses mains, un peu agacée de le voir hésiter. Il comprit son entêtement et se confia :

« J'essaie d'éviter ce qui me fait renâcler les poumons, mais on peut regarder la lune, si vous n'appréciez pas cette pièce. »
Elle rangea l'objet de toussotement et accepta son invitation.

La nuit s'ouvrait à eux à la manière d'un livre à images, poussant les mots d'une langue oubliée. Ils ne parvenaient pas à porter une parole dans la direction de leurs sentiments. Le doux vent d'octobre se voulait un peu plus froid, à cette heure tardive. Derrière eux, l'œuvre d'un dramaturge français, écrite près de trente ans avant leur naissance, inspirait l'audience. Ici, c'était le mutisme qui incitait la muse à découvrir son poète. Et si le silence coi d'un million de moi portait en ses fleurs la douleur d'un seul sans-toi ? Les deux adolescents marchaient dans cette noirceur, inaptes à prononcer un mot. Muriel, en fait, attendait que Claude réagisse d'une telle impolitesse, mais Claude n'y parvenait pas. Elle souriait en observant ses souliers.

« Pourquoi on regarderait la lune ? » trouva-t-elle le courage de lui demander.

Il s'arrêta, voyant comment le bleu du reflet ombragé de l'astre dessinait une fausse clarté sous le menton de la jeune demoiselle.
« C'est un peintre ! La lune est un peintre. » murmura-t-il.

Malaise, elle voulait comprendre le sens de ces paroles, mais ne pouvait qu'aspirer quelques bouffées de fumée, avant de chercher à exprimer le fond de sa pensée, vide ! Claude angoissait, flairant qu'elle désirait s'en aller. Il s'empara de sa paume et affirma :
« Je parie que la lune hurle à votre beauté, le soir, Muriel. »

Elle angoissa à son tour. Comment pouvait-il connaître son nom ? Elle ignorait le sien. Elle reprit, alors, sa main.

« Ce sont les loups qui hurlent, non ? » sourit-elle, promptement, pour changer le sujet, bien qu'elle sentît l'appel de sa poésie.

Il s'arrêta, voyant que son insistance lourdement influencée par ses hormones en pleine croissance l'a induit en erreur. Il se redécouvrit muet pour un instant, et ses neurones s'inventaient un milliard de scénarios à la seconde. L'avait-il rencontré dans une vie antérieure ? Comment fonctionne la réincarnation ? Sommes-nous des personnages dans un théâtre cosmique sur une scène mystique ? S'il mourait demain matin, ressurgirait-il en Claude Gauvreau, treize ans plus tôt, pour avoir une seconde chance de rendre amoureuse la muse de sa réalité ? Ses pensées s'affolaient. Il devait se contenir, s'il aspirait à la charmer, et projeter l'accalmie sans s'acharner.

« Moi je crois qu'on hurle quand on est seuls. Peut-être que le loup, il voudrait serrer la lune entre ses pattes. » proposait-il.
« C'est pour ça qu'il hurle. »

Tant d'univers s'écroulent autant qu'ils naissent au fond d'un aussi petit homme. Et s'il réclamait cette cigarette, maintenant ?
Que penserait-elle de lui ? Il est faible ? Elle souriait en fumant.
C'est un poète ? Se demandait-elle.

« Vous aimez Baudelaire ? » Elle lui posa cette question sans le regarder, portant son attention droit devant. Claude portait le sien collé contre cette vision angélique : les lèvres de la nymphe embrassent la ouate pour en aspirer la brume. Le tabac crépitait en une fine braise infernale. Ils empruntaient une petite ruelle, comme s'ils voulaient créer leur propre univers, loin de la civilisation.

« Mon frère s'est fait sortir du collège pour avoir lu du Baudelaire. » expliqua-t-il. Muriel riait toute seule. Sans se poser de questions, elle s'enfuit. Claude a dû presser le pas pour la rejoindre. Elle arrêta sa course contre un immeuble, au bout de son trajet. Elle fumait encore, quand Claude s'adossa au mur, à ses côtés.
« Moi, je l'adore ! » susurra-t-elle. Se tournant vers lui, elle ajouta :

« Il a exprimé le désarroi le plus profond, avec les mots les plus beaux. » Elle termina son tabac lentement, puis reprit le chemin en direction de la lueur d'un lampadaire. Il la suivait comme son plus grand admirateur, et elle riait, se sentant soudainement désirée.
« J'aurais aimé être née dans son temps. Il a existé cent ans avant nous ! C'est pas gros, cent ans, t'imagines ? Quand il est né, Lamartine publiait ses poèmes. J'aurais aimé que Baudelaire écrive la Charogne pour moi. »

Claude la rattrapa, ayant eu un éclair de génie pour poursuivre la conversation : « Le Vampire, c'est encore mieux ! » proposait-il. Elle s'arrêta et réfléchit un moment, puis elle récita :

« Toi qui, comme un coup de couteau,
Dans mon cœur plaintif es entrée ;
Toi qui, forte comme un troupeau
De démons, vins, folle et parée, »

Elle s'avançait en direction de son nouvel ami. Elle lui prit les mains et poursuivit :

« De mon esprit humilié
Faire ton lit et ton domaine ;
— Infâme à qui je suis lié
Comme le forçat à la chaîne, »

Il serra ses mains avec vigueur et nervosité. Elle se calma un peu et projeta la prochaine strophe à mi-voix :

« Comme au jeu le joueur têtu,
Comme à la bouteille l'ivrogne,
Comme aux vermines la charogne
— Maudite, maudite sois-tu! »

Claude la fixa droit dans les yeux, s'abreuvant à même son énergie dégagée. Il reprit ses mains et murmura :

« J'ai prié le glaive rapide
De conquérir ma liberté,
Et j'ai dit au poison perfide
De secourir ma lâcheté. »

Un silence s'installa entre Claude et Muriel. Il ressentit l'éclosion d'un million de planètes, chacune d'elles portée à même l'espace. Le temps d'un ver se replis sur lui-même pour produire un son, un seul, au fond d'un abîme. Il souriait, ne parvenant à exprimer ce sentiment qui l'habitait. Elle se montra impressionnée. Il ferma les yeux et continua :

« Hélas ! le poison et le glaive
M'ont pris en dédain et m'ont dit :
"Tu n'es pas digne qu'on t'enlève
À ton esclavage maudit,"

Puis il figea, incapable de se souvenir de la suite du poème.
Elle s'approcha, lentement, portant ses lèvres à son oreille et
chuchota : « Imbécile... » Il se réveilla, alors, et clama :

« Imbécile ! — de son empire
Si nos efforts te délivraient,
Tes baisers ressusciteraient
Le cadavre de ton vampire ! »

Silence. Elle poursuivit son chemin en direction d'un lampadaire,
au loin. Claude observait la nuit, se demandant s'il avait mal agi.
Il avança dans sa direction, terrorisé à l'idée d'exprimer quoi que
ce soit. Il se rappelle avoir entendu sa mère lui raconter que Nelligan
portait Baudelaire en grande admiration.

Apporter cet élément de connaissance pourrait intriguer Muriel.
Il se ravisa, voyant qu'elle s'était arrêtée en dessous du puits de
lumière. Il le découvrait de tout son éclat pour la première fois.
Elle fixait la lune, mais son sourire s'envolait sous la terre.
Sa main gauche caressait son paquet de cigarettes, alors que la droit
courtisait le briquet. Ses seins portaient à peine au-delà de son gilet,
mais Claude pouvait y apercevoir une galaxie en attente de lactée.
Une mamelle céleste en voie de nourrir un milliard d'écrivains
bohèmes. Il riait, ressentant au fond de son être les balbutiements
d'un premier poème. Elle était perdue dans de jolies réflexions,
lui offrant un regard distrait, une attention cavalière, mais lui, il était
en amour. Le vrai ! Le plus puissant, le seul, et le véritable.

« Tu crois que Baudelaire a écrit pour une femme ? Ou pour
plusieurs ? » demandait-elle. Claude se rapprocha, fixant son torse.
Il espérait qu'elle ne verrait rien. « On ne peut pas écrire la beauté si
on n'a pas aimé. » expliqua-t-Il, réfléchissant un instant, il ajouta :
« Une femme, je veux dire aimer vraiment. »

Elle porta deux cigarettes à ses lèvres, souriant tout doucement. Claude trouva le courage de la retrouver sous le lampadaire qui n'éclairait qu'eux. Tant d'amoureux sont nés, ont vécu, soufferts et sont morts dans l'anonymat le plus absolu. Lui, il l'affectionnerait jusqu'à la métamorphoser d'éternité, pensait-il. Elle alluma sa cigarette et lui offrit la seconde.

« Je sais pas pour l'amour, mais, moi, c'est sa poésie qui me rend sans voix. » Il sourit et prit le tube qu'elle lui tendait. Il l'embrasa depuis celle qu'elle fumait. Comme un baiser qui s'envolait à même le braisier d'un aimant naissant. Il aspira un premier nuage, s'asphyxiant, se rappelant que sa mère lui avait imposé une enfance sans cigarette. *Les autochtones ont apporté cette technologie aux Européens*, pensait-il, alors, il s'étoufferait, malgré toute l'affection qu'il porte envers sa maternelle. Il voulait s'affirmer, chercher à la conquérir. Il se débattait avec ses poumons qui rejetaient cette nouvelle pollution.

« Puis la poésie, c'est la clef mélodieuse qui va un jour ouvrir mon âme. » chantait-elle. Il peut comprendre. Il peut sans doute exprimer quelque chose d'important, mais l'image qu'il projetait le préoccupait. Cette première cigarette tremble dans ses mains, et sa bouche considérait se taire ou boucaner. Pouvait-il prononcer une parole qui enterre son embarras ? Elle fuma, sans se poser de question, elle se tourna vers lui, l'embrassant à pleine bouche C'était, là, la première langue exploréenne.

Il ressentait la chaleur de son sourire. Celle-ci s'installait au fond de son ventre, pour jaillir à la manière de volcans des mondes anciens. Il se détacha de ce moment incertain, et fixa le sol, espérant y voir l'éclipse de ses pulsions solitaires. Son cerveau se voulait en pleine croissance, mais son soi savait qu'il avait trouvé, au-delà de son père disparu, celle qui donnerait naissance à un peuple. Elle recula un peu, observant le malaise qu'elle avait créé, et s'amusait tout bas.

« Est-ce que c'était votre premier baiser ? » Lui demanda-t-elle. Comment pourrait-il formuler une réponse posée et circonspecte ?

Sa tête se voyait prise dans un tumulte aux accents défraîchis d'une pluie de pensées irréfléchies. Elle se mit, alors, à rire très fort. Claude trouva le courage de s'exclamer, d'un seul trait :

« J'aimerais vous entendre réciter du Baudelaire !
Chez Bruno Cormier, c'est l'ami de mon frère. On fait des soirées de poésie, c'est un peu comme celles que ma mère, elle organise. Mais nous, on est un cercle de jeunes intellectuels. »

Elle accepta d'un geste silencieux de la tête, avant de l'embrasser tendrement une nouvelle fois. Elle lui chuchota quelques mots qui lui permettraient de la retrouver, chez elle, en temps opportun. Puis, elle s'en alla. Claude touchait ses lèvres du bout des doigts, souriant devant la vie qui s'ouvrait à lui.

Il alla rejoindre sa mère et son frère, à l'intérieur de la bâtisse. La pièce se terminait tout doucement, mais Claude était perdu dans cette tornade de verbes et de réflexions. Sans qu'il s'en rende compte, la présence de Muriel se plantait dans le sol de ses membranes neurales, les premiers champs d'une poésie révolutionnaire. Julienne observait son fils, le sourire qu'il arborait sans le vouloir. Elle ignorait si elle devait s'inquiéter de l'avoir vu partir pour ne revenir que très tard, ou s'il s'affichait en tant que jeune homme. Il n'écoutait plus le charabia absurde qui sortait de la bouche de la distribution. Il avait rencontré l'ange de son absolution, sa vie allait devenir le seul théâtre d'importance.

« T'étais où ? » lui demandait sa mère, au moment de quitter l'audience. La troupe tirait sa révérence, et Claude portait un regard adoré en direction de Muriel.

Elle semblait nonchalante, mais il savait où elle habitait. Il savait qu'il la reverrait chez son ami, Bruno Cormier. Il ne répondit pas à Julienne, préférant garder ces secrets pour lui. Le chemin du retour se tapissait de silence. Pierre observait son Claude, à la fois intrigué et inquiet. Leur mère porta un œil sur la route qui s'ouvrait à eux. Le regard du grand frère voulait poser la même question que leur maternelle. Claude semblait trop heureux pour se soucier.

La marche vers la maison avait des allures surréalistes. Une gravelle s'émiettait sous leurs pieds, reflétant des cieux étoilés. Le mutisme emplissait le paysage, ne laissant pour unique langage le passage de leurs pas qui se rapprochaient de leur immeuble.

Claude demeurait coi sous un rideau aimant et amer, espérant revoir très prochainement cette nymphe qui refleurissait muse dans ses songes. Il s'installa contre la fenêtre, observant la lune. Il se rappelait la conversation qu'ils eurent, il y a à peine une heure ou deux. *Le temps est illusoire,* pensait-il, car il entendait toujours la douceur de sa voix, et il goûtait le parfum de ses lèvres comme une source fossilisée dans le roc de sa littérature naissante.

Le jeune poète avait du mal à respirer. Son cœur emplissait son torse d'un fleuve aux rêves bouillonnants. Ses poumons endoloris par cette fumée qu'ils se sont partagés devenaient un autre souvenir qu'il adorait en silence. Et s'il avait connu le mirage d'un lourd moment d'incertitude ? Allait-il la revoir ? Ils se sont donné rendez-vous chez Bruno Cormier. Allait-elle se présenter ?

« Claude, il est tard, va te coucher. » Julienne se tenait tout près, et Claude savait que même s'il écoutait sa mère, il ne dormirait pas.

L'ÉMOI À MANTEAU D'HIVER

Sur la suzette (cette fille) au bras recourbé les miasmes de l'émotion rentrée concourent à affirmer la volonté du dinosaure Elles s'avancent les vieilles chose. D'un respect quasi honteux la Nouveauté recule de trois pas et laisse passer ce qui a regard clair encore.

Chapitre Cinq:

Émile Ne Lit Guère

L'interaction entre les gens de bonne foi est un concert de piano joué par des virtuoses maladroits, pensait Émile. À presque quatorze ans, il n'avait connu que les murs de cet asile. On lui avait dit que sa mère ne voulait pas de lui, et que son père avait disparu. Très jeune, il tenait les sœurs qui s'occupaient de son bien-être comme des figures maternelles. Les docteurs l'ignoraient. Ils préféraient des patients plus âgés et plus malades. Pourquoi s'identifier à des agonisants qui hurlaient, la nuit, alors qu'il était terrorisé et incapables de s'exprimer ?

> *Tout a regard clair encore*
> *Elles passent*
> *les choses*
> *Et je vois ma mère qui sourit*
> *Et je vois ma mère qui a le fou rire*
> *La lumière est douce*
> *Les cimetières portatifs sont meilleurs pour les mains du cœur*

> *Claude Gauvreau — Poèmes de détention — 1961*

Il ne devrait pas se comparer à des hommes déments qui jouent avec leurs excréments dans le couloir. Il aurait adoré lancer la balle à un garçon de son âge, c'était très lourd. Il se disait qu'une erreur s'est imposée. Installé ici par mégarde, il ne pâtira pas longtemps. Sa mère reviendrait le chercher. Elle se présenterait aux docteurs tortionnaires avec héroïsme et compassion, parce qu'elle pense à lui tous les soirs.

Elle ne l'a pas oublié. Sa protectrice magnifique n'a jamais autant pleuré que le matin où Émile, naissant, s'est fait voler par des scientifiques qui détestent l'amour. Il se raconte ces histoires, sans savoir qu'il est venu au monde orphelin. Il retournait dans sa petite chambre, attendant que le gardien verrouille la porte, et il fixait le plafond en soupirant toute l'agonie qui crispait ses muscles. Les nuits torturaient autant que les jours. Les hurlements de patients, au loin, se mêlent aux rires des concierges.

Parfois, il entendait les cris autocratiques des cerbères. Il croyait avoir discerné les sanglots de l'un d'eux, après qu'il eut usé d'autorité pour faire taire un jeune, comme lui, que les cloisons maintenaient en secret. L'enfant, Marc, se vit installé dans une cellule voisine, sans doute en espérant qu'ils deviendraient amis. Mais Marc préférait rester seul, incapable de s'exprimer. C'est pour cette raison que les gardiens venaient le visiter, tard, la nuit. Émile ignorait ce qui se passait, de l'autre côté du mur mitoyen. Mais quand les tortionnaires gémissaient, Émile s'endormait de peine et de douleur.

Émile craignait y percevoir l'horreur d'un pouvoir abusif. Un jour, Marc demeura muet. Il marcha à travers la cour arrière, alors que les patients et les infirmières occupaient les lieux. Il avait volé le stylo d'un docteur, et il l'observait avec attention. Il s'approcha de lui, pour discuter, de tout, de rien, se faire un compagnon. Marc préféra se planter le crayon dans l'estomac, une autre fois, encore, et encore, jusqu'à ce que ses tripes deviennent une fontaine de jouvence. Les gardiens le ramassèrent promptement. Émile observait la scène sans rien dire. Il ne le vit plus jamais, par la suite. Il ignorait ce qui advint de cet enfant, mais Émile espérait le savoir heureux.

Puis, on parla d'un lettré à qui l'on avait donné la chambre du petit Marc. C'était un samedi, et son nouveau voisin semblait profondément silencieux. Il se levait, la nuit, et collait son oreille au mur qui le séparait du récent occupant. Pouvait-il comprendre la musique des anges ? Jésus n'était-il pas un poète ? Émile entendait celui-ci s'exprimer, parfois, mais les mots ne faisaient aucun sens. Il retournait à son lit et espérait pouvoir échanger avec lui, un jour. Il voulait s'abreuver à même ses paroles, lui dire qu'il dormait dans la chambre d'un semblable.

Marc souffrait, mais s'ouvrir le ventre comme dans un acte de poésie devient intense. Le nouvel occupant, dans la trentaine, l'ignorait encore plus. Quand Émile le voyait déambuler dans les couloirs, il croyait observer un professeur qui enseignait l'alchimie à des étudiants invisibles : Songeur, pris dans ses pensées qui frôlaient la rêverie et la raison. Était-il un enquêteur venu dénoncer cette supercherie ? Sa mère l'avait-elle engagé ? Elle était un ange, il le savait, tué par la société pour qu'on enferme son nouveau-né et on le confronte à l'enfer des plus puissants. Et l'homme qui marche avec lui, maintenant, c'est aussi un enfant. Comment allait-il l'aborder ?

La cour n'était plus la même, depuis la disparition de l'orphelin. Émile observait Claude sans connaître son nom. Il savait son essence. La détresse chante une mélodie. Une parole se devait d'illuminer, pensait-il. La semaine dernière, il entendit les infirmières parler d'un certain Claude Gauvreau, qui écrivait pour la radio. Cette conversation emplissait le jeune garçon d'une profonde admiration. Peut-être avait-il travaillé pour le cinéma. Il deviendrait son ami, et il lui présenterait Charlie Chaplin ! Émile s'enfuirait dans les bras du poète, et ils migreraient en Californie. C'est là que les souvenirs meurent pour se transformer en théâtre des penseurs. Alors que les géants de ce monde imaginaient des moyens de voler, s'approcher de la lune, y mettre le pied, Émile savait que la liberté et le paisible portaient le réel outil de transport des prophètes. Il ignorait les mots pour l'exprimer, mais il sentait que son nouveau voisin les maîtrisait. Mourrut-il pour donner sa chambre à Claude ?

C'est au moment de contempler une matinée aussi fade que sans texture qu'Émile flaira l'éveil. Il s'assied dans la cafétéria, attendant que les bonnes sœurs servent le déjeuner. Il observait son morceau de pain, sans bouger. On lui avait dit, une fois, qu'à Paris, ils mangent des croissants. Il n'a jamais compris ce que ça signifiait, mais il rêvait de visiter la Ville Lumière. Il croyait pouvoir y rencontrer un poète à chaque café, et sans doute un qui l'adopterait pour lui enseigner les beaux-arts. Mais à quoi bon espérer si on se réveille dans la même chambre, chaque matin, sous le bruit des patients qui hurlent et se plaignent.

Émile aurait aimé que le monde l'entende, mais il n'a jamais su s'exprimer convenablement. Pourtant, malgré toute la lourdeur de son quotidien, il ressent une chaleur au fond de son ventre. S'arrêter, un moment, et respirer, s'écouter inspirer. Puis réaliser qu'il prend connaissance de ses expirations pour arriver à se calmer.
Accepter l'enfer qui l'entoure, un peu plus. Personne ne lui apprit cette pratique. Les docteurs semblent trop pressés à essayer des techniques inédites. Embrocher l'esprit avec des courants électriques, ou endormir le patient avec du chimique. La réponse à tous les maux a toujours été entre les deux narines, puis entre le cerveau et les poumons. La science ignore le Zen.

Claude l'intriguait. L'homme devait avoir quinze ans de plus que lui, et il projetait la même énergie. Émile sentait que, du haut de ses seize ans, il allait porter le trauma de son enfance toute sa vie.
Son nouveau voisin avait visiblement souffert, aussi. Il ne l'exprimait pas, cependant. Lorsqu'ils se croisaient, dans le couloir ou à la cafétéria, aucun son ne se manifestait. On aurait cru à la rencontre d'une rivière angoissée et d'un océan calme et aplati.
Pour l'adolescent, ces rencontres prenaient les allures d'une quasi-révélation. Les regards perdaient de leur lourdeur.

Et si l'univers observait la matière à travers ces regards infantiles ? Des milliards d'individus calcaires s'enfouissent dans un quotidien anodin. Ils se bâtissent une caverne contre laquelle l'univers d'autres lubies projette un illusoire. Ces réflexions peuplaient Émile sans qu'il puisse les exprimer. Tant de concepts extraterrestres l'habitaient, et tout ce qu'il trouvait à dire enlisait ses désirs dans un désert au sable émouvant. Pourtant, un ordre cosmique dépasse l'entendement du simple mortel. L'alchimiste du soi est un calculateur aveugle.
La surdité du mutisme de ces lieux devenait l'absurde entité d'Émile, à la recherche d'un ami. Claude, si seulement il avait connu Marc.

« On dit qu'il y a un poète parmi nous. » répétait-il à voix basse, dans sa chambre, observant le mur qui le séparait d'un pupitre, d'une plume et d'un pot d'encre.

Il fixait le plafond, la nuit, comme le sommeil égoïste et l'éveil d'un caprice. Il entendait, alors, Claude gémir : « Grands bois, vous m'effrayez comme des cathédrales ! » affirma-t-il. Émile portait une oreille à l'enceinte commune. Chantait-il un hymne négligé ?

« Vous hurlez comme l'orgue ; et dans nos cœurs maudits. » ajoutait-il encore. « Chambres d'éternel deuil où vibrent de vieux râles, répondent les échos de vos De profundis. » C'était un virtuose.

« Monsieur Claude ? » soufflait-il, au bas du mur. Le silence revenait chaque fois qu'Émile voulait échanger avec son idole. L'entendait-il ? Pourrait-il comprendre le génie qui l'habitait, lui, un jeune orphelin de Duplessis. Et si la vie se fichait des conventions et de la politique ? Est-ce qu'un atome cherche son existence quand le vide se drape d'une illusion imposée ? Émile appréhendait ces anges réciter ces vers, mais il souriait, en revers. « Vous m'entendez, monsieur Claude ? » demandait-il. Ti-Claude, le voisin comprenait, un Ti-Coune pour son frère, sans doute.

Pierre pourrait écrire un téléroman et lui attribuer le personnage à la fois éveillé et sans langage : Un peuple colonisé et colonial. Mais une poussière devant l'univers qui s'étend jusqu'à l'infini d'un globe de verre. Claude hocha la tête et dit : « Je te hais, Océan ! Tes bonds et tes tumultes, mon esprit les retrouve en lui ; ce rire amer. »

Mais dans sa chambre, souffrait-il, au bas du mur, qu'aurait pensé Marc ? La collision se voudrait similaire, mais les frères l'ont démonisé. Ces idées créaient de réels tourbillons dans ses neurones, trop pour qu'il puisse les gérer un à un. Émile éprouvait ce malaise, il savait qu'il devait regagner sa cellule et laisser le poète seul. Pour un moment, cependant, l'esprit de l'orphelin duplessiste, l'auteur automatiste et le vierge suicidé convergeaient en un moment à l'infinité placide. Claude le ressentait, sans connaître son voisin ni le précédent occupant de sa chambre.

Il se tenait au centre de son lit et déclamait les vers de Baudelaire, à voix basse, comme s'il était son unique auditoire. Il entendait le poème que Muriel récitait, chez Bruno Cormier, deux semaines après leur première rencontre. Le temps n'avait plus aucune valeur, dans les souvenirs qu'il contemplait. Pourquoi avait-elle choisi Baudelaire ? Pourquoi se sentait-il aussi Nelligan ? Ces figures importent plus aux générations futures qu'à leurs contemporains. Il observait le plafond et cherchait à oublier les mots du visionnaire d'outre-tombe, mais un langage inhumain se martelait une peau d'ange dans sa tête.

« De l'homme vaincu, plein de sanglots et d'insultes, je l'entends dans le rire énorme de la mer. » chuchotait-il, au fond de son lit, incapable de produire une larme. *L'univers est une variable mathématique dans un monde écervelé*, pensait-il. *La poésie oublie des nombres, elle ne dénombre que l'infini déplacé.*

Minuit reluit, mais Claude ne pouvait pas fermer l'œil. Il n'avait aucunement arrêté de réciter cette merveille dans son esprit, un mantra, comme si son insistance à se souvenir démontrerait au cosmos qu'il était né pour un seul amour, Muriel, qu'il n'aura pas. Il ne la verrait plus jamais. Pourquoi souffrir en secret si la création fait pression pour n'être qu'un instant ? Sans se poser de question, Claude se leva et retira ses vêtements. Il se tenait, nu, comme un golem fier à la peau de lombric. Le plâtre qui l'encerclait ignorait la fébrilité de ses pensées. La Terre se transformait sous ses pieds, à travers des millions d'années qu'il ressentait dans cet instant qu'il cherchait à exprimer.

Il avait oublié les derniers vers du poème. Il voulait omettre le souvenir, se recoucher et s'endormir, mais elle le hantait encore. Elle existait dans ses rêves, pensait-il. Elle existe encore. Il fixait le sol, ses cuisses. S'il était un quelconque personnage dans un roman, croyait-il. Son observation serait un voyeurisme à troubler le lecteur. Et si la libération du soi débutait par l'aliénation de l'autre ? Ressentons une onde commune avant de parler d'harmonie. Et pourtant l'harmonie commence par soi-même.

L'évolution s'établie sans fondation. Pourquoi chercher à plaire sans d'abord se charmer soi-même ? Claude alla se coucher, oubliant jusqu'au balbutiement de la fin de cette journée. Est-ce qu'elle pense à lui ? En ce moment ? Vivre dans une dimension qu'il ignore, ou le paradis que d'autres adorent. L'enfer qui l'attend, lui affirmaient les frères, les docteurs, les acteurs, les raisonneurs, Claude voulait disparaître, comme sa muse, d'ailleurs, on ne fait pas d'opéra sans briser des symphonies. Il retourna se coucher, réfléchit assez pour laisser le chaos le bercer, et il s'endormit dans les bras de Percée.

Tit-Coq. — *Justement.... et personne qui s'ennuie de toi.*
Si je ne l'avais pas rencontrée, elle, je partirais aujourd'hui de la
même façon, probablement sur le même bateau.
Je prendrais le large, ni triste ni gai, comme un animal, sans savoir
ce que j'aurais pu perdre.

Gratien Gélinas — Ti-Coq 1952

Chapitre Six:

Les Parapluies De Baudelaire

Un salon un peu en désordre n'empêchait pas les jeunes à s'y aventurer. Muriel Guilbault récitait du Baudelaire ! Les intellectuels en avaient que pour l'espace d'un peu de chair, près de ses aisselles. Une érudite ! Avec une poitrine ! Tant de sourires couvraient les lieux. L'actrice ne savait à quel regard se vouer. Elle ferma les yeux et déclama de plus belle :

« Comme tu me plairais, ô nuit ! Sans ces étoiles. Dont la lumière parle un langage connu ! Car je cherche le vide, et le noir, et le nu ! »

Ces mots flottaient dans le couloir, chez Bruno Cormier, alors que douze garçons observaient une ravissante fille réciter les vers du maître avec expression et ingénuité. Pierre l'avait reconnu, mais il se tournait vers son frère. Il le questionnait des sourcils, se demandant les raisons derrière la présence d'une femme dans ce cercle masculin. Claude se dévouait en tendresse, et l'affection appartenait à d'autres. Tout près de lui, Robert Blair, bel homme de dix-sept ans au sourire conquérant, n'avait aussi d'yeux que pour la jolie nymphe.
C'était comme si les mystères s'enduisaient de chair à travers cette jeunesse aux traits féministes, bien avant l'âge égalitariste. Robert y apercevait une femme forte, sa cadette de quatre ans, mais Claude la savait plus sage que tous les garçons réunis dans ce petit salon.
Il ressentait la fraîcheur d'une énergie positive, chaque fois qu'il l'observait sourire. Il se l'imaginait dansant, à l'entrée d'une classe de théâtre. Le monde n'existait plus autour d'elle.

Il la revoyait fumer, à la sortie, seulement cette école mixte habitait son fantasme. L'humanité venait à peine d'abolir l'esclavagisme, moins d'une centaine d'années au préalable, et les femmes commençaient à s'affranchir dans la société. Bientôt, les romancières n'auraient plus à s'imaginer un nom masculin pour que leur œuvre soit considérée pour publication. Déjà, une actrice de treize ans récite Baudelaire dans un salon rempli de jeunes garçons, c'était une révélation. Robert saisissait des missives mentales, observant Claude qui prenait des notes écrites, dans un petit calepin. Le premier, penseur, calculait. Le second, songeur, s'émouvait. L'architecte voyait le monde à travers des chiffres ; le poète entendait des sons.

Robert représentait la société archaïque, portée sur le dos des poussées géométriques ; Claude formulait des phonèmes. Lorsque le mathématicien s'approcha de l'artiste, celui-ci demeura penché au dessus de ses maigres mots. « Hey ! T'écoutes pas ? C'est magnifique ! » Claude l'ignorait, préférant se recueillir devant l'expression de ses sentiments. Robert fixait les seins de la belle visionnaire. Claude entendait sa voix. « Eh, Claude ! » insistait-il mais le poète vivait ailleurs. L'architecte retourna à son admiration, laissant l'autre à son introspection. Certains systèmes se bâtissent dans l'illusion, et certaines utopies se nourrissent de l'univers.

Muriel observait Claude. Elle ressentait son affection. Ça lui provoquait une chaleur au fond de son âme. Un baume comme jamais elle n'éprouva auparavant. Il lui paraissait un peu balourd, maigrichon, comme un paradoxe qui intriguait la jeune demoiselle *Et si les courants cosmiques,* pensait-elle, *formaient un va-et-vient entre la petitesse et la grandeur, à en graver le vertige dans l'esprit du non-initié ?* Le bonheur érige un point unificateur entre l'être et le bien du soi. *Soyons nous-mêmes,* convenait-elle, mais ces concepts dessinaient des hiéroglyphes dans sa tête. Elle voulait seulement prendre Claude dans ses bras ! L'embrasser, l'aimer, lui faire des semblants d'enfants. Mais il demeurait si calme et si patient, ça ne pourrait pas fonctionner entre lui et elle, pensait-elle. Mais Robert est plutôt bel homme. Il émanait un regard de créateur, comme Claude, mais une carrure de père de famille.

« Mais les ténèbres sont elles-mêmes des toiles Où vivent, jaillissant de mon œil par milliers, Des êtres disparus aux regards familiers. »

Elle croyait entendre une étincelle, ou une météorite des années soixante en prévision de la quarantaine guerrière. Si elle pouvait comprendre. L'art se veut un langage, celui de l'abandon, la mélodie du malaise qui s'oublie. Et si l'univers l'avait emmené ici ? Pourquoi avait-elle saigné, sous ses draps, craignant devoir s'expliquer à sa mère, au matin. Et, le soir venu, elle était créatrice de salives hormonales chez ses contemporains au complexe mâle. C'est un pouvoir certain, ou un certain pouvoir, selon l'avenue du regard. Elle figea, inapte à s'accrocher à un auteur ou un architecte, un peintre ou un autre. Le silence devint la seule entité susceptible de hanter la salle. Pierre trouva le courage de s'interposer.

« Merci, Muriel. » souffla-t-il, avant de s'imposer au cœur du salon de Bruno Cormier. « Et pourquoi avez-vous choisi ce poème ? » lui demanda-t-il.

Elle figeait, incapable de réagir, mais souriant sans comprendre. Elle ouvrit les yeux et vit Claude qui lisait encore la musique de son silence. Elle riait devant la réponse qui tardait à se faire entendre. « L'obsession. » chuchotait-elle. Sans plus. Claude se réjouissait. Elle s'amusait en retour. Pierre s'imposa, un peu, recherchant un brin de vérité. Elle ajouta quelques mots, avant qu'il ne décrète les siens : « C'est la hantise qui fait à la fois mal, et qui rend libre, quand le poète l'exprime. » expliqua-t-elle. Pierre se rassied ; Robert se leva.

« J'aimerais en entendre un autre ! » affirma-t-il, tout sourire béat. « Je vous en prie, vous avez une si belle voix. » Elle convenait à des quémandeurs de supplier les propriétaires d'une demeure détruite. Ils demandaient un peu de pain, un clin d'œil aux jeux du destin.

Elle le regarda d'un air qui projetait une pensée : *je ne suis pas ton pantin !* Claude fixait déjà ailleurs. Avait-il entendu l'appel ? Elle baissa son attention et affirma, tout bas : « J'aime bien le Vampire, aussi… » *et la charogne*, considérait-elle. Le génie doit-il être laissé à sa propre pourriture ? « On va passer au suivant, Robert. » Pierre s'interposa. Claude connaissait bien son grand frère pour porter son regard ailleurs, espérer une carcasse et un chien, *une danseuse et un client,* plus que soi-même, sans comprendre le meme qui habite autrui. Robert sentit le malaise s'installer. Il insista :

« J'aimerais en entendre un autre ! Je vous en prie, vous avez une si belle voix. » Elle déteste les répétitions.

Bruno projetait son œil vers Pierre, recherchant une interaction. Le sol restait de glas, de glaise et d'argile. Il tourna son attention vers la cuisine. Sa mère avait quitté le logis, sachant que son fils érudit allait trouver la clé vers une sorte de révolution, les bonnes sœurs de son heure disaient que le changement impose une erreur, mais elle espérait. Pierre apporta son regard inquisiteur en direction de Bruno. Son salon était un lieu de grand intellect ! Qu'est-ce qu'une femme faisait ici ? En ces temps où le sens des sexes figurait aussi primairement que les technologies archaïques, ces hommes croyaient que la signification de la vie orbitait autour de leur poésie.

Pour qu'une jeune fille vienne réciter les vers d'un maître que l'autorité a mis à l'index, c'était ahurissant, effrayant ! Mais au-delà de leurs ambitions profondes, on y rencontrait l'appel de la nature. Ils n'avaient pas encore embrassé de lèvres. On bécote celles des tantes, aux fêtes, mais leurs hormones n'y trouve aucun plaisir.

« On va y aller avec quelqu'un d'autre, Robert ! » Pierre s'est interposé, voyant autant de visages béats à l'appétit naissant. Robert insista : « Je ne voudrais pas avoir l'air déplacé, mais je vous assure, mademoiselle Guilbault, que je pourrais, enfin, on pourrait tous passer la nuit à vous entendre réciter des poèmes. » Il souriait, fier et serein, au moment de prononcer ces paroles. Le regard amer de ses pairs l'a reconduit vers une réalité qui lui rappelait une chose : il n'est pas un artiste. Il n'est pas un intellectuel. Il vient ici parce que ses amis se sentent en confiance en sa présence, et c'est tout. Il ne comprend pas ce qu'ils disent, quand ils discutent de Freud, de Jung, d'Artaud. Mais Muriel Guilbault est magnifique, et, ça, il le saisissait bien. Elle parle leur langage, en plus. Robert imaginait les enfants qu'ils auraient, ensembles : des génies ! Robert insistait davantage, mais Claude s'est interposé sans se poser de questions :

« Muriel n'est pas un phonographe, Robert ! » affirma-t-il. « On ne lui fait pas chanter des disques. » Son grand frère semblait un peu ébranlé par l'affranchissement soudain qu'assumait son frangin. Il lui porta un regard à la fois surpris et inquisiteur.

Les deux Gauvreau entretinrent un brin de bravoure dans un jeu qui dura trois secondes, attendant que l'un abandonne ou cligne des yeux. Pierre inhala un profond respire et s'exprima, tranquillement :

« Calme-toi ! Robert lui proposait juste de s'ouvrir. On est ici pour échanger. » Muriel sentit le malaise qui se tailladait une place. La salle divisait la froideur familiale, et elle préféra ne pas s'en mêler. Claude a bien cru avoir gagné sur ce plan, et il prit un peu plus d'espace pour s'afficher, demandant à qui voulait l'écouter :

« Moi je voudrais l'entendre réciter du Antonin Artaud. » Muriel, cuvant toujours son malaise, chuchota : « Je ne le connais pas, celui-là. » Claude ressentait, à son tour, le désarroi de sa muse. Il s'approcha d'elle, lui offrant un bras sécurisant et une voix protectrice : « T'es pas obligée, non plus. » lui confia-t-il. Muriel acquiesça d'un sourire qui allait de pair avec l'assistance qu'il lui projetait.

Pierre prit la scène, devant la douzaine de spectateurs :

« Bon ! On passe au prochain ? » demanda-t-il. La salle demeura de marbre et de silence. Muriel porta un regard vers l'extérieur. Le soleil se couche et la pluie caresse la fenêtre, par gouttelettes disparates. Claude aurait eu la chance de lire un de ses textes, mais il préférait se perdre dans la mélancolie palpable de sa nouvelle amie. Bruno en profita pour s'inviter sur la scène, un recueil de Victor Hugo entre les mains. Il avait patienté trois heures pour prononcer ces vers. Il regarda autour de lui, s'assurant de l'attention des siens, mais Muriel se voyait déjà ailleurs. Claude le ressentait. C'est alors que Bruno, sans aucune présentation, se racla la gorge et récita :

      « Muriel n'est pas un phonographe, Robert ! » affirma-t-il. « On ne lui fait pas chanter des disques. »

      « Demain, dès l'aube, à l'heure où blanchit la campagne, je partirai. » Muriel se leva et ramassa son manteau qui traînait sur une chaise, tout près du sofa.

« Vois-tu, je sais que tu m'attends. » déclamait l'hôte.
Muriel se tint debout pour lui offrir un peu d'écoute, mais son esprit s'évaporait au loin. Celui de Claude la cherchait dans la pièce.

« J'irai par la forêt, j'irai par la montagne. Je ne puis demeurer loin de toi plus longtemps. » s'exclama Bruno. Pierre ressentait la présence distante de son frère. Claude tombait de plus en plus en amour. À treize ans, ce sentiment anéantit des univers. Il craignait ne plus jamais rencontrer cette jolie demoiselle, si elle renonçait à cette soirée sur le champ.

« Je marcherai les yeux fixés sur mes pensées, Sans rien voir au dehors, sans entendre aucun bruit, Seul, inconnu, le dos courbé, les mains croisées, Triste, et le jour pour moi sera comme la nuit. » racontait Bruno, au moment où Muriel quitta le salon. Claude la suivit, sans se poser de questions. Il ramassa un parapluie, c'était celui de la mère de l'hôte, et la talonna dans le corridor.

« Je ne regarderai ni l'or du soir qui tombe, ni les voiles au loin descendant vers Harfleur, » Bruno achevait de réciter ce poème, au moment où Muriel ouvrit la porte. La voix du jeune Cormier devenait une sourdine, derrière Claude. Il hésitait, l'égide de toile serrée très fortement entre ses doigts crispés. « Et quand j'arriverai, je mettrai sur ta tombe Un bouquet de houx vert et de bruyère en fleur. » Muriel ferma le seuil. Claude s'empressa de le rouvrir. Voyant la pauvre nymphe se faire tremper par l'averse, il s'imposa, un peu, sans insister.

« Vous permettez ? » Il lui offrit l'abri de toile qu'il brandissait à bout de bras. Il pleuvait des cordes, alors Muriel accepta, en silence.

« Vous ne voulez pas écouter les autres textes ? » demanda-t-elle.

« La poésie n'est pas toujours un amas de mots. » répondit-il.

Elle souriait, lui prenant la main qui tenait l'outil, à la fois de manière amicale et comme une repentie. « Je vous ai senti protecteur dès le premier regard, Claude. » affirma-t-elle. Claude le conquérant se complaisait, fier.

La rue Saint-Denis s'ouvrait à eux comme un déluge sur le pauvre monde. Sans parler, ils portaient une attention envers les passants, criblés de gouttes au rideau sans pitié. Ils s'imaginaient déceler le secret de leur vie, des expériences toutes fabulées. Des yeux envieux dévisageaient ce beau couple, à l'abri de la tempête. Les promeneurs les observaient. Le poète et la muse apportaient aux piétons qu'ils croisaient une saveur romancière.

Claude et Muriel se regardaient et riaient. Ils jouent le même jeu. Une vieille femme cherchait à garnir son crâne d'un sac de paille. C'était caricatural de la voir marcher à pas lent, trempée jusqu'aux os. Cette jeunesse s'avançait dans les bras de la quarantaine d'un siècle, aux lumières déjà loin. Ils avaient le monde et son avenir entre les mains.

À treize ans, nous découvrons le fond de nos sentiments. La vie s'entête à nous écraser. Nos pairs n'ont aucune idée du mal qu'ils exercent, tellement l'anxiété de l'inconnu les foudroie. Leur haine les protège du jugement dernier. Pour Claude et Muriel, l'abri c'était ce parapluie qu'ils se partageaient. Le silence ne pouvait pourtant pas perdurer, pensait-elle. Les mots lui manquaient, et ils s'approchaient de sa demeure. Elle devait trouver le moyen de lui dire qu'elle désirait le revoir, sans lui faire croire qu'elle avait envie de lui. Claude demeurait tacite.

   « Merci de m'avoir présenté votre cercle. Je m'y sui retrouvé, et j'ai adoré. » lui manifesta-t-elle.

Il réfléchit à ce qu'il lui répondrait. Derrière eux se tenait une bâtisse beige, qui sera, dans plusieurs années, l'École Nationale de Théâtre. Elle voulait continuer, mais sentant l'arrêt insistant de son sauveur, elle se tourna vers lui. Il ne parvenait pas à prononcer le nom qu'il devait exprimer. Il trouva un brin de confiance dans le sourire de celle qu'il escortait.

   « Pierre et moi aimerions former un cercle d'érudits. » annonça-t-il. Le fantôme d'une génération future les observait. Elle chercha ses mots à son tour, pour le convaincre de reprendre la marche, parce que la pluie l'encombrait.

« Le Canada français a besoin de se tenir debout. Notre mère nous a élevés comme ça. » admitait Claude. Les passants tristes et sans parapluie les dépassaient. « Des érudits, je trouve ça drôle, ce mot-là. » exprimait-elle, avant de puiser le courage d'ajouter.

« Quelquefois, j'ai l'impression qu'on dit des êtres raidis. » Elle ricanait en observant les randonneurs sans vie qui les ignoraient.

« Tout raide, froid ! » insista-t-elle, question de lui faire comprendre que ce n'était pas le temps de mourir sous la pluie.

« Vous croyez que la raison nous fige ? » Claude se demandait à voix haute. Elle n'en pouvait plus. Avait-il saisi le message ? Elle veut regagner son lit et dormir ! Elle soupira et trouva le courage de l'embrasser. Il tétanisa. Il se tenait droit, effrayé, non, rien, terrorisé ! Une sorte de passion s'enfonçait au fond de ce baiser. Qui l'avait ressenti ? Il ferma les yeux et oublia les lieux, le passé qu'ils laissaient derrière. Il se disait que l'avenir s'invente un néant, et il l'embrassa à son tour. Surprise, elle souriait, sans doute conquise d'avoir eu gain de cause par son geste.

Leurs lèvres recherchaient la chaleur de leur souffle tiède, Mais elle n'allait pas dormir sur le parvis, et il ne parvint pas à l'enlacer sans préavis. « Pis ça ? » demanda-t-elle. « Est-ce que ça fige ? » Claude formula ses mots. « Vous êtes… » chuchota-t-il. Elle l'embrassa de plus belle, lui enfonçant la langue au fond de la pensée. Il demeurait de glace et d'effroi, comme s'il allait naître de nouveau. Il désirait lui faire l'amour, là, sur le trottoir. Mais la pluie lui rappelait la réalité du moment. Même si son esprit voulait lui faire des enfants, son corps lui remémorait la petitesse d'un moineau au creux d'un pantalon froidement mouillé.

Elle prit conscience qu'il avait trouvé la foi, alors elle souriait. « Après un bec comme ça, t'es mieux de me dire "Tu", sinon je te parle pus. » lui glissa-t-elle. Puis, la pluie se calma. Il la laissa partir. Les questions disparaissaient avec sa jolie silhouette. Elle marcha, solitaire, et Claude observa l'immeuble beige et le gazon qui lui faisait affront. Il ressentait l'appétit de nombreuses générations d'apprentis dramaturges. L'avenir lui mordait le bout des orteils, et il s'en foutait.

Son œuvre appartenait à cet instant, ce baiser, cette nuit et la précédente. Si seulement il parvenait à lui donner une forme, une formule, un poème ou une pièce de théâtre quelconque, son esprit sans fond et sans fondement, s'enfonçait, blanc et sans contraste. Il réalisait qu'il tenait le parapluie de la mère à Bruno. Son amour s'espaçait sans lui laisser d'adresse. Comment allait-elle le retrouver ? Il devait la revoir d'abord.

« Muriel ? » chuchota-t-il. Elle s'éloignait déjà.

Ce serait plus simple s'il la suivait sans parler. Elle s'isolait. Ce serait plus facile si elle se retournait pour lui dire : montre-moi où tu habites. Mais elle devait s'imaginer autre chose. Quoi ? Pourquoi ne parvenait-elle pas à exprimer un langage que Claude pouvait comprendre ? Et si l'invincibilité de l'amour s'arrêtait à la jeunesse d'un coup de foudre ? Lui offrir ce monde, si seulement, là, au pied de son égérie. La pluie s'imposait plus lourde, et il devait pouvoir la retrouver ! Alors il la suivit, de loin.

Elle tourna un coin, et il attendit, un moment, avant de reprendre le pas. La rue Duluth s'étendait sous ses pieds. Muriel s'espaçait sans se douter qu'il l'observait. Et s'il abandonnait, se disant que l'univers ne se bâtit pas sur les épaules de l'insistant. Il en oubliait le nom des avenues. Les adresses qu'il croisait se cryptaient sous ses yeux. Il ne voyait que le gravier s'étendre sous ses pieds. Les pelouses noircies par la nuit s'empilaient. Au loin, l'enfant se déconnectait dans l'ombre de ses distances. Claude s'imaginait s'engager dans un long corridor, un tunnel nocturne sous le tracé des lampadaires qui improvisaient des murs. Elle s'arrêta, sans doute se sentait-elle suivie. Il se tapit dans l'obscurité d'une entrée, derrière une voiture aussi sombre que son environnement. Puis, rassurée, elle reprit sa route. Claude regagna la sienne.

Au moment de tourner une clé dans la serrure qui la séparait de sa demeure, Muriel observa les alentours. Son sourire dissimulait une crainte sertie d'intrigues. Cherchait-elle à savoir s'il se cachait là ? Et s'il la suivait par affection ? Comment réagirait-elle devant son intention ? Le vouloir de certains est la désolation de beaucoup d'autres. Et si l'ensemble de nos connaissances épelaient le dernier mot que nous entendrons avant notre mort ? Chercherions-nous un terme incertain, une nébuleuse naissante ?

Il appartient à l'humain de convoiter dans la paume sécuritaire d'un confort l'aisance pesée d'une vie bien pensée. C'est dans ce sens que Muriel se sentait appréciée à travers ces regards masculins.

Est-ce que l'un de ces jeunes intellectuels allait grandir pour devenir médecin ? Allait-elle trouver chaumière dans les bras d'un avocat ? Souriante, elle ignorait que son principal prétendant l'avait suivi jusque chez elle. Caché derrière une voiture, il n'avait d'yeux que pour l'explorer, au moment de franchir le seuil et verrouiller la porte.

Il s'empressa de s'enfuir vers la ruelle. Il prenait soin d'étudier chaque châssis, espérant y voir celle qui abritait sa chambre sous des rideaux de soie. Dans sa tête, un million de scénarios s'opposaient. L'avait-elle découvert ? Voulait-elle qu'il se tienne derrière, à cette distance, à savoir où elle habite ? Devrait-il lui avouer qu'il l'a, ainsi, suivi jusque chez elle ? Il arrêta sa course près de la clôture de bois, observant la fenêtre qui donnait sur une petite pièce. Il attendit une heure, alors que son esprit imaginait de nouvelles douleurs. Allait-elle l'apercevoir, tapie dans sa cour arrière, cherchant un rapprochement sans se dévoiler ? Le silence le hantait. L'asphalte allait attirer des rats qui lui mordraient les pieds au sang. Mais personne ne se manifestait. Les parages désertiques abritaient ni humain ou animal. Peut-être que les rongeurs sortiraient de son torse pour lui manger le cerveau ? Il avait du mal à respirer. Pourquoi ne viendrait-elle pas lui tenir la main ? Lui parler, un peu, lui offrir une cigarette.

Qu'est-ce qu'il fait ici ? Elle va certainement chercher à le revoir ! Elle sait où il habite, l'humain a besoin d'une technologie qui favorise ce genre de rapprochement sans insistance, songeait-il, puis il oublia le fil de ses réflexions. L'humain est promis à une perdition, à défaut d'aborder les anges pour une ultime audition. Cette pensée plaisait, et il aurait aimé pouvoir la mettre en forme, sur un papier. Il avait deux choix : retourner chez lui pour composer un poème qui parlerait de ces anges et de ces bêtes. Il s'évertuerait à s'émouvoir davantage pour donner un sens à cette inspiration.

Muriel se pavanait dans chambre, nue. Claude en oublia toute envie de se découvrir littéraire. Il ne démontrait d'attention que pour ces cerises qui pointaient hors du torse de sa muse, cherchant à percer le mystère de l'entre-jambes qu'elle camouflait sous une serviette.

La nuit le refroidis, mais le spectacle revêtait une chaleur qui le rassurait. Elle se dirigea vers la fenêtre et porta une main au rideau. Elle hésita un moment, puis décida de laisser le théâtre s'exprimer. Claude en profita pour se rapprocher, rampant presque au sol pour l'observer de plus près. Le linge quitta ses cuisses, et Muriel se mit à danser de plus belle. Claude ressentait l'appel inguinal de son pubis en pleine exploration. Il aurait préféré gambiller contre son corps, éprouver le frottement de sa chair contre la sienne, mais il savait qu'il n'avait pas sa place dans la demeure de celle qu'il aime.

Il ferma les yeux, un moment, et elle éteignit les lumières. Il se mit en boule, comme un chien qui avait honte d'avoir brisé le sofa de son maître. C'est un chien, pensait-il, « je m'excuse, mon petiot. » Chuchotait-il pour se convaincre de bien faire. Inconsciemment, il espérait qu'elle l'entendait, qu'elle repère sa présence, sans paniquer. *Je m'excuse*, insista-t-il, dans son esprit, reconnaissant l'outrage qu'il avait commis. Elle dormait déjà, croyait-il, deux heures plus tard. Il constatait la froideur du building, sachant qu'il devait regagner sa demeure.

L'asphalte inhospitalier l'intimidait, alors qu'il marchait seul.
Et si elle l'épiait dans ses rêves, de la même manière ?
Cachée derrière la clôture de ses craintes, elle l'observe de l'autre côté d'une fenêtre, impossible, elle ne veut sans doute rien savoir de lui. Réintégrer son chez-soi, inventer un mensonge pour sa mère inquiète, et se coucher, nu, en touchant ses parties intimes qui sont restées collées au passé incongru. Dormir, s'il le pouvait, mais le lendemain il allait au couvent pour écouter les frères parler du paradis et de l'enfer. Claude savait. Craindre le contact des prêtres, écouter la sagesse des Saintes-Écritures. La lumière dévisage l'appétit animal du clergé. Claude savait dormir en se disant qu'il n'avait pas violé le secret de son grand amour, qu'il espérerait le bon moment pour donner fruit aux jours de leur amitié en semence Claude savait. Mieux vaut attendre, sans s'imposer, comprendre le message interposé, et se reposer, sans se poser de questions.

« Tu arrives tard ! » lui reprochait sa mère, alors qu'il marchait le long du corridor, sans un mot. Il regagna sa chambre, son lit, tout habillé et s'assoupit, ravi.

L'amour est tout puissant. L'impatience que tout autre eût provoqué chez moi : la conscience de la réalité tragique me l'interdisait avec elle. L'apprentissage de quelques années m'avait appris, à l'égard de la superbe fantasque, une tolérance à toute épreuve.

Voulant tout lui donner et lui pouvant donner très peu : la patience éternelle était la forme compréhensive de ma nature belliqueuse.

Claude Gauvreau — Beauté Baroque 1952

Chapitre Sept:
Fenêtre sur l'Immonde

Et si elle l'épiait dans ses rêves ? Cachée derrière la clôture de ses craintes, elle l'observe de l'autre côté d'une fenêtre, la même que la veille, la vitre de sa chambre, à Saint-Jean-De-Dieu, *l'hôpital des fous*, pensait-il. Pouvoir la prendre dans ses bras, l'embrasser comme l'amertume embrasse le silence. Il arpentait sa cellule à la manière d'un mouton en quête d'une roue qui tournerait sous ses pieds jusqu'à s'essouffler. Il se nourrirait à peine avant de retourner dans l'infernal d'une spirale stationnaire. Le paisible se laisse étouffer par la chambre étroite. Le pupitre séducteur l'appelle, mais il manquait du papier et de l'encre, une plume et des fleurs. Un peu de musique embaumerait les mœurs, mais il était seul et il devait apprendre à vivre en solitaire. S'il franchissait cette porte, il marcherait au travers de patients plus atteints qu'il ne l'était. S'il restait enfermé dans sa chambre, il deviendrait encore plus dément qu'eux. Si Foucault l'entendait.

André Breton signa son Manifeste du Surréalisme en mille neuf cent vingt-quatre. L'art aura mis des siècles à apprendre à marcher, puis se tenir debout lors d'une Renaissance. Il aura connu une adolescence romantique, puis une remise en question, une rébellion en sol dada. Les courants qui suivront pousseront l'intellect sur des terres de découverte. Pour Breton, tisser un réel à même le spontané d'une pensée sans filet libérait les pulsions inconscientes.
C'est un mouvement qui ouvrira la voie aux prochaines révolutions, dont la nôtre, plus tranquille.

Paul-Émile Borduas admirait Breton. À sa manière, il semblait succéder aux indociles du dadaïsme. Mais alors que certains artistes d'Europe traçaient la psyché en chapeau melon, caché derrière une pomme verte. D'autres ont fracassé les conventions naturalistes pour peindre des montres molles, le temps qui fond au soleil.
Borduas, tant qu'à lui, voulait remettre le pinceau entre les mains de l'inconscient libéré. Parmi ses disciples, nous trouverons Bruno Cormier, Jean-Paul Riopelle, Muriel Guilbault et les frères Gauvreau. Ils signeront, avec d'autres, le Refus Global, un manifeste automatiste venu cimenter la place du Québec dans l'histoire de l'art.

T'es dans la lune…

N'est-ce pas ainsi que l'univers se tapisse un rêve d'humanité ?
Un milliard de spirales contemplent les générations pour donner vie à l'ordre sur fond chaotique. La redécouverte du nombre d'or en terreau européen aura donné naissance à la modernisation des mathématiques. Comme chaque ensemencement donne lieu à un champ de possibilités, Fibonacci aura permis à la philosophie européenne de trouver son épanouissement. Non sans oublier la contribution de l'imprimerie de Gutenberg, l'apport de Paracelse à la préhistoire des sciences nouvelles, les pensées de Descartes, Kant, Hegel, Humes. On songe aussi à la poésie de Frost, Lamartine, Baudelaire, le théâtre de Shakespeare, Racine, Molière, puis celui de Jarry. La peinture de Michel-Ange, Delacroix, Manet, puis Monet s'en suivent. Cinq cents ans succédèrent à ce début d'ère contemporaine, dans lequel la conscience avait pris le premier plan de la recherche, pour en venir à l'existence, selon Kierkegaard.
En bon chrétien, il ressentait, dans sa douleur et son humiliation, une preuve de sa présence hors de la caverne de Platon.
Les générations se succèdent dans le spiralé fibonaccien ;
une évolution vers Sartre. Il suggérait que les flammes des autres projetaient notre théâtre d'ombres.

Ce soir, je ne veux pas vous entendre vous chamailler.

Pourquoi avoir accordé autant d'importance aux religions, à la superstition, pour en arriver à peindre le monde comme un enfant dessine le soleil ? Un astre de tout sourire brille au travers d'un régiment sanguinaire. Comment en sommes-nous venus à reconcevoir l'univers de nos ancêtres et le refaçonner à la manière de nos révoltes ? Nous passions le savoir entre érudits, est-ce qu'un jour la démocratie de la connaissance donnera lieu à une communauté qui croira que la Terre est plate ? Et si elle l'était, au fond de leurs pensées les plus profondes, et les plus sincères ? Alors, Claude devra écrire pour eux. Parce que les dogmes sont tueurs de phantasmes, les puissances endorment la liberté des poètes sous des règles assassines. L'inconscient, seul, porte l'indépendance totale et incorruptible. Il en savait autant, au moment de contempler sa plume et son pupitre, s'imaginant composer une lettre à son mentor. Il visualisait l'écriture d'un hymne à sa muse, Muriel, tout son univers tournait autour de cet être éphémère.

« Tiens-toi droit… » grogna-t-elle envers Pierre, alors qu'il s'adossait contre le mur du théâtre.

Il rejoint son lit. Le bruit des passants l'incommodait, de l'autre côté de sa porte verrouillée. Des infirmières, croyait-il entendre, et des patients. *Restons calmes*, se répétait-il, en se frottant les mains, comme s'il cherchait à provoquer une chaleur qui lui apporterait un peu de réconfort. Ses tempes lui faisaient mal. Ses yeux ne voyaient plus. Sa bouche s'asséchait, et il voulait se rendormir, en après-midi. Le plafond pesait contre lui, contre son lit, contre celui d'une rivière de temps qu'il n'avait plus. *Le pupitre, la plume, et l'encre*, murmurait-il : Créer pour vivre ! Créer, mais vivre, d'abord, et quel est le poids d'un instant immédiat ? Le passé s'impose, comme autant de carrés dans une spirale interminable, gravant l'avenir d'un présent aux décisions discutables, s'aggravant pour chaque choix néfaste au soi à la recherche d'un paisible. Déjà un an s'est écoulé depuis leur dernière conversation. Claude a vingt-sept ans. Nous sommes en mille neuf cent cinquante-deux.

Il lui adresse la parole tous les jours. Il lui écrit des lettres qu'elle ne lira jamais. Chaque moment sans elle lui rappelle le vécu qu'ils se sont partagé. Ces soirées de poésie, chez Bruno Cormier, émanaient l'élégance. Ces après-midi sur le Mont-Royal soufflaient la délivrance. Un ciel l'éblouie, aussi clair et bleu qu'un verre d'eau qui n'a jamais connu la main d'hommes. Elle portait une jupe de lin qui lui apparaissait plutôt rugueux. Jaune, se rappelait-il, avec des rayures noires, c'est la mode. Le versant de la montagne donnait sur le chemin Olmstead, jusqu'à la rue Peel. Les premières feuilles d'automne tapissaient le sol sous la nappe rouge qu'avait soigneusement installée Muriel. Un voile projetait la couleur du sang d'un taureau qu'un matador avait sauvagement égorgé. Mais le dîner s'improvisait festif, on en oubliait le malaise qu'inspirait l'écarlate morceau de tissu contrastant avec le brun aux pieds des chênes. Deux assiettes séparent la silhouette frêle de Muriel et la carrure protectrice de Claude. Un sac de coton se tenait contre un arbre, tout près de lui. Une bouteille de vin rouge et deux verres complétaient la scène gourmande. Claude sortit quelques sandwichs, cherchant à détourner son regard des pieds nus de son égérie. Muriel laissait le vent lui caresser les cuisses.

Ils n'avaient pas parlé, depuis qu'ils ont quitté la demeure de celle-ci, la nourriture bien emballée. Leur amitié célèbre maintenant trois ans. La puberté les a enrobés d'un goût du désir qui prenait des saveurs divergentes. Les seize ans de Claude l'ont plongé dans un mutisme encore plus lourd que le silence qui l'habite depuis son enfance. Il ne trouvait d'appui que dans ses découvertes littéraires, ignorant l'éducation des frères, allant jusqu'au blasphème s'il le pouvait. Rencontrer Muriel aura été son printemps, la naissance d'un été qu'il n'a jamais cru probable.

Ces trois dernières années se sont démontrés à la fois libératrices et encombrantes. S'il avait passé sa vie à idolâtrer les mots des autres, il n'a jamais pensé pouvoir écrire les siens. Une coagulation de craintes envahit son esprit, chaque fois qu'il cherchait à pondre un texte, quel qu'il fût. Cette rencontre, au théâtre, lui a ouvert la voie sur un univers qui le fascine autant qu'il l'effraie.

Une jolie demoiselle qui s'exprimait avec aise fumait comme une adulte. Elle ne craignait pas les jugements, et elle s'intéressait à lui. Ces trois dernières années lui ont donné une confiance telle qu'il croyait voir la lune japper à ses pieds. Les jours d'école, entre garçons, l'importaient peu. Il savait que la plus belle des jeunes femmes l'attendait à la sortie des classes. Il n'arrivait toujours pas à lui avouer quelque sentiment que ce soit, mais elle s'abandonnait pour lui, à sa manière.

« As-tu commencé à écrire ? » lui demanda-t-elle, au moment de se servir un verre de vin. Claude préféra le mutisme. Il fixait les pieds de Muriel sans aucune réflexion. Voyant qu'il n'allait pas répondre à sa question, elle lui annonça : « Je vais faire de la radio ! » Une sorte de fierté scintillait dans sa voix, on aurait dit qu'elle lui dévoilait son passage dans le grand monde. Claude prit un peu d'éveil, fronçant des sourcils, il lui demanda : « De la radio ? Tu ne voulais pas plutôt jouer au théâtre ? » Elle but son verre, un brin d'empressement dans le geste, une retenue dans l'intention, puis elle lui sourit en affirmant :

« Les radioromans, ça paye bien. Puis on va m'entendre partout dans le Canada français. » Un zéphyr caressait l'envie d'un toucher qui les séparait, mais Claude demeurait de marbre.

« La radio, Muriel. » énonça-t-il, presqu'à couvert et presque pour se plaindre. Il ajouta : « Il vaut mieux qu'un petit monde perçoive ta beauté qu'un grand nombre se l'imagine, en tout cas, je le pense. » Elle se mit à rire. Elle termina son verre et s'en servit un nouveau. Elle se releva et observa le sentier qui s'ouvrait à elle. « Il n'y a rien ni personne qui va m'empêcher d'être libre. » laissa-t-elle s'échapper. Il se tint devant elle. « Jouer, Ti-Claude, sur une scène, ou même derrière un micro, c'est vivre ! » Elle se pendit à son cou, lui embrassant la joue comme une chèvre qui boit au sein de sa mère. « T'as pensé à ce que tu voulais faire ? » demanda-t-elle.

Claude ferma les yeux. Il préférait goûter son toucher. Sa joue contre la sienne, son souffle palpait sa nuque. Son admiration profonde lui massait la colonne vertébrale, à l'entrée de son cortex, le cœur du poète en gestation d'être se révolta jusqu'à pourfendre de son sang l'ombre de son esprit. Il ne voyait que des étoiles engourdies. Sa peau se parsemait d'aiguilles. *Moi*, pensait-il.

« Oui… » lui murmurait-elle, en lui embrassant le dos de la tête.
Il ne parvenait aucunement à s'exprimer. « Moi, Muriel. »
parvenait-il à chuchoter. « Moi » chuchotait-il, en se retournant.

« Je voudrais te donner la vie ! » Elle se mit à sourire et lui offrit
son verre pour un toast.

Le pique-nique se poursuivit sans fabulation, sans histoire et sans
attention mutuelle. Chacun vivait dans son monde ; l'autre devenait
un meuble. Cherchait-elle son soutien pour un choix de carrière aussi
soudain ? Préférait-il la garder pour lui, sa femme au foyer, comme
sa mère ? Jamais ! L'humain s'impose en poussière qui se dessine des
galaxies devant le mur de la mort. Claude voulait s'endormir ; le vin
portait trop de poids. Muriel désirait retourner à son appartement,
ressentant le silence qui se bâtissait une palissade entre les deux.
Le pique-nique se termina comme s'il n'avait jamais eu lieu.
Chacun rentra chez soi, et il se mangeait les entrailles à s'en mordre
de ne pas l'avoir embrassé. Elle se tenait là, derrière, vulnérable.
Ils pourraient faire l'amour sur le Mont-Royal ! Il n'osa pas.

« Mister Gauvreau? »

Une voix le ramena au temps immédiat. Il a trente-quatre ans.
Il y a maintenant trente-quatre saisons qu'elle nous a quitté.
Il se retrouve seul, dans sa cellule, un après-midi de juillet mille neuf
cent soixante. Il fixait son lit, réalisant qu'il s'était perdu dans ses
souvenirs. « Mister Gauvreau, c'est l'heure de vos medecines. »
Elle insista. Il ferma les yeux, se disant que la présence anglophone
pourrait bien lui faire avaler ce qu'elle voulait, mais elle ne lui
enlèverait jamais le bonheur qu'il a connu.

Une main féminine lui offrit deux pilules : une rouge et une bleue.
Sans réfléchir, Claude goba les deux.

« Irez-vous dehors, aujourd'hui, mister Gauvreau ? » La voix lui
demanda. Claude hocha la tête, sans plus. Il accumulait la fatigue.
Il désirait dormir, enfermé. La jolie apparition quitta la chambre.
La présence de la belle infirmière s'invitait. *Doris*, pensait-il.
Cherchait-elle à lui entretenir la conversation ?

Chaque fois qu'elle le visite, elle observe les brouillons de textes qu'il laisse traîner sur le pupitre, par terre, sur le lit. S'intéresse-t-elle à son œuvre ? Le poète souriait, ressentant l'amertume d'un cœur battant à l'idée qu'elle l'appréciait. On l'avait, pourtant, enfermé ici pour le guérir d'un malaise des sentiments. Il devait parler à Muriel ! Elle comprendrait son désespoir. Il devait lui écrire une lettre, mais quoi dire ? Elle ne lui répond plus. Elle l'ignore, sans doute. Elle le déteste ! Certaines ruptures vous laissent dans l'embarras d'une isolation destructrice. L'angoisse le prit par la gorge, sans qu'il ne puisse y accorder une seule pensée, une préparation, un peu de temps pour souffler, respirer, rien ! Et si tout le monde le maudit ? Les policiers l'ont arrêté au théâtre ! C'est son droit d'être en colère ! Se révolter contre une culture fratricide! C'est son droit ! « C'est mon droit ! » hurla-t-il!

Et puis les policiers ne connaissent rien à l'art ou à la poésie, les gardiens de cet asile non plus. Les docteurs n'ont pas de cœur, les infirmières sont des cruches, sauf Doris Hall. Elle est brillante ! *Doris est brillante*, pensait-il. Irradiante, ensoleillée, peuplée de mots qui lui échappaient. Il doit les laisser s'exprimer par eux-mêmes, sans s'encombrer d'une réflexion. Pourrait-elle le prendre dans ses bras? Un peu de chaleur et sensualité n'a jamais tué personne. Muriel ? Où es-tu ? Elle l'a sans doute abandonné pour un autre. Ce qu'ils ont connu était pourtant vrai ! Sa solitude lui rappelle que personne ne viendra dormir avec lui, ce soir. L'univers se compose d'ondes qui ne font qu'à leur tête ? Claude ne parvenait pas à formuler un prochain mot. Il rejoignit son lit et chercha à dormir. Peut-être allait-il éveiller son inconscient ? S'il dormait une heure, arriverait-il à écrire un texte qui changerait le monde ? S'il dormait trop, les paroles allaient pourrir dans le creux de son crâne. *Ne plus jamais être en latence*, songeait-il. Ses pensées le harcelaient sans cesse. Quand le silence finit par s'en prendre à sa petite chambre, Claude ne touchait plus à une simple réflexion. Les connexions de son cerveau se parlaient en même temps. Une sorte de sérénité flottait dans l'exécution de cette réalité. Et si son entourage lui voulait du bien ? Tout se développe à une vitesse vertigineuse. Le cinéma vient d'apparaître, et déjà nous avons la télévision, l'univers sait ce qu'il fait, et nous sommes insignifiants. « Nous sommes insignifiants ! » répétait-il. Tout est harmonie. Muriel ne répondra pas à ses lettres.

FEMELLE – Dans les ardoises de la thébaïde ozofrée les clémences de la pitourade Edmonce ravagent le pli du surplis bleu ; les chances de mouton actualisent les débits de la promenade ocre

FÉMININE – Maxence orfèvre rallie autour de sa poubelle parfumée le concile lettré de la pensée lettriste ; c'est à Charlemont que se réunissent les buses à profil collectif d'orignal.

MASCULINE – Ceux des dumonts qui accaparent le lied de la turquoise Maricolbel s'exposent à la colère de Drumont herbe.

MÂLE – Les triangles isocèles aspirent vers eux et incorporent la distance rétive entre le poulpe aîné et la chèvre cadette ; c'est dans la géométrie du pauvre que se mesure la règle de Pindare. Voguez, ô voguez vers le nord de la pirade et de saint Ildéfonce de la Pérade.

Automatisme Pour La Radio – 1961

Chapitre Huit:
Émiorbritznieff

Les couloirs de Radio-Canada, en mille neuf cent quarante semblaient plutôt étroits. Un escalier de secours se dissimulait au fond du corridor, mais l'architecture révélait un nouveau genre. Les Canadiens français se divertissaient au théâtre, notamment pour rire devant les fresques du vaudeville. Quant au petit boîtier qui transmet la parole et la musique à travers le continent, il fait partie des ménages depuis près de vingt ans. CKAC opère depuis l'année de naissance de Muriel. Deux années plus tôt, CFCF débutait ses diffusions pour les anglophones.

Chez les sociétés d'État, la BBC entra en fonction en mille neuf cent vingt. Le Canada mettra seize ans avant de suivre les pas de sa patrie colonisatrice. Comme c'est le cas pour toute nouvelle technologie, la jeunesse se montre la plus friande. La première à s'en approprier, elle poussait les limites de ses possibilités. Aussi, Claude et Muriel aimaient se laisser bercer par les chants d'opéra qu'émanait le petit grillage sous un boîtier de bois. La voix de Hortensien Chevalier retentissait, grave et réconfortante, en récitant l'actualité. Muriel appréciait sa présence vocable dans le salon. Souvent, lorsque ses parents quittaient les lieux, elle syntonisait Radio-Canada au moment d'entendre le baryton énumérer les plus récentes nouvelles. Un jour, elle irait travailler à ses côtés !

Du haut de ses dix-huit ans, Muriel se tenait droite devant cet édifice, le cœur solidement soudé à son torse, mais battant à un rythme qu'elle n'avait encore jamais expérimenté. C'était l'âge adulte qui l'interpellait, alors même qu'elle demeurait accrochée à ses rêves d'enfant. Et si l'inconnu avait des allures de découvertes ? Son estomac, lourd, au creux de ses jambes, elle doit avancer, mais la peur du *je ne sais quoi* lui empilait des briques sur les pieds. *Je suis une jeune femme, une femme forte*, se répétait-elle, se rappelant les mots de sa petite sœur. Denise l'admire, elle le maîtrise, mais elle ne pouvait pas simplement s'amarrer à l'amour de ses proches ; elle a besoin de ressentir l'affection d'un public.

Elle ferma les yeux, se remémorant les voix qui habitaient sa famille, attroupée devant la radio. « Elle chante bien ! » s'exclamait sa mère, alors que La Bolduc hantait leur salon d'une musique de rigodon. Muriel se pendait au regard de son paternel, attendant une sorte de confirmation. Son père préférait fumer la pipe et feuilleter les petits bonhommes dans le journal. Lisait-il les articles ? Elle n'en avait aucune idée. Mais le mystère a meilleur goût dans l'inconscient en quête de bonheur que dans toutes les heures à s'acharner à comprendre une vérité. Muriel s'inclinait, alors, à se demander si sa mère rêvait de voir l'une de ses deux filles charmer les stations de radio. Mary Rose-Anne Bolduc y est parvenu, quelques années plus tôt. « Elle chante comme un ange, maman ! » soufflait-elle, se tournant vers sa génitrice, espérant une approbation quelconque. Elle observait son époux et soupirait. Muriel s'interrogeait à l'idée des générations de femmes soumises la tenaient par les pieds. Elle ressentait les mains de ses parents, s'imaginant sa mère l'attendre, hors de cet immeuble de l'enfer.

MÂLE – Le cardinal est un mur auquel pousse une voix d'oiseau.

« Fais une femme de toi ! » se répétait-elle, tout bas.

Une femme qui dominerait le monde ! *Une femme première ministre*, se réitérait-elle, en ouvrant la porte puis entrant dans le hall comme si de rien n'était. Le silence de l'inconnu la reprit aussitôt. Le plancher de marbre démontrait l'ampleur budgétaire du gouvernement. Investissait-il autant dans la radio que pour faire reluire la pierre ? *Peu importe*, pensait-elle, c'est le moment de détrôner l'idole de sa mère. L'univers semble plus complexe. Ses entrailles la harcelaient avec ce concept. Ce n'était pas le temps de fléchir.

« Je peux vous aider, mademoiselle ? » C'était la voix d'un vieil Homme, sans doute avait-il entendu parler de Baudelaire, avant de quitter son enfance. Il aurait pu le rencontrer, s'il avait voyagé à Paris. Maintenant, c'est peine perdue : il maintient un immeuble dans une colonie française. Elle figea, malgré tout.

« Monsieur Chevalier… » bégayait-elle, en paniquant, alors que le gardien la dévisageait.

Dans sa tête, elle s'imaginait un milliard de scénarios. Elle voulait rencontrer la voix qui charma son enfance ! « Monsieur Chevalier est occupé. » Elle aspirait à lui justifier sa présence. *Je sais*, murmurait-elle. « Je me fouine du travail, moi, monsieur ! » renchérit-elle.

Si tu savais combien de jeunes femmes cherchent à faire un bébé à Hortensien Chevalier. Le sourire du gardien soutenait cette idée. Mais son œillade : une oubliette, son esprit ne pouvait concevoir une réalité aussi hermétique, alors il s'imagina celle des cinquante dernières ingénues qui sont venues quémander un emploi à Radio-Canada. *Quelque chose de particulier reluisait dans l'éclat du regard de celle-ci*, pensait-il. Était-ce sa délicate petitesse ? L'étroitesse de ses épaules soutenait un chemisier de laine rouge comme l'écarlate de ses lèvres. Était-ce la solitude de ces journées sans se sentir appréciés des siens ? Il soupira. Puis, il se convainc une drague muette, alors qu'elle lui offrit un clin d'œil, trônant son sourire enfantin.

MÂLE – La mort de l'illuminé est une mort plus douce : et c'est à la tour des Surréalistes que se sont groupés les non-doux de l'extase frénétique pour refuser la lâcheté de l'illusion.

Mais on ne doit pas incommoder monsieur Chevalier, se rappela-t-il. Même si la plus belle jeune femme du monde demandait à le voir, on ne doit pas le déranger ! « Désolé, mais je termine dans une demi-heure. Je vous invite quelque part ? »

Il a trouvé le courage de prononcer ces paroles. Elle l'ignora et entreprit son chemin au fond du portique, vers l'ascenseur.
Quel abruti, grogna-t-elle. Comme si elle accepterait de sortir avec n'importe qui !En marchant d'un pas léger dans les corridors, elle s'imaginait le visage d'une narration radiophonique empreinte de velours. Des soirées entières se succédaient dans le salon, à observer la grosse boîte brune vibrante d'information, de musique.
Derrière eux, un bruit de fond rappelait une pluie de sable au-dessus des vallées du silence. Le cerbère près de la porte principale était figé, incapable de poursuivre son travail, laissant plutôt la belle demoiselle s'aventurer dans les lieux à sa guise.

Au moment de s'avancer dans les escaliers la menant aux studios, Muriel sentit ses jambes fondre et son esprit s'effondrer.
Ses paroles sauront-elles interpeller l'homme de carrière avec brio ? Ne pas trop réfléchir, insistait-elle. Sinon, c'est la peur qui prend le contrôle ; perdre le contrôle, craignait-elle, *réfléchissons un peu !*
Les idées tournaient dans sa tête comme si ses synapses produisaient des ouragans. Elle s'arrêta à mi-chemin, observant l'étage qui s'ouvrait à elle. Puis elle ferma les yeux pour se calmer, un moment. Elle finit par trouver le courage et le calme requis pour terminer sa marche dans les escaliers, poussant la porte de la gloire.

C'était un long corridor parsemé de fenêtres vitrées.
Muriel se sentait coincée. L'angoisse prenait la jeune femme à la gorge. Elle pouvait entendre la voix enjôleuse de Hortensien Chevalier. Elle ne parvenait aucunement à percevoir les mots, mais les sons distincts, et son timbre grave, voire racoleur, se projetaient d'une netteté impeccable. S'avançant à pas lents dans le corridor, Muriel souriait. Elle commençait à comprendre quelques phrases. Elle décelait, dans l'amas de paroles, la vedette des ondes sous un récit intelligible.

« Quel premier ministre sera Neville Chamberlain, pour le Royaume-Uni ? » interrogeait-il. Dans son esprit d'à peine dix-huit ans, ces histoires de politique ne faisaient aucun sens. Bien entendu, elle rêvait d'une ère où la femme serait vue pour la puissance d'être qu'elle était. Mais elle ne vint pas se présenter à cette station de radio pour convaincre qui que ce soit que ses idées avaient de la signification. Elle désirait arpenter les scènes de théâtre de la belle province, se cacher dans la peau d'un personnage qui s'époumone à exister dans l'univers d'un radioroman.

« Nous ne voudrions pas d'une guerre des nations comme nous avons connu il y a près de vingt ans. Alors, quand allons-nous faire confiance à nos figures politiques? Maurice Duplessis a formé l'Union Nationale il y a un an. Le Québec rayonnera-t-il derrière leurs projets conservateurs ? »

Les parents de Muriel n'aiment pas beaucoup ce parti. Ils croient que l'Union Nationale est une mascarade. Mais est-ce que Hortensien Chevalier les soutient ? Elle figea à nouveau, voyant l'homme derrière la voix, de l'autre côté d'une fenêtre qui lui semblait inaccessible. Quel Adonis !

D'une élégance à faire chavirer des navires, il se tenait droit, projetant son corps élancé d'un élan gigantesque. Il saisissait le micro sans le toucher. Il le portait, simplement, à ses lèvres, à quelques centimètres du disque. Muriel apercevait l'étoile au centre de l'objet, et s'imaginait flotter entre ce dernier et la bouche de son idole. Son regard sérieux coiffait un sourire taquin. L'avait-il vu ? Muriel se cacha derrière une colonne, craignant le déranger. Elle écoutait son respire, les battements effrénés qui lui martelaient l'endos de ses seins, et elle chercha à se calmer davantage.

« Qu'en est-il de la mort d'Alfred Bessette, dit le frère André ? » demandait-il, dans le noir des yeux fermés de sa jeune groupie. « Près d'un an après sa rencontre avec le milliardaire John Davison Rockefeller, afin de récolter des dons qui serviront à la construction d'un grand oratoire, Le Frère André s'éteint. »

Muriel ressentit un vent de solitude qui endeuillait son moment de conquête. Était-il croyant ? Elle pourrait le devenir, songeait-elle, avec les bons arguments. Elle jeta un coup d'œil dans sa direction. Il sourit. Il l'a regardé ? C'était le meilleur raisonnement qu'elle trouva pour s'approcher du seuil vitré. « Que devons-nous penser de Rockefeller ? Avons-nous, ici, un philanthrope catholique qui a vu l'ampleur du projet d'un portier ? Devons-nous parler d'un dernier miracle de notre grand homme qui, pourrions-nous croire, sera un jour un premier Saint canadien ? » Muriel s'immisça lentement. Hortensien s'allumait une cigarette. Il lui fit signe de s'asseoir sur un petit tabouret, alors qu'il terminait son monologue : « Nous passons maintenant à un intermède musical. Ce sera tout en douceur avec Debussy, Clair de Lune. Merci d'être des nôtres. »

FEMELLE – Le fou aux beaux yeux tristes a trouvé sa maîtresse dans le bas d'une bibliothèque et c'est pourquoi il rayonne.

Il installait un disque, observant la jeune ingénue qui venait le visiter d'une manière impromptue. Elle se sentit soudainement adossée au mur. Une sorte de faim hantait les lieux. Quel appétit fomentait ce désir ? Le sien ou celui de son idole ? Il se tenait droit et vif, comme un homme de la situation. Elle fondait dans sa chaise, mais une force naissait en elle, en harmonie avec les accords musicaux qui remplissaient la pièce. Il faisait semblant de l'ignorer, mais elle savait qu'elle avait enfreint des lois. *Imposons-nous !* : « Je veux un travail ! » affirma-t-elle, avant de se calmer, écoutant les gouttes de lumière du pianiste. « Vous avez du courage, demoiselle. Je me cherche justement une secrétaire. »

Non ! Elle est comédienne, pas… « Je suis une actrice, monsieur Chevalier. » Il s'arrêta, net, se tournant pour la dévisager.

« Tu crois qu'on m'a engagé ici ? Tu crois que, animateur, c'était le premier choix de mes employeurs ? »

Il avait vingt ans de plus, mais elle savait mieux que lui, en matière de premières chances. Se calmer ! Ne pas l'affronter sans un front froid et une pensée en contrôle de ses moyens.

« Ne vous en déplaise, si je deviens votre secrétaire,
vous voudrez profiter de mon jeune âge et de mon manque
d'expérience. Non pas que je vous dirais non, mais vous êtes marié,
et j'ai refusé bien des prétendants. Le mot ne m'effraie aucunement.
Je n'ai pas besoin d'argent. J'ai le sentiment que, si vous me désirez,
alors c'est que votre auditoire me désirera encore plus. »

Elle s'essoufflait. Il l'écoutait avec une attention bien particulière.
Il souriait. Elle n'ajouterait rien. Il s'avança. Un air de certitude
s'installait. Il dansait inconsciemment. Il flottait sur la poésie de
Debussy. Il s'arrêta devant elle, l'observa un instant, et lui proposa :

« Si tu veux être actrice, tu dois d'abord être secrétaire. »
Puis il lui ouvrit la porte, attendant qu'elle se lève de son tabouret.
Elle le dévisagea un long moment, puis elle quitta le studio,
encore heureuse d'être totalement propriétaire de son intégrité.

Elle retourna chez elle avec la certitude d'avoir trouvé quelqu'un qui
lui introduirait l'univers du théâtre et de la radio. Elle resta
silencieuse, lorsque sa mère lui posa la question :

« Il était comment, monsieur Chevalier ? »

Magnifique, se remémorait-elle, mais un peu de gêne et une grande
timidité se comblait d'une réponse sans voix. Et si les murmures
cachaient les secrets des titans en amour ? Muriel rougissait, avare
de paroles. L'émoi se dessinait dans ses yeux.

« Il était aussi beau que ça ? » demanda sa mère.

Muriel s'égayait : « Il était superbe, maman. Il avait une voix grave,
comme la nuit, et chaude comme le jour. »

Sa mère riait, avant de retourner à ses casseroles. Une part d'elle se
sentait émue de voir sa fille, arrivée à dix-huit ans, parler des
garçons avec une telle passion. Bien entendu, un côté maternel
inquiet demeurait de veille. À combien d'hommes pouvons-nous
apporter notre confiance ? Pourrait-elle l'offrir à un seul ?
Que pensait-elle des frères Gauvreau ? Claude ! Ses yeux se
fermaient, et le visage de Ti- Claude apparaissait, à travers les
méandres embrouillés de ses sentiments en ébullition.

Elle alla se coucher, le soir venu, la tête prise entre deux continents. D'un côté, la poésie sans forme que Claude lui récitait, camouflait ses émotions à travers une sorte de glossolalie maîtrisée.
Elle lui rappelait la liberté dadaïste, ou la révolution visuelle des impressionnistes. *Il y a à peine cent ans*, songeait-elle, *les hommes aimaient la femme du bout des artères, à plein cœur, au fond de leur sang.* Elle dansait dans ses fantasmes, au point de palper ses paupières depuis ses pupilles perméables. Il pense à elle. Il rêve avec elle, monsieur Chevalier, de l'autre côté de la rivière, droit comme le marbre, debout comme le chêne, les années lui ont donné le béton d'un père de famille. Ses mains gigantesques, celles d'un golem d'ardoise, effeuillaient sa peau à la recherche de sa frêle nature. C'est sa fête ! Il déballe un cadeau. Elle ne dormit pas, cette nuit-là. Elle ira prendre un café avec ce maître ; elle deviendra une femme.

Des années plus tard, au fond de sa chambre, comme une cellule, Claude s'imaginera ce café déterminant dans l'histoire de ses entrailles. C'était flou, dans son esprit, mais il savait que Muriel et Hortensien se confrontaient. Les chevaux et les voitures passaient dans la rue voisine, devant la terrasse déserte. Muriel fixait sa tasse, alors que l'animateur vedette lui prenait les mains.

« Tu as déjà fait de la radio ? » demanda-t-il.

La tête de la jeune femme fit signe que non, incapable de s'exprimer. Il souriait, avant d'ajouter : « Je peux te faire entrer dans un radioroman. C'est comme le théâtre. »

Muriel trouva le courage de le dévisager, tendrement :

« Je pourrais le faire, oui. »

L'illusion de Claude les imaginait ensemble, marchant aux pieds du Mont-Royal. Il se souvenait des premières paroles que sa muse offrit au micro. Il se tenait près de la radio, ayant raté ses classes et écoutant toutes les émissions, depuis midi, pour s'assurer de ne pas manquer les débuts d'une actrice de génie.

FEMELLE – Les jeunes condors crient de tous leurs poumons et la plaine entrevue par Miron est un disque qui tourne et dont jaillit les mélodies de la saint Barnabé ; agneau agnelet rivulet.

Elle donnait la réplique à quelques hommes. Aux oreilles d'un jeune Claude émerveillé, elles ressemblaient à des voix de vautours. Les féminines plus âgées ne l'intéressaient pas. Mais comment entendre la musique dans l'élocution de celle qu'il aime ?

Comment savoir si elle pense à lui ? Il ferma les yeux. Il s'imagina ses lèvres. Il les revoyait hanter les mots d'un autre, visualisant son regard, se demandant si elle s'inventait les siens.

« Je ne suis plus une enfant, maman ! » clamait-elle.

Claude ignorait le fil de l'histoire. Il n'entendait pas les échanges des comédiens, seulement les phrases de celle qu'il vénère. La musique, à la fin, venait affirmer une magnifique carrière à la jeune actrice. Claude allait lui offrir les meilleures paroles ! Les plus beaux dialogues ! Ils vont, ensemble, réécrire l'art de l'expression ! Ils vont refondre l'univers à travers leurs passions !

Claude marchait dans la cour de l'hôpital, remarquant quelques patients qu'il commençait à reconnaître. Une semaine venait à passer, depuis qu'on l'avait incarcéré, et son volcan hurlait au fond de son front glacé. Il devait rester calme, malgré ses veines et ses nerfs qui brûlaient sa peau. S'il s'agitait trop, on l'emprisonnait avec des brutes, et les docteurs lui infligeaient des électrochocs, à travers ses tempes.

Comment sommes-nous retournés au moyen-âge avec cette récente technologie ? Pourquoi devait-il souffrir, ainsi ? Le monde se tenait droit et endormi, l'observant dans son enclos de poésie, enfermé et renfermé, jusqu'à l'oubli.

« Je t'aime, moi, mon petiot... » se murmurait-il, comme pour se sentir au-dessus de ses tortionnaires. Il remarquait l'infirmière anglophone, Doris, qui semblait apprécier ses textes. Sa naïveté lui rappelait celle de la disparue, *persévérer*, pensait-il, *marcher sans réfléchir*. Parfois, les malaises composent leur propre mélodie que l'aise, incomprise, palpe à tâtons du bout des moissons. Claude souriait. Son silence lui composait un opéra tragique au fond de son inconscience.

MASCULINE – Les lois de la pesanteur s'aiguisent à partir de la visite à la Lune ; visite future ici, visite agrémentée d'églantiers pour une traînée entre les deux astres.

Qu'est-ce qui s'est passé, entre Hortensien Chevalier et la femme de sa vie ? Il se remémore un matin nuageux, au parc Lafontaine. Elle portait un imperméable qui cachait son amertume. Elle avait dix-neuf ans, mais son regard cerné en avait trois fois plus. À la même heure, l'année dernière, Muriel devait accompagner Claude à un récital d'opéra, dans le sous-sol de l'église du nouvel Oratoire. Elle l'avait oublié, ou bien elle avait décidé de l'ignorer, nous ne le saurons jamais.

Dans sa tête, il s'imaginait des soirées au bar, avec les magnifiques acteurs de *Vie de Famille*, qu'il écoutait assidûment, régulièrement, à Radio-Canada. Que se passait-il à la fin ? Est-ce qu'un comédien séduisant flirtait avec elle ? Est-ce que l'auteur lui promettait mers et mondes ? Elle ne parlait que du superbe monsieur Chevalier. Sa prestance reflétait sa voix, la présence qui projetait l'envie de mourir dans ses bras. Les cygnes flottaient sur le lac, au cœur du parc, et le banc esseulé semblait attendre les amis qui s'ignorent d'amour. Muriel s'assied la première, fixant les oiseaux qui nagent dans le vide méditatif. Son silence brutalisait. Claude se tenait devant elle, incapable de décider s'il allait l'accompagner ou la fuir, s'éloigner ou la prendre sensiblement, apprendre à tendre sa tendresse, tout doucement.

« Ça va ? » demanda-t-il.

Elle dévisageait toujours le lac et ses occupants. Et si le chant des baleines récitait une mélancolie céleste, aux proportions océanes, laissées dépouillées devant l'Everest ? La couleur du safran porte l'odeur des savants, le toucher décevant d'un poète qui n'a jamais compris les paroles pour plaire. Et si l'enfer se parsemait de mélodies chaotiques ? Des offrandes écervelées entre des histoires d'amour ou d'amitié.

La vie est inutile quand la passion se meurt, songeait-il.

Il rêve de ses bras, mais elle se réserve pour un autre. S'il pouvait sentir les souvenirs qu'elle garde jalousement, derrière ses paupières, il apercevrait la silhouette sombre d'un homme qui s'approche des couvertures. Le pénombre abritait le corps nu de Muriel.
Il ressentait l'effroi, le malaise, l'amertume, l'affection, la confusion, la tristesse qui habite la jeune femme, depuis des mois. Il peut presque palper ces images à travers les larmes qui coulent, le long de la joue de sa bien-aimée. Sans réfléchir, il la prit dans ses bras.

« Je n'ai pas été correcte avec toi, Claude. J'ai commencé à voir quelqu'un. Je pensais l'aimer, mais je ne sais pas ce que c'est. »

Il était incapable de trouver les mots justes qui lui apporteraient un réconfort. Au fond de ses veines, il sentait la certitude lui dicter la vérité. Elle parlait d'Hortensien Chevalier, mais le verbe acerbe s'enfonce au fond de sa gorge. Il s'assied, finalement, à ses côtés. S'il demeurait debout, ainsi, une inégalité s'imposerait dans les sentiments qu'ils cherchaient à se partager.

« C'est quelqu'un à Radio-Canada ? » lui demanda-t-il. Elle le fixa dans les yeux. Son nom verbal prononçait. *Tu sais c'est Qui ! Mais sa bouche murmura : « Ça l'a pas d'importance. »

La voir se manger depuis l'intérieur, comme une nymphe grugeant sa chair, sous l'eau, l'air lui poussait des ailes. Elle tourna son regard vers son ventre, qu'elle caressait avec terreur, et ajouta :

« Il veut que j'avorte ! »

Le temps s'arrête quand on est en amour pour la première fois, mais lorsque nos rêves se foudroient dans un éclair impromptu, le temps n'existe plus. Le présent, l'avenir, le passé, les ères oubliées, les mondes incompris, tout se confond dans l'esprit du jeune créateur. Tout de ses traits lui évoquait ce premier regard, dans la file d'attente, avant d'entrer au Gesù. Son chagrin lui rappelait le malaise qu'elle sentit, chez Bruno Cormier. Elle voulait se savoir appréciée. Elle désirait ces masculins. Ces garçons dans la fleur de leur puberté. Ils se sont à peine revus, par la suite. Prendre un café, par moment, puis disparaître chacun de leur côté.

Claude s'est mis à lire de la poésie, du théâtre. Il en mangeait sans cesse, et chaque fois il se disait que le prochain café se partagerait entre deux érudits. Elle éclatait, toujours plus brillante que lui. Chaque fois, il sentait qu'elle commençait à l'admirer. Comment en est-elle arrivée à lui parler d'avortement ? Maintenant ? Pourquoi ? Il considéra la recouvrir de ses mains, minuscules sur l'épaule de sa muse. Il chercha à lui dire ce qu'elle voulait entendre, là, mais les questions qui l'habitaient se poussaient des aiguilles. Il ressaisit son geste, déposa sa paume contre les rebords du banc, incertain. Pouvait-il la mettre sur sa cuisse à elle ? Devait-il la replacer contre sa cuisse à lui ? Et Chevalier, est-ce qu'il s'est demandé ces questions-là ? *Enfant de chienne !* Murmurait-il, avec rage.

MASCULINE – *Nous ne sommes pas des surhommes, et les pandelures d'Anastasie auront peut-être raison de nos ouïes.*

Ses doigts se sont retrouvés sur le genou de Muriel, sans qu'il s'en rende compte. Ses lèvres froides soupiraient. L'avait-elle désiré ? Devrait-il reprendre sa main, maintenant ? Discuter, arrêter de penser, s'exprimer ! Son cerveau s'essoufflait : « Qui ? » tremblait-il, *quoi, mais de qui, de quoi ?* « De quoi tu parles ? » demanda-t-il.

Il remarqua, alors, la petite bosse qui poussait sous la robe de Muriel. Enceinte, et pas de lui, mais d'un prétendant plus âgé, une peste. Il devait sans doute se montrer plus protecteur que l'homme qui a fait fortune à dire des conneries dans un micro. Ses réflexions, plus idiotes les unes que les autres, le narguaient. Elle a besoin de lui, maintenant. Hortensien est un père de famille. Il a abusé d'une jeune fille. Mais Muriel projette le bonheur infini, pour Claude.
On peut s'enfuir, pensait-il. Il l'a chuchoté, un brin, espérant qu'elle ne l'a pas entendu. Ce n'est pas une bonne idée ! Rester ici, et fort. Reluire plus que nos ennemis ne brilleront jamais. Mais il faut chérir, pour autant puissions-nous nous sentir.

« Je peux toujours m'enfuir. » confia-t-elle. Il secoua sa tête, soudainement éveillée.

« T'enfuir ? » demanda-t-il.

Muriel plongea ses yeux dans les siens. Les lèvres de Claude quémandaient celles de son grand amour. « Tu viens avec moi ? » L'univers seul connaissait qui, des deux, avait posé cette question. Claude recula, effrayé. Muriel fixait ses pieds.

« Tu vas me cacher, Claude ? Il ne doit pas savoir que je vais l'enfanter. Il ne saura pas ! » Claude demeurait muet, alors qu'elle insistait : « Je la sens bouger. Je veux la voir grandir. »

Le parc semblait hanté, alors que le jeune poète s'imaginait les pires horreurs qu'elle aurait pu subir. L'angoisse de la proie le prenait par la peau. S'enfuir ? Maintenant ? Elle n'a pas vingt ans. Il doit retourner au collège, même s'il n'apprécie pas trop la tyrannie de la soutane. Il préfère les révolutions dadaïstes qui meublent les magazines de sa mère.

Et si elle donnait naissance à cet enfant ? Pourrait-il être un jeune père ? Ne pourrait-il jamais trouver le courage de lui montrer les voies du bien et du mal ? Mais ce ne serait pas le sien. Il ignorait comment réagir devant cette nouvelle. Devait-il la prendre dans ses bras ? Devait-il plutôt disparaître ? « Tu vas l'appeler comment ? » lui demanda-t-il. La nervosité poussait à travers la chair de la jeune mère. « Je ne le sais pas. » pleurait-elle. Elle soupirait comme la fin de l'hiver agonisait au matin des premières chaleurs. « Émeraude. » murmura-t-elle.Elle prit la main de Claude et la déposa contre son ventre. Elle sourit, pour la première fois depuis qu'ils se sont retrouvés. « Je vais l'appeler Émeraude ! »

Les petits pieds de la jeune âme qui cherchait à vivre troublaient le toucher de l'ami de Muriel. *Émeraude*, pensait-il, alors qu'il goûtait les entrailles de celle qu'il aime. Puis, toutes ces images devinrent floues dans son esprit. Il était de retour dans la cour de l'hôpital. Ces souvenirs lui provoquaient une douleur insoutenable, mais il devait poursuivre sa marche. Dans sa tête, plus que des débris de phrases s'effacent au soleil. « Tu vas le laisser faire ? » entendit-il. C'était sa propre voix. *Est-ce que j'ai le choix ?* répondait-elle. L'homme voudrait qu'elle avorte! Tuer l'Émeraude. *Est-ce que j'ai le choix ? Ou bien je deviens mère monoparentale avec aucune chance à une carrière, ou bien ma petite fille meurt pour que je progresse dans mon rêve.* Son rêve ! c'était aussi le sien. « Rien ne t'empêche de la garder. Je suis prêt à t'aider. »

C'est un monde trop lourd pour nous deux. « Ma mère nous a élevés, Pierre et moi, dans la beauté, absolue, toute seule. » *Tu ne pourrais pas comprendre, Claude. T'es un homme, beau poète.*

« Mais, alors, parle-moi ! Dis-moi à quoi ressemblent les racines de tes angoisses ! » Rien ne faisait de sens dans sa tête. Il avait du mal à respirer. Il ne voulait pas inquiéter les garde-malades, et encore moins les docteurs. Les rumeurs conversaient de traitements barbares, qu'ils administraient aux patients les plus problématiques. Les temps changent, les technologies s'imposent, mais l'humain demeure un loup anorexique pour l'humain.

Il peut s'en sortir par lui-même, croyait-il. Mais personne ne lui rendrait ces souvenirs. Impossible de forger l'éternité dans ce moment qu'ils ont vécu, alors qu'elle lui semblait vulnérable. Il commençait à peine à goûter le vin des adultes. *Calmons-nous*, pensait-il. Et si la vie ne prenait pas de repos ? L'univers, ce chant laissé à lui-même, attendait qu'une oreille instruite puisse comprendre sa complainte. Et si l'humain, dans son ignorance, avait séparé Claude de Muriel ?

FÉMININE – De passage à l'université radiophonique le chasublier à teint carmin n'oublie de confesser ses péchés contre la puberté ; c'est le déclenchement de toutes les pensées vermillon clair et le triomphe de l'abattu renégat est le cumul de la fête des orduriers par l'influence du milieu.

« Monsieur Gauvreau ? » Une petite voix invisible s'immisçait près de ses réflexions. Claude hocha la tête, un instant. Puis encore, avant de réaliser qu'il observait Doris Hall. Il ferma le regard pour respirer le vent, le temps. La fatalité lui aguiche les bronches. Il ouvrit les yeux pour remarquer les courbes sensuelles de l'infirmière anglophone. Le temps s'est arrêté, le moment de lui laisser retrouver ses esprits. « Monsieur Claude ? » La voix insistait, tout près.

C'était Émile, le jeune de treize ans qui n'a jamais connu l'amour. Comment pouvait-il s'attacher à son ombre ? Il ressentait, sans doute, les sentiments qui rappelaient un passé que l'on devait oublier. Claude ignora son voisin patient.

« Elle est belle, Doris. » lui confiait-il.

Belle ? Claude souriait. Magnifique ! Son corps tout entier en convenait, mais l'esprit de l'illustre volait ailleurs. « Quand elle vient dans ma chambre. » Émile lui racontait. « Je fais semblant de dormir. J'aimerais qu'elle pense que je suis mort, et qu'elle se jette sur moi, tu comprends ? »

Ça va te passer, Émile. Chuchotait-il, sans même le regarder. Claude observait l'infirmière s'affairer à réconforter un patient en proie à une crise de panique. L'angoisse semblait s'en prendre au cœur du poète. Il adorerait qu'elle vienne le guérir des maux qui le malmènent depuis des années. La sécheresse rageait au fond de son existence. La cour de l'hôpital arborait les couleurs d'un automne infernal. Bientôt, il irait rejoindre sa chambre pour réfléchir devant les pages blanches et se demander s'il pourrait écrire, une fois, une seule, encore. N'en finir avec ce geste qu'au moment de sa mort.

Son jeune ami continuait à lui parler, mais Claude accrochait son esprit contre le ciel du silence. Ses humeurs traçaient des anges dans le sable, sachant que les vagues viendraient les effacer.
Les dessins seraient à recommencer. Doris pouvait-elle lui offrir une Terre promise ? Pourrait-elle le convaincre de se reconvertir à la religion ? Oublier les erreurs des frères chargés de son éducation. Laisser une bonne sœur lui montrer la voie du Livre, si cette voie s'invite aussi luxuriante que ses courbes et l'ombre de ses seins, alors Claude se trouve entre d'excellentes mains.

Le soir venu, le poète observait le plafond s'encoquiller au-dessus de sa tête, alors que son lit recrachait la chimie du Big Bang. Sa chair engourdie traçait sa vie du moment, à coups de picotements.
Il ignorait s'il devait s'unir au malaise ou disparaître. Sa respiration se vouait au saccadé. D'un asthme improvisé. L'infirmière occupait son esprit, mais Muriel s'était réfugiée dans son âme. Pleurer n'était pas dans son curriculum. Il ne savait que s'exprimer. Les pages blanches se voulaient souillées de son écriture à saveur de franchise déchaînée. Il avait rendez-vous, au matin, avec le docteur Lemieux. Allait-il trouver le courage de s'ouvrir ? Allait-il pouvoir inventer les mots qui lui garantiront une sortie de l'asile ?

Ses phrases n'appartiennent qu'à ses muses et lui.
Le pupitre l'interpellait. L'encre le prenait par les sentiments.
La plume vint à sa main sans s'inviter. Claude allait, ce soir, écrire pour la première fois depuis une éternité.

Ma chère Muriel,
J'ignore où tu es.
J'espère te revoir un jour.
Je sais à présent que nous entrons dans un cycle de l'Or,
Pour moi — pour toi –
Ce cycle sera celui d'un emprisonnement qui donne le goût
de la liberté.
L'ivresse est pour moi le plus beau souvenir de toi.
Je regrette épormyablement de ne pouvoir te dessiner avec
plus de ressemblance.

Ti-Claude

Il ignore s'il a pris des heures, des années, ou quelques instants pour écrire cette lettre. Le temps, comme l'espace, crée une illusion. Elle profite à ceux et celles qui nous font croire à un accès dégressif. L'angoisse, devant cette réalité, nous rend agressif. Claude, au fond de lui-même, savait l'existence des dimensions au-delà des projections élitistes.

Un vocabulaire est un instrument de musique. L'orthographe forme une portée, un tempo et des notes, l'amour, une mélodie. L'expression du moment l'a réconcilié avec celle qui occupe son univers. Il pourrait sans doute lui écrire d'autres lettres, quelques poèmes, une pièce, ou des scénarios pour la radio.

Allait-elle s'installer devant la petite boîte pour entendre sa voix ? Pensait-elle à lui ? Allait-il la revoir, dans ses rêves ? Allait-elle le visiter à l'hôpital ? Devait-il lui offrir des fleurs ? Pourquoi ces questions l'empêchent-elles de dormir ? La lune le dévisage depuis un reflet, sur sa fenêtre. Il doit abandonner. Ramasser la plume, peut-être, écrire une autre lettre, un poème. Tout semble idéal pour ne pas dormir. Surtout, ne pas avoir à débattre avec le docteur Lemieux, refouler cette discussion !

Dormir, pensait-il, alors que sa sueur se mêlait à ses larmes, sur l'oreiller comme une source acerbe. Tout ce qui se passe dans sa vie n'est qu'une illusion, repousser le chimérique, se recueillir dans l'isoloir, et conquérir les peurs que l'on nous inflige. C'est à ce moment que le Pèse-Nerf d'Antonin Artaud se présenta à sa raison.

> *En sommeil, nerfs tendus tout le long des jambes.*
> *Le sommeil venait d'un déplacement de croyance,*
> *l'étreinte se relâchait, l'absurde me marchait sur les pieds.*

Le soleil offrait un apaisement de souffrance, fiévreusement accompli, comme la nébuleuse des soupirs incertains. Il était trois heures du matin, Claude considérait pouvoir trouver le repos.
On a tout dit ; on a tout écrit. Mais il avait encore son mot à imposer.
L'évolution, c'est la syllabe que personne n'a vue venir.
Elle s'installe dans la phrase que l'on aurait voulu composer pour nous-mêmes.

FÉMININE – Les pions s'avancent sur l'échiquier et leur âme de verre condescend à reluire comme une taupe dont la peau a été arrachée ; les ivres renards aÊ aquent avec du chrome plaqué la descendance arnière de la pompe vitriolique : le docteur est un ciment dont la formule est restée secrète.

JASMIN LIBULA – Les chirurgiens, en selle sur des montures de talumans nickelés, en selle sur de sculpturales saucisses en pâte de l'île de Pâques, font du caraco trebnnefaguoèr avec les principes de Papinien dont ils jonglent – lev et talari, les nurrimans, assassin plat et beau, découpure du talith avec le taille-racines, phallus talqueux sur presbytère de stuc, moratoire morbilleux et Essence de la patrie dégoulinée à travers l'intolérance irresponsable... Tchernovetz ! Guldenor ! Moïse sur son berceau ! Beauté de la liberté ! Et l'alezan panus ? Le voici. Dans ma tête. Dans ma tête avec les tentacules des autres, des autres les bavards, les bavards bavasseurs. Il y a de l'irrévérence – il en faut contre les fascistes encroûtés.

Le Rose Enfer Des Animaux - 1958

Chapitre Neuf:
La Chèvre

Il s'est réveillé à sept heures, le matin suivant. Avait-il dormi ?
Sa vie, jusqu'à maintenant, s'inventait un rêve. Le plafond s'enlisait
aux confins de son lit amer. La journée serait aussi morne que les
douze dernières. La cafétéria ne vendrait pas de poulet frit, et un
pudding durcit pour dessert. À neuf heures, il irait se promener dans
la cour, discuter avec Émile, rechercher Doris Hall des yeux, sans la
voir. Il aurait une pensée pour la naufragée, mais sans plus.
Le génie incompris s'enfuit lorsque la méconnaissance se forge une
puissance. Le paisible et la confiance demeurent les meilleurs
attributs d'un homme, d'une femme, ou autre fruit d'une conscience
identifiable. Et si on parlait de Nelligan comme d'une poétesse ?
Une écrivaine comme une putain. Une plus grande que les siens,
elle n'a lié l'arc qu'en se laissant mourir, isolée. Le martyr se drape
d'une couleur que les peintres cherchent à ignorer.

« Vous avez dessiné une chèvre, pourquoi ? »

Une chèvre l'achève, mais bon, c'est déjà son rendez- vous ?
Et si cette expérience appartenait à l'esprit créateur d'un auteur qui
s'appropriait sa vie ?

« Claude ? » Le docteur insista. « Claude, vous m'écoutez ? »

Le silence se taillait un manteau de souffrance.

« Oui. » Claude chuchota.

« Pourquoi avez-vous dessiné une chèvre ? » insistait l'expert.

Claude explora son dessin. C'était un croquis, un Picasso sur le coin de la table. Il voulait exprimer le cycle du possible, mais il ignorait ce que ses mains cherchaient à accomplir. « C'est elle. » convenait-il. Lemieux saisit la page et observa davantage.

« Elle ? Celle dont on a parlé la semaine dernière ? »

Claude hocha la tête, à mi-chemin depuis un oui vers un non.
Le docteur déposa la feuille et agrippa son crayon, raisonnant pour un long moment.

« Pourquoi l'avez-vous dessiné ainsi ? » demanda-t-il.
Claude reprit son art et réfléchit.

« Je l'ai dessiné comment, docteur ? »

« Claude, vous avez dessiné une chèvre ! »

« C'est ce que vous croyez ? »

« Claude ! »

Le silence revint, entre la révérence et l'incertitude. Et si l'univers était un poète qui se cherche en vin ? « Claude ? » La voix du médecin insista, mais ses neurones savaient. « Oui, docteur, c'est une chèvre. » Lemieux prenait des notes. Que pouvait signifier cette symbolique ? Les coins noircis l'interpellaient, comme si le sujet préférait égratigner la page de son crayon mine jusqu'à ne laisser que d'opaques tracés qui nous forcent à oublier la blancheur du papier. Ces marques inquiétaient le psychiatre davantage que le choix du thème.

« Pourquoi avez-vous fait des traits aussi gras, Claude ? » interrogeait le thérapeute. Le silence revint aussitôt.

« Claude ? » insistait à nouveau Lemieux. Le patient détournait le regard, incapable d'affronter celui qui lui voulait du bien.

« Claude ! » Lemieux haussa la voix.

« Je l'ignore, docteur ! » hurla Claude, au moment de lui arracher le dessin des mains pour le déchirer avec vigueur et dédain.

« Vous croyez pouvoir me guérir ? Et de quoi ? Je suis asocial, à ce que l'on dit, mais je n'ai pas besoin de votre pitié ! »

Claude gueulait plus qu'il ne s'exprimait, forçant le docteur à respirer profondément pour se calmer.

« Je souffre ! Je n'arrive plus à écrire ! Une chèvre, vous vous attardez à un dessin stupide ! Et puis peut-être ai-je fait un croquis païen, qu'est-ce que vous en savez ? Je suis un hérétique, pour les curés. Alors pourquoi pas pour la science aussi ? »

Reprendre son souffle sous une rage profonde le forçait à crier encore plus fort. Impossible de pleurer, Claude souffrait, son âme venait de s'ouvrir les veines.

« Vous avez mal ? » demanda Lemieux, calmement.

« C'est pour ça que je suis ici. »

Le psychiatre prenait des notes. Claude l'observait, intimidé. L'homme de science qui se tenait devant lui projetait une aura d'autorité qui perçait le poète au fond du foie.

« J'aimerais retourner à ma chambre. » murmura l'affligé.

« Parlez-moi de ces souffrances. Elles vous angoissent ? »

Claude soupirait sans s'en rendre compte. « Il m'arrive d'avoir des crampes, comme des migraines, et tout ce qui me vient à l'esprit, c'est elle, c'est nous. » Le docteur notait toujours. Claude se sentait pris au piège.

« Ces douleurs vous empêchent de dormir ? »

Le poète perdait patience. « Je peux retourner à ma chambre ? »

Il tremblait de l'entièreté de ses membres, et Lemieux se rendait bien compte du malaise. Malgré tout, il insistait : « Nous ne faisons que débuter la séance, Claude. Parlez-moi de ces douleurs à la tête. Souffrez-vous d'insomnie ? » Claude n'en pouvait plus :

« Si je vous disais oui ? Vous me laisseriez retourner à ma chambre ? » Lemieux l'ignorait. Claude n'en pouvait plus.

« Ce serait mal de poser un prognostique sur des mensonges. Parlez-moi plutôt d'elle et de vous. » Cette question était de trop.

« LAISSEZ-MOI SORTIR D'ICI ! » criait Claude, dans l'agonie la plus terrifiante.

Il ne respirait plus que par de petites secousses. Plus le docteur voulait le calmer, plus le patient s'emportait. Cette cause à effet l'entraîna dans une spirale qui lui projetait un opaque rideau noir devant son regard. Il perdait le contrôle de ses mouvements. Le vide emplissait son champ de vision, et ses bras se mouvaient sans sa permission. Il ressentit, très rapidement, la pression de deux gardiens qui cherchaient à le maîtriser. Un tunnel s'est forgé à son visuel, et des étoiles engourdissaient ce dernier. Des points blancs ou gris ou translucides s'appuyaient contre son chancelant lucide. Ils s'évaporaient à chacun de ses débats contre l'illusoire du combat.

« Remmenez-le à sa chambre. » croyait-il entendre.

« Docteur ! » criait-il, mais ses paroles se perdaient à travers le chaos de ses émotions déchaînées.

Le voile obscur qui se refermait devant son regard portait les marques des cachots enfouis au fond des catacombes de la nouvelle science. Freud pouvait bien aller se pendre dans ses notions déshumanisantes, si le soi ne peut être libéré des jugements externes. Et le surmoi de Claude désirait s'exprimer au-delà de sa raison, de son contrôle, de ses mouvements. Son frère l'avait abandonné. Pierre l'aimait, mais l'un ou l'autre devait accepter la différence.

Une sorte d'accalmie naissait au fond de son être, alors que son esprit gâchait toute connexion avec le monde extérieur, cédant ses gestes. Libre de frapper ou soulever des chaises, lancer des cartables ou défoncer des murs, Claude agonisait. Plus il agressait les gardiens qui cherchaient à le soumettre à leur joug, et plus son souffle s'essoufflait, à en perdre le sens du rythme et la fonction d'une saine respiration. Plus son cerveau s'engourdissait à recevoir tout ce sang que son cœur pompait. L'oxygène se maudissait dans ses veines, pour ne laisser que la colère et sa peine, et plus son âme goûtait la plénitude divine d'une totale séparation d'avec les illusions charnelles.

C'est comme s'il parvenait à un stade d'illumination à travers une rage incontrôlable. La noirceur s'épaississait comme une levure dans son pain béni. Il ne ressentait plus l'angoisse. Ni la lourdeur de son anxiété. Lui et les autres. Son corps devenait semblable. Ses muscles se crispaient. Sa peau se transformait entombeau, puis en momie. Son ba se débat entre le soi et l'outre monde, mais son ka n'en fait aucun cas. L'inconscient se déchaîne ! La douleur l'encombre. Les lieux qui l'abritaient n'existent plus. Droit devant : le tunnel. Le long corridor ésotérique porte des accents poétiques. Un point blanc comme un lever de lune au-dessus d'un océan. Il marchait sur eaux comme le Christ sur les tempêtes.

Les bruits ambiants, ceux de l'hôpital, se dessinaient indistincts, sourds, incertains. Devant lui se tenait le parfum de dix mille bouddhas, arrachant la terre de leurs mains impeccables pour nourrir les cieux, et regagner les bas-fonds sous un même élan radieux. S'il se retournait, il pouvait apercevoir quatre gardes qui parvenaient avec une grande difficulté à l'asseoir sur son lit.

Comment est-il venu ici ? Dans le bureau du docteur Lemieux ? Enfin, s'il regardait en avant, il voyait ce point lunaire qui croissait, l'invitant à rejoindre la lumière. Alors, il s'avança sans se poser de question. De l'autre côté : celle qu'il aime. Ce serait un monde à l'image de Claude et Muriel.

Il souriait, tellement cette pensée le comblait de bonheur. Il se déplaçait, ainsi, entre deux cavernes, devant deux théâtres d'ombres, ne goûtant pour seule vérité que ce paisible, ce placide, ce brillant qui l'habite dans l'émanation d'une liberté absolue. Le puits de lumière s'imposait de plus en plus large, projetant une lueur éclatante qui lui garantissait des jours meilleurs. Bientôt, ce corridor au fond de lui-même allait disparaître. Il se retrouverait de l'autre côté de mers interstellaires, et il tiendrait les mains de sa femme promise.

Mais sitôt a-t-il déposé un pied dans cet univers, une chambre d'hôpital l'attendait. Une chambre froide et cruelle protège des néons qui mourraient de faim. Un dîner à peine entamé pourrissait sur une petite table. Un corps couché sur un lit défait fixait le plafond.

Claude s'approcha du matelas pour y apercevoir le nu de son grand amour. Ses bras et ses jambes demeurent attachés. Du sang coulait entre ses cuisses, formant une rivière, puis un lac au pied du vide. Elle était seule, isolée de l'affection du reste du monde. Son corps tremblait, comme le sien, de l'autre côté, dans l'autre chambre, l'autre hôpital. Il pouvait la toucher, mais s'il insistait, il plongerait ses doigts au fond de l'abîme de sa plus profonde douleur.

Comment pourrait-il l'embrasser ? Elle respirait encore, mais elle souffrait. *Émeraude, je l'appellerais Émeraude !* Rêvait-il ? Revêtant ces blessures d'antan. Ce serait leur enfant, leur petite fille.

« Elle va être heureuse. »

Muriel se retourna pour lui offrir un faible sourire.

« Nous ne serons pas très riches, mais nous allons lui donner tout ce dont elle aura besoin. Émeraude Gauvreau-Guilbault. T'imagines ? Notre petit bijou à nous. Je vais l'aimer même si ce n'est pas la mienne ! Je vais l'adopter, Muriel. Elle va m'appeler papa. Je vais lui apprendre à peindre, même si je ne suis pas aussi bon que mon frère. Quand elle aura treize ans, tu vas lui faire ta mise en garde, devant les garçons qui aiment trop, et qui aiment mal. Je vais rester dans le salon, à lire mon journal, à composer, dans ma tête. »

Le corps de Muriel s'enlisait sous une lumière translucide.

« Un radioroman, elle me tiendra la main, en fixant les dessins ou les photos sur le papier, et elle me posera des questions sur le monde qui nous entoure. Je serai bref, mais je serai franc. Nous n'allons pas la couver, nous allons lui donner des outils avec lesquels affronter les autres, ces pantins, ces pentacles, ces abrutis qui sacrifient le réel bonheur sur le tabernacle des douceurs. Puis, elle aura dix-huit ans. Tu l'emmèneras sur des lieux de tournage. Nous ferons un cinéma plus grand que notre vie ! Plus beau qu'ailleurs. Elle sera la Jetta Goudal du Québec. Elle chantera comme Piaf. T'imagines ? Elle ne voudra pas d'enfants. Elle dira qu'elle préfère les femmes, et nous serons incompétents devant une telle révélation. Mais nous l'aimerons, pourtant. »

Muriel le tenait par la main. Ses yeux définissaient les siens, le suppliant de forger cette réalité dans le néant. Mais son entrecuisse crachait le sang, et juste comme Claude allait la prendre dans ses bras, un électrochoc le prit par la tête. Ne réalisant pas ce qui se passait, il fixa le mur. Des ombres s'affairaient à tirer des lambeaux de peau, de chair et des ossements de petite fille. Un enfant vivait encore, quand un docteur lui scia le corps en trois. Tant de questions subsistaient au fond de ce regard naissant. Pourquoi lui donner la mort ? La vie la nourrissait sous son sein. On aura choisi de punir cette conscience avant même qu'elle ne parvienne à reconnaître les siens. Claude l'aurait aimée, il le sait ! Il l'aurait protégé, comme il aurait dû apporter la sécurité dont son grand amour avait besoin.

Un autre ! L'enfant ne faisait qu'un avec l'épilepsie, dans les bras d'une infirmière qui cherchait à la ressusciter. L'ombre du docteur crucifiait le bébé naissant dans sa propre douleur. Une vie rangée se sculptait sous les blessures du poète. Muriel ne l'aurait jamais demandé en mariage, mais il aurait été un paternel modèle. Tendre Émeraude ! Elle aurait pu guider les nouvelles révolutions ! Le Québec entier se serait rallié à ses formules de libération. Une battante chez les combattantes ! Mort-né, le petit corps s'est borné à la cisaille.

Muriel disparaissait. Claude voulait prendre sa progéniture dans ses bras. Mais un troisième électrochoc le ramena de l'autre côté, dans l'autre hôpital, dans une autre chambre d'avortement. Le docteur Lemieux se cachait derrière trois gardiens et l'infirmière Hall qui le tenait par la main.

« Vous êtes avec nous, Claude ? » demandait le médecin. Il goûtait sa propre bave, coulant le long de ses commissures, puis revenant au fond de sa gorge. On avait installé un bout de bois et un tampon entre ses dents. Ses mains et ses pieds attachés. Il respirait avec force, avec rage, avec l'engagement de ne jamais se soumettre.

« Claude ? » Le docteur Lemieux semblait insister. « Vous êtes avec nous ? » Doris Hall tenait ses doigts avec un peu plus de chaleur. Mais le poète n'était qu'une bête sauvage. Son génie s'éveillait sans doute, mais son corps voulait foutre l'enfer sur la surface du monde, voir la Terre brûler, et laisser les anges se débrouiller avec le diable qui venait de l'emporter.

« Claude ! Vous m'entendez ? » Au paradis, mais encore, les soutanes se font les soupapes des sous-papes qui se tannent.

« Oui ! » hurla l'endoloris. *Oui,* pensa la muse. *Oui, nous sommes avec vous, et avec votre esprit.*

« Ramenez-le à sa chambre. » ordonnait le docteur.

Le reste de la journée s'évaporait, à la fois paisible et amère. Son corps était passé d'un stress à un autre, d'un calme à l'oubli, mais la réconciliation demeure impossible. Ils vivaient ensemble, une communion retrouvée, l'enfant de l'univers respirait encore, pour un bref instant.

Il regardait des pages qui jonchaient le plancher. Quelqu'un avait écrit des mots, encore, et encore, les mêmes mots. Ce n'était pas les siens. Émeraude ? c'est un beau nom, mais il ne faut pas s'attacher.

MYCROFT MIXEUDEIM (mourant) -

L'ormelladbelsan croise victorieusement le fer avec des fleurs aux pustules jaunes. Des sourires de bravade entrouvrent le guichet des biftecks aux rainures mordorées. Il n'y a pas de fraternel, il n'y a pas d'ému réchauffant. Le glauque et la pénombre annoncent le triomphe de ce qui est tramé dans l'acier. Les coudes sont serrés, les coudes des mordicités. L'horrible plane et déverse sa lumière, il n'y a pas d'entrailles d'arborescences de verre je n'en vois pas. Tout a été occis de ce qui réverbérait du clair. L'espoir est tranché et ses tranches ont la minceur de l'invisible. Ceci a la similitude de la mort dans le vil. Et pourtant... réscacor dibitlef théosmune. A travers des boréalités de névés-dentelures, un charme plus jeune que moi semble rallier des poignées d'idéal. Un nombril de brume, dans le très loin d'un prophétique fumet, fait penser à des cœurs hachés regroupés. Il y a le surlendemain inespéré après le demain du triomphe du glapir. Semblent foisonner, dans l'immémorial du futur, sur la pente de la revanche, les uniformes des orange justiciers. Phinncouxlix, l'abreuvoir miroitant d'une beauté impensée. Le possible est tué, mais une goutte de sang, échappée sur la terre, a la discrète racine d'un germe phosphorescent. La liberté naîtra, corps adulte accouché par l'infiniment petit piétiné. Le grossier a des membres, le grotesque a des bras ; réel sans lourdeur appréciable, réel inaperçu que l'on néglige. Ce qui n'a pas été vu, ce qui ne sera pas vu facilement grossira sous forme de soleil. Les armées du désir purifiant, panorama intangible d'une précursion intuitive. Fédalbor turiptulif, corne de muse agrippée au cosmos. Libualdivane, drétlôdô cammuef ; l'élixir des archanges toisonne au fond des crêtes. Liberté-rides aqueuses...

La Charge de l'orignal épormyable. Claude Gauvreau — 1956

Chapitre Dix:
Héros de Naguère

Montréal. Treize octobre mille neuf cent quarante-cinq.
La seconde grande est terminée, depuis quelques semaines.
L'angoisse demeure palpable. Et si les nations retournaient en
guerre pour des raisons anodines ? Les poètes cherchent la vérité,
mais ils acceptent l'éducation de leur peuple. Ils ne sont pas
prophètes ou philosophes ; ils ne font que manifester l'émotion,
un langage universel. Si les politiciens avaient été musiciens,
les guerres leur serviraient de spectacles cinématographiques.
Les millions de disparus qu'a connus cette planète, dans les sept
dernières années, n'auront apporté qu'une pause entre une expression
et l'impression sur laquelle elle repose. Peut-être que le monde
acceptera la monnaie virtuelle, un jour, et les guerres d'idées
cesseront de semer des morts sur les champs de bataille.
Ce seront des oppressions virales transmises par des canaux de
médias asociaux.

Claude était le premier à s'inviter à cette soirée dédiée aux survivants
d'une lutte que l'on ne pourrait pas facilement oublier. Pierre lui a
affirmé qu'elle viendrait : *Elle sera heureuse de te revoir. Le* reste de
la planète peut bien souffrir. Claude et Muriel formeront un couple,
après cette réception ! Mais la salle communautaire semblait plutôt
déserte, au moment où Claude mit les pieds. Madelaine Arbour,
qui avait l'âge de son amour, mais qui épousera son frère, attachait
des ballons au plafond. Françoise Sullivan, l'âme d'une chorégraphe
et danseuse de talent, aidait quelques hommes à installer un
phonographe. Thérèse Renaud, la plus jeune du trio, s'affairait à
garnir les tables d'assiettes et d'ustensiles. Muriel, pendant ce temps,
décorait les murs. Claude s'arrêta dans l'entrebâillement de l'entrée
pour l'observer.

« C'est du jazz ? » demandait Muriel.

« Mais non ! C'est de la musique du genre, Charlie Chaplin ! » répondait Françoise.

C'était de l'orchestration, pensait Claude. On n'a pas besoin de lui trouver une raison, une catégorie, ou peu importe.

« Il me semble que j'inventerais une danse, là-dessus. » rajouta Muriel, avant de réfléchir et fermer les yeux. « La chanteuse est noire, je pense, je la sens dans mes entrailles, je suis certaine que c'est une noire qui s'est libérée à chanter de même. » *Libérée, Muriel ?* chuchotait Claude. *Les noirs sont libres depuis quatre-vingts ans aux États-Unis, et cent onze ans au Canada.* « Il me semble qu'elle chante comme je voudrais m'exprimer, mais elle est plus belle, Françoise, c'est certain qu'elle est noire. »

Les trois amies se regardèrent tout en soupire. Claude savait très bien de quoi elle parlait. Un virus s'avère d'un potentiel porteur de promesses envers les siens, s'il déjoue les anticorps d'un corps en proie à ses rêves. La culture pousse un mouvement, une vie qui fige les firmaments dans l'esprit des philosophes. Et si chaque tendance s'arrête au mur des influences antagonistes, l'univers devient un débat sans merci. Muriel fomente la passion et la finalité de la raison pour que Claude ne daigne vouloir affronter le réel des autres.

« C'est du blues ! » renonça-t-il, à voix très haute, faisant sursauter les moires qui entouraient sa muse. « La racine sonore du jazz, la musique est née dans la souffrance des hommes et des femmes qu'on a arrachés à leur liberté. » Muriel fut la seule à se retourner avec affection. Ses trois amies semblaient agacées de le voir. Il se tenait droit, comme un chêne. Elles ignoraient quoi lui répondre, sentant qu'il cherchait le débat plus que la conversation. Claude ne souriait pas ; il contemplait celle qui fait vibrer sa plume. Ressentait-elle les mêmes vibrations ? Le marbre qui formait son être s'attendrissait lorsqu'elle s'approchait de lui pour lui faire la bise. Les trois femmes semblaient comprendre qu'une chimie existait entre ces deux-là. Mieux valait ne pas se poser de questions. Ces femmes dégageaient une aura de jeunesse qui intimidait le poète. Il préférerait rester seul avec Muriel, mais elle avait insisté pour le voir participer à cette réception.

« Quand est-ce que les soldats vont revenir ? » demanda-t-il comme pour porter l'attention vers un sujet plus actuel.

« La soirée commence à sept heures. » expliquait Françoise.

« On a encore du temps. Tu viens-tu nous aider ? »

Claude préféra s'asseoir à une table et sortir son carnet de notes. Il composerait un poème sur le champ, observant l'émoi qui se palpe entre Muriel et lui, plutôt que de contribuer à commémorer des meurtriers, pensait-il. « Au fond vous faites un party pour rencontrer des officiers. » s'exclama Muriel, en fixant ses copines dans le regard, mais en souriant, comme si elle voulait faire un clin d'œil à son meilleur ami. « Pour célébrer leur retour. » répondit Françoise. « N'essaye pas d'insinuer quelque chose, Muriel Guilbault. » Françoise tourna son attention vers l'introverti qui écrivait des mots dans un calepin. Elle cherchait à exprimer une idée, partager le fond de sa pensée, mais la porte s'ouvrait, et d'autres invités se pointaient. Elle retourna à ses préparations.

Un groupe de trois copains entrait. Parmi eux se trouvait Robert Blair, calculateur et fier de ses épaules. Claude l'a reconnu. Il était le charmeur de ses dames, un homme beau et confiant. Il ignorait la douleur du refus ; il passait simplement à la suivante. Claude sentait en lui l'aura d'un prédateur, mais Robert était un architecte qui idéalisait le statut d'artiste. Muriel se tenait entre les deux, gonflant des ballons, méconnaissant le combat d'apollons platoniques qui se dressait derrière elle. Robert s'assied à une table, avec ses deux amis, observant les moindres mouvements de la déesse. Claude confrontait son adversaire. *Et si la séduction des corps faisait partie de l'illusion de Platon ?* Pensait-il.

« Claude ? My God, Claude Gauvreau? Je ne t'ai pas vu depuis des âges ! Comment tu vas ? » Sa voix transperçait la salle, comme une pluie de fragments de cristal qui comblait le silence d'une présence agaçante. Robert s'avança en direction de Muriel, sûr d'attirer son attention. Claude s'assied à une table, sortant un calepin pour y écrire quelques idées qui le hantaient. Son regard se tournait vers sa muse.

Robert se dressait constamment entre les deux. *Peu importe,* pensait-il, Muriel aime les hommes de lettres. Il lui réciterait un poème qui scintillerait d'une telle splendeur, elle en oublierait les autres mâles. Elle enterrerait Hortensien Chevalier, surtout, et son avortement. Elle lirait le verbe qu'il pond sur ces petits bouts de papier, et elle saurait à quel point leurs vies sont reliées. Ce devra être les mots… les plus parfaits qui soient. Ses doigts formeraient des courbes et des traits qui traduiraient en son l'émotion qu'il ressent lorsqu'elle dépose sa main sur son épaule.

« C'est quoi t'écris, Claude ? » demandait Robert, alors que de nouveaux convives entraient dans la salle de réception.

Muriel ne lui a pas adressé la parole. Évidemment, Robert ne partage pas cette intimité. *Il n'a aucune chance*, pensait-il. Même si Claude et Muriel n'ont pas encore couché ensemble, ils se partagent une connexion spirituelle hors de ce monde. C'est l'ésotérisme en phase naissante, grandissant à travers le trépas de leurs échanges. Il observait Muriel répondre à Robert, et il se demandait si elle n'agissait pas ainsi pour le rendre jaloux. Robert n'avait aucune idée de la réalité qui se trace entre une muse et un poète. Alors pourquoi demeure-t-elle aussi amicale devant les avances du peintre ? Il n'est même pas vraiment artiste ; c'est un n'importe quoi. Pierre, son frère, lui c'est un maître ! Un maestro de la toile.

Un jour, quelqu'un arrivera avec un nouveau mot, né d'une sexualité et d'une attirance envers le beau de la pensée. Celui de l'être était l'essence de l'enfant qui ne veut pas grandir. Si croître portait à progresser sans se laisser corrompre par l'avarice de l'illusion ? Le gamin pourrait vivre librement jusqu'à la mort de l'homme. Claude se perdait dans ces réflexions, alors que Robert s'approchait davantage de Muriel. « Au fond vous faites un party pour rencontrer des officiers. » concluait-il. Françoise s'offusqua, lui répondant :

« Pour célébrer leur retour. » Muriel se mit à rire, ressentant l'emprise que Robert cherchait à lui imprégner. Elle s'interposa, comme pour protéger le bel anglais qui considérait sa compagnie : « On ne sait pas ce que la soirée peut nous réserver. »

Choquée, Françoise renchérit d'un : « N'essaye pas d'insinuer quelque chose, Muriel Guilbault. »

Avant que Muriel ne puisse trouver les mots pour lui répondre,
la porte principale s'ouvrit, laissant entrer Paul-Émile Borduas,
suivi de Pierre Gauvreau et Jean-Paul Riopel. On aurait dit trois
évêques en complet-cravate. Des gangsters honnêtes, s'avançant
d'un pas décidé. Paul-Émile, au front dégarni et au regard emplis de
sagesse, s'introduit en premier. Il mène ce modeste trio, comme une
caravane à trois, vers une table. Claude demeura sur la sienne,
inscrivant ses pensées dans ce calepin, plus que sa seule connexion
avec le monde extérieur. Il se tenait ainsi quelques heures. La salle se
remplissait, et la soirée s'invitait. Un petit bar derrière lequel des
boissons étaient vendues s'est vu érigé. Claude observait, au loin,
son frère discuter avec Borduas. Pierre fréquentait l'École des
beaux-arts de Montréal, depuis deux ans. Paul-Émile Borduas lui
servait d'enseignant, mais aux yeux de certains de ses élèves,
il portait la robe du mentor.

Claude suivait Pierre de loin, alors qu'il étudiait plutôt la littérature
et la philosophie. Il se sentait interpellé par le cercle d'érudits qui se
formait autour de lui. C'était comme si l'univers, lui ayant fait
rejoindre Muriel, puis Borduas, lui assurait un parcours titanesque,
à travers lequel il serait acteur d'une importante révolution.
Paul-Émile alla, d'ailleurs, à sa rencontre, plus tard dans la soirée.
Ils discutèrent du courant surréaliste, de poésie dadaïste et lettriste,
et l'enseignant lui présente un nom qui habitera Claude longtemps :
André Breton.

Pendant que les artistes échangeaient, les invités dansaient au son
d'un orchestre jazz, Robert essayait de séduire la belle actrice.
« Muriel ? Wow, une belle surprise ! » s'écria-t-il, d'abord, alors
qu'elle s'approchait du bar.

    « Je m'excuse, mais vous êtes ? » demanda-t-elle.
Vexé, Robert se cacha derrière un fou rire, avant de lui répondre :
« Robert Blair ! On s'est vu à la soirée de poésie, chez les frères
Gauvreau, voilà quelques années. Et puis chez Bruno Cormier !
Vous avez récité du Baudelaire ! »

Agacée, Muriel cherchait à se défaire de son nouvel admirateur.
« C'était de belles soirées, oui. » souffla-t-elle. Elle tourna son
attention vers le barman. Robert semblait insister : « Si tu n'es pas
accompagnée, je pourrais t'offrir à boire ? Juste pour jaser. »

Elle se tourna en direction de Claude. Pierre et Paul-Émile terminaient une discussion, délaissant le jeune poète. Muriel soupira et paya le garçon, ramassant deux verres de scotch au passage. « Je suis avec Claude. Merci de l'invitation. » affirma-t-il. Robert l'observa d'un air profondément meurtri.

Seul à sa table, Claude retournait vers son calepin, recroquevillé comme un penseur qui recherche la gloire innée au creux de son océan. La musique ne l'atteignait plus. Les discours qui s'entrechoquaient en un bruit de fond continu semblaient disparaître. Sa main tremblait à écrire un nom, Corvelle, pour aucune raison, il songeait à celle qu'il aime, mais son inconscient insistait à lui refaire un baptême. Corvelle ? Mais pourquoi ? Ne pas réfléchir, se répétait-il. Borduas parlait de mettre en place un courant artistique qui irait au-delà du mouvement surréaliste.

Laisser s'exprimer les replis de son âme, plutôt que simplement le visiter et le décrire en image, affirma-t-il. Ce soir, il s'imaginait déjà le plus grand des poètes, Frédéric Chir de Houppelande, mort, asphyxié, mais plaint à travers les pleurs de la tendre. « Tu me promets une danse ? » Muriel lui demandait, coupant son inspiration à la hache. « Corvelle ! » chuchotait-il. Elle souriait, sans comprendre ce qu'il disait. Il ramassa le verre de scotch qu'elle lui offrit, puis elle s'assied à ses côtés, lui serrant la main avec une profonde affection.

« L'orchestre qu'on a choisi est vraiment bon. Ils jouent aussi du Charleston ! C'est pas n'importe quoi ! J'ai l'impression de faire tout le contraire de ce que mes parents voudraient de moi, mais je suis plus une enfant. Toi non plus, Ti-Claude ! C'est la liberté, pis je fais le travail qui me passionne, au théâtre, à la radio. Je suis tellement contente de savoir que tu restes avec moi, malgré tout, malgré que je suis pas la meilleure amie que tu mérites. Je t'aime, pis c'est tout ce qui compte. » Elle se confiait à lui. Il ne l'entendait pas, préférant terminer son bout de poème, ou le début d'une pièce de théâtre.

Des arbres dans la nuit. Un ciel avec de grosses étoiles. Brumeux. Des éclairages violents et variés seront employés subitement pour mettre en relief les acteurs.

« Tu m'écoutes-tu, Claude ? » insista-t-elle. Il se retourna, rangeant son calepin dans la poche intérieure de son veston, et lui caressa la main.

« T'es tellement belle, Muriel. » lui susurra-t-il, sans trop réfléchir. Elle souriait, charmée et aimante. « Juste une danse. » insistait-elle. « Après, tu écriras ton génie, pis on se monte une pièce de théâtre ! Juste toi pis moi. »

Son corps exprimait une niaiserie qui rimerait avec : on sort d'ici, et on se fait la tendresse dehors, sur la pelouse d'un bourgeois, mais son âme inspirée cherchait à calmer ses ardeurs animales. « Je suis pas un très bon danseur. » Il s'excusait. Muriel lui embrassa la paume avant de le rapprocher vers elle. « Mais t'es un génie des mots. C'est pour ça que je t'aime. » Il reprit sa main rapidement, la retirant avec tellement de force et une vitesse si intense que Muriel se sentit agressée. « Okay ! » laissait-il entendre, tout bas. « Une danse, okay ! » Il engloutit son scotch alors qu'elle cherchait à porter un toast avec le sien.

Robert demeurait accroché à cette scène, étudiant chaque mouvement de Claude et Muriel. Il buvait sa bière sans trop insister, sans vraiment regarder les autres femmes célibataires. La complicité qu'ils s'échangeaient portait les allures d'une amiti forgée dans l'ambre de temps ancestraux. Deux âmes sœurs se retrouvaient après des millions d'années.

Robert croyait n'avoir aucune chance. Il alla fumer à l'extérieur, question de se changer les idées. Se perdre dans le silence d'une soirée baignée d'étoiles. Observer les voitures qui se garaient près de l'entrée, puis les officiers de l'armée canadienne, vêtus de leurs uniformes cérémonials. Ils quittaient ces mêmes embarcations pour rejoindre la célébration que l'on offrait en leur honneur.

L'un de ces officiers s'intéressa à lui. Un grand bonhomme aux cheveux bruns, bâtis tel un bûcheron, droit comme l'horizon. L'homme se dirigeait vers la porte d'un pas décidé. Il s'appelait Julien Major. Son arrivée ne fut pas sans attirer l'attention des demoiselles présentes. Des danses figeaient. Des jeunesses souriaient de gêne à la vue de ce bel homme. Muriel se perdit dans sa silhouette, laissant Claude parler tout seul.

D'autres officiers rejoignirent les femmes. Ils se mêlaient au groupe d'automatistes. Même au moment de pousser le swing avec Claude, Muriel pouvait difficilement éviter de fixer les allées et venues de Julien. Robert les épiait toujours, un peu effacé. Julien ressemblait à un héros de guerre qui revient avec les honneurs. Claude en vint à danser seul. Elle calma son ardeur et suivit Julien du regard, alors qu'il allait s'acheter une bière. Il s'assied au bar et bu en observant autour. C'est à ce moment que Muriel trouva le courage de l'aborder.

Elle commanda, d'un clin d'œil : « Je vais prendre un Shirley Temple, avec deux gros doigts de vodka. » Julien l'ignora, portant son attention en direction de la salle. Robert les épiait, au loin, et Claude se morfondait, tout seul.

« Vous venez d'arriver ? » demanda-t-elle.

« Je suis pas tellement un gars de party. » répondit-il.
Muriel ramassa son Shirley Temple alcoolisé, en lui glissant, d'un air amusé : « Tant que vous "party" pas tout de suite ! » Elle ricanait.

Il ne riait pourtant pas. « Je suis pas certain de comprendre. »
Il soupirait. « C'était une joke. » répondait Muriel. Un froid s'installa. Claude dansait tout seul, mais son regard se perdit en direction de Julien et Muriel. Elle était sur le point d'abandonner. Le soldat trouva le courage de reprendre la conversation en main :

« C'est une belle soirée. » affirma-t-il. Muriel se sentit inspirée :

« Tout à votre honneur ! » répondit-elle. « Vous avez combattu ? »

« J'suis un fils d'ouvrier, moi, mademoiselle. Combattre pour les niaiseries des boss, c'est ma vie. » Claude s'approcha d'eux, d'un pas incertain, et Julien le remarqua. Il sentit déjà une chimie établie entre Muriel et son ami. « Nous, ici, on vous a suivi à la radio. Quelle belle guerre ! » clama-t-elle.

« C'est pas encore fini, vous savez ? » Une sorte d'assurance se mêlait à un malaise. Julien bégayait, au moment de chercher à faire avancer la conversation, sans trop insister. Au fond, il aurait pu dire n'importe quoi, Muriel aurait trouvé l'audace de poursuivre sa part de la discussion.

« Mais les forces justes vont réussir. » affirma-t-elle, avec un peu plus de conviction. Le soldat se mit à rire : « Juste ? Si on est au front, on ne se pose pas de question. On est payé pour tuer ou mourir. Ceux qui nous paient nous font confiance. » Elle s'approcha davantage de lui, passionnée par ses derniers propos. Claude s'effaça, voyant l'intérêt qu'elle vouait à l'endroit du nouvel arrivant.

« Alors pourquoi combattre ? » demanda-t-elle. « Combattre Recevoir un salaire, porter un instrument, l'utiliser comme on nous enseigne, recevoir un salaire. » répondit-il, avant de caler sa bière. « Je suis un fils d'ouvrier, moi, mademoiselle. » Il quitta son siège. Muriel le regardait se perdre dans la foule. Elle se montrait visiblement amoureuse. L'orchestre jouait un classique de Louis Armstrong. Julien se dirigeait vers l'extérieur, cigarette à la main. Claude alla le rejoindre. La nuit tombait, fraîche et taciturne. L'homme de mots se tenait debout aux côtés de l'homme d'armes. Un long moment s'étira. Claude brisa ce silence :

« Vous savez, Muriel est un être fragile. » murmurait-il. Julien se retourna et répondit : « C'est son nom ? Elle est tellement jolie. » Le reste de la soirée se déroula de ce même souffle. Claude, dévoué à sa muse épormyable, ne s'interposa aucunement dans l'histoire de deux êtres magnifiques. Il se plongea dans une écriture débridée, engravant les pages blanches de son calepin. La pointe de son stylo formait une épave. Il voulait percer le papier d'une violente tendresse. Une brume se formait dans son esprit, ne laissant pour lumière que les lampes qui éclairaient son petit univers. Et pour musique, l'orchestre qui en arrivait aux derniers slows. Muriel dansait près de Julien, quelques décennies plus tard, ces divertissements de fin de soirée inviteront les corps à se coller les uns contre les autres. Mais en mille neuf cent quarante-cinq, une certaine gêne prude et distante s'imposait.

Esseulé dans sa chambre à Saint-Jean-de-Dieu, Claude se rappelait cette soirée où Muriel rencontrait celui qui sera son époux. Sa réaction face à ce nouveau prétendant reflète toutes les actions qu'il a omis d'entreprendre. Il se retirait plutôt que de chercher le trouble ; se concentrer sur ses pensées au-delà des émotions. Il s'exprimait sur papier pour ne pas laisser ses poings en affirmer trop. Il réalisait la petitesse de sa cellule verrouillée, recouvrant sa liberté à travers les années qu'il a passé auprès de celle qui l'a, à tout jamais, délaissé.

Il revoit le jour du mariage : les automatistes et les officiers s'amassaient au pied d'une église, alors que tout le monde présent se disait athée. Composer une lettre ! Il ignorait s'il devait l'écrire à l'attention de Muriel ou de sa mère, Borduas ou son frère, ou un quelconque poète qu'il admire. Personne n'allait la lire, de toute manière.

Il se remit à dévorer l'Arcane 17 de Breton, livre phare que son maître et mentor lui avait recommandé. C'était comme si Claude se retrouvait à travers l'affection que portait ce visionnaire envers le paysage gaspésien. Les astres et les éternels discutent entre eux, un langage propre aux éléments de la coïncidence et des intentions aimantes. Tous ses sens laissent aller sa parole entre les mains d'un verbe céleste.

L'Univers crée son œuvre, son art, sa poésie, à travers nos vies qui cherchent, à leur manière, une expression personnelle et particulière. Claude se savait un pixel de couleur, une tache originelle, sur la toile d'un créateur chaotique. Alors, il existera comme ce pixel si radieux qu'il encombrerait l'inspiration des carrés de lumière qui l'entourent. Il demeure conscient qu'il va déranger, mais il s'imposera dans l'esprit d'un Refus Global qu'il a signé, que Muriel a signé, et qui représente sa raison d'exister. Vivre heureux dans une famille nucléaire : Refus. Le bonheur peut bien demeurer singulier. Poursuivre une quête monétaire : Refus. L'expression du soi est la seule et la plus grande des vocations qui soit offerte à l'humanité. Suivre le courant populaire : Refus. Celui qui nous habite, au fond de nos convictions profondes, est porteur d'une vérité ésotérique.

Il sera interné ici des années. Mais il y trouvera son oasis et la pureté de l'œuvre qu'il léguera aux générations à venir, pauvres de n'avoir jamais pu rencontrer la plus brillante actrice que le Canada aura connue. Il délivra son inspiration comme Prométhées promis aux déchaînés, son foie dérobé par l'aigle des critiques qui ne comprendraient rien à son génie. Il l'exprimera avec parcimonie, avec sagesse et savoir, ne laissant aller sur papier que le fruit de son inconscience défenestrée. Ce soir sera réservé à un peu plus de lecture.

Dans le rêve d'Élisa, cette vieille gitane qui voulait m'embrasser et que je fuyais, mais c'était l'Îles Bonaventure, un des plus grands sanctuaires d'oiseaux de mer qui soient au monde. Nous en avions fait le tour le matin même, par temps couvert, et sur un bateau de pêche toutes voiles dehors et nous étions plu, au départ, à l'arrangement tout fortuit, mais à la Hogarth, des flotteurs faits d'un baril jaune ou rouge, dont le fond s'ornait au pinceau de signes d'apparence cabalistique, baril surmonté d'une haute tige au sommet de laquelle flottait un drapeau noir (le rêve s'est sans doute emparé de ces engins, groupés en faisceaux irréguliers sur le pont, pour vêtir la bohémienne),

– André Breton, Arcane 17, 1944

Chapitre Onze:
Les Lys Blancs

Il venait d'écrire une lettre qu'il destinait à son maître et mentor, Paul-Émile Borduas. Il tenait à lui remercier de lui avoir fait découvrir la beauté des vers d'André Breton. C'était comme si se plonger dans cette rationalité lui apportait un baume. Il parvenait à ne plus penser à celle qu'il aimait, et qui l'a quitté à jamais. Pourquoi le réel doit-il se complexifier autant ? Tout fait du sens, maintenant, dans sa petite chambre. Il s'exprime comme bon lui semble. La rivière Styx s'implique au bout de sa plume, appuyant l'âme contre une promesse d'éternité à travers un vocabulaire dénaturé. Dans sa tête, il entendait les paroles qu'elle prononçait, au moment de son mariage avec Julien Major :

« Un gros merci à vous, mes amis, mes proches, d'être venu encourager mon bonheur avec l'homme que j'aime. »

Claude se tenait à la première table, comme le garçon d'honneur de l'épouse. Ça lui faisait mal, écouter ces vœux qu'il a lui-même aidé à composer : « On ne sait jamais quand le cœur va se mettre à battre à l'unisson avec celui d'un autre. Mais quand ça arrive, on souhaite que le concert ne s'arrête jamais. »

C'était comme si elle professait son affection envers Julien, depuis l'âme de Claude. Celui qu'il sculpta de ses propres mains. Il s'arracha les poumons à s'essouffler pour pondre les paroles qui feraient plaisir à son conjoint, sa famille, les mots qu'il réservait pour son propre mariage.

« Les âmes se partagent la scène pour des milliards de vécus possibles. Le destin aura dicté notre prose, Julien, devant des rideaux inattendus. »

L'offrande de soi-même! Le sacrifice ultime. L'érudit accepte de souffrir en silence, alors que sa muse emploi ce qu'il a de plus cher au monde, sa plume, pour cimenter le serment qu'elle ne partagera jamais sa chaumière.

« J'ai rêvé toute cette vie de me réveiller chaque matin à tes côtés. Je remercie l'incarnation des promesses de jours meilleurs de nous avoir choisi. » Muriel figea un long moment, prise d'émotion. Elle observait Claude, puis ses invités. Un long soupire s'en suivit : « Merci à mon Ti-Claude pour ce beau poème !
Je t'aime ! » Ceux-là, ils venaient d'elle et faisaient encore plus mal.

La fête se tenait dans la salle communautaire. Claude préférait rester seul, à l'extérieur, avec son calepin et son stylo. Il demeura ainsi pendant des heures, cherchant les mots qu'il déposerait, avec précaution, sur la pulpe blanche. Un sombre boulevard le dévisageait. Quelques voitures, parfois, passaient, quelques chevaux démarquaient les deux sphères distantes de l'ère technologique du transport. Le bruit des sabots rejoignait pourtant celui des moteurs, dans ce boulevard qui ne cessait de contempler l'auteur.

« Quand je vous ai vu, je pensais que vous étiez un couple. Vous riez en même temps, c'est beau. » entendit-il, derrière lui. C'était le marié. Il est venu lui porter un cigare. « Muriel pis moi, Julien, on est ce qu'on appelle la pureté du cycle de l'or. » Claude lui répondit, avant d'accepter cette offrande empoisonnée.

« Excuse-moi, je ne suis pas un artiste, comme vous autres. D'ailleurs, je m'suis demandé qu'est-ce qu'elle trouvait ben d'attirant chez-moi. » Claude se posait la même question. Un réconfort ? Non, il saurait lui en donner. Une sorte de sécurité ? Mais peu importe ! Claude devait se calmer avant de répondre. Il prit un grand respire, puis il fuma le cigare que son nouvel ami lui offrit, et clama : « On est toutes des fils ou des filles d'ouvriers ! Nous autres, on œuvre avec les tripes pis les réflexions, mais on porte toutes les mêmes seaux d'eau aux mêmes églises, aux mêmes business. Aux gouvernements qui nous voudraient soumis, on leur tient tête. Ils nous veulent silencieux, faussement heureux, alors qu'ils s'enrichissent avec les criminels. Mais, nous autres, les artistes, les intellectuels, on n'a pas peur ! » Claude lui offrit cette lecture avant de retourner à l'intérieur, cigare à la main.

Julien regarda par terre, écoutant le bruit du boulevard qui le dévisageait, maintenant. Il se sentait comme un intrus, entre Claude et Muriel. Pourtant, il avait bel et bien conquis la belle. Elle lui prouverait sa fidélité, mais il ne pourrait jamais lui écrire une pièce de théâtre ; ce n'est pas son monde, c'est celui de Claude. Il observait les chevaux qui cédaient le passage aux voitures. Il fuma son cigare, s'imaginant que quelqu'un d'autre allait sûrement formuler cette même réflexion. Puis il retourna à l'intérieur de la salle communautaire. Claude dansait avec Muriel. Ils semblaient heureux et complices, c'était à la fois magnifique et terrifiant. Elle s'appuyait dans le regard du créateur, une lumière retrouvant son antre mère. Mais Julien se disait que cette pensée ne lui appartenait pas. Elle revenait au poète et à son épouse… il n'était qu'un témoin qui avait hérité des sentiments d'un ange. Quand l'orchestre joua une pièce plus calme, plus suave, Muriel se fondait dans les bras de Claude. Comme l'Ambre de beurre fondu dans une Émeraude. Cette réflexion fit sourire l'ouvrier soldat, mais il lui manquait un calepin et un stylo pour l'écrire. Alors, il étudia sa femme se diriger vers le bar. Le poète la suivait. Elle allait certainement commander un Shirley Temple avec beaucoup de vodka.

Julien s'assied sur un banc, buvant sa bière sans se poser de question. Il observait Robert Blair qui épiait la scène depuis trois tables plus loin. Muriel titubait, saoule, et Claude la tenait contre lui. Elle ne tombera pas. Elle souriait. Parfois elle riait à pleins poumons, mais c'était le plus beau jour de sa vie, alors Claude assurait sa sécurité. Julien se tournait vers Robert, qui esquissait quelques dessins dans un calepin. Il finit par regarder ailleurs, se disant qu'il allait terminer la soirée avec cette déesse dans son lit, et ces deux artistes dormiraient seuls. Julien profita de ce moment de solitude pour boire à son tour. C'était son mariage, après tout. Il pouvait bien abuser de l'alcool. Il n'osait pas briser le lien qui unissait la muse enivrée au poète vierge, mais il sentait la neuvième bière, comme une porte vers l'enfer, lui ouvrir un cran chevalier. Une valeur qui lui disait de la laisser danser avec l'eunuque, c'était un mot qu'il avait appris, la veille, sans toutefois mémoriser la définition.
Les réflexions faisaient de moins en moins de sens, au fur et à mesure qu'il buvait seul et sa femme se collait à son meilleur ami.

« C'est un homosexuel ? » murmurait-il, espérant avoir raison.

La soirée tombait à sa fin. Julien ignorait s'il avait bénéficié de ce premier mariage en grand, ou s'il avait sombré dans l'alcool en se forgeant de nouvelles fraternités. La calèche qui ramena les deux corps saouls à leur appartement n'avait aucune idée de cette histoire. Julien imaginait des bicyclettes, et Muriel souriait, à observer la lune. Elle s'arrêta devant la bâtisse aux briques brunes, et le conjoint prit soin d'ouvrir la portière à son épouse, l'aidant à quitter le véhicule de façon sécuritaire. La femme avait tout de même du mal à tenir sur ses pieds, trébuchant et éclatant d'un rire fou avant de se redresser. L'entreprise des escaliers se montrait tout aussi périlleuse. Muriel s'accrochait à la balustrade pour ne pas s'écrouler. Une fois arrivé au sommet, Julien s'empressa de sortir ses clés pour qu'ils puissent entrer rapidement. La nuit glaçait le sang, et Muriel voulait visiblement aller se coucher.

« Parle-moi de Claude. » demanda-t-il, alors que le couloir principal recouvrait le corps svelte et frêle de Muriel, ne laissant que la lumière de la lune pour l'éclairer subtilement.

« Plus tard, mon amour. » répondit-elle, s'avançant vers lui pour lui retirer son chandail et lui embrasser un mamelon.
Souriant, il calma ses ardeurs. Elle lui empoigna la main et le tira avec empressement vers la chambre à coucher.

« Vous me semblez très proches, vous deux. Vous vous connaissez depuis longtemps ? » interrogea-t-il, alors qu'elle le jeta violemment au lit et commença à se dévêtir. Il se releva, voyant qu'elle se débattait avec sa brassière, et la prit contre son torse. Ils s'embrassèrent avec une passion naissante.

« Ce n'est pas une mauvaise personne, ton ami Claude. » chuchotait-il, alors qu'il lui enlaçait les épaules et laissait ses mains descendre le long de son dos, pour s'arrêter au bassin.

« Quoi ? » demandait-elle, désemparée. Julien s'assied sur le coin du lit.

« Des porteurs d'eau, qu'il disait. Puis si je militais pour le syndicat ? » Exaspérée, Muriel cherchait à détourner son attention vers elle, retirant sa brassière, se dépêchant à enlever sa petite culotte.

123

« C'est notre nuit de noces, Julien ! On peut-tu jaser de ça demain ? » Elle se fâcha, avant de le rejoindre au lit.

« Excuse-moi, mon amour, allons faire des enfants. » répondit-il, avant de se remettre à lui embrasser le cou puis les épaules. Muriel figea, hantée à l'idée de lui annoncer sa stérilité.

Après cette tentative échouée de s'abandonner l'un à l'autre, Muriel préféra dormir dans son coin, tournant le dos à son nouveau marié. Julien ignorait comment raviver la flamme qui embraserait leur nuitée à grands coups de baisers. Il finit par se retourner et ronfler de son bord. De temps à autre, il poussait un regard dans la direction du joli corps qui s'était assoupi au-dessus des couvertures, puis il soupirait avant de retrouver son sommeil. Les premières lueurs de l'aube auront eu raison de cette première dispute. Il quitta le lit pour aller s'acheter un journal. Il se rhabilla silencieusement. Il laissait une chance à Muriel de bien se reposer.

Les froides rues de Montréal incommodent, mais Julien a pris soin de revêtir une veste de feutre qui lui procurait une douce chaleur. Dans sa tête, il revivait la nuit de noces avortée, et il cherchait à comprendre les agissements de sa femme. Comment pouvait-elle être enflammée puis, soudainement, sombrer dans une frigidité glaciale ? Il acheta les nouvelles sans saluer le marchand, plongé dans ses réflexions, puis il reprit le pas vers l'appartement. Avait-il dit quelque chose qui a glissé Muriel dans cet état catatonique ?

En arrivant à sa demeure, il s'installa à la cuisine et entreprit de s'abreuver de l'actualité. Sa femme lui préparerait bien à déjeuner au moment de l'éveil. Il se prouverait patient, la laissant dormir. Parce qu'un mari aimant, c'est quelqu'un qui respecte son épouse.

Il s'alluma une cigarette. Muriel, en robe de chambre, s'affaira à faire cuire quelques œufs.

« Tu parlais de Claude, hier ? » demanda-t-elle.

« Claude ? » répondait Julien. Il cherchait à se souvenir.

« Claude Gauvreau, mon ami poète. » renchérit-elle.

Julien demeura silencieux, tournant une page, fumant et
lisant un nouvel article : « Ils vont construire une chapelle, à
l'oratoire Saint-Joseph. Qui, tu penses, va payer ? Ce seront encore
les pauvres brebis, canadiennes-françaises. On se fait avoir !
Ça pas d'allure ! » Il s'exprima ainsi sans revenir à la conversation
de sa femme, préférant sans doute détourner le sujet.

  « Tu me disais que tu ne croyais pas. » s'interrogeait-elle, en lui
servant des œufs et du bacon.

  « À qui ça peut bien servir qu'il y aille un gros temple à
l'ouest du Mont-Royal ? » soupirait-il, au moment d'engouffrer
quelques bouchées.

  « Y a juste des Anglais, par là. C'est-tu eux autres qui
payent ? » demandait-il encore.

Muriel ne parvenait pas à répondre, ou bien elle préférait ne pas
parler de politique à une heure aussi hâtive. Elle s'installa avec son
assiette et se mit à manger à son tour. « J'aimerais avoir un jardin. »
laissa s'échapper Muriel, avec un pincement dans la voix.
Intéressé, Julien déposa son journal.

  « Bien sûr, mon ange, mais la cour n'est pas juste à nous. »
souffla-t-il, sans hausser le ton. « Sur le balcon ? Faire pousser des
fleurs blanches, des lys, non ? Ou bien, parler aux voisins. »
Il reprit son actualité et hocha la tête, se disant qu'il avait peut-être
trouvé un moyen de faire plaisir à sa femme. Muriel s'imaginait ces
lys pâles, comme ceux qu'elle verra, au-devant d'un petit café,
quelques mois après cet incident. Elle y était avec Claude,
un mercredi matin. Les lieux semblaient plutôt vides. Ils étaient les
seuls clients. Claude buvait une tasse d'or noir, alors que Muriel
s'adonnait déjà au scotch.

  « Je crois qu'on devrait monter une pièce ! Juste nous deux. »
proposait Claude. Muriel regardait ailleurs, admirant ces lys qui les
séparaient du trottoir et des passants.

  « Une pièce ? » s'interrogeait-elle, sans trop s'investir dans
la conversation.

Claude buvait sa tasse à grande gorgée, puis il ajouta :
« Des poèmes ! Peut-être une œuvre commune. Juste toi pis moi.
À quoi tu pensais ? » Elle cherchait à voir au-delà des fleurs
blanches : « Je ne sais pas, Claude. » murmurait-elle nonchalamment.

« Ça n'a pas d'importance, j'écris comme ça vient. On devrait la
créer à deux. Si on l'écrit bien, on va bien le lire, non ? » Il attirait
son attention, mais Muriel rêvassait. Elle prit un temps avant de
formuler une réponse. Elle se tourna vers Claude et proposa :

« J'ai besoin de m'évader de mon mariage, je pense.
J'aurais peut-être dû épouser un artiste. »

Il n'en revenait pas. Ils venaient à peine d'échanger leurs vœux.
« Muriel, voyons ! » Claude s'interposait sans y croire.
« Julien c'est une bonne personne. Vaillant, je l'admire, tu savais ? »
Elle but son scotch d'un trait et affirma : « C'est pas pareil. On ne vit
pas sur la même planète, lui pis moi. »

Claude ne parvenait pas à trouver les mots pour alimenter cette
conversation. Muriel renchérit : « Je vais commencer à jouer dans
une pièce de Sartre. Il ne le sait pas, j'ai quasiment peur de lui dire. »
Cette nouvelle emballait Claude : « Sartre, ma pitchounelle, c'est
génial ! » Muriel le dévisageait avec un brin de snobisme, mais
c'était surtout de la terreur.

« Il est poigné avec son syndicat, il travaille tous les jours.
Je le vois plus. Je partage pas mes joies avec lui. Si je le faisais, il
comprendrait pas. » Claude sentit une sorte d'invitation. Il lui
proposa : « Partage-les avec moi. On est du même monde, non ? »
Elle sourit et lui prit la main. Ces petits moments d'intimité qu'elle
lui offrait resplendissaient d'une douce éternité. Il aurait figé le réel,
s'il avait pu. Il se fond, maintenant, dans l'électricité aux accents
pèse-nerfs entre elle et lui. Comme il aurait souhaité voir des
météores détruire le monde et ne laisser qu'elle et lui pour repeupler
l'espace de leurs enfants ésotériques. Imaginer des civilisations
futures à travers leur théâtre. *Je t'aime !* Se répétait-il à lui-même,
incapable de prononcer ces mots alors qu'elle se drapait d'une
magnificence intimidante. *Je t'aime dans tous les sens du terme, et à
travers tous les univers possibles.* se disait-il encore. Se tournait-elle
vers lui, au moment de serrer sa main si fort ? Pourrait-elle entendre
ses pensées les plus profondes ?

126

Elle souriait, donc c'était un signe. Payer la note et la suivre. Passer du bon temps en sa présence. « On est notre monde à nous, Claude. Juste toi pis moi. Notre petit monde à nous deux. » confia-t-elle, au creux de l'oreille, avant de lui caresser le cou et l'épaule, du bout des lèvres. Elle lui embrassa la paume, puis la laissa tomber.
« Il est encore de bonne heure. On va se prendre un drink ? »

La journée prit rapidement des allures de débauche. Une promenade dans le Parc Jeanne-Mance précéda une excursion sur le Mont-Royal. Muriel traîna une bouteille de vin qu'elle but à elle toute seule. Un détour vers les nouveaux arrondissements pointait vers la Main. Muriel but quelques verres de vodka, alors que Claude s'efforça d'en consommer au moins un. Des hot-dogs au Montreal Pool Room annoncèrent un smoked meat chez Schwartz's.

Quand le soir se présenta, Claude a dû raccompagner Muriel, la traînant presque sur ses épaules. C'était à la fois une journée de rêve et une nuit de cauchemar. Il aurait aimé qu'elle dégrise à ses côtés. Ils discuteraient de théâtre et de poésie. Il lui apporterait à déjeuner au lit, mais elle devait retrouver son mari. Heureusement, lorsqu'il l'a reconduit chez elle, Julien manquait à l'appel. Claude la serra dans ses bras, pour qu'elle n'ait pas à s'accrocher à la balustrade, et la monta jusqu'à l'appartement. « On se prend encore un peu de vodka ? » demandait-elle.

« Ton mari revient bientôt. Je dois y aller. » décida-t-il. Elle se tenait droite au milieu du couloir. Claude se questionnait. Devaient-ils quitter les lieux? Elle se déplaçait avec un peu de misère. Le poète ignorait s'il devait lui porter assistance.

« Je ne vais pas dormir tout de suite. » se plaignait-elle.   « On peut jaser encore. » Elle laissait sa blouse s'ouvrir, la déboutonnant sans même réfléchir. Claude considérait retourner chez lui. « Va te coucher ma puce. » affirma-t-il. Muriel insistait :

« Je veux te faire écouter un disque ! C'est Rachmaninoff, tu connais ? » Il est mort, ça ne fait pas longtemps, en quarante-trois, je pense. » Claude peinait à prononcer quoi que ce soit. Il ignorait de qui elle parlait, mais il ne devait pas s'imposer. Son époux était sur le point de retrouver le nid familial.

« Une autre fois, mon amour épormyable ? » laissa-t-il entendre.

Elle figea : « Et port, quoi ? » Il se demandait quel mot il venait d'inventer, sur le coup d'une terreur qui l'effleurait, sachant que sa place dans l'univers se tenait à ses côtés.

« Je vais y aller. On se refait une autre journée de café bientôt ? »

Muriel ouvrit la porte de son appartement avec une telle lenteur, on aurait dit qu'elle cherchait à s'endormir contre la poignée. Des images s'entrechoquaient dans sa tête. Elle se concentrait pour ne pas vomir. Au bout de cinq minutes, elle parvint à entrer à l'intérieur. Un jet de lumière la guidait vers la cuisine. Elle avança avec précaution, comme si elle craignait tomber en bas d'un petit pont, reprenant son équilibre contre le mur du couloir. Le salon lui paraissait inatteignable, plongé dans une noirceur impénétrable.

La chambre à coucher cherchait à la maintenir à l'écart. Seul le poêle savait l'accueillir. Elle finit par s'accrocher à l'armoire, ramassant un verre et une bouteille de whiskey au passage, et termina sa pénible marche à la table. Le reste de sa soirée sera dédié à l'alcool qu'elle ingurgita sans réfléchir. Nourrir l'engourdissement. Boire à ne plus rien ressentir. S'engloutir jusqu'au nihilisme total, et s'endormir, n'importe où.

Elle n'a pas entendu Julien revenir, aux petites heures de la nuit. Le bruit de la clé à la porte l'a réveillé. Muriel se versa un autre verre. « Julien ? » demanda-t-elle, d'une voix qui n'était pas la sienne. « T'es sorti ? Je pensais que tu travaillais. T'es pas allé sur la *Main*, toujours ? » ajouta-t-elle, voyant qu'il ne répondait pas.

Julien préférait se diriger vers le réfrigérateur pour se ramasser une brique de fromage. Il s'installa à l'autre bout de la table. Après s'être saisi d'un couteau, il se trancha un morceau.

« Tu sors sept jours sur sept... » bégaya-t-elle.

« Je fais de l'overtime. C'est pas comme si une actrice ça paye le loyer toute seule. » grogna-t-il, conservant son air sobre et sévère.

« C'est pas un ouvrier, ou ben un soldat, qui va faire avancer la société non plus. » répondit-elle, avant de crier : « On fait une révolution ! » Riant comme une déchaînée, elle but davantage. Découragé, il la dévisagea sans émotion et lui lança :

« Tu m'entends-tu radoter quand tu sors avec tes artistes ? »

Elle se leva d'un bond et hurla : « Je suis une comédienne ! » Puis, elle se rassied avant de poursuivre : « Socialiser, c'est dans mes tâches de travail. » Julien se mit à rire. Vexée, Muriel détourna le regard. Agacé, il affirma :

« Dans d'autres foyers que le nôtre, une femme, ça reste chez eux, puis ça s'occupe de la maison. Mais moi, je t'aime, pis je te laisse faire tes rêves ! » Il renonça au fromage et alla se coucher. Muriel hurla de plus belle : « Tu pourrais au moins remettre ta bouffe au frigidaire ! » Nonchalamment, il répondit :

« J'espère que t'es pas trop saoule pour te lever pis faire le ménage ! » Elle fronça les sourcils et prit une dernière gorgée de whiskey. Dans sa tête, les pensées s'entrechoquaient à nouveau. Elle songeait à son théâtre, à Claude et aux automatistes. La semaine précédente, on lui avait fait lire un manifeste : le Refus Global. C'étaient des mots, surtout. Les idées précieuses s'incrustent dans une révolution. C'est un sacrifice qui exige de comprendre le concept pour lequel une vie pourrait être laissée à elle-même, négligée jusqu'à disparaître derrière l'éther du Nouveau Monde.

Elle voulait être une grande actrice, alors elle s'est entourée d'importants intellectuels. Qu'est-ce que la beauté, le charisme, si les anges ne peuvent pas chanter la raison d'être? Celle du mieux que soi-même. Les images commençaient à avoir un peu de sens, dans son esprit. Allait-elle signer ce texte ? Ti-Claude semble extatique. Il révère Borduas comme un professeur. Et si c'était illégal de vouloir changer le monde ? Pour qui ?

Les interactions entre humains de bonne volonté ne font qu'inciter le narcissisme, pensait-elle. *Regardez-moi comme je suis belle* ! *Écoutez-moi comme j'ai raison* !

L'intellect est un langage isolant. L'univers ne reflète qu'un verbe mathématique. Qui apportait ces pensées dans son esprit ? Claude, c'est Claude. Elle souriait en se disant que le poète était sa muse. Elle devait garder la forme pour le lendemain ! Aller se coucher, se concentrer sur l'audition. Non! La pièce, le théâtre, elle devait méditer, c'est une actrice ! Une grande comédienne! Si elle buvait encore ? Dormir, maintenant, là, sur la table, elle devrait s'excuser auprès de son mari. *Il n'est pas un intellectuel*, se répétait-elle.

Alors, c'est un moins que rien. Elle a épousé un beau bonhomme qui allait subvenir à certains de ses besoins, mais il ne va certainement pas inciter les plus brillants penseurs de cette génération à devenir une lumière pour celles à venir. Claude, oui ! Il est un étincelant artiste, mais pas le plus élégant, il est fin. Il lui donnerait le monde et la lune s'il le pouvait, mais elle savait que c'était inutile. Elle devait trouver son socle et sa source de sécurité. Claude ou Julien ? Personne ! Alors elle finit la bouteille avant d'aller se coucher.

84

Chapteçoumoul Sédendétée Abriane
Je régumlitibie l'adrayane dans laquelle est plongée le cœur de
mon
amante
Cœur de sucre
Cœur de réglisse
Aphostâ aphostimohâ Les bradéhédébières acclumancent la
roustroupatude des bénéléjé-cosmarnies
Je caresse ton pubis
Et le sang de mon nez déferle sur la moelle cuivrée du buvard
Ongzz
L'étreinte calquée de mon sosie essouffle les fêtards à casquettes
de drap
Bonheur
Bontondiame
Réglisse à paupière-sourire

 LES BOUCLIERS MEGALOMANES – 22 août 1965 au 7 mai
1967

131

Chapitre Douze:
Huis-Clos

Une petite porte se tenait au bout de la grande loge. Une faible lumière traçait une sorte de couronne autour du seuil, comme pour indiquer un paradis de l'autre côté d'une chambre plongée dans une noirceur lourde et étouffante. La poussière en suspension formait un fragile brouillard qui dessinait les rayons à travers les lieux clos. Un canapé trônait au centre de la pièce, laissé à lui-même.

Les effets de Muriel traînaient sur ce meuble esseulé, une sacoche ouverte, un rouge à lèvres, un portefeuille, un briquet, des jeans au sol. En poursuivant le parcours vers l'extrémité de cette grande salle, une autre lumière commençait à se manifester. Une blouse gisait sur le tapis, puis un chandail, un manteau, une bouteille de whisky vide. Cette nouvelle lueur pointait vers un miroir, devant lequel Muriel ne revêtait qu'une robe de chambre. Elle se maquillait.

Quand la petite porte s'ouvrit, l'actrice plongeait dans son propre regard. Elle apercevait la silhouette un peu lourdaude de Claude, tenant un bouquet de fleurs. Elle préférait s'affairer à son pinceau et son fard. L'ombre du poète s'approchait avec précaution, sachant qu'il pourrait à tout moment trébucher contre un meuble ou un objet à la traîne.

Il termina sa silencieuse avancée derrière le fauteuil de son aimée.

« Claude ? » interrogea-t-elle. Elle sourit et baissa les yeux momentanément. Il marcha doucement. « Ça porte malheur de voir l'actrice avant la première. » ajouta-t-elle.

« Ce n'est pas un mariage, que je sache. » Il déposa les fleurs sur le petit pupitre qui arborait une panoplie de poudres et de Crèmes. « Je suis tendue, le stress, je me peux pus. » murmurait Muriel. Claude hésita un moment. Il déposa ses mains sur les épaules dénudées de Muriel. Un massage débuta, naturellement. Elle ferma les yeux. *Tu vas l'avoir, mon amour. Laisse parler les autres. La vérité, tu sais c'est quoi.*

« Ti-Claude ? »

« Quoi ? »

« Tu disais de quoi ?

...Silence...

« Tu ne m'as jamais donné de massage, avant. J'adore ça ! » Elle souriait. « Faut croire que je ne t'aime pas de cette manière-là. » répliqua Claude. Ces mots troublèrent Muriel au point où elle n'avait plus envie de se maquiller. « Tu ne m'aimes pas physiquement ? » demanda-t-elle. Claude demeurait muet devant cette question. Son affection platonique progressait, pensait-il. Le désire d'un bonheur à ses côtés, prendre de l'âge avec elle, même si aucun enfant ne meublera leur confort, le troublait.

Il se dévouerait pour elle, comme ils se dévorent en catimini. Ces ondes habitaient Claude et Muriel. « Ça s'est arrangé, avec Julien ? » demanda Claude, cherchant à défaire le malaise qui s'imprégnait. « On se débrouille, pis toi ? Tu ne t'es toujours pas fait une petite amie ? » constatait Muriel. Il devait répondre sans réfléchir : « Encore faudrait qu'elle t'arrive à la cheville. C'est beaucoup de pression, ça. » conclut-il. Ses mains frôlaient dangereusement le bassin de Muriel. Touchée, elle focalisa sur son maquillage. Claude poursuivit son massage aux épaules, autour du cou. « Tu vas finir vieux garçon. » Elle riait. Claude ignorait quoi répondre. Il se concentra sur son geste, caressant le dos, s'approchant du bassin, puis retournant à la nuque.

« Je me réserve pour la bonne. » Muriel se retourna pour le dévisager : « T'as jamais osé, Claude. T'es trop pragmatique ! Des fois je me demande si t'as pas peur de t'affirmer. »

Claude réfléchit, hésitant à l'idée de continuer à lui masser le dos ou prendre un recul pour s'expliquer. Il ferma le regard et laissa ses mains naviguer à nouveau sur les épaules et les avant-bras de Muriel. « Peur des préjugés, de l'opinion des autres. Non, d'être seul, sans Dieu. » murmurait-il à lui-même. Intriguée, elle se tourna dans sa direction : « De quoi tu parles ? »

Claude se calma, rouvrit les yeux et porta plus attention à ses gestes. Il s'assura de ne pas trop empiéter sur l'intimité de sa muse : « As-tu lu le manifeste de Borduas ? » demanda-t-il. Muriel se décourage : « Je te parle de me donner un massage, tu descends au dos, pis tu me parles de Borduas ? Franchement, Claude ! »

Gêné, il se remit à lui caresser les épaules, trouvant l'audace de maîtriser cette conversation. Muriel soupira un long moment avant de lui chuchoter : « Non, continue, plus bas ! » Il se sentit pris au piège, invité à s'immiscer dans les profondeurs de la chair de celle qu'il adore, mais incapable de lui manquer de respect. Il préférait, encore, détourner le sujet :

« Tu penses-tu que tu vas le signer ? » demanda-t-il, alors que Muriel appliqua ses paumes en dessous de ses épaules, figeant Claude sur place. Son cœur battait et se débattait. Son souffle s'emmêlait. Rien ne parvenait à ses lèvres : « Je t'aime, Muriel ! » Ses mains se rendaient au bassin. Elle sourit en s'exclamant :

« Hmm, oui, c'est ça, continue. » Puis les lumières se mirent à clignoter. Muriel doit arpenter la scène. Claude s'empressa de quitter la loge. Huis-Clos, pièce de Jean-Paul Sartre, fut produit pour la première fois le vingt-sept mai mille neuf cent quarante-quatre, au théâtre du Vieux Colombier, à Paris. Deux ans plus tard, le vingt-sept janvier mille neuf cent quarante-six, la troupe de Pierre Dagenais importa cette œuvre phare du mouvement existentialiste au Gésù de Montréal. Pour Muriel Guilbault, cette pièce représentait un pas franchi au-delà des radioromans, et plus près de son rêve. Chaque arrivée sur scène, quand les lumières lui caressaient le visage et l'auditoire s'enfonçait dans le noir, dépeignait une nouvelle conquête. Chaque spectacle offre un jour de plus dans sa raison d'exister sur Terre. Elle entendait les autres acteurs et actrices réciter leur texte, et elle n'était plus elle-même. Son personnage s'appropriait l'entièreté de son être, se manifestant à travers chaque mouvement, chaque parole et chaque battement du cœur.

Cette fois, si elle regardait à la première rangée, elle pouvait apercevoir son beau poète qui n'avait d'yeux que pour elle. L'histoire se déroulait comme un parchemin de papier de soie aux pieds du public. Garcin se tenait hors de la scène, observant le fauteuil, Inès et Muriel. « Je n'aurais jamais cru. » prononçait-il. « Vous vous rappelez : le souffre, le bûcher, le gril. »

Près du siège de velours, Muriel porte un rouge à lèvres grossièrement appliqué. Elle voit rapidement Claude. Enchantée, elle lui sourit, puis retourna à sa performance. Elle ferme les yeux, se remémorant son texte, alors que Garcin poursuit : « Ah ! Quelle plaisanterie. Pas besoin de gril : l'enfer, c'est les Autres. »

Prise entre l'univers de son personnage et sa hantise, Muriel s'exclame : « Mon amour ! » S'éveillant, elle remarque l'émotion chez son ami. Garcin entre en scène, puis la repousse.

    « Laisse- moi ! » grogne-t-il. « Elle est entre nous. Je ne peux pas t'aimer quand elle me voit. »

Jalouse, Muriel ramasse un coupe-papier et se jette sur Inès, une belle jeune femme. Celle-ci s'étonne : « Que fais-tu, tu es folle ? » Ses rires trahissent sa nonchalance.

    « Tu sais bien que je suis morte. »

Claude détourne son attention. Il porte une main sur un calepin, dans sa poche, et l'autre, fébrile, sur un crayon. Muriel l'observe, inspirée. « Morte ? » demande-t-elle. Claude laisse, alors, tomber sa plume. Inès se détache du petit groupe. « Morte ! Ni le couteau, le poison, la corde. C'est déjà fait. Et nous sommes ensemble pour toujours. » Elles rient. Tous trois s'approchent d'un canapé. Muriel se perd, un instant, dans ses pensées : « Pour toujours, mon Dieu, que c'est drôle. » Dédié, Garcin se remet à l'évidence : « Pour toujours ! » s'exclama-t-il, en ricanant. Tous les trois se jettent au fond d'un fauteuil, puis le rideau se referme. L'auditoire les encense de chauds applaudissements. Claude, cependant, s'occupe à pondre un poème dans son calepin.

La nuit venue, Muriel retournait seule à son appartement. Elle et Claude se sont fait la bise, une nouvelle fois, dans la loge, puis il l'a laissé à elle-même. Il s'amourachait de sa meilleure amie en silence. Les rues désertes l'encerclent, et Muriel suivait la voie des lampadaires. Elle pouvait apercevoir son immeuble, au loin, et elle remarquait la lumière du salon demeurée allumée.

Ses pas s'alourdissaient lentement, comme si elle voulait se fondre au chemin pour disparaître. Peut-être que Julien ira se coucher avant qu'elle n'ouvre la porte. Il pourra sans doute la laisser écouter un peu la radio, sans poser de question. Elle prit son courage de plein front et accéléra sa marche, jetant son regard au sol pour ne plus voir cette lumière qui la guette et l'attend de pied ferme. Ce, même lorsqu'elle arpenta l'escalier au-devant du bloc en détournant les yeux. C'est au moment de refermer derrière elle qu'elle entendit son mari : « Es-tu encore sorti avec Claude ? » Elle déposa son manteau sur la patère et se dirigea vers le salon. Julien se tenait près du poste de radio, écoutant un concert classique.

    « Ce n'est pas ton monde. » lui lança-t-elle.

Muriel ramassa une bouteille de whisky sur une bibliothèque. Il l'étudiait, sans trouver les mots pour répondre. Elle se saisit alors d'un verre. Elle s'installa à la table et se versa une rivière d'ivresse. Julien l'observait, ébahi.

    « Vous n'avez pas bu, à soir ? » questionnait-il.

Agacée, elle se saoula sans le regarder. « Il ne boit pas ! Pis, moi, j'ai oublié. » Exaspéré, Julien soupirait à pleins poumons. « Donc, quoi ? Tu te rattrapes ici ? On ne pourrait pas juste jaser ? » Il se plaignait. Muriel l'ignorait pour s'enivrer davantage. Boire pour ne plus avoir à penser à l'erreur de son mariage, celui de ses choix de jeunesse, seulement s'accrocher à son verre pour ne pas se noyer.

    « Tu veux parler de quoi ? » murmura-t-elle. Julien s'approcha d'elle, cherchant à trouver les mots qui allaient sauver cette union :

    « Vous avez fait quoi, ce soir ? » demandait-il, non sans laisser paraître un brin de jalousie.

« On a parlé de Sartre. Il m'a parlé du recueil de Paul-Marie Lapointe, Le vierge incendié, l'as-tu lu ? Il n'est pas encore publié! Mais j'ai lu des extraits. C'est de toute beauté, si tu voyais, mais non. Tu ne pourrais pas le voir ! Parce que ce n'est pas ton monde. »
Il fixait la bouteille, comme s'il tentait de la faire disparaître   .

« Sartre le philosophe ? » demanda-t-il, la voix chancelante.

« Tu sais pourquoi un vierge mystique s'immole par le feu? » répondit son épouse. Julien n'en pouvait plus de maintenir cette discussion : « Arrête de parler en folle ! Pourquoi vous parliez du philosophe ? » cria-t-il. Muriel se leva d'un bond et hurla : « T'aurais-tu peur de te donner la mort au nom d'une cause plus grande et plus belle que toi ? » Julien se redressa également, nerveux et amer : « Sartre, osti, Muriel ! Réponds quand on te parle ! » Il gueulait. Muriel se mit à rire très fort. « Tu ne comprendrais pas. » souffla-t-elle, d'un ton hautain et d'une passion bien basse.

Julien haussa la voix à nouveau : « Tabarnack ! Arrête de me prendre pour un demeuré. Tu m'expliques, je vais comprendre. J'suis peut-être pas un intellectuel comme vous autres, mais, osti, Muriel. Toi t'es ben rien qu'une femme ! » hurla-t-il, en lui dérobant la bouteille pour la replacer sur l'étagère.

Un froid glacial s'installa entre les deux. Muriel se dirigea vers la bibliothèque, en le narguant : « Une femme, fille d'ouvrier, qui a épousé un ouvrier. Oui, mais à condition égale, c'est quoi ton éducation ? » Julien s'empressa de ranger le whiskey dans une armoire qu'il verrouilla, remettant les clés dans ses poches.

« T'as assez bu ! Va te coucher. Je t'ai juste posé une question ! » Muriel le frappa au torse violemment. Il ne remua pas.

« Oui, le philosophe ! Un maître de l'existentialisme, qui suit dans les pas de Kierkegaard ! Tu sais-tu c'est qui, Kierkegaard ? » Il ne bougea pas plus, alors elle insista, en vidant sa boisson :

« L'enfer c'est les autres, tu comprends-tu ce que ça veut dire ? » Elle lui jeta le verre au visage et se dirigea vers la chambre. « Je m'en vais me coucher. Samedi, je dois jouer devant le maître. » exprima-t-elle, d'une voix enjouée et chantante.

Les heures se marquaient d'un silence encombrant. Julien devait apprendre à préparer son propre déjeuner, alors que Muriel demeurait au lit. Après avoir dévoré son actualité et ses œufs sans sel ni poivre, il se promenait dans le couloir. Il cherchait à observer son épouse. Elle s'enfonçait dans le matelas. Elle restait là, nue sous les draps, les épaules à peine sortis pour lui permettre de cajoler son oreiller. Il aurait aimé entrer, s'installer à ses côtés et lui embrasser le bas du dos. Il désirerait remonter vers la nuque, mais le climat de tension sévissait. Il préférait détourner son attention et s'allumer une pipe sur le balcon. Parfois, elle se levait du lit pour prendre une marche. Elle se confectionna un repas, qu'elle mangeait près de la radio, et elle retournait se coucher lorsqu'elle entendait Julien grimper les escaliers. Il ouvrait la porte lentement.

Elle demeurait toujours étendue, comme si elle l'ignorait, ou elle avait décidé de le bouder. Julien manquait d'alternatives, autres que de se cuisiner un dîner. Plus tard, à souper. Quand vint le temps de la rejoindre au lit, elle quitta celui-ci pour boire en écoutant les nouvelles, et lire le journal qu'il avait rapporté. Arriva le fameux samedi matin où Muriel rencontrait le maître existentialiste. Son agent réserva une suite, aux frais de l'éditeur. Sartre brillait en penseur, un homme de lettres et un érudit qui empruntait une longue tradition philosophique. Søren Kierkegaard, son prédécesseur, était un fervent catholique qui croyait que le soi se liait à la honte du péché originel. Sartre démontrait plutôt que l'enfer châtier demeure le fruit d'une confrontation entre l'ego, et celui des autres.

Est-ce que la fortune que lui aura apportée cette réflexion pouvait sculpter le paradis d'élèves en quête d'absolu ? Freud n'a-t-il pas inspiré tout un mouvement, dans l'art, qui poussa le chaos des dadaïstes vers l'ordre des surréalistes ? Les lettristes et les automatistes observèrent cet ordre expérimental. Un mouvement propulse un instant dans l'éternité. Une œuvre, c'est l'éternité dans l'instant d'un mouvement. Sartre, sans doute, savait exprimer l'univers qui l'habitait avec une douce justesse. Et c'est cette tendresse qui conquit Muriel.

La suite du grand hôtel s'impose large et luxueuse. Sartre aimait bien ce genre de bonheur. Deux semaines passées à Montréal. Cette ville a connu la guerre de mille ans, mais elle a conservé le langage de ses ancêtres. Un accent de non-bourgeoisie alimentait les rues de cette ville. Sartre adorait ce sentiment. Marcher le long du boulevard Saint-Laurent, jusqu'aux cuisses de la Sainte-Catherine. C'était découvrir l'offrande divine d'une *Main* tendue à autrui en quête de chaleur.

Jean-Paul aimait rester de l'autre côté du trottoir et se demander quel type de clientèle approcherait les demoiselles au genou révélé. Il se questionnait sur les technologies à venir. Allaient-elles éradiquer ce plus vieux métier du monde? Il se rappelait, une bière à la fois, que la soif d'être ramène toujours à l'enfer de la chair.

Tout s'orchestrait bien pour combler sa présence à Montréal avec une belle attention. Cette grande métropole canadienne n'avait pas souvent fait l'objet de visites de personnes aussi illustres. Un des plus importants philosophes et dramaturges de ce siècle.

Pierre Dagenais, un homme dévoué au théâtre et à sa ville, s'est assuré que le célèbre touriste ne manque de rien. Petit déjeuner livré à sa chambre. Tous les journaux locaux, les magazines, au pied de sa porte, rien n'était laissé à l'oubli. Il avait loué une suite qui donne une vue magnifique sur le Mont-Royal. Le philosophe aimait boire son espresso, le matin, en regardant le brouillard se dissiper autour de la montagne.

Ce samedi semble particulier, pensait-il. Une représentation privée lui était réservée. Il se montrait à la fois curieux et embêté. Lorsqu'on frappa à sa chambre, il savait que l'heure était venue de s'asseoir sagement et laisser la petite troupe de théâtre se dévoiler. Il aurait préféré se servir un autre café et observer la vie prendre forme dans les rues de la ville.

« Monsieur Sartre… » bégayait la voix presque suppliante de Pierre Dagenais. Jean-Paul ouvrit la porte et conclu que son visiteur se présenta seul.

Pierre survola derrière lui et s'excusa : « Mes acteurs vont arriver ! »
Il lui offrit une main tremblotante et suintante, ajoutant :
« Pierre Dagenais, désolé. Ma troupe s'en vient, j'en oublie mes
manières, monsieur Sartre ! Un si grand honneur ! » Le philosophe
lui regardait la paume tendue, un peu amusé, un peu hautain, puis la
lui serra mollement. Pierre se calma. « Entrez, je vous prie. »
Le touriste l'invita, laissant la porte entrouverte pour les acteurs
retardataires. Pierre s'introduit avec assurance, le souffle brisé par
l'émotion. « C'est votre première visite à Montréal ? » demanda-t-il.

        « Monsieur Dagenais, c'est bien par politesse que j'ai
accepté cette représentation, un samedi, de surcroît. Gardons les
discussions complaisantes pour un autre moment. » Sidéré, Pierre
sortit quelques papiers d'un cartable qu'il traînait sous le bras,
ajustant ses lunettes au passage. « Oui, les comédiens vont arriver
bientôt. » Il insistait simplement, alors qu'un jeune homme et une
jeune femme faisaient leur entrer dans la suite. Pierre s'assied sur un
petit tabouret, installé près du fauteuil de Jean-Paul.
« Bon, alors commençons. » clama l'érudit. L'acteur, vêtu d'un
complet-cravate, maquillé pour jouer le rôle de Garcin, perdu en
enfer, dans une chambre à huis clos, s'exprima :

        « Muriel n'est pas encore là. » Sartre s'offusqua : « Ah non !
Vous savez quelle heure il est? » Pierre se releva d'un bond pour
calmer son invité :

        « Monsieur Sartre ! » gémit-il, avant que le philosophe
l'interrompe : « Je vous donne un bon cinq minutes. »

Pierre cherchait à gagner du temps. Il suggérait de reporter la scène à
un autre moment de la journée, mais Sartre ne voulait rien entendre :

        « Ah ! Puis je la connais par cœur, cette pièce. » souffla-t-il,
comme dans un grincement désespéré. Pierre ne savait pas quoi
dire. Il fixait Garcin et Inès. Celui-ci haussa les épaules. Sartre
soupira à nouveau. Garcin et Inès, du moins, se canalisaient pour
demeurer dans leur personnage. Jean-Paul regardait par la fenêtre.
Il se leva et laissa son intérêt divaguer dehors. Pierre s'impatienta.
Inès et Garcin se concentraient encore plus.

Puis, un long silence remplit la chambre. Les acteurs s'observaient, essayant d'éviter l'attention de Sartre, ou celui de Pierre Dagenais. Le temps s'écoulait à petites doses, les occupants de la pièce attendaient. Les secondes s'effilochaient une à une. L'angoisse prenait l'homme de spectacle par la gorge, alors que le philosophe n'en pouvait plus de patienter. Au bout d'un très long moment, la question de présenter une autre scène s'invitait. Muriel, décidément, sabotait sa propre carrière par son absence.

Enfin, au bout d'une heure, une voix féminine se fit entendre : « *C'est ici qu'on est quand on est en enfer ?* » susurrait-elle.

Muriel, toute petite et toute frêle, entra, campant son personnage d'Estelle avec un brin d'effroi dans les yeux. Sartre remarqua d'abord sa beauté légendaire à travers le reflet de la fenêtre. Il se retourna et la vit offrir une prestation grandiose de légèreté, de pureté, d'innocence. Elle fit signe à Pierre. Il se leva alors que le spectateur reprit son siège, profondément ébloui et amoureux.

Des flammes se dessinaient entre l'auteur et la troupe. La fraîcheur de la chambre sculptait une odeur printanière. Garcin ferma les yeux, un long moment, puis se vêtit de son personnage. « Alors voilà ! » affirma-t-il. Inès s'empara rapidement du flambeau : « Voilà ! » Elle souriait d'une petite gêne, puis elle se ressaisit. Jean-Paul se voyait déjà captivé par la nouvelle arrivée. Avait-il réellement écrit ces mots ? « C'est comme ça ! » convenait Garcin. Inès répéta cette phrase d'un ton résolu. Il se tourna vers Muriel, attendant sa réplique. La nouvelle venue brillait d'une présence stellaire. La muse fermait les yeux pour méditer, invitant la conscience d'Estelle à s'emparer de sa voix.

Garcin vaquait nonchalamment autour d'un sofa. « Je pense qu'à la longue on doit s'habituer aux meubles. » concluait-il. Le créateur se demandait si l'actrice retardataire serait aussi éblouissante dans sa performance que dans son silence. Inès s'installa derrière Garcin pour réciter sa réplique : « Ça dépend des personnes. » Muriel, encore un peu saoule, fixait le plafond. Son insoutenable ambition la cloua au plancher. Inquiet, Garcin soupirait dans sa direction.

« Est-ce que les chambres sont toutes pareilles ? » demandait-il. Sartre s'amusait à les entendre. Il y a une certaine poésie dans l'accent de ces colonisés. Il choisit de se laisser charmer. Comment la nouvelle pourrait le surprendre ? Elle est visiblement ivre. Pourtant, le verbe s'échappait de son torse avec une adresse telle que le dramaturge se voulait être enfant.

« Ne vous en allez pas ! Est-ce que vous êtes un homme ? » clama-t-elle, d'un ton aussi éloquent qu'émouvant. Garcin se sentait pris au piège sous une vibrante performance. « Mais regardez-moi donc, ne détournez pas les yeux : est-ce donc si pénible ? » Elle se prouve encore plus talentueuse que belle. Sartre, le penseur, avait disparu. Seul l'émoi de Jean-Paul subsistait.

Muriel poursuivait : « J'ai des cheveux d'or, et, après tout, quelqu'un s'est tué pour moi. » Elle s'approcha d'un Garcin de marbre qui cherchait à l'ignorer. « Je vous supplie, il faut bien que vous regardiez quelque chose. »

Son regard s'invita dans celui du philosophe. « Si ce n'est pas moi, ce sera le bronze, la table ou les canapés. Je suis tout de même plus agréable à voir. » Elle se laissa fragiliser par toutes les attentions, comme une fleur qui laisse le temps la faner. Puis, elle retrouva la vie à travers l'admiration de Sartre. « Écoute ! » entreprit-elle. « Je suis tombée de leurs cœurs comme un petit oiseau tombe du nid. Ramasse-moi, prends-moi, dans ton cœur, tu verras comme je serai gentille. » Le silence revint tel un rideau émouvant. Un froid tombait, alors que Sartre se concentrait pour retenir une larme. Dagenais se sentait aux anges. Une nervosité à fleur d'oxygène se tenait avec fragilité contre les bouches ouvertes, béates, sans parvenir à s'exprimer. Puis, Sartre fendit le mutisme de ses applaudissements.

Ses mains se frappaient la paume et martelaient bientôt la pièce d'un réjouissant tonnerre. La timidité rattrapa Muriel. Elle rougissait devant tant d'éloges. Le philosophe lui portait un regard adorateur. Un sourire extatique.

« Bien heureux de savoir que vous avez apprécié. » se éjouissait Pierre. Sartre ne quittait plus Muriel des yeux.

« Vous m'avez agréablement surpris, monsieur Dagenais. »
se plaisait-il, avant de ramener son attention en direction de Muriel :

« Et si j'avais écrit, inconsciemment, le rôle d'Estelle en pensant
à vous ? » avoua-t-il. Muriel flottait aux anges devant autant de
compliments. « C'est vous le philosophe. Moi, je dis les mots. »
Sartre se leva de son fauteuil pour lui offrir sa main, amicalement.
« Venez à Paris ! Je vous assure une carrière grandiose ! Et la France
doit connaître la richesse qui sommeille au cœur de sa colonie
oubliée. » Elle reprit ses doigts, riant comme une gamine, et elle
rougit : « Je dois en discuter avec mon époux, mais on s'en reparle. »
Elle lui avoua, enfin : « On n'est plus une colonie française, vous
savez ? C'est le Canada, ici. »

Muriel passa le reste de la journée en compagnie de sa petite troupe
et du philosophe. C'était l'un des plus beaux moments de son
existence. Pour le maître, c'était une virgule au creux d'un
paragraphe à la grammaire quelconque. Un carrefour se dressait
entre l'actrice et le dramaturge. Elle pourrait, d'un geste, d'un coup
de tête, laisser Julien derrière, et faire carrière en France. Sartre n'a
connu de beauté du Québec que la prestation de Muriel. Pourrait-elle
se raviser et le suivre ? La décision lui prenait la verve par les
entrailles. La fête, c'est en ce moment. Le huis clos en sol outre-
Atlantique pouvait attendre.

Une sorte de tendresse se dessinait entre eux. Leurs certitudes
peignaient les lieux sous un voile platonique. En d'autres temps,
sous d'autres termes, Muriel se serait laissé convaincre de quitter son
Julien pour s'enfuir avec Sartre. Le français comprenait les enjeux.
Il admirait la Canadienne, mais une force politique le rivait ici.
En ces temps-là, l'épouse se montrait traditionnellement fidèle à
l'autorité patriarcale.

Le lendemain, elle restait clouée au lit, incapable de revivre. Mal de
tête atroce, gueule de bois et muscles engourdis, elle ne pouvait
qu'enfouir son front sous les couvertures. Julien préparait le
déjeuner. Le vacarme qu'il produisait dérangeait sa femme. Agacée
par le bruit des œufs qui rôtissent à la poêle, Muriel finit par se
réveiller, ramassant une robe de chambre au passage.

« J'espère que t'as faim, mon amour ! » s'exclama Julien, voyant qu'elle marchait lentement, épuisée.

« Tu fais à manger, maintenant ? » demanda-t-elle, intriguée. Julien servit deux assiettes et s'empressa de l'embrasser rapidement sur le bout des lèvres.

« Comment c'était, avec ton maître ? » Elle ignorait quoi lui répondre, ou comment changer le sujet. « Il veut que j'aille jouer à Paris. » laissa-t-elle entendre, au moment de s'installer à la table pour entamer son repas. Julien rayonnait sous cette nouvelle : « J'ai toujours voulu découvrir l'Europe. En civil, je veux dire. Avec ma petite femme. » confia-t-il, s'empressant de gober ses œufs.

« J'irais seule, voyons, Julien. » Elle lui trancha la parole. Le silence vint couper l'atmosphère. Réalisant qu'il ne répondait pas, ressentant la lourdeur qui s'imprégnait aux murs, à la table, dans les yeux de Julien, elle ajouta : « C'est pour ma carrière, mon amour ! Je vais pas là en touriste, tu comprends ? »

C'était une goutte de trop. Il s'empressa de lui détruire ses ambitions d'un amer : « Ta place est ici, Muriel. Arrête de rêver ! »

La pensée m'apparaît — très concrètement — comme un édifice à plusieurs paliers.

Le palier supérieur — le toit, si vous voulez — est le conscient ordinaire.

Tous les autres paliers sont partie intégrante de l'édifice, et il me semble que, à la manière de tout édifice de notre univers ordinaire, on besogne habituellement beaucoup plus à tous les paliers inférieurs de l'édifice que sur le toit.

L'état de la « folie » n'est pas l'état incohérent, incompréhensible, informe, que l'homme de la rue conçoit. L'état de folie me semble, tout simplement, la disparition (temporaire ou permanente) d'un étage de l'édifice, l'étage du dessus.

Ainsi, un autre palier de l'édifice devient le toit de l'édifice ; il détermine un conscient non ordinaire, extraordinaire.

– Lettre de Claude Gauvreau à Paul-Émile Borduas,
11 septembre1954

145

Chapitre Treize:
Les Fridolinades

La chambre désordonnée de Claude dénombrait des papiers partout. Il pouvait entendre les patients se plaindre, de l'autre côté des murs. Des infirmières entraient, parfois, dans leurs cellules pour les calmer d'une voix maternelle. Bien installé derrière son pupitre, le poète demeurait paisible et concentré sur son travail. Le bruit des néons irradiait les lieux au-dessus de sa tête. Ils entonnaient une mélodie monotone et quasi silencieuse.

Il appliquait la plume à la pulpe avec une pression minutieuse, comme s'il gravait des paroles dans une pierre spongieuse. Sa main se voyait guidée par un vent venu d'un palier inférieur de son soi édifice. Chaque fois qu'il laissait une syllabe, une lettre paraître, naître à même l'océan sans bouée, certains mots perdaient leur forme intelligible. Ils portaient pourtant l'essence du beau qui vivait à travers le rêveur mystique. Graduellement, alors que son verbe se dégantait pour respirer à l'air libre, son âme se rappelait une soirée similaire, il y a quelques années.

Installé derrière un pupitre d'écolier, Claude examinait les missives qu'il avait rédigées dans son calepin. Il se demandait lesquels pouvaient devenir poèmes, ou pièce de théâtre, ou encore un quelconque radioroman. Une machine à écrire se tenait tout près, mais l'auteur préférait d'abord plonger dans ses états d'esprit passés. Les notes parlaient toutes de Muriel, la comparant à une jeune veuve. Une femme pleurait la disparition de son amant. Une autre s'amusait aux dépens d'un homme maladroit, épris d'elle.

Il se demandait quelle forme ces notes pouvaient bien prendre, puis elle cogna à sa porte. Elle s'était permis d'entrer, comme si c'était son appartement, et s'approcher de son camarade. « Allo ? Ça va ? » questionna-t-elle. Claude portait un regard en direction des mots qu'il voulait retranscrire à la dactylo, mais son cœur battant le guidait vers la présence de sa belle amie.

« La porte n'était pas barrée, pis tu réponds pas au téléphone. » se plaignait-elle.Claude devait se calmer pour ne pas laisser ses sentiments exprimer des bêtises, du genre : *T'es pas avec ton mari ? T'es pas avec le philosophe ?* Mais il savait que cette pulsion avait des connotations péjoratives. Alors, il ne dit rien.

Son amour envers sa muse valait bien un peu de souffrance personnelle. Au nom du respect, l'amitié se cultive.

« Je me sentais Inspiré. » soupirait-il seulement. Muriel recula d'une foulée, intimidée. Pourquoi l'ignorait-il ? Il se montrait si docile, dans les premiers temps de leur complicité, et là il est devenu un être froid. Elle prit un grand respire et avança d'un pas, affirmant :

« Tu pensais à moi ? » Claude ne voulait pas souffrir, alors il demeura silencieux. Mais son soi édifié perdit un plancher, et il se surprit à dire : « Je pense toujours à toi, voyons. » Muriel sentit le bon moment pour s'asseoir à ses côtés et lui caresser les doigts. « Julien m'a fait une scène. » Elle soupirait.

Claude reprit sa main, la déposant sur la dactylo, comme s'il tentait d'inventer un mot. « J'essaie d'en écrire une. » se plaignait-il. Elle se releva, un peu offusquée de voir que son meilleur ami ne voulait pas de cette tendresse.

« T'as le goût qu'on jase d'autre chose ? » interrogea-t-elle. Sa présence troublait le poète, mais il n'avait pas le courage de la renvoyer. « J'étais occupé. » laissa-t-il entendre, simplement. Muriel le serra contre elle, lui embrassant le dos de la tête.

« Trop occupé pour moi ? »

Ces mots sortirent de sa bouche à son insu, mais en y réfléchissant bien, c'est ce qu'elle avait de mieux à lui demander. « Je m'occupais pour toi. » répondit Claude. Muriel se mit à rire,rompant le silence qui s'installait entre eux à grands coups de tonnerre. Elle lui reprit les mains et le tira vers elle pour le regarder droit dans les yeux.

« Quand vas-tu me laisser lire ce que tu écris ? » demanda-t-elle.

Claude sentait sa paume moite, cherchant à nouveau à se déprendre de ces caresses. La chaleur de sa meilleure amie l'appelait droit au cœur. « J'ai pas écrit grand-chose, juste des petits poèmes, comme ça. » murmura-t-il. Muriel sentait que Claude aurait aimé la serrer très fort contre lui. Il respectait ses choix, et il s'entendait bien avec Julien, alors il agonisait plutôt que de faire souffrir autour de lui. Elle se mit à caresser le piano du bout des doigts, rigolant comme une fillette, et annonça : « On m'a invité à auditionner pour les Fridolinades ! Je vais jouer avec Gratien Gélinas pis Fred Barry ! »

Claude n'en revenait pas. Le bonheur s'inscrivait de lui-même sur son visage. Malgré cette profonde admiration qui l'habitait, il chercha à conserver ses traits de marbre. « Tu voulais me voir pour m'annoncer ça ? » demanda-t-il, comme pour entraîner la conversation dans une nouvelle direction.

« Quoi ? T'es pas content ? » répondit-elle, d'un air qui lui quémandait quelques félicitations. Claude prit un grand respire avant de lui dire : « Muriel, c'est gigantesque. Mais là, c'est pas comme si on te donnait le rôle. C'est juste une audition. »

Elle laissa tomber ses bras et le regarda en souriant. « Une audition ! C'est tout ce que j'ai besoin, Ti-Claude. » Elle s'offusqua, avant d'ajouter : « On refuse pas un rôle à une bonne actrice. » D'un ton assuré et confiant. Il lui reprit les mains avec une grande tendresse, portant ses pouces au creux de ses paumes, et dansant pour lui effleurer l'envie de s'aimer. « Je vais t'écrire des répliques qui vont faire honneur à ton talent. » affirma-t-il, alors que le regard de Muriel s'égarait dans le sien.

« On est sur une même queue de comète, Claude. Si je deviens célèbre, tu deviens célèbre. » Elle soupirait son bonheur. L'attention de Claude se perdait dans la sienne. « Pis je monte pas sans toi non plus. Ma belle rouquine, mon petiot ! » Claude lui baisa le dos de la main : « On va se prendre une bière ? »

L'après-midi qui les attendait portait les signes d'une des plus agréables journées d'été. Aucun nuage à l'horizon. Un soleil intense surplombait une brise d'acier glacial. Des passants passaient. La présence d'un duo de meilleurs amis aux doigts entrecroisés s'enfonçait. Certains regards s'imaginaient apercevoir un couple, mais un œil attentif voyait bien que l'annulaire de Claude ne montrait aucune alliance. On pourrait croire qu'elle trompait son mari, mais le rire harmonieux qui sortait de leurs éclats démontrait leur complicité de longue date. Que penser de ces embrassades sans contact des lèvres ? En mille neuf cent quarante-huit, un homme ne pouvait pas démontrer d'affection à l'égard de la femme d'un autre, à moins de vouloir l'inciter à commettre l'adultère.

Les passants passaient sans se poser de question. Muriel, quant à elle, pensait à sa prochaine audition. Comment allait-elle s'habiller ? Quels mots sortiront de son franc-parler ? Et si c'était le rôle de sa carrière ? Allait-elle pouvoir jouer dans un film d'Orson Welles ? Son anglais se débrouille, elle pouvait sans doute se rendre à Los Angeles sur le pouce. Comment pourrait-elle laisser Claude ? Il a besoin d'elle, et elle de lui.

Le matin de l'audition vint bien assez vite. Elle récitait ses lignes dans la salle de bain. Julien l'observait. Le journal sous le bras, il se demandait s'il avait épousé une folle. Il ignorait l'univers qui se dessinait dans son esprit, alors qu'elle se rappelait les marches qu'elle partageait avec son érudit favori. Les mots qu'elle prononçait devant le miroir reflétaient un joual qu'il reconnaissait. Mais rien ne s'apparentait aux génies de France. Pourquoi se donnait-elle autant pour la poésie d'un peuple soumis ?

Lorsqu'elle prit une pause pour boire un verre de lait, Julien en profita pour inspecter les pages qui traînaient sur la toilette : *Gratien Gélinas, les Fridolinades.* L'admiration et une grande interrogation hantaient son âme. Est-ce que le Québec pourrait s'imposer sur la scène internationale avec des mots inventés ? Sartre est venu à nous, mais est-ce que Gélinas ira en France ? Ces revues populaires meublaient les planches depuis mille neuf cent trente-huit. Muriel méritait-elle mieux ? Elle aurait eu plus de succès à suivre son philosophe, mais il aurait perdu celle qu'il aime. « Es-tu en train de lire mon texte ? » demanda-t-elle. Julien figeait devant les feuilles. « Ça l'air beau, ça ! Gratien Gélinas, c'est notre Sartre à nous. » souffla-t-il, avant de redéposer le papier sur la toilette, « Non, Julien. Nelligan était notre Sartre, mais on l'a interné. Gratien Gélinas, c'est notre Molière. » L'époux ne savait répondre à cette affirmation. Il quitta sans insister

L'audition avait lieu au Monument National. La salle se plongeait dans une lourde obscurité. Quelques lumières pointaient en direction de la scène. Deux ombres occupaient le centre de la première rangée, prenant des notes dans des cahiers déposés sur leurs genoux. La silhouette de droite, c'était le légendaire Gratien Gélinas. Un homme de littérature qui aura permis l'héroïsme à des milliers de gens. Un réel mythe québécois, la base même de ce qui deviendra, plus tard, la plus radieuse culture francophone au large de l'Europe et de l'Afrique.

On doit à ce grand homme le personnage de Fridolin, jeune garçon débrouillard et malin qui porte un regard humoristique sur des enjeux adultes. Il connaîtra un franc succès à la radio, dans les années trente. Puis, en mille neuf cent trente-huit, il conquiert le théâtre. C'est la genèse d'une longue tradition de rôles auxquels le peuple saura s'identifier. Les héros ne sont plus ceux d'une culture américaine ou française, mais ce sont des gens de Montréal ou des pays d'en haut. Pour Muriel, qui a grandi à écouter les Fridolinades à la radio, puis qui a assisté aux revues sur de nombreuses scènes, cette opportunité vibrait le grandiose. Elle se présenta sous les projecteurs, vêtue d'une robe blanche semi-transparente. Nerveuse, elle demeurait droite sous la lumière éclatante qui l'aveuglait.

« Comment vous appelez-vous ? » questionna la silhouette aux côtés de monsieur Gélinas. « Muriel, monsieur. » répliqua-t-elle. Gratien inscrivait ses pensées. Voyant qu'un silence s'installait, elle s'imposa davantage : « Muriel Guilbault ! » affirma-t-elle.

Gratien prenait encore des notes avant de lui demander : « Qu'est-ce qui vous attire vers le théâtre, mademoiselle Guilbault ? » Muriel figea pour un bref instant. Elle renchérit, du tac au tac : « Madame ! L'expression, monsieur Gélinas. Je recherche l'expression pure. » Gratien patienta quelque temps. Il appréciait cette réponse et observait la beauté que dégageait cette jeune actrice. Il lui expliqua : « Vous savez que le rôle pour lequel vous auditionnez est bien modeste. Vous me donnerez la réplique alors que je jouerai un conscrit qui revient à la maison. » Muriel souriait. Elle maîtrisait la nature du personnage. Son geste silencieux appelait au charme. Elle n'avait encore prononcé aucun mot. Gratien sentait qu'elle pourrait combler ce costume. Lorsque les phrases sortirent de sa bouche, en revanche, un éblouissement poussa les cahiers et les crayons au sol. Muriel ne pouvait pas pressentir l'admiration qui se dessinait sur leurs visages. Elle était déjà si profondément ancrée dans la peau d'une autre. La scène disparaissait. L'auditoire se drapait de noir. Elle voyait son bon soldat revenir de la guerre.

Dans les jours qui suivirent, Julien était laissé à lui-même L'appartement devenait un nouveau champ de bataille. Il devait se forger une discipline pour cuisiner ses repas et nettoyer les lieux. Il s'imaginait son épouse entourée de beaux acteurs, faisant la fête jusqu'aux petites heures, alors qu'il devait travailler pour son ménage. Il angoissait devant les œufs qui frétillaient dans la poêle. Les Fridolinades se jouaient, pendant ce temps-là, sur des scènes plutôt sobres, agréant le public avec des numéros de danse, de chants et des bouffonneries. Muriel donnait la réplique à la vedette monsieur Gratien Gélinas lui-même, dans un sketch intitulé le retour du conscrit. Claude se tenait à la première rangée, chaque soir. Muriel le voyait, parfois, quand un projecteur illuminait son regard attachant, attaché à sa performance. Elle récitait le texte de Gratien, mais son âme ressentait la poésie de Claude. Son attention croisait celui de son meilleur ami, puis elle retrouvait la fougue du phénix. Son jeu théâtral flamboyait au-dessus de la mezzanine, au balcon, au fond, jusqu'à la cour, puis la ruelle, plus loin.

Une jeune actrice offrait une cigarette à un érudit. Une actrice adulte en oublie ses racines. À la fin de chaque représentation, Claude et Muriel sortaient boire un verre. Ils veillaient jusqu'à très tard, puis Claude raccompagnait celle qu'il aime auprès de son mari.

La marche vers la maison s'imposait longue et silencieuse. Muriel prenait son meilleur ami par la main, goûtant cet instant de bonheur qu'elle ne voulait pas voir s'évaporer. Au fond d'eux, un univers de bien-être aux parfums incolores soufflait. Leur plage partagée arborait la douceur du sable fin et chaud, coulant entre les doigts-sabliers de deux êtres profondément liés l'un à l'autre. La presque pleine lune jetait une aura de fraîcheur au-dessus d'une rue sombre et déserte. On aurait dit un projecteur céleste, ouvrant la scène à ce qui pourrait s'immortaliser en un mariage. Le couple d'amis marchait au milieu de la voie, occupant les lieux à eux seuls Muriel se rapprochait, déposant sa tête contre le torse et l'épaule de Claude. Le temps figeait, la rue prenait des teintes de gris et les immeubles s'effaçaient. Il lui embrassait, alors, les cheveux, comme pour la bénir ou lui offrir sa plus sincère affection. En arrivant aux pieds de l'escalier qui menait jusqu'à l'appartement de Muriel, Claude se dissocia gentiment de l'étreinte qu'il appréciait. Muriel emprunta quelques marches, puis elle se tourna dans sa direction, l'invitant à la suivre. Claude voyait bien qu'une lumière était restée allumée dans le salon, mais il l'accompagna tout de même.

Julien occupait la cuisine. La radio jouait un concert classique. Il se préparait des œufs, sans sel ni poivre, lorsqu'il entendit la porte principale s'ouvrir. Il soupira longuement, avant de ramasser son assiette et retourner au salon. Il croisa son épouse dans le corridor. Heureuse, souriante, elle insistait pour faire entrer un Claude timide. Le poète finit par la suivre. Elle se pendait à son bras. Saoule et amicale, Muriel riait seule. Julien semblait les attendre, à l'autre bout du couloir. Sérieux, blessé, en furie. Elle se calma. Elle se ressaisit. « Tes œufs sont prêts, ma femme. » grogna-t-il, en lui tendant l'assiette. Elle figea. Claude recula, intimidé. Julien se voulait rassurant, mais un malaise l'agressait. Claude s'apprêtait à s'enfuir. « Reste, mon amour ! » dit-elle. Tirée entre les deux, elle chercha des yeux à implorer Claude. Il ravala son orgueil et quitta les lieux. Julien ignorait comment répondre à cette supplication. La veillée se termina dans un autre long silence, alors que le conjoint évitait d'aborder le sujet des absences répétées de sa femme. Muriel ne voulait simplement pas discuter avec son époux.

152

Elle finit par aller se coucher. Julien écoutait les actualités de fin de soirée. Muriel multiplia ses présences au sein de la troupe de Gratien Gélinas, offrant sa voix à d'autres personnages, les suivant dans des tournées à travers la province. Puis, un jour, les revues touchèrent à leur fin. Gratien s'impliquait dans un nouveau projet. Muriel retourna à ses radioromans. Le temps reprenait son heure, l'actrice se donnait à cœur derrière le micro, et les comédiens se voyaient charmés de lui accorder la réplique. Près d'elle, une grande fenêtre séparait le studio du corridor. Elle ne remarqua pas Gratien s'installer derrière, l'observant comme un gamin devant une chocolaterie. Ses mains emboîtaient son visage contre la vitre. Un des interprètes pointa dans sa direction, et Muriel se retourna, emballée de voir ce beau créateur qui semblait être venu pour elle.

Lorsque la séance se termina, le réalisateur du radioroman lui ouvrit. Gratien referma la porte derrière lui et s'enracina sur un tabouret vacant, près de Muriel. « Monsieur Gélinas ? » demanda-t-elle. Gratien sourit avec une grande bonté, et lui dit : « Les Fridolinades ont été un vibrant succès. J'aimerais que l'on puisse vous revoir sur scène. J'ai écrit un rôle pour vous. » Émue, elle n'y croyait pas. « Pour moi, monsieur Gélinas ? » demanda-t-elle, surprise. Il se rapprocha d'elle. « Pour nous, en fait, la pièce s'appelle Ti-Coq ! » Elle l'écouta, sans trop comprendre. Gratien ajouta : « L'histoire d'un soldat qui veut se faire accepter d'une famille. Je vous ai écrit le rôle de Marie-Ange Désilets. » Charmée, Muriel savait pourtant que l'heure était venue pour négocier. « J'ai déjà des milliers d'auditeurs, ici. Vous me proposez des centaines de spectateurs. »

Gratien quitta son tabouret pour bien concevoir une réponse. Il prit quelques instants, réfléchissant tout bas, puis se tourna vers Muriel : « On est une culture qui bouillonne à feu vif, ma petite madame toute neuve. » dit-il, avant de regagner son siège, et ajouter : « La radio est ben jeune, mais le bon monde, ça veut voir plus que ça veut entendre. » Enchantée, Muriel se découvrait déjà adulée devant son auditoire : « Pis, votre, heu, Marie-Ange ? » chuchotait-elle.

« Désilets ! Elle rentre dans le regard de Ti-Coq, comprenez-vous, puis il s'en remet pas. »

153

Bouche bée, Muriel désirait qu'il lui raconte cette histoire toute la journée. « Puis Ti-Coq ? » demanda-t-elle. Gratien se replia en toute modestie : « Il la trouve ben de son goût, disons.» souriait-il. Elle se tourna vers le réalisateur qui écoutait la conversation, amusé. Muriel se ressaisit, ressentant une tiraille entre ses deux passions. Elle se confia à Gratien :

« Le théâtre, monsieur Gélinas, ça fait pas autant vivre que la radio. » Il semblait insister, lui prenant la paume, gentiment.

« Mais le théâtre est plus vivant, non ? »

Elle souriait, affirmant :

« La vie, c'est vrai dans le ventre d'une femme. »

Elle concevait encore la présence fantôme d'Émeraude. Gratien laissa aller la main de Muriel, et les mots les plus tendres sortirent de sa parole : « Comme dans le ventre d'une actrice. On est de la même veine, vous et moi. » Muriel ne répondait pas, revivant l'horreur de son avortement. Gratien lui dit, alors : « Mademoiselle toute neuve ! Je vous offre vingt-cinq dollars par représentation, c'est à peine cinq de moins que Fred Barry ! » Il ravala son orgueil et s'imposa un regard d'affaires. Elle le lui retourna avec affront :

« Je demande en plus deux cents dollars pour la première semaine, et un chauffeur. Je ne compte pas négocier, monsieur Gélinas. » Elle lui tendit la main avec un profond sourire. Il la lui serra avec certitude.

D. MARCASSILAR – La vivante est une statue. La vivante est un être froid, marmoréen, fin, rectiligne et élégant... La vivante est une coque mince de diaphane emprunté et d'éclat blanc, qui fend les murs du morne, quand elle déambule. La vivante est la beauté. Elle est le charme sévère et intransigeant. Elle est la vie sexuelle groupée par grappes et condensée sous un globe tiède. Elle est ardeur et apparence de sommeil éternel. Elle est belle, belle, belle...

L'asile de la Pureté — 1953

Chapitre Quatorze:
Le Lac Sans Flot

Il aimait se retrouver seul au milieu de la cour. L'institution psychiatrique qui l'abritait semblait l'observer, de ses trois cents fenêtres, comme des yeux de docteurs qui vous scrutent et vous cherchent trois mille malaises. Une sorte de placidité dans l'air acide n'émettait aucune lourdeur. Une amertume embaumait les lieux. Le poète fixait le mur, devant lui. Un gardien viendra lui dire que le bon moment de regagner son petit local survient, mais Claude désirait passer du temps avec ses souvenirs les plus chers. L'après-midi donnait naissance au soir, et Claude ne voulait plus quitter son banc. Sa main droite portait les marques fantomatiques de la gauche de Muriel, comme des fossiles d'énergie.

S'il parvenait à vider son esprit, alors elle lui apparaissait, tel un ange qui l'habitait. Pourquoi a-t-elle rompu cette amitié ? Pourquoi l'a-t-elle laissé ? Claude pensait à Victor Hugo, buvant son café froid, sur la plage, avant d'écrire un chapitre des misérables. Et si Claude s'apprêtait à raconter l'histoire d'un prêtre qui a pourchassé Jean Valjean ? Le pauvre avait oublié de lui dérober un chandelier. Sa poésie doit naître, mourir puis revivre comme ces nymphes devenues libellules en temps de guerre. L'eau coulait à travers ses veines, et le sang s'échappait à l'envers de sa peine. Toutes les mélodies du monde ne sauraient chanter l'union de Claude et Muriel. Entre eux, un mystère, un mystique austère, un coup de guitare formait un chœur grec.

Un rappel à l'humilité : il est seul, au fond de la cour d'une institution psychiatrique. Et s'il était le précurseur d'une culture novatrice ? Il racontait les récits de Pyrame et Thisbé, à travers le voile de sa vie personnelle, comme le premier poète. Et si elle l'attendait, de l'autre côté des murs de briques et de roche, dans sa cellule ? Sur son lit ?

« Vous êtes encore dehors ? » Une voix enfantine se fit entendre. « Va dans ta chambre, Émile. » Il grondait. L'adolescent s'assied tout près, fixant le même mur que Claude dévisageait depuis des heures. « L'infirmière Doris Hall est en vacances. » chuchotait Émile. Claude ne l'avait pas vu depuis un bon moment, mais il ne se posait pas de question. Elle performe sa vie, et il subit la sienne. Il n'osait pas répondre au jeune homme non plus. *Doris ?* Les univers s'effondrèrent. Claude préféra quitter son banc, regagner sa chambre.

Il y retrouva ses esquisses de dessins qui cherchaient à rendre justice à la beauté de Muriel. Il en trouva un qui portait les traits de Doris, mais les seins de son égérie. Et si la tendresse se peignait un paisible entre deux muses, ou deux nymphes : l'éclosion qui vivait au fond du ventre des trois ? Mais son œuvre appartient à son premier amour ; son premier enfer. Son premier enfant ne se verra jamais naître. *Elle est morte sur les plages de Manhattan*, pensait-il. De l'autre côté de ces murs, Jackson Pollock expose la face cachée de l'art moderne. Émeraude ! L'alchimie du mieux-être s'arrête aux maux des avoirs qui nous échappent. Que devenait-elle, maintenant ? Conserve-t-elle les mêmes souvenirs qui habitent l'érudit ? Cette soirée qu'ils ont passé dans la carrée Saint-Louis clame les derniers instants d'un bonheur inassouvi.

Les rues sont toujours dépeuplées, dans la mémoire de Claude. C'est comme s'il réalisait à quel point ils étaient seuls au monde. Alors que des mains d'amoureux s'unissaient et d'autres se délaissaient, Claude et Muriel se retrouvaient chaque fois, l'un contre l'autre. Un ciel gris recouvrait la métropole, et un fin brouillard flottait à hauteur des chevilles. Claude avait apporté quelques feuilles de papier, sur lesquels il avait déposé des vers, des strophes, son âme.

157

« Je vais commencer à jouer plus au théâtre. » se confiait Muriel. « Je vais rejoindre la troupe de Gratien Gélinas. » ajouta-t-elle. Claude se sentit intimidé. Il marcha un peu, pour qu'elle ne voit pas les questions qui lui passaient par les yeux.

« Tu devrais considérer des pièces à la hauteur de ton génie incomparable. » Il lui offrit ce compliment sans réfléchir, alors qu'il recherchait un peu de confort et de sécurité dans les mots qu'il avait écrits. « Faire dans le surréalisme, ou bien te plonger dans un théâtre automatiste. » conclut-il, avant de prendre une profonde respiration. Muriel alla le rejoindre et installa son bras sous le sien, formant une sorte de chaîne, déposant sa main contre sa hanche.

« On commence à peine à parler d'une littérature canadienne-française, Claude. Faisons pas peur au monde avec les Breton ou bien les Antonin Artaud. » Ces mots poussaient une dague au cœur du poète. Il lui répondit : « Il va ben falloir que je porte moi-même la flamme surréaliste à la culture canadienne. ». Muriel se mit à rire très fort, ce qui charma Claude, le dos glacé.

« C'est peut-être toi qui est pas prêt pour te farcir le monde. T'es ben en avance pour notre temps. » confia-t-elle. Claude avait commencé à nerveusement froisser les feuilles qu'il tenait.   Il se calma un instant, alors qu'il sentait qu'elle cherchait à se rapprocher davantage.

« Je me développe. Je travaille mon premier recueil. » Il se défendait. Elle profita de cette proximité pour essayer de lui voler ses textes. « Est-ce qu'il y a du théâtre dedans ? » demanda-t-elle, au moment de pousser un mouvement brusque pour lui dérober son bien. Claude recula d'un bond. « Des petites pièces. C'est un théâtre qui s'assume dans son anti-esthétisme. Du non-figuratif, tu vois ? C'est ma façon à moi de créer sur un écran paranoïaque. »

Elle se pendait à ses lèvres, calmement, elle lui tendit les bras et lui ouvrit les mains. Son sourire de gamine surexcitée demandait à lire ses textes. Claude les lui offrit. Comme un écureuil soudainement apeuré, elle s'enfuit avec son butin et se mit à réciter à voix haute :

« *Un jeune homme se balance dans le lait immobile des étoiles. Je me suis donné rendez-vous dans la forêt, et j'écouterai la voix du poète Frédéric Chir de Houppelande.* »

Les mots traversaient son esprit à la vitesse d'un éclair velouté. Des images d'un autre monde se formaient au cœur d'un amas de réflexions irréfléchies. Un mysticisme pointait à travers ce lait immobile qui interpellait Muriel, sans qu'elle ne puisse expliquer ce qu'il en était. Pourquoi avait-il attendu toutes ces années avant de lui partager ses œuvres ? Qui était Frédéric Chir de Houppelande ? Sans doute avait-il follement nourri cette affection envers cette muse qu'il appelle Courvelle, jusqu'à en mourir ? Jusqu'à disparaître pour rejoindre la lune ? Est-ce qu'un jour l'homme ira marcher sur l'astre adoré ? L'astre gris nous Observe. Muriel se sentait poétesse.

« Claude ! C'est donc ben beau, ce que t'écris ! » s'exclama-t-elle. « Le lait immobile des étoiles ! » ajouta-t-elle, à voix basse, comme pour savourer ce moment d'extase intellectuel qu'elle venait de connaître. Claude ressentait un malaise à entendre ces compliments. Il l'avait composé sans trop réfléchir. Il s'était convaincu, alors que bourgeonnait ce poème, que Muriel se sentait profondément éprise de lui. Une présence hantait son verbe : Elle est mariée, et elle ne l'a pas choisi. *L'amante tressaille, et la chair s'installe muettement dans un sillon irisé de ses multiples seins,* avait-il exprimé. L'image d'Artémis aux mamelles récurrentes le visitait, au moment d'écrire ce vers. Muriel ressentait également la déesse fertile. Un ver métallique gruge le parfum du paisible à l'effigie d'une guitare désaccordée.

« L'art est un animal en pleine évolution. » expliquait-il, à voix basse. Muriel se rapprocha, lui prenant la main. Elle avait bien entendu. « Ton art, mon amour, le tiens, laisse tomber les critiques des autres. Ton art va inspirer des géants, parce que personne n'ose écrire comme toi. » Conquis, il la serra dans ses bras, vulnérablement fier. « Chir de Houppelande, tu sais, les grandes robes de la renaissance ? » Il se cisaillait un regard d'acier. Elle se pendait déjà à son cou pour qu'il la soulève et l'embrasse. Il demeurait respectueux, elle est la femme d'un ami. Voyant qu'il résistait, elle quitta cette emprise et marcha à travers le parc, lisant davantage. « D'une beauté inouïe ! C'est pas de l'anti-esthétisme, Ti-Claude. C'est de l'éther ! »

159

Se sentir apprécié ? A-t-il pondu cette petite pièce de théâtre pour entendre une sorte d'adoration ? « De l'éther, t'es sûre ? » s'interrogeait-il. Muriel s'enfuit sous un arbre pour dévorer davantage. « *Le chant des boutons d'or alanguis dans les parcs publics martèle mon oreille comme l'assaut des jambes tordues des nains mérovingiens et les soupirs encore me parviennent des amours incolores.* » Elle relit ce passage une nouvelle fois, et lui demanda : « Mérovingien, ça veut dire quoi ? » Claude ramassa ses feuilles, grognant tout bas, se disant : « Des Français qui savaient pas. »

Muriel se releva d'un bond et reprit le peu de pages qu'elle pouvait accrocher, riant et s'exprimant : « Qui savaient pas quoi ? » Claude se sentit impuissant. « L'Allemagne pis la Belgique ne savent pas plus, Muriel ! Ça sert à rien que je te fasse un cours d'histoire, okay ? Des nains mérovingiens, c'est juste des Québécois qui pourraient être plus que des porteurs d'eau. » Ces mots lui apportèrent un brin d'air frais. « Tu crois qu'on est une sorte de grand peuple ? » demanda-t-elle. Claude avait du mal à contenir ses émotions. Ses passions désiraient retrouver le savoir qui naissait de ce poème.

« On est le peuple de soi-même, Muriel, t'es ton peuple ; je suis le mien. » Muriel cherchait à comprendre, mais elle ressentait le fond d'une ouverture. Il a écrit cette courte pièce pour elle. « Les amours incolores. » demanda-t-elle. « C'est moi ? »Il ne parvenait aucunement à répondre. Elle s'imprégnait du malaise qui naissait de son silence. « Claude ? C'est moi ? » Il angoissait. Elle angoissait. Il reprit ses feuilles et s'éloigna. Elle le suivit, inquiète. « Parle-moi, Ti-Claude ! » Il se ressaisit et se tourna vers elle. « Tu voudrais qu'on fasse une famille ? Mais tu peux pas, Muriel. T'es stérile. On doit fonder une nation, mais tu veux pas, t'es mariée ! Je suis censé faire quoi ? On étouffe tous les deux, dans notre coin, pis si je me réveille pour défoncer une porte, tu t'éloignes; je suis pas capable de jouer ce jeu-là, j'aimerais mieux mourir. »

Elle s'approcha de lui comme un fantôme affamé de corpus. « Tu m'aimes ? » demanda-t-elle. Claude se retira davantage. Elle demeura de marbre et insista : « Dis quelque chose ! Tu m'aimes-tu ou non ? »

Lui répondre infligerait trop de mal. Une mélodie s'inscrivait au fond de son insouciance, recherchant le nombre d'or d'une conscience naturellement éveillée. Il se rappelait ces auteurs qui ont donné une lettre de noblesse au Christ. Les soutanes se sont acharnées pour maltraiter des penseurs, sans doute les mêmes qui sont arrivés avec l'idiome du CRISS ! « Tabarnak, Muriel, non ! Je ne t'aime pas comme ça ! » Mais le silence revenait trop vite, plongeant le poète dans une souffrance engourdie aux acouphènes étourdis. Il demeure singulier, dans sa petite chambre. Ses voisins se plaignent ou ils hurlent leur agonie. Son isolement souffle un désert au creux d'une nuit sans étoile. Dans son esprit, il se rappelait l'après-midi qu'il subit, à nettoyer l'appartement de Muriel et Julien. De la vaisselle fracassée contre le sol couronnait le sang sur les murs. Muriel dormait, seule, dans ce grand lit à deux places.

Il s'imaginait la scène de ménage, alors qu'il jetait les débris aux poubelles et qu'il désinfectait les taches sur les meubles. Sans aucun doute, ce fut la guerre. Julien n'aurait jamais pu faire du mal à sa femme. Les blessures devaient provenir d'une autre source. Est-ce que Muriel s'est infligé ces meurtrissures ? Elle semblait si paisible, maintenant, la tête enfoncée au creux des oreillers. Une aura d'une bleutée inouïe flottait au-dessus de sa perle d'amie. Il chuchotait des mots incohérents qu'elle ressentirait avec émoi. Il soupira, puis retourna à son ménage. Le couloir s'imposait, étroit, comme si les murs cherchaient à l'étouffer. Il ferma les yeux, le temps de retrouver son courage. Il se remit à éponger les lieux. « Julien m'a quitté. » entendit-il, après un long moment à se tenir droit, appuyé contre le balaie. Muriel se tenait nue près de la porte.

« Il va revenir. » Il voulait la rassurer sans daigner la regarder. « J'étais saoule, je lui ai crié des niaiseries. Je lui ai dit : "Ça s'est bien passé, à la guerre ?" avec une voix aguichante, tu comprends ? »

Claude se remit à balayer le plancher, malgré son étincelante propreté. Muriel s'approcha de lui, à la manière d'une sirène qui flottait près du bateau d'Ulysse. « Il reprenait du service, j'en avais assez. *Oui, mon général ! On va tu faire l'amour, mon général ?* Que je lui ai dit. » Claude l'ignorait.

« Va t'habiller, Muriel. » murmurait-il.

« Il m'a laissée toute seule pendant six mois ! Il peut pas comprendre ce que j'ai vécu. Il s'en fout ! C'est mon époux, il doit comprendre. » Claude s'éloignait, mais Muriel voulait le prendre dans ses bras. Elle le sentait distant. Elle se calma, prenant conscience de sa nudité. Elle fixa le plancher et chercha à se cacher les seins, ceux-là mêmes que Claude avait embrassés, il y a quelques semaines à peine. « Tu crois que je suis folle ? » demanda-t-elle. « Ce serait trop facile de m'envoyer en internement. » Claude déposa le balai. Il se tourna vers elle. « C'est vrai, nous deux. » concluait-il, alors qu'il s'approcha pour lui serrer la paume, lui caresser les doigts et ajouter : « C'est beau, surtout. » Elle daignait sourire et le regarder dans les yeux. « Faudrait pas laisser les incultes nous enlever la beauté d'entre nos mains. » Elle éclatait de lumière, au moment de le prendre dans ses bras et l'embrasser avec ardeur. Claude fondait dans sa chair. Elle respirait avec force et chaleur dans son cou. Il pouvait sentir le whisky qui transparaissait dans l'haleine de celle qu'il aime. « J'aimerais que t'ailles parler à Julien. » gémissait-elle. « Si tu lui expliques, c'est quoi le resplendissant émoi ésotérique qui nous habite. » Silence, malaise, Claude se détacha avec une violence amère.

« Je pense pas que ça va marcher. » chuchota-t-il. Muriel insistait : « Et combien je l'aime. Comment je l'aime. Dis-lui, mon Ti- Claude d'amour ! Il va peut-être revenir. » Il quitta l'appartement sans regarder derrière. Il se sentait manipulé, bafoué, trahi. Dans sa tête, la suite des événements faisait son sens : Julien l'admire, sans comprendre sa poésie. Muriel aime son mari, préférant le théâtre et les vers de son amant spirituel. Pourquoi se perdre à travers des océans de peut-être ? La terre ferme demeure une certitude. Muriel aime Claude, elle le sait, Borduas le sait, Pierre le sait, tout le monde le sait ! Il descendait les escaliers avec une telle agressivité, il aurait pu, à tout moment, perdre pied. Et pourquoi restait-elle nue ? Le moment n'était pas aussi parfait qu'au chalet ! Elle s'attendait à quoi ? Qu'il lui embrasse les seins dans le couloir qui portait des traces de son sang ? Le trottoir s'offrait maintenant à lui, mais il aurait préféré se jeter au milieu de la rue. Se fermer les yeux, oublier jusqu'à l'existence même, disparaître ! Convaincre l'univers entier que tout doit s'en aller ! S'abandonner à l'union du bien, le leur.

« J'ai continué à travailler sur mon recueil. Celui que tu disais que t'aimais bien. »

Tes entrailles ?

« Elles t'inspirent toujours ? »

Claude, je te l'ai déjà dit : T'as une poésie unique. C'est ce dont le pays a besoin. Le monde a besoin de connaître Claude Gauvreau. Elle lui a dit ces paroles encourageantes depuis sa loge. Gratien Gélinas commençait à s'impatienter. La voir se pointer aux répétitions saoule ou faible devenait un handicap pour la troupe. Il pensait au bienfait de son œuvre, mais Claude savait que sa muse recherchait un absolu que le théâtre n'avait pas encore découvert.

« On va réécrire le monde, juste toi pis moi. » qu'elle lui disait, avant de l'embrasser, au cœur du parc Lafontaine. Il ne réagissait pas, préférant quémander un autre baiser. « Tu crois qu'on l'aura, un jour ? » lui murmurait-il. « Le cycle de l'or… »
Elle souriait, sans répondre.

Je sais pas si je vais continuer à jouer avec Gratien. J'ai peur qu'il me remplace avec une nouvelle actrice, mais je sais plus.

« T'es la fleur du mieux-être, Muriel ! La radio va donner de l'image, un jour, puis c'est notre amour qui va paraître aux beaux dimanches. »

Tu penses ?

« Va falloir que le joli monde s'accroche au lac sans flot. Le paisible, comme la fois où tu m'as offert une cigarette. »

On avait treize ans…

« On a toujours treize ans… »

163

« Monsieur Gauvreau ? »

La voix d'Émile venait percer sa rêverie. Claude se tenait au fond de la cour. Les malades déambulaient sans se tourner vers le ciel. L'adolescent s'approchait de son ami à pas lents, cherchant du regard un endroit où se cacher. Juste au cas où Claude décidait de se fâcher. Le poète fixait droit devant, essayant d'éviter les yeux du jeune patient. Près de la porte, Doris Hall s'affairait à réconforter un homme aux prises avec une crise de panique.

Le sourire de la nonne apportait un vent de chaleur qui se rendait jusqu'à lui. Il ignorait les mots qui s'échappaient de la bouche de son compagnon de cour chez les fous. L'infirmière Hall inspirait une lumière. Une présence, comme un événement qui n'arrive qu'une fois dans une vie ou deux, dans la sienne, la nature formule ces caprices qui enchantent l'esprit en des moments incertains. Pourquoi se sentirait-il attiré envers une religieuse ? Il a signé un pacte avec la raison : détester le divin ! Dans toutes ses inscriptions, ses conscriptions, ses manifestations ! « Claude ? » La voix d'Émile cherchait à le distraire, mais son regard observait les formes du corps de l'infirmière. Il donnerait volontiers son âme à l'enfer, pour une nuit dans les bras de Doris.

Je t'aime

Moi aussi

Émile s'assied tout près, serrant Claude avec une puissante affection. Le silence les tenait à l'écart, mais il savait que le poète lui parlerait. Le vent sifflait à travers les arbres. Ils ne trouvaient pas les mots pour exprimer le malaise complaisant qui les unissait. Au fond de leur nconscient, toutes les chansons qui ont bercé leur enfance se perdaient entre les mains adultes qui leur promettaient une adolescence. Au fond du plus profond, la question dominait :

Comment affirmer des sentiments envers l'inconnu qui surprend notre plus vierge curiosité ?

Claude s'est senti interpellé. Il se tourna vers son étudiant, et s'interrogea : « Serais-tu prêt à t'immoler pour elle ? » L'enfant observait ailleurs, mais son âme disait oui. « Crois-tu que Dieu cherche à nous parler ? » demandait le garçon. « Dieu, Émile. » Claude soupirait. « Mais qu'est-ce que t'en sais ? » Le poète détournait le regard. Son jeune ami s'était accroché à son visage, depuis des yeux qui quémandaient un peu d'attention. Les deux hommes fixaient maintenant des points divergents. L'univers s'effilochait à travers leurs sens. La lumière traçait les contours de l'infirmière. Une heure passa. Puis, la moitié d'une autre, sans qu'ils se soient échangé le moindre mot. Le vent soufflait les branches fatiguées. L'herbe hébergeait des feuilles mortes et un tapis de neige aux balbutiements hivernaux légers, mais certains.

Elle

Les lieux semblaient dire.

Elle demeure toujours en vie ! Claude souriait. Émile rigolait aussi, sans comprendre pourquoi. Après que le couple de Muriel s'est éclaté, comme la vaisselle, de nombreux prétendants ont cherché à la séduire. Lui, il préférait rester à l'écart. Si elle voulait de lui, alors elle trouverait le courage d'aller lui parler. Ils ont fait l'amour et la poésie toute une fin de semaine, après tout. Robert se montrait prompt à l'approcher. La jalousie quittait les poumons de l'érudit. Il avait goûté l'intimité de son univers. Elle symbolisait tout : sa raison d'être, d'écrire, prospérer, se perfectionner aux yeux des grands mystères.

« Tu pourrais parler à Julien. » lui avait-elle proposé. C'était déjà trop tard. « J'ai discuté avec Julien. » a-t-il répondu, dans les coulisses, alors que la troupe de Gratien Gélinas s'était réunie une nouvelle fois pour offrir une représentation de Ti-Coq. « Y a rien à faire. Je sens que vos deux mondes se sont divisés. Tu sais, c'est pas parce que t'es mariée que t'as pas le droit d'être heureuse. » Muriel avait du mal à cacher ses yeux rougis par les pleurs.

« Divisés ? Il pense que je suis folle. » se plaignait-elle, entre la douleur et la rage.

Claude se tenait derrière, mais il avait peine à trouver le courage pour la prendre dans ses bras. « Le vieux peuple va nous croire fous, mais c'est la jeunesse du Nouveau Monde qui s'éveille. T'es pas née pour un mariage à l'ancienne. » Elle se tourna vers lui et se leva, lentement, avec le peu de force qu'il lui restait. Après un long soupire, elle se serra contre lui et lui chuchota :

« J'aimerais mieux être déclarée aliénée à ses yeux que de laisser ton bras, Claude. Entre eux, une bouteille de whisky bue aux trois quarts gémissait. Le poète cherchait à l'éviter du regard, mais la muse s'en versait volontiers un autre verre. Son haleine trahissait son état d'ébriété. Lorsqu'elle quitta finalement sa loge pour rejoindre la troupe sur scène, Claude en profita pour s'asseoir et souffler au creux de son angoisse. Il entendait le silence qui régnait dans les couloirs, les paroles qui se disaient dans le dos de son amie, et les pas décidés qu'elle projetait contre le plancher. Et si le monde entier s'était soulevé contre eux ? La silhouette d'un manteau dévisageait Claude à travers le miroir de tous ces hommes qui courent après Muriel. Comment pourrait-il se lever, maintenant, et lui prouver ses sentiments ? Peut-il seulement se battre contre des prétendants ? Le vide le glaçait au fond de la petite chambre sans lumière. Il allait la perdre, encore une fois. Robert l'aime, il lui a avoué. L'architecte anglophone a sans doute plus de chance avec elle que lui. « Je suis prête ! » exprimait-elle au maître des lieux.

« La répétition commençait à dix heures. » Gratien répondit. Claude entendait, mais il ne disait rien. « On est au milieu de l'après-midi. » Muriel se ressaisissait, et le poète pouvait la sentir déambuler avec malaise sur la scène. « Je connais mon texte par cœur. » affirmait-elle. Claude fixait la bouteille, à ses pieds. Depuis combien de temps gisait-elle dans la loge ? Muriel l'avait-elle ramené depuis son appartement désert ? Pourquoi souffrait-il à désirer quitter les lieux ? Pourquoi se détestait-il lui-même, alors que l'univers voulait le projeter sur cette scène et frapper le maître de plein fouet ? Le maître, l'homme de théâtre, celui qu'il ne sera jamais. « T'as bu, Muriel ? » entendait-il. « Je suis une professionnelle, Julien ! » affirmait-elle. Sa carrière était finie. *T'es une muse*, se répétait Claude. *T'es pas une animatrice ! La radio n'a pas d'animatrice.* Il s'essoufflait. Ils vont la remplacer, c'est certain. Elle n'aurait jamais dû commencer à boire !

Le silence agressait le poète, laissé à lui-même. Il fixait le plafond comme s'il pouvait s'effacer de ce plan d'existence.

« Monsieur Gélinas ! » insistait Muriel. « On va quand même pas répéter dans un couloir. » Pris dans une toile d'anxiété, Claude parvint à rejoindre la scène. Le décor montrait un petit appartement, une cuisine, une table autour de laquelle les acteurs et Gratien entouraient Muriel. Claude se sentait rempli d'une tendre émotion, à voir son amie sourire. Savait-elle qu'il l'épiait ? L'entendre réciter son texte lui apportait un profond sentiment de bien-être. Elle marchait avec peine, tombait et riait toute seule, au sol, c'était souffrant. Comment en sont-ils arrivés à ce stade ?

Pourquoi désire-t-il autant une épave ? Muriel se relevait. Claude pouvait apercevoir la présence de Robert Blair, l'architecte. Costaud au regard assuré, il se tenait avec les automatistes pour se rapprocher d'elle. Pourquoi venait-il, maintenant, à ses répétitions ? Est-ce parce qu'il a eu vent que Julien et Muriel s'étaient séparés ? Émile souriait sans ouvrir les paupières. Il s'imaginait voir Claude et Doris marcher dans une nature exquise, libérés d'un mal qui vous perce la chair et vous fend l'âme. Dans sa rêverie, un climat plus paisible que le sommeil existe. Les arbres se montraient à la fois nobles et fragiles, froissant leur feuillage sous le poids d'un silence à la saveur matinale. L'enfant aimerait que le poète et l'infirmière deviennent ses parents. Instinctivement, il prit la main de son ami et la serra très fort. Claude, surpris, se tourna dans sa direction.

« Ça va, Émile ? » demanda-t-il. Le jeune respirait à pleins poumons, avant de regarder le maître et lui murmurer :

« Tu devrais aller lui parler. » Observant Doris, Émile se sentait au-dessus de ses souffrances. « Je ne sais pas, vraiment. » répondait Claude. Et s'il osait ? Allait-il la perturber ? Un patient ne peut pas fraterniser avec une infirmière. Certaines conventions dictent l'ordre à ce monde ! Quelle vision resplendissante, mais elle n'est pas Muriel ! Ah ! Mais à quoi bon résister ! C'est bien, résister. Claude se tourna vers son jeune ami et s'exprima ainsi : « L'abandon, Émile, c'est notre meilleur Dieu. » L'après-midi ne tenait plus qu'à quelques résidus. Émile découvrait sa puberté. L'incompréhension dominait, en un domino Dominus Vobiscum, mais Claude, athée, alla plutôt se ronger les sens.

Lapolitq

Inconscience scianne aux ardoises pamphlétaires
Réduire l'involontaire à des prismes d'hiver
Pour n'en conserver qu'un igoulak de travers
Braver le verbe devant l'inconfort ou se taire

Le soi ciseau s'isole au moment de fendre
L'immuable en manteau de chair chaude et tendre
S'invente une liberté comme il veut entendre
Et exprimer sans qu'il n'ait à la défendre

Sek igsh iop irsh mania jisjgrui sol faille ible
Melodieum harpe orchasme à cordes sensibles
Huk hek molepse filugamnes inaudibles

Les pages se déblanchissent sous la plume ardente
D'un adage artiste et même une détention lente
Ne pourra asservir Chir de Houppelande

Sonnet Exploréen — Martin Poirier 2022

168

Chapitre Quinze: Embrasse-Moi

C'est arrivé le vingt du mois de mai, mille neuf cent-quarante-sept. Claude Gauvreau et Muriel Guilbault se partagent les rôles principaux de la pièce Bien-Être. Voici leur séjour dans l'Éther, un weekend passé dans le chalet de Borduas, à Saint-Hilaire.

On y retrouve la rivière Richelieu courtisant la plage de ses vagues braves et tièdes. Le petit bois s'est drapé d'une faible brume mystérieuse, attendant que le soleil fasse les premiers pas pour s'en dévêtir. La vie devient un marché des sensations, ouvert aux sourires transcendantaux.

L'inconcevable, c'est laisser la nature hormonale dicter nos gestes. Le respect des frontières individuelles se conforme à l'ordre universel. L'intime est un cristal sensible. On ne s'introduit pas poète sans le consentement d'une muse à la parcimonie découverte. Encore mieux, généreusement s'initier aux coutumes d'un bleu de Mytilène.
Le rouge s'efface, comme une robe cardinale qui s'exalte. Il ne reste plus que le blanc pour marier les nations en quête de commun. On fait de la politique alors qu'on devrait apprendre à faire l'amour, le vrai.

T'es confortable ? Veux-tu un coussin ? Je m'excuse, si je t'ai frôlé le sein.

On s'impose et on déteste autant qu'on néglige le soi-divinement. Aimer, c'est d'abord s'abandonner, s'oublier à l'ouverture de l'autre, sans insister, jamais. *Claude ? J'entends plus la musique !*

« Je vais mettre un disque, mon amour. Installe toi. »

Ce premier baiser en terre reconnue, c'est le plus beau souvenir qu'il apporte avec lui. L'abandon revêt les habits dont il rêvait toute sa vie. S'enlacer l'un de l'autre, lâchement, sans attachement, seulement lasser le temps jusqu'à l'effacement.

Puis s'embrasser, finalement ! *Je suis tellement bien dans tes bras, avec tes caresses, ta tendresse, j'aimerais que ça ne finisse jamais.* Mais tout doit se conclure, un jour, même le bonheur. Par chance, il y a les souvenirs. On s'impose autant qu'on s'évite. La musique revêtait la pièce d'une invitation passionnelle. Lévitation des sens, les corps se faisaient l'âme à âme. On se spiritualise au temps qu'on apprivoise. Le fond de l'histoire dispose d'un moment ermite ; Ils étaient deux.

Le feu s'évadait, brisant ses gonds, avant de se mêler aux ardeurs carnaires. L'inconvenant d'une chanson n'en finit plus de fondre les sourires en ciseaux. On essaie ; on s'efface. Nous sommes des cellules pensantes. Jeune, on confronte l'impossible en appétits impassibles. Mais ordonnés, on a trop bu.

L'alcool, c'est pour les couches.

Je suis encore vierge, plus que tu ne le penses.

Silence. On s'invite autant qu'on se sente initié. Le fond du terroir en a déjà trop parsemé. L'incongru se fibre de verbe, et c'est déjà l'harmonie. Le faisceau d'envers se désinvite.

Le terme se terne sous des éclosions citernes, mais qu'à cela ne tienne, c'est l'émoi qui soit ! L'ordre est une constipation mathématique. On recule, c'est mieux en Si.

J'ai dit quelque chose pour t'effrayer ? Silence, ça fait mal, essayer de connecter. « La bouteille est encore jeune. Je vais mettre un autre disque. » On attend, on se demande si c'était une bonne idée. Libby Holman. House of the Rising Sun.

« J'adore cette chanson, Ti-Claude ! »

Prudence ! On écoute la musique comme on comprend les critiques. Une femme peut-elle se sortir seule des portes d'un pénitencier ? Le temps prend le nôtre. Silence ! Comment reconnaître un consentement ? Il pourrait déposer une main sur sa cuisse, attendre sa réaction. Lui prendrait-elle la main ? Y déposer ses lèvres, c'est trop !

« En tout cas, moi, je trouve qu'elle chante bien. »

Hocher lentement pour éviter de s'exprimer. « Aimerais-tu qu'on écrive, à la place ? » *Écrire quoi ?* « Nos entrailles. » *J'ai besoin d'une autre bouteille de vin.* « T'as besoin d'un langage, Muriel. »

Malaise, puiser l'ouverture au creux d'un regard fuyant. « Est-ce qu'on est juste des amis ? » *Claude !* « Ce soir, t'as pas envie qu'on soit... » *Non, je crois pas, non.* « D'accord. »

Elle le ressentait, mais faire un pas de trop aurait détruit le magnifique entre eux. « On va écrire, d'abord. »

Les premiers mots sont toujours les plus difficiles. La création est une rivière trop froide, un jour de canicule. Ce n'est qu'une fois plongée, à grands coups de paragraphes irréfléchis, que l'on prend goût à ce nouvel environnement. Ensuite, il suffit de nager, un mot à la fois, une phrase, pour que ne subsiste cette page noircie.

Les flots sans histoire s'atténuent. L'albâtre d'un corridor dessine des silhouettes à travers un moustiquaire. L'air se rafraîchit, mais les flammes d'un feu discret rappellent les amoureux à l'ordre.
Le non-dit s'infiltre dans la paume de leur conversation. Rien ne s'éternise, sinon ces silences qui rappellent le confort. Une chanson aux effluves de douceur caresse l'ouïe en quête de chaleur.
Ils s'observent comme des nouveau-nés qui laissent le soin à l'existence d'ouvrir leur champ d'allusion. Des mains s'enfoncent dans une chevelure, d'autres s'aventurent sur l'épaule de l'être apprécié. Une respiration nerveuse ; on sourit. Le toucher revient au bercail, puis on se reprend, tranquillement, en se souhaitant la bienvenue. On accepte, puis on replonge.

Des mains dans l'abîme qui font des feuilles. C'est un mariage.
La coupe débordante d'amour sur le perron comme des algues.
Un ruisseau de nuages plonge dans les cœurs : martin-pêcheur.
Les guirlandes dans les joues, la paix sculptée dans les profils
inquiets de l'existence. Femme en sucre. Hébreu. Hébraïque joie
dans le convoi de l'orange symbolique. Les ailes déployées dans les
marbres conjugués. Je vois les sillons, je remarque la plaie des
racines. Le poète entré dans nos âmes par la serrure.

« Mon ventre berceau de la vie et l'urne consacrée. Les sphères
affiliées dans le cambrement de l'automne vieilli. La poudre des
baisers dans les fossés humides des jardins blancs. Versicolore
hystérie. La sublime fraction des boucles arméniennes dorées.
Entrés et cortège d'enfants. Farandole arbitraire dans les sentiers
de briques jaunes. »

Ils se renvoyaient le verbe comme la plage renvoie la vague.
Scribe gestalt, une seule voix s'exprimait au cœur de deux galaxies
en collision. La poésie tranche l'air du bout des doigts. Muriel
souriait pour la première fois. *J'aime ça, Claude ! C'est comme si on*
écrivait notre mariage. « C'est comme ça que je me sens, aussi. »
Je rêve. « J'ai rêvé. »

Les lumières comme des songes maléfiques. Les dos des ombres à
jamais perdus aux cendres de l'humanité. Je vois les cordes épinglés
dans le souvenir. Femme aux ongles de chocolat, aux cils
d'armisʟ ce, tu es à moi. Je suis le phoque qui a plongé dans les
ruisseaux de sirop. Battue imperméable hachée comme des notes de
flûte. Les murs comme des déserts gris nivelant leurs faces longues
comme des attentes.

« Habillés en blanc dans les passerelles hésitantes nous sommes
les bulles de savon. Des gorges de folie dans des bassins remplis de
transpiration. Holà! Pitres de mendicité, époumonez-vous dans des
soutanes centenaires! Égrenez les grains faites uriner les sculptures!
À mort, tapisserie! J'ai mon homme. Les sirotants susurrements dans
les herbages aériens. Finie, la classe! Cloués, les plastrons! »

Des doigts valses sur une dactylo. Des mains dessinent des mots sur
un papier parchemin. La chapelle s'automatise pour laisser entrer les
nouveaux mariés. Les synapses s'inclinent sous la pression d'idées
nucléaires. Cette conscience singulière s'étend à l'entendement des
délivrances universelles. *Je le crois.*

On s'invite autant qu'on se repose. La musique rêvait la pièce d'une multiplication personnelle. L'addition des sens, les âmes se faisaient le corps à corps. On s'apprivoise puis on s'embrasse. Le sommet de l'histoire dispose des moments pyrites ; ils ne font qu'un. Le feu s'évadait, grisant ses bonds, avant de se mêler aux candeurs barrières. L'impromptu d'une chanson n'en finit plus de pondre les fous rires au couteau. On n'essaie plus ; on se fait face.
Nous sommes des pensées unicellulaires. *J'aime, à date !*
On continue ? « On continue ! » *Je vais y aller :* « Ma sœur. Ma sœur jumelle joue le piano. Elle est là. » *Ta sœur jumelle?* « Les doigts à l'huis des dimensions aspirant des bras blancs qui s'agitent sur un fond et qui rivalisent de vitesse. »

Le vin inspirait les mœurs. La chair se mêlait à la création. C'est un soir de célébration! La fin d'une phrase enclenchait la phase d'une faim. Silence ! Muriel découvrait son meilleur ami dans toute sa beauté. *On peut, je veux dire, on pourrait peut-être...*

    « En es-tu certaine? » Le nerf acide dicte un rictus en forme exploratrice.

    « Je crois pas, Muriel, t'as trop bu ! On se remet à écrire ? » *Non, Claude ! C'est pas ce qu'on fait. Je veux de la tendresse ! De la tendresse, Claude ! Tu comprends tu c'est quoi ? Tes mots me sécurisent ! Ta patience, ton amitié, je suis folle de te repousser. Mais pas ce soir, non! Je veux dormir dans tes bras. Juste dormir, juste... nous deux. On fait de la poésie, de la vrai !* « Et si je demande un peu plus ? » *Claude !* « Muriel ! J'ai pas envie de dormir. Pas tout de suite. » *On se remet à écrire !*

La main de la muse en faisait à sa tête. Elle pourrait la déposer sur sa cuisse, attendre sa réaction. Lui prendrait-il la main ? Y déposer ses lèvres, c'est trop ! Elle n'avait pas trop bu. Juste à point, ses lèvres se sont données pour liberté la découverte des lèvres de son meilleur ami. Des mains caressant la chair. Des baisers en forme de Big Bang. Les souffles se brisaient contre les parois d'un empressement à la texture du tendre. C'est le bon moment ! Ils s'aiment.

On va l'appeler comment, notre poème ?

    « Bien-être... »

C'est parfait !

FLORTANDE

Un baiser m'a mis
Coccinelles aux amples arondelles
Ne touchez pas aux yeux
qui montent sur la pente
Le regret est amer
La flotte est hivernale
Œil !
Printemps
Louis dort
où mange la casquette
Nous nous tenons par la main
dans le bassin des pois
Ivre !
Sois moi
Une gentille femme
nage sur la nacelle
C'est le printemps dans les dents
C'est l'ivresse mortelle
C'est l'absurde satine
c'est moi
c'est toi
c'est toi
c'est Léon
Meurs pour deux
Et ils danseront pour trois

Brochuches — 1954

Chapitre Seize:
Lettre Aux Lettristes

Allo Ti-Claude. Je pense que je suis encore en amour !

La voix de Muriel vrombissait à travers le téléphone, tel un bruit sourd et à peine perceptible. Il entendait les vibrations du réfrigérateur qui hantaient la cuisine. L'accessoire était appelé à se démocratiser comme la parole, alors que les familles d'après la guerre se voyaient plus fortunées.

    « Allo ? Claude ? »

Il fixait le plafond et se demandait s'il allait un jour l'éclater. Le percer de son regard libéré, puis revenir au lit pour se rendormir. Gravir les murs à travers le silence des soupirs dépressifs. S'enliser de souvenirs qu'ils n'auront jamais connu.

    « Allo, je m'excuse, j'étais dans la lune. » lui répondit-il.

Qui entendait cette conversation ? Des astres jouent aux échecs avec des vies humaines. L'incompréhension désastreuse des critiques déteste la mer. La détente est douteuse. Il raccrocha et quitta le confort de son lit. Et si un monde chevauchait le leur ? Entre les lettristes et les impressionnistes, combien de générations désirent s'affirmer ? Claude s'en alla vers le salon, à la recherche d'un livre quelconque.

C'était un recueil d'Antonin Artaud, pensait-il. Un texte, en particulier, le hantait. Un peuple à la recherche d'un plus fort, plus grand, mais qui n'a pas encore apprivoisé la petitesse de leur grandiose individualité. Son frère lui avait offert le livre, il y a quelques Noëls passés, en lui affirmant :

« La révolution se défait de nos soutanes. » Mais laquelle ? La Française ? Les Russes ? Les Allemands ? Pierre se disait qu'ils sont restés dans L'ancienne époque. La réelle, elle est automatiste ! La technologie va la suivre. Les mœurs les dépasseront, un jour. La vie d'un couple érige une prison pour les romantiques. Et si le calme n'affichait aucune nation ? Une sorte de barbe temporelle qui s'oublie à travers les générations.

Claude ? Tu m'entends ?

Le téléphone se remettait à sonner, mais il ne voulait pas répondre. L'hiver cruel précède un printemps incertain. La solitude l'épiait depuis les revers du rideau, attendant le moment propice pour l'accabler d'une lourde dépression. Son corps tout entier irradiait d'un désir d'embrasser son seul amour, mais son esprit lui évoquait la fragile existence de sa muse. Le silence grondait à la manière d'une cigale sur le point de s'éteindre. Elle étirait son dernier son à l'image de la vie qui s'échappe en un long filament essoufflé. Quitter son lit lui semblait impossible. Il fixait le combiné qui traîne sur la table de chevet, puis il se demandait s'il devait la rappeler. Au bout de trois heures, il trouva le courage d'aller se préparer un dîner. Il pensait à elle, sans arrêt. Il finit par s'ouvrir une bière. Muriel chercha à nouveau à le contacter. Cette fois, il répondit.

« Pourquoi t'as raccroché ? » questionnait la princesse, à la fois prise de panique et d'inconfort. Le silence étourdissait le poète en quête de sentiments réciproques.

« Claude ? » entendit-il. « T'as bien dormi ? »

« T'as passé la nuit avec Robert ? » répondit-il, enfin. Le calme revint, trois fois plus lourd. Claude ajouta : « Il s'est mis à peindre. Je pense qu'il veut juste te jeter de la poudre aux yeux. »

« Tu me fais de la jalousie. » se plaignait-elle, cherchant à fendre le malaise qui les divisait. « Robert c'est une bonne personne. » Une force obscure guidait son bras vers la table de chevet. Il doit raccrocher ! Il doit décrocher de cette attirance envers celle qui le fait tant souffrir. Mais quitter cette conversation demeure improbable. Il respirait à travers cette douleur, laissant la méduse en rajouter :

« Je sais pas si je vais continuer à jouer avec Gratien. J'ai peur qu'il me remplace avec une autre actrice, mais je sais plus. »

Il ne répondait toujours pas, alors elle insista : « Parle-moi ! » Il puisa le courage de lui demander : « T'es-tu avec lui ? » Elle se mit à soupirer très fort : « T'es pire que Julien. » Il aurait préféré trouver l'audace de l'engueuler, mais la situation devenait déjà trop pénible. « C'est pas vrai, Muriel, tu le sais. Tu dis n'importe quoi. » Elle se calma avant de chuchoter : « Je sais pas, Claude, je sais plus. Parle moi de tes pièces. Dis-moi qu'on va faire le tour des salles de spectacles en Amérique, puis en Europe ! Ils vont découvrir le grandiose de ta poésie. »

Il but une longue gorgée de sa bière, cherchant à étouffer son thorax endolori, son torse devenu une prison. « On devrait retourner à Saint-Hilaire. Ça te tente-tu ? » lui requérait-il. Elle prit un moment avant de répondre, puis murmura : « Je suis avec Robert. Il ronfle. J'aimerais que tu sois là. » Meurtri de partout, Claude raccrocha.

Le soleil du midi plongeait à travers la petite fenêtre de Muriel. La voix de son poète de tendresse la hantait. Elle se demandait si la boisson ne l'avait pas emmené à lui causer du tort. L'alcool est un fossoyeur de bonheur sous des draps de satin. Les jours s'échappent entre les doigts de : « Robert ? » trouva-t-elle le courage d'exprimer. La brute dormait à poings fermés. « Réveille-toi, Robert, faut qu'on se parle. » Il ronflait comme si l'univers n'avait plus prise sur son réel. Elle fixait son ballon presque vide. Le fort de la veille goutait tiède, mais qui en prenait note ? Elle le cala d'un coup. Elle ramassa la bouteille qui traînait près du lit pour se verser un autre verre.

« Va falloir racheter du whisky. »

177

Agacé, Robert cessa de grogner entre deux sifflements de ses poumons. « J'ai parlé à Claude. Je pense qu'il est fâché. » soupirait-elle. Robert ouvrit les yeux pour un bref instant. Pourquoi les femmes les plus belles sont-elles les plus lourdes ?

« T'as assez bu ! » se plaignait-il, avant d'enfouir sa tête sous un oreiller et ajouter : « Même que tu bois beaucoup trop. Arrête ça. » Il se rendormit. Muriel se remit à picoler.

Une pesanteur dans l'esprit de Muriel la connectait à la tristesse qui peuplait Claude. Les relations humaines, la pire invention des dieux. À quoi bon fomenter des sentiments s'ils se heurtent chaque fois à des caprices en solitude ? Le bonheur émanerait de tant de couples, s'ils se donnaient la peine d'un brin d'humilité. S'aimer tant pour se faire souffrir aveuglément. Quel gaspille d'énergie. D'un bord de cette détresse, Muriel portait Claude dans des grâces ignobles. Comment pouvait-il manquer d'empathie à son égard ? Un meilleur ami, c'est une oreille. À l'autre extrémité, Claude en avait assez. Une vie passée à sacrifier son propre bonheur. S'abandonner aux rêves de sa muse.

Bien entendu, personne ne doit rien à personne. Quand on aime, on prodigue sans garder les factures. Mais pourquoi se rendre à l'impasse ? Pourquoi ces dons de soi et de tout doivent-ils créer des fractures ? Claude ouvrait-il les yeux sur une amitié vampirique ? Voir la nymphomane dans le décor lui devenait impossible. Au fond, ces symboles venaient autant à lui qu'à elle. Assumer le deuil d'un réel mariage avec son plus grand amour. Robert quitta le lit au moment où Muriel s'était profondément rendormie. Il vaquait dans l'appartement, presque nu, se demandant si elle allait se réveiller à temps pour, non ! Il peut se préparer à manger par lui-même. Le réfrigérateur grondait dans le rien qui cohabitait avec sa faim. *Deux toasts et du beurre de peanuts*, se disait-il. *Pourquoi pas ?* Il se prépara un petit goûter, sur le coin de la table, alors que les mésanges se chamaillaient avec les moineaux, depuis une fenêtre à peine ouverte. Il daigna observer sa blonde, à travers la porte entrebâillée. Il souriait, tellement il se sentait accompli de coucher avec la plus belle femme de Montréal. Mais pourquoi n'arrive-t-il pas à la rendre heureuse ?

Pourquoi doit-elle s'enfoncer dans une bouteille de whisky pour échanger ses humeurs ? La journée lourde le forçait à se demander s'il devait quitter les lieux et la laisser dormir ou entrer dans la chambre pour l'embrasser. *Elle est saoule*, se répétait-il, mais causer du mal n'est pas dans sa nature. Il soupira. Puis, il choisit de sortir pour se changer les idées.

Nous formons l'accumulation de nos décisions, pensait-il, sans formuler le moindre mot. Julien ne semblait pas apprécier le fait que son épouse était une artiste. L'a-t-il quitté par amertume ? Savait-il seulement qu'elle appartenait à un mouvement révolutionnaire ? Depuis cette soirée de poésie chez Bruno Cormier, elle a toujours refusé les avances de Robert. Pourquoi a-t-elle accepté de partager son lit, maintenant ? Et Claude ? Ils évoluent tellement bien ensemble. Pourquoi ne va-t-elle pas plutôt avec lui ? Elle aura trente ans dans un peu plus de vingt mois. Elle devrait déjà avoir eu des enfants. Toutes ces interrogations et aucune réponse venaient à son esprit. Est-ce que les jeunes générations refusent le joug des jours passés au point de remettre en question jusqu'à la définition d'une famille ? La rue Saint-Denis s'ouvrait à lui, alors qu'il observait les voitures rouler. Il n'y a pas si longtemps, cette technologie n'existait pas. Et maintenant, chaque foyer en en possède une. Qui profite de cette évolution ?

La prospérité d'après-guerre aura permis à la fois une révolution matérielle et l'épanouissement d'une classe moyenne. La pauvreté ne se voit aucunement disparaître, mais elle devient, aux yeux de la masse, aussi déconnectée que la richesse. Pour l'artiste, le bonheur n'appartient aucunement à cet idéal tangible. Il se développe au creux de l'élan créatif, une libération des dogmes normatifs que le contrat social nous attribue. L'intellect transcende l'illusion sociétaire. C'est dans cet univers que Claude et Muriel sont tombés dans l'émoi. Alors qu'un peuple Canadien français apprenait à s'affirmer en tant que Québécois, l'érudit et sa muse vivaient dans l'Éther. Un réel en proie de survie les ramenait sur Terre. Ils goûtaient le firmament. La déchirure s'imprégnait d'agonie.

La radio clamait les efforts de Chopin et Muriel s'abandonnait dans la poésie d'Isidore Isou, croyant y ressentir l'élan·d'un nouveau théâtre. Mais pourquoi parle-t-il de l'empire d'un sourire ?
Ou bien a-t-elle mal compris l'interprétation de ses textes absurdes ?

« Je me suis fait une beurrée de beurre de peanuts, ce matin. » entendait-elle. Le silence la ramenait à sa lecture. Ayons le courage de nos altercations ! « Excuse-moi, mon amour. Tu disais quoi ? » Robert la regardait, béat, puis il replongea son attention au fond du journal. Elle retourna à sa découverte. Plutôt mourir dans cette déchéance que gaspiller sa vie à essayer de bâtir une richesse avec des artistes. « Julien, je me demandais, il a des enfants, tu crois ? » Robert s'interrogeait. Elle l'ignora, sans chercher à se poser des questions. Il tourna la page de son quotidien.

Le lettrisme répond aux surréalistes ! Pourquoi Borduas ne voit-il pas le génie de ce Roumain ? Pourquoi toujours les Français ou les Américains ? Claude devrait l'entendre réfléchir. « Comment ça se passe avec la troupe de Gratien Gélinas ? » Son amoureux insistait, alors qu'elle cherchait plutôt à s'évader dans ses questionnements. « Il me fait jouer de moins en moins souvent. » avoua-t-elle.

Intéressé et inquiet, Robert déposa son journal pour la dévisager. Intimidée, Muriel regardait ailleurs. « Pourtant, t'es sa super star. Ils ne feraient pas d'argent, si tu jouais pas pour eux. » Elle souriait, flattée d'entendre ces paroles, mais au fond d'elle rugissait une profonde insécurité. Un désir de révolution grognait au cœur de ses entrailles. Changer le monde ! Libérer les femmes ! Elle retrouvait, en elle, un élément du grandiose qui allait diriger les générations à venir. Nos passages éphémères sur ce bout de planète s'effacent. Autant s'investir au bienfait du nombre ! Ces pensées pesaient au fond de l'âme de Muriel. Elle se versait un nouveau verre de whiskey. Robert soupirait de l'autre côté de la chambre :

« Je sais pas comment Julien a fait pour endurer ça, mais il faut que tu te ressaisisses. »

Muriel riait toute seule : « Tu jalouses ma liberté, Robert. Je vais laisser personne m'empêcher de vivre. »

« Tu t'en empêches par toi-même. Continue, pis tu vas te ramasser
encore dans une cure de désintoxication. C'est ça que tu veux ? »
La voix de son amant meublait à peine la chambre. Un bruit de fond
se confondait avec le grondement des électroménagers.
Muriel semblait plus attentive à ses acouphènes qu'aux quelconques
dires qui s'échappaient de la bouche de Robert. *Refaire le monde*
s'imaginait-elle. Ses idées se bousculaient au creux de son ivresse.
La bouteille de fort gisait, vide. Ils trouveront sans doute du vin,
dans la cuisine. La soirée s'éternise à ses balbutiements. Son copain
cherchait à s'interposer, mais Muriel occupait déjà l'autre pièce.

« On arrive pas à payer le loyer ! On gèle l'hiver, pis c'est pas
parce qu'on manque d'argent ! »

« Je veux pus t'entendre me critiquer ! » insistait Muriel.

La porte du frigo semblait s'ouvrir d'elle-même. Elle n'avait plus qu'à
étendre le bras et ramasser une bouteille de chardonnet. Robert n'a pas
envie de se saouler avec elle. Tant pis ! Combien de fois l'appel des
spiritueux les a-t-il laissés dans une traînée inconsciente ?
Boire jusqu'à la lie, et s'enfoncer dans l'argile d'un sommeil forcé.
Palper la pulpe à grande gorgée. Les pieds de l'actrice se mettaient à
danser sans qu'elle ne s'en aperçoive. Robert l'observait, découragé.

« C'est pas une critique, Muriel. » Il cherchait à l'inviter dans
sa discussion, mais elle ne voulait rien savoir. « C'est un constat. »

Voyant que ça ne servait à rien d'insister, il retourna dans la chambre à
coucher. Il ferma la lumière derrière lui, puis s'isola sous les draps.
La radio jouait les plaintes d'une soprano sur le bord de l'agonie.
Les yeux fermés, Muriel s'imaginait entendre un Charleston.
Sa chorégraphie traçait un contrepoint indélébile contre les chants
lyriques qui emplissaient la pièce. Puis, une gorgée de vin avant de
reprendre la cadence.

L'univers n'existe plus. L'illusion forme un vide informel.
Les poumons de Muriel se gonflaient d'oxygène. Son cerveau n'en
pouvait plus. Trop d'activité cérébrale s'excite. Une autre gorgée
de vin coule pour oublier celle de trop. Son cœur se débattait avec
le sang qui giclait dans ses artères. Danser pour oublier un pas
maladroit. Sa tête se percute contre le coin de la table, mais elle
n'a rien senti. Sa main frappe le sol, puis elle se remet sur pieds
pour danser davantage ! Personne ne la voit. Personne ne pourra la
plaindre. Sans se rendre compte de quoi que ce soit, elle se dévêtit
pour laisser l'écarlate couler depuis sa tempe jusqu'à sa cuisse.
Il reste du whisky ? Il reste du vin ! Du rouge l'attend dans le salon.

Si seulement elle pouvait s'y rendre, tituber est une chose, mais
foncer à coup de tête contre la porte de la salle de bain c'est
beaucoup. Se rattraper, se relever, prendre une grande respiration,
chercher du regard la pièce. Se remettre à marcher le plus hardiment
possible ! Jusqu'à tomber sur le divan. La bouteille se tient droite
devant. Muriel pouvait boire. Dormir, sans doute, mais faire couler
le flot sanguin au fond de sa gorge, d'abord. Plisser des yeux, sourire,
boire ensuite. Quand l'aube vint à la fenêtre, Robert ignorait s'il
avait ou non somnolé aux côtés de sa bien-aimée. La musique n'a
jamais cessé de hanter l'appartement. Elle pourrait bien s'être
évanouie dans la cuisine.

« Muriel ? » clamait-il. « Es-tu trop saoule pour me répondre ? »

Le silence se mêlait à la voix d'un animateur matinal. L'actualité
anodine s'énonce, mais Robert n'écoutait pas la radio.

« Muriel ? » insista-t-il. « T'es où, criss ? » Rien, pas même un
son. Il soupirait, mais au fond de son esprit, il craignait le pire.
Il se dirigea vers la toilette pour se vider un peu. Elle n'y était pas.
Espérant qu'elle l'entende, il s'exprima : « Je pense que c'est le
temps qu'on commence à être des adultes, beauté. » Muriel ne
réagissait pas à ses propos, mais tant pis. Il en rajouta : « On devrait
se trouver des bonnes jobs. J'aimerais ça qu'on s'achète une maison.
On pourrait aller en campagne, question de sacrer la ville pis les
malades qui y vivent dehors. »

Il se lava les mains avant de sortir et se diriger vers le salon.
Sans trop de cérémonie, il poursuivait son discours : « C'est con,
sinon, si on reste par ici. Tu penses quoi de Trois-Pistoles ?
On pourrait aller demeurer à Sainte-Adèle, ou bien Val-David. »
Dès qu'il piétina le tapis, il l'aperçut, nue. La bouteille de pinot noir
gisait aux pieds de la fenêtre. Des éclats de vitres mêlaient les deux,
tout près d'une flaque rouge. Robert se décourageait. Il s'empressa
de ramasser la boîte de premiers soins, bien dissimulés dans la salle
de bain. Il s'assied sur le divan pour déposer la tête de son amante
sur ses cuisses. Il pansa sa plaie avec soin, tout en lui cajolant les
cheveux, comme s'il voulait la rassurer.

« Tu bois jusqu'à t'effondrer à tous les jours. » lui reprocha-t-il.
« C'est pas bon pour toi ! Tu nous écoutes même pas. »

Muriel se réveillait, bien que son front lui fît mal. Confuse, mais
présente, elle cherchait à se sortir des caresses de son petit ami.
« Je veux que Claude soit là. » lui faisait-elle savoir. « Tu comprends
pas le lien qui nous, heu... » Robert saisissait trop bien ce qu'elle
voulait lui expliquer. « On est un couple, Muriel. Ça se fait à deux.
Claude est capable de comprendre. »

Avait-elle rejoint un autre abruti ? Pourquoi se retrouve-t- elle
toujours avec des hommes qui ne désirent pas la voir s'épanouir ?
« On ferait quoi, à Val-David ? » Elle le fixait dans cette
interrogation. Robert lui caressait les cheveux. « Une petite vie
tranquille, mon amour. C'est pas une mauvaise idée. »

« Tranquille, ben voyons. On est des artistes ! On existe pour
provoquer les masses ! Tu vas pas me voir faire une révolution en
campagne, Robert ! »

« Parce que tu penses que Claude est un révolutionnaire ?
Il veut juste coucher avec toi ! Il te manipule, Muriel. Tu devrais
plus le fréquenter. » Elle se rassied d'aplomb. Puis elle le fixa dans
les yeux. « Tu penses pas ce que tu dis. »

« Je pense comme un homme ! » insistait-il
« Claude est un homme aussi ! »

« Claude est un génie ! Toi t'es juste là pour que ma vie soit pas trop monotone. T'as-tu signé le Refus Global ? »

« Parce que tu penses que c'était nécessaire ? »

« Place à la magie ! Place aux mystères objectifs ! Place à l'amour ! Place aux nécessités ! »

« Je l'ai pas signé. Mais on a-tu vraiment besoin de shaker le peuple ? Voyons donc ! On a besoin de manger, dormir au chaud. »

« En tant que peuple éveillé, Robert ! Si c'est pas pour nous, ça va être pour nos enfants ! »

« T'es stérile, câlisse ! »

« Je parlais pas de même ! Criss que t'es borné ! »

Répondre lui semblait trop douloureux. Il préféra retourner à la chambre, laissant Muriel nue sur le divan : « Tu viendras te coucher quand tu seras dégrisée. J'ai pas envie de baiser avec une frustrée trop saoule. » Muriel rageait au fond de sa gorge :

« Parce que tu penses qu'on va baiser ? » Robert riait tout bas :

« C'est vrai, j'avais oublié qu'on était pas mariés. »

Cher Borduas,

Que de chemin parcouru depuis ma première visite ici ! Celui qu'alors je croyais être Gustave Charpentier le compositeur de l'opéra Louise, je le revois : c'est Paradis, un bon diable.

Ici, un moment donné, on m'a ligoté et on m'a mis un cadenas aux chevilles. Pourquoi ? Parce que le petit amour-propre d'un médecin avait été froissé.

Néanmoins, l'absence du gardien Grenier est une grande amélioration. Lafontaine, Desrochers, Viau ont un comportement à peu près convenable. Quant à Thibault, il est passablement discret quoique plus agressif. N'était la présence de Madeleine Bock, cet hôpital serait presque civilisé.

Bien sûr, je manque ma couple de douches quotidiennes. Il n'est guère de ma plaisance d'être puant.

J'ai ici la vie d'un prisonnier de guerre.

Saint-Jean de Dieu, 21 avril 1958

Chapitre Dix-Sept:
L'Inconscient Est Un Ange

Chaque fois que Claude regagnait sa chambre, il se remémorait le séjour de Muriel au Allan Memorial Institute. Quelques semaines avaient passé depuis le début de sa relation avec Robert, et elle semblait de plus en plus distante. Leurs appels téléphoniques étaient à la fois sporadiques et décousus. Claude convoitait cette étincelle qui peuplait le centre de leur amitié, et Muriel ne touchait plus par terre. Robert et elle habitaient un petit appartement sans chauffage. Tous les salaires qu'elle ramassait, à Radio-Canada ou sur scène, se gaspillaient dans la boisson. Robert se découvrait trop amoureux pour se rendre compte de l'abîme qui les entourait. Peu à peu, Gratien Gélinas se distançait de son étoile. Il jugeait que les colères d'une diva qui se soumettait aux répétitions saoules constituaient un risque pour la troupe, et il cherchait à gérer celui-ci avec tact, sans pour autant froisser l'ego de l'actrice.

Elle venait d'avoir vingt-sept ans. Son mariage raté luisait dans un passé qui s'effaçait de son esprit, puis de plus en plus, chaque soir de beuverie, chaque matin de whiskey. Claude se remémore le long corridor que divisaient quelques portes. Les docteurs le dévisageaient, alors qu'il se présentait, coiffé et portant une gerbe de fleurs. Les lieux lui faisaient peur. Il espérait ne jamais se rendre à un stade où la société l'enfermera dans ces lieux lugubres, lui désirant son bien. Il bravait cette image. Il ouvrait chaque issue qui le séparait de la chambre de celle qu'il aime. Il trouvait une puissance inouïe à travers ses réflexions. Si l'univers avait décidé de les mettre sur leur passage pour provoquer une révolution plus forte que celle de Borduas ? À quoi bon se soucier du regard des patients ?

Son ange l'attend, au bout du couloir.

Il pressa le pas, sans raisonner davantage. Au moment de franchir le seuil qui le mènera à Muriel, Claude figea. Plongée dans une noirceur presque totale, Muriel méditait autour d'une petite lampe, comme une chandelle. Ses yeux se coloraient rouges d'avoir trop pleuré. Son corps meurtri, s'était-elle automutilée ? Est-ce que les infirmières lui ont cherché du mal ? Comment a-t-elle pu passer une semaine, ici, sans boire ?

« Ti Claude ? » rechigna-t-elle, au fond de sa chambre. Une poupée semblait dormir aux pieds de son ombre. Avait-elle demandé cette offrande ? L'avait-elle aussi appelé Émeraude ? « Merci d'être venu, mon ami. » Claude ne répondait pas. « Tu m'as apporté des fleurs ? »

Je ne m'attendais pas à te voir comme ça.

« Tu pensais que j'allais être aussi fraîche qu'à notre première rencontre ? » Il glaça, sans trouver le verbe pour lui répondre. Ils se fréquentent depuis deux fois sept ans, comment en sont-ils venus à se désirer à travers la douleur ? Dans sa tête se heurtaient des mélodies d'Eubie Blake mêlées à celles de Gary Moore, mais ce second nom anachronique lui semblait inconnu.

T'as bien dormi?

Muriel quittait son lit nue comme un ver, récitant du Baudelaire sans réfléchir. Claude se sentait à la fois aguiché et inspiré, mais il ignorait s'il devait l'enlacer ou se dévêtir. « Ils ont du pudding, à la cafétéria. »

Il s'amusait en cherchant à regarder ailleurs. Enfilant sa robe de chambre elle alla l'embrasser dans le cou, puis noua la ceinture dans un profond sourire. « Je m'ennuie de parler de poésie et de théâtre avec la gang. » lui confia-t-elle. Claude pouvait voir à travers son œil meurtri, rougis d'avoir trop pleuré, une lumière qui lui rappelait les soirées à discuter jusqu'à ce qu'elle s'endorme dans ses bras. Il pouvait palper le paisible qui planait entre eux. Il se demandait si un séjour dans un centre psychiatrique aura apporté l'élan d'espoir dont Muriel avait besoin.

« Je vais sortir aujourd'hui. » ajouta-t-elle, avant de pousser un long soupir et ramasser ses affaires pour les ranger dans une sacoche. « Mais on doit attendre Robert. »

Ces derniers mots semblaient de trop. « Tu l'appelleras de chez nous, Muriel. Viens te reposer. » Il trouva le courage de prononcer ces paroles sans trop réfléchir. Convaincue, elle acquiesça silencieusement et attrapa une robe et un chandail. « Ferme la porte je vais m'habiller, mais tu peux rester. » Il accepta, sans réaliser que Robert approchait, au loin. « Ils t'ont bien traité ? » demandait-il. Muriel enfilait ses vêtements avec un pincement au coin de la lèvre.

« On disait que je buvais trop, je pense pas que les religieuses savent s'occuper du monde qui boive par mal à l'âme, mais ils ont fait leur possible. Je suis pas folle ! Je vais essayer de boire moins. » Claude trouva le courage de la prendre dans ses bras. Elle se blottit contre lui, affamée par la chaleur de son corps. « On souhaiterait à personne ce qui t'est arrivé, Muriel, mais fais attention à toi. C'est tout ce qu'on te demande. » Le reste de la conversation se défilait en silence. Muriel cherchait à rapidement emballer ses effets et quitter sa chambre. Claude essayait de l'assister, mais elle refusait son aide d'un coup de paume agacé. Il recula vers la porte, comme s'il voulait disparaître, au moment où Robert ouvrit celle-ci.

Claude figea. Il venait d'apercevoir un fantôme. Muriel se jeta dans les bras de son copain : « Je suis contente de vous voir, vous deux. » Elle souriait, en tournant son attention vers son ami. « T'as toutes tes affaires, là ? Faudrait qu'on y aille. » grognait Robert, un peu embêté pat cette maison des fous. « J'ai pas fini de m'habiller. » renchérit elle, avant de mettre la main sur sa petite veste de feutre. Impatient, Robert soupirait à pleins poumons. Claude gardait ses pensées pour lui-même. Il se conserve une gêne plutôt que d'encourager une scène. Puis, une fois prête, elle lui offrit un regard amoureux en enlaçant Robert. « On forme un beau couple, nous trois ! On va prendre une bière ? » L'amertume hantait le sourire de Robert. Il aurait préféré être seul avec elle, mais l'amitié qui soudait la muse à son poète était plus forte que le fer. D'ailleurs, le malaise se poursuivait au petit bar du coin. Muriel enfilait les verres de whiskey sans même se rappeler ce long séjour en cure de désintoxication.

« Ce serait tellement simple si on vivait toutes en commune. » s'exclamait la muse, buvant une autre gorgée fortement alcoolisée.

Claude fixait sa bière, cherchant les mots qui allaient ramener celle qu'il aime sur Terre, mais ceux-ci ne lui venaient pas à l'esprit. « On n'est pas des communistes, voyons. » répondait Robert, comme pour l'agacer. Muriel lui imposa de gros yeux, avant de s'abreuver à même son verre et rire à pleins poumons. « Ben moi, je veux vous épouser toutes les deux. » Amer, Robert ajouta : « Commence par divorcer d'avec Julien, pis on parlera de mariage. » Muriel se tourna vers Claude, qui préférait se taire. Défaite, elle se remit à boire son whisky. Robert sentait le malaise qui l'habitait, mais il ne voulait en aucun cas provoquer une chicane de couple. Ils terminèrent leur après-midi au bar sans vraiment discuter, sinon de son séjour au Allan Memorial Institute. Muriel essayât de détourner cette conversation et ramener des histoires de récitals de poésie ou de pièces de théâtre.

Le retour à l'appartement s'avérait somme toute chaotique. Muriel avait peine à marcher droit et elle s'appuyait sur ses hommes en riant très fort. Au moment de l'aider à monter les escaliers jusqu'à la porte, Claude semblait ressentir un vent glacial qui venait de jours incertains. Il savait que son amie pourrait à tout moment décider de rompre les liens avec son passé. Il ne dit rien, préférant ravaler cette douleur plutôt que de chercher à réconforter< celle qu'il aime. Et si cette affection appartenait à un mensonge ?

Pourrait-elle abuser de ses sentiments pour s'approprier ceux de son confident ? Il se secoua la tête pour chasser ces mauvaises pensées, puis s'arrêta net devant l'entrée. Muriel se tourna vers lui et plongea son regard dans le sien un long moment. Elle l'embrassa doucement sur les lèvres, puis rejoint Robert, laissant le poète dans sa meurtrissure. Il retourna chez lui à pied, incapable de produire la moindre réflexion. Il marchait ainsi, en fixant droit, comme il le fera, dix ans plus tard, dans la cour de Saint-Jean-De-Dieu. Ses yeux visaient un point imaginaire qui se détachait du monde réel. Le son de son désespoir formulait un vocable qui le forçait à se fondre dans le creux de ses acouphènes. Qui voudrait entendre ses histoires ? Qui réclamerait un cinéma aux accents d'une seule actrice ? Ces interrogations l'obséderaient encore, alors que Doris, l'infirmière, l'observerait dormir, dans sa petite chambre exiguë.

Claude dévisageait le plafond. Doris poursuivait sa marche dans les cellules des patients, hantée par la présence du poète, déterminée à accomplir son travail comme le bon Dieu lui a demandé. Le soir se pointait à travers la fenêtre. Quitter ces lieux n'arriverait pas.
Un brin d'inspiration venait visiter le chambreur épuisé. Il s'imaginait l'heure qui succédait à cette petite incursion au bar, à la sortie de l'institution où Muriel suivit sa cure. *Elle a sans doute terminé sa journée dans les bras de Robert*, pensait-il, *et ils ont dormi chacun de leur côté du lit, sans se parler*. Le lendemain, Muriel devait rejoindre la troupe de Gratien Gélinas. Deux semaines à Allan Memorial auront fait tomber la dernière brique.

Sur les planches du Gesù, les acteurs et actrices s'affairaient à répéter leurs lignes. Gratien les observait et écrivait des notes. Muriel entra dans le théâtre, décidée à reprendre son ambition par les cornes. Elle fixait droit devant. La troupe performait à merveille, malgré l'absence de leur vedette. Elle marcha plus rapidement pour rattraper le metteur en scène et lui poser des questions, mais Gratien demeurait zen et concentré sur l'action. Muriel s'assied alors, à ses côtés. Elle le dévisagea longuement, sans rien dire. Elle déterra finalement le courage de regarder en direction des acteurs, et elle prit panique. « Vous avez trouvé une nouvelle Marie-Ange ? » murmura-t-elle, la voix froissée par les larmes qui se bousculaient derrière le vitrail de sa cornée. Gratien ne répondit rien, préférant laisser le poids de cette réalisation peser sur les épaules de son ingénue. « Mais pourquoi ? » renchérit-elle, avant d'ajouter : « J'étais juste partie pour deux semaines. » Gratien se sentait à la fois attiré par l'aura de Muriel, l'énergie séductrice qui l'appâte chaque fois qu'elle s'exprime, et la pression que son groupe exerce sur le projet.
Il soupira longuement, puis lui avoua, d'une faible voix :

« Nous avons convenu que tes sauts d'humeurs, puis la boisson, c'est pas ce que notre troupe a besoin. » Muriel n'y croyait pas !
Les artistes interrompirent leur pratique, remarquant la présence malaisante d'un gros problème. « Mais j'suis une professionnelle ! Puis j'ai arrêté de boire. Je sors d'une cure, j'ai pas envie d'y retourner. » s'exclama-t-elle, coincée entre les acteurs qui voudraient la voir disparaître, et Gratien qui ne savait plus à quel saint se vouer pour calmer cette situation lourde. « On comprend tout ça, mais on en a discuté, puis j'ai pris ton bord. »

Muriel n'en revenait toujours pas. Elle se releva d'un bond, cherchant à réconforter l'ego endolori qu'elle traînait comme du béton. « Vous me croyez pas ? » Demandait-elle. La troupe avait hâte qu'elle disparaisse. Gratien ne savait plus quoi dire pour apaiser l'une ou les autres. « Tant mieux si t'as arrêté de boire. Ça va te donner ben des chances pour les opportunités à venir. » trouva-t-il le courage de lui dire. L'univers de Muriel s'effondrait sous ses yeux. On venait, l'espace d'une rencontre, lui prouver qu'elle ne répondrait jamais aux standards de cet art en pleine évolution.

La radio allait ouvrir la voie à la télévision, mais c'est le théâtre qui dicte les paroles des prochaines générations. La poésie tient celui-ci par la main, ouvrant les portes aux grands intellectuels canadiens-français, comme la peinture affranchissait un peuple devant l'ombre des conquérants. Mais Muriel n'appartiendrait pas à celles qui éveilleront la voix de ces femmes du Québec. Pourquoi ? Elle boit ? Ou parce que personne ne lui demande pourquoi elle boit ?
Pour l'enfant qui ne dormira jamais dans ses bras. Elle ne savait plus où regarder, tellement il pesait de rester dans ces lieux maudits.

« Vous me croyez pas. » chuchotait-elle à Gratien, à la fois pour se convaincre que c'était terminé, et espérer qu'il la prenne un brin en pitié. Le metteur en scène la délaissa pour passer aux choses sérieuses. Il aurait tant aimé qu'elle se montre mentalement à la hauteur de son talent. Il reconnaît le devoir des hommes et des femmes de génie : laisser une marque indélébile dans le sable des années qui s'effritent à travers les mers des générations. La vie s'écoule maintenant. Il prit un grand respire et se tourna une dernière fois vers elle. Il affirma, comme un sage aux pieds de l'éveil :

« Je comprends ça, mon ange, sois certaine qu'on te souhaite bonne chance, puis bon succès ! » Il rejoignit sa troupe sur la scène, laissant la muse seule dans l'auditoire. Muriel quitta l'immeuble avec un profond sentiment d'échec. Elle aurait sans doute dû s'investir davantage dans le projet de Borduas. Le Refus Global lui semblait aussi progressif qu'un enfant gâté qui rejette un cadeau. Mais Claude lui assurait une dimension dans ce concept qui parlait directement à l'émancipation d'un Canada mort-né. La vérité s'impose comme une réalisation personnelle au sein d'un capharnaüm d'égoïstes, laissant l'individu perdu une fois retrouvé.

« Claude, mon Ti-Claude. » murmurait-elle, en s'aventurant
sur un trottoir sans savoir où elle allait. Boire, elle allait boire.
Ses yeux fixaient un point qui lui sculptait le vide. Le Allan Memorial
Institute l'habite. Un paisible pesait dans le désarroi qui se dessinait roi
dans ces lieux maudits, se rappelait-elle. Marcher jusqu'à en omettre
son nom, marcher, à trop pleurer, s'arrêter, puis ne plus rien demander
aux galaxies qui nous observent. Espérer l'apercevoir là, pour elle,
au moment où elle se sentait le plus fragile. Les astres se succèdent
comme des êtres qui décèdent : dans le mépris des vivants qui
s'approprient le terroir des vins ancestraux.

Claude devrait convenir à pondre une si belle poésie, mais elle venait
d'oublier la pulpe de son verbe, boire, elle devait s'y remettre.
Baudelaire a donné naissance au regain à travers l'absinthe.
Elle pourrait sans doute donner émergence à une nouvelle littérature
féministe ! Mais pourquoi donc ? Pour se prouver plus forte que qui ?
Sa sœur Denise l'a si souvent entendu, elle pourrait reprendre son
flambeau. Muriel devait disparaître, pour l'amour du renouveau.
Que le monde stagne. Que les années s'effacent. Que les cultures se
désagrègent. Elle se tenait aux coins de Saint-Denis et Laurier, un
immeuble aux briques grises la défiait du haut de sa sobriété.
Elle fixait l'école avec affront, mais les phrases lui échappaient des
mains. « Illettrée… » Clamait-elle à la roche qui la séparait de son
entreprise adorée, sans connaître les générations qu'elle abritait en
son sein. Elle termina sa route aux pieds de son chez-soi, dévisageant
le sol d'un regard défait, portant sur ses épaules l'échec de ses rêves
d'enfance. Elle traînait ce poids au moment d'enjamber l'escalier,
préférant éviter les trois cafards qui cherchaient à se dissimuler sous
une lumière diffuse. Elle manquait de souffle. Elle aurait privilégié ce
ciel qui l'engouffre et l'envoie en enfer.

Au fond de son angoisse, elle aurait aimé que l'homme de sa vie lui
chuchote des mots soyeux. Il était marié, et elle avait à peine dix-huit
ans, l'ambition ne devrait jamais faire mal. Tout s'entrechoquait dans
son esprit, à la manière d'un abacus chaotique flottant à la surface
d'une rivière enragée. Chaque pas qu'elle franchissait dans l'escalier
était un poids abominable. Elle ne désirait plus que retrouver son lit et
s'enfoncer jusqu'aux confins de l'oubli.

Porter ses clés à la serrure de ces lieux maudits était une aussi atroce souffrance, mais une fois de l'autre côté, le silence lui devenait à la fois paisible et tourmenté. Elle attrapa une bouteille de gin au passage qu'elle engouffra sans réfléchir, un verre à la fois. Puis, elle se laissa tomber sur son matelas pour s'endormir dans une ivresse qui l'enchaînait à sa tristesse.

Lorsque Robert revint à l'appartement, Muriel sommeillait déjà profondément. Il ne s'en préoccupa d'aucune manière, priorisant se ramasser une bière et s'installer sur un sofa avec un magazine : *Time, le sept août mille neuf cent cinquante.* Un article parle de différence entre l'essence éthylique et la gazoline. Un raton-laveur et un huard se dessinent au-dessus de deux paragraphes. Il est question d'un jeu de mot anglophone entre les deux, mais Robert préférait fixer ces derniers dans un état quasi méditatif, comme s'il voulait oublier sa blonde comateuse. Elle demeurera, d'ailleurs, dans cet état végétatif des jours durant. Robert n'ira la retrouver que pour dormir, le soir. Le temps s'écoulait à une vitesse lente, poussant le couple jusqu'au bord de l'agonie. Le quotidien portait les morsures d'un passé aux cicatrices encore fraîches.

Un matin, après une semaine à observer Muriel s'enfoncer dans ses humeurs glauques, Robert déterra le courage de la regarder de haut. « Tu peux pas rester coucher, Muriel. Va falloir que tu sortes, que tu prennes l'air. Moi, j'en peux plus de te voir te défaire les sens de même. » Elle réfléchit un long moment avant de formuler une pensée, puis elle trouva juste assez de force pour lever les yeux. Sa tête trop lourde penchait vers le matelas. Elle cherchait à s'asseoir, mais c'était trop d'effort. Elle croulait sous son propre poids.

« Je m'efface, Robert, si je peux pas être une actrice, je suis Rien, je suis rien, dans le fond. » Il soupirait et examinait le verbe qui allait la réconforter, mais la tâche semblait trop grande. « T'es ma blonde. C'est pas rien. Je t'aime. » Elle rouspéta en poussant un énorme souffle qui se perdait dans ses lèvres à demi-fermées. « Tu devrais te trouver une nouvelle blonde. » dit-elle. Il finit par s'asseoir à ses côtés, puis caresser sa chevelure.

« On devrait aller au chalet de Borduas, en fin de semaine. Ça te ferait du bien. J'ai parlé à Paul-Émile. Il va y avoir une petite réception, on va jouer aux cartes. Ça va te changer les idées de voir nos amis. »
Si seulement le cœur en avait envi. Le néant se dressait entre eux ; Robert n'avait pas d'autre choix que de laisser l'angoisse le ronger. Muriel força un regard en direction d'une bouteille de gin à moitié vide, mais c'était trop pénible d'étendre un bras pour la ramasser. Elle ravala cette soif qui lui dérobait le foie. Elle finit par se peindre une sorte de sourire, au moment de prendre la main de son copain et jouer avec ses doigts. Elle ne répliqua qu'avec un faible hochement de la tête.
« On devrait-tu inviter Claude ? » demanda-t-elle. Robert ne trouva jamais la réponse à cette question. Une fois le week-end arrivé, le poète ne fut jamais rejoint.

Deux janvier mille neuf cent cinquante-deux. Une tempête semblait faire rage l'horizon, alors que le chalet des automatistes se dessinait une fresque campagnarde. Une voiture se garait dans l'entrée, laissant Robert et Muriel sortir d'un pas lent, un pas engourdi. Ce passage à Saint-Hilaire s'imposait obligatoire. Elle jetait son regard aux pieds du logis. Elle s'imaginait s'enfoncer dans le gravier, jusqu'à fondre, plus petite que le sable. C'est alors que Robert la prit par le bras, l'invitant à redoubler d'ardeur, question de ne pas trop faire attendre les amis.
En ouvrant la porte, le chalet s'offrit à eux comme un mirage de l'enfance qu'ils ne connaîtront plus jamais. Des murs de bois au plâtre incertain jonchaient le long d'un plancher à peine rénové. Un couloir les portait à la cuisine, habitée d'une petite fumée de cigarette.
Muriel restait silencieuse à l'entrée. Jean-Paul Riopelle l'invitait à se départir de son manteau. Robert lui donna un coup de main.
Il s'empressait de rejoindre les autres, qui n'étaient pas les siens.
Il espérait se sentir accueilli.

« Jean-Paul ? Wow ! Je ne m'attendais pas à te voir ici. » s'exclama t-il, comme s'il allait inciter un brin de sympathie de la part du sculpteur. Riopelle ne dit rien. Il cherchait à apporter un certain confort à Muriel. Paul-Émile vint aider Jean-Paul à ramener Muriel vers la cuisine. Robert demeurait derrière, observant la scène sans prononcer le moindre mot. Une fois près de la table, Muriel reconnut Pierre, le frère de son poète, et Bruno, l'hôte des soirées littéraires. Il s'est passé quelques années depuis la dernière fois qu'elle vue tous ces intellectuels réunis au même endroit.

La lumière au fond des yeux de Borduas semblait lui demander :
Quelle parcelle de couleur seras-tu, quand le Québec deviendra
souverain ? Mais Muriel ne pouvait s'empêcher de rire à chaudes
larmes, incapable de traduire le langage des lueurs. *Bleu marin !*
Aurait-elle répondu, avant d'occuper la scène comme la seule femme
en ces lieux saints. Des feuilles s'étalaient sur la table.

Certaines arboraient des dessins. D'autres affichaient du texte, mais
rien n'avait du sens pour Muriel qui se plaignait du froid. On ne
discutera pas de souveraineté du Québec avant les vingt prochaines
années. Mais au moment de signer le Refus Global, une volonté
d'autodétermination de la frange intellectuelle francophone naissait.
Borduas aurait aussi bien pu converser de poésie ou de peinture, que le
discours aurait palpé celui des générations en voie de devenir.
Que l'on parle d'un Canada français ou d'un mouvement automatiste,
une culture ne cherche-t-elle pas à s'affranchir de sa nature aux
conventions communes ? Pour Robert, en revanche, ce week-end au
chalet de Saint-Hilaire lui ouvrait une porte dont il rêvait depuis des
années. Architecte et aspirant peintre, cette clique lui faisait à la fois
peur, et elle l'inspirait. Il admirait chaque génie sous ce toit. Il se
sentait chanceux de coucher avec la muse qui reliait cette toile
platonique dans le cosmos. Muriel marchait en silence dans la petite
chaumière, observant les automatistes discuter. Elle se tournait vers
Robert qui avait du mal à trouver sa place dans cet univers. Et s'il
prenait sa blonde par la taille et l'embrassait devant ses idoles ?
Mais si la base de la nature implique des hormones qui s'inventent
pistils et pollen, la naissance d'une nation implique un peu plus de
subtilité. On produit de l'art en s'exprimant. Non pas en peignant sur
une toile sans raison, expliquerait Borduas.

Muriel cherchait à rejoindre leur mouvement, mais son éducation
ne semblait pas cadrer avec celle des hommes. Pour ces derniers,
une aura de notoriété les invitait à se sentir appréciés d'une beauté
comme la sienne. La gloire ne vaut que pour peu à une femme aux
traits angéliques qui pourrait vous aimer. Sans doute son existence
saurait inspirer ces êtres créatifs, mais pour des automatistes l'œuvre
est un instant sur lequel se couple un courant sans retenue ni réflexion.
L'angoisse rongeait les entrailles de Muriel. La présence de ces jeunes
maîtres semblait la réconforter, ne serait-ce que pour un moment.

Au salon, Riopelle avait aménagé un chevalet et un tableau.
Un disque tournait, non loin, proférant la musique d'un blues de
La Nouvelle-Orléans aux sonorités aussi révolutionnaires que les
toiles qui naissaient sous leurs doigts. Muriel s'installa au divan,
observant le peintre qui nouait maintenant un foulard devant ses
yeux. Elle souriait, intriguée de le voir serrer son pinceau avec
certitude, puis le porter contre le textile pour donner vie à un trait,
une trace, un barbeau, puis un autre. La lourdeur d'un quotidien
n'existe plus, au moment de s'abandonner à un geste qui se fane
totalement, absolu, dans l'instant de son exécution. *Et si tout n'était
qu'un rêve* ? Pensait le moment d'hésitation de l'artiste. Mais le réel
incarne le mouvement. Se formuler d'inspiration s'impose! Alors il
s'accomplit davantage, esquissant un bloc noir contre le blanc.

« C'est beau ce que tu fais. » s'exprimait la muse pour elle-
même, incapable de rejoindre le génie qui performait.

« Tu crois que l'inconscient est un ange ? » s'interrogeait-elle,
se rappelant les lectures de Freud et Jung, et les leçons de Borduas
sur Breton et Dali. Le maître choisit de ne pas lui répondre.
Il préférait s'adonner à son œuvre. Muriel se demandait ce qu'il
advenait de ces hommes qui abandonnaient famille et carrière pour
vivre pauvrement. Mourir entre les cuisses de celle que l'univers
nous dictait d'aimer.

Elle soupira et observa la toile de l'automatiste un brin soit peu,
avant d'ajouter :

« Tu vas-tu dessiner une ferme ? » Un peu agacé, un peu amusé,
Riopelle souriait sans lui répondre. Investi dans un geste continu, il
n'éprouvait d'attention que pour l'exécution d'une matière incolore,
à travers son regard aveugle. Au fond de lui-même, il imaginait sa
belle Françoise porter le cosmos au creux de ses doigts, un matin où
il avait peine à se réveiller. Elle l'observe et il le sait, mais tout ce
qu'il a pour offrande est un sourire discret. Muriel ressentait cette
tendresse qui émanait du mouvement d'un maître, et c'est en fermant
ses propres yeux qu'elle pouvait entendre la voix de Claude :

PARPIKOUCE – Ces tirades hostiles sont bien amères. Peut-être un peu de poésie apportera-t-il comme d'habitude de la détente bienfaisante pour tous. J'ai écrit récemment un petit poème où j'ai essayé d'allier une forme régulière très ferme à un contenu qui refléterait l'évolution qu'a suivie récemment à mon sens l'égrégore. Nous allons tous cahin-caha vers un peu d'ordre. Je suis fière d'être adaptée, moi, je vais dans le sens du courant. Je vais te lire ce petit poème où j'ai mis tout mon cœur. Promets-moi bien de m'écouter, vilain garnement. Je n'ai rien perdu de ma confiance en ton jugement critique, moi, Yvirnig. Je commence.

« Les anges sont animés d'une douce flamme
Et dans le bénitier où j'ai trempé mes doigts
Je sens leur douceur bleue effleurer ma tendre âme
Et j'évite Satan qui vide son carquois.
L'athée est pris dans la lueur de l'oriflamme
Que déverse sur lui le saint chaud et pantois
Et c'est pour vous saisir que je narre ce drame
Où s'épand ma santé extirpée des effrois. »

Voilà. Dis-moi bien sincèrement ce que tu en penses, Yvirnig.

DROUVOUAL – Il ne respire plus.

IVULKA – Il ne t'a pas entendu, Paprikouce. Il était mort avant ta récitation.

MOUGNAN – (en aparté aux spectateurs) – Il y a donc dans l'infinité des mondes un peu de mansuétude pour les écrivains en marge.

Les Oranges Sont Vertes — 158 – 1970

Chapitre Dix-Huit:
Le Cycle De L'Or

Un peu plus tard, Borduas servit à boire : quelques bières et quelques bouteilles de vin, sans plus. Pour Muriel, c'était l'occasion de se retrouver à nouveau dans son chez-soi, l'ivresse. Quand l'alcool commence à délier les sens, lier l'essence d'une innocence à peine voilée, tous les mystères forment une croissance audible. C'est toujours cet instant qui l'appelait à se griser, chaque fois qu'elle le pouvait. La parcelle de moment semble vouloir s'étirer pour l'éternité, repoussant les limites du possible. Le foie recrache comme il le peut l'envahisseur joyeux. *Il fait chaud*, pensait-elle, voyant Robert s'emmerder sur un fauteuil.

« La musique est bonne ! » balbutiait-elle, un sixième verre de vin à la main, sans compter les trois bières qu'elle but avant. L'accent s'affirme bien modeste, quand l'ébriété devient la seule vérité. Le silence prenait des allures de danse. Les penseurs portaient les porteurs de porto aux portes de l'incongru.

« Borduas… » souriait-elle, chancelante et à demi éveillée. « Ce qu'on fait ici, ce soir, c'est changer le monde. »

Muriel riait à pleines dents, observant les œuvres qui naissaient un peu partout dans le chalet. Borduas acquiesçait sans trop s'exprimer. « Un jour. » ajouta-t-elle. « Un jour, ces toiles-là, elles vont se vendre des millions, des millions ! » Elle perdait l'envie de se réjouir, soudainement éprise d'une lourde déprime. Dans sa tête se chamaillaient des idées tordues, sombres, lui rappelant qu'elle ne connaîtra jamais la célébrité. Sa vie peut bien s'achever.

Elle soupirait et jurait à voix basse. Robert se faisait du mauvais sang pour elle. L'aura paisible d'une pièce de théâtre absurde planait. Une boisson à la main, elle vacillait, cherchant du regard l'approbation des maîtres. Son esprit se vidait aussi vite que son verre, mais elle demeurait de marbre. Elle n'est ici que passagère, paysanne à travers les seigneurs, ou princesse devant la soif de leur grandeur. Mais elle ne se sentait pas à sa place. Elle dérangeait par sa présence.

Des pensées hantaient l'espace derrière ses paupières, lui rappelant qu'elle devait en finir une fois pour toutes. *L'art, c'est inutile si on n'est pas capable d'en faire une vie. Peu importe ce que dirait Claude ! C'est inutile.* Elle riait toute seule. Borduas s'approchait pour lui adresser la parole. Le silence se tenait entre eux, comme une toile qui suppliait des couleurs à l'univers, ou ces noms que l'on donne aux instances anonymes. Le salon ne ressemblait plus à rien. Le gramophone chantait les succès d'un blues d'une autre culture. *Une musique d'esclaves*, croyait-elle, sans chercher à réfléchir. *Pourquoi ils écoutent ce genre de n'importe quoi ?*

« J'ai un disque de La Bolduc, chez moi.» annonçait-elle, sans vraiment y croire. Robert la voyait insister. Les artistes se sentaient importunés. *M'aimes-tu ?* Ses yeux semblaient vouloir exprimer un désir affectif. Muriel se retrouvait visiblement ailleurs. Elle poussait l'audace d'un sourire à travers des regards larmoyants. Inquiet, Robert ignorait comment la réconforter. Il préférait la laisser à elle-même, cherchant à se fondre aux érudits qui créaient un peu partout dans le chalet. Ceux-ci ne tenaient pas compte de sa présence, comme si leur bulle sociale se montrait sélective. Non pas hautains, les automatistes étaient des hommes et des femmes ouverts et inclusifs. Mais une énergie émanait de Robert et Muriel qui n'inspirait pas l'acceptation, du moins, pas ce soir. C'était une sorte de malaise en lien avec une actrice recherchant l'attention et son copain qui ignorait comment se mêler aux autres. Même au moment d'introduire un peu de musique classique, quelques arias, un chant d'opéra baroque, l'inconfort que causait la présence du couple se démarquait.

Vers la fin de la soirée, Muriel avait bu au point de marcher sur une corde raide au-dessus d'un ravin. Elle attendait d'avoir la force de se verser un autre verre de vin, celui qui ferait éclater le geyser de l'oubli. Elle laissait sa chair-marionnette entre les mains d'un somnambulisme saoul. Les artistes discutaient, mais elle n'entendait qu'un bruit de fond, une sorte de charabia inaudible qui se mêlait aux complaintes d'une soprano en mal d'aimer. Le sofa s'offrait à elle, comme une terre promise. Elle peinait à rester debout. Au sol, un magazine traîne : Time, douze novembre mille neuf cent cinquante-et-un, une publicité vend des reproductions de toiles de Rembrandt.

À l'étage, les artistes et Robert jouaient aux cartes. Toute trace de l'existence de Muriel semblait s'être évaporée. Les rats couraient dans la noirceur ou dans l'esprit de l'actrice. Elle se crispait à essayer de les oublier. L'attention cuisine une drogue à son manque fatal. Les ongles de Muriel grugeaient sa peau, à se faire ronger par l'anxiété. Insister davantage voulait dire se manger les doigts, et sa souffrance mentale devenait plus insoutenable que ces bouts d'index, de pouce ou de majeur qu'elle digérait mal. Mourir, maintenant, mal aimée à vingt-neuf ans. Pourquoi se rendre à la trentaine quand l'univers vous enfonce une quarantaine ?

« Julien ! » chuchotait-elle. « T'es là ? » L'ivresse la forçait à pousser un verbe que personne n'entendrait. La tendresse s'évaporait au moment où elle réalisait le glacial de ces lieux souterrains.

« Claude ? » murmurait-elle. « Je veux mourir. » Le silence lui apportait une satisfaction à demi-mesure. Elle disparaît à oublier le présent. Elle tremblait sans s'allumer. Le sous-sol s'illuminait à travers ses yeux fermés, mais elle souhaitait partir. Elle s'éteint jusqu'à naître plus que personne, et s'étendre dans la tendresse d'un lieu malsain. Robert avait fini par se trouver quelques amis avec lesquels échanger. L'actrice déchue était davantage laissée à elle-même. Chaque pièce qu'elle visitait portait l'odeur de l'isolement. Le lit de fortune que l'on avait installé au sous-sol lui rappelait le modeste meuble meuble de l'hôpital. Est-elle folle ?

L'angoisse la rongeait jusqu'au centre de son non-être. Elle se blottit contre le mur, ayant de la misère à respirer, puis elle observait la noirceur du cachot. Un petit escalier menait à la lumière du rez-de chaussée, mais la terreur la clouait contre le béton. Des ombres flottaient entre le matelas et la muse. La poussière dessinait une constellation renfermée, à travers la lucarne intangible d'une porte entrouverte. Elle gravit les escaliers pour retourner à l'étage, d'un pas d'automate, lent, lourd, traînant derrière lui la chair de l'agonie. Les artistes discutaient dans le salon, ignorant la présence de l'actrice. Elle demeura debout un long moment, s'appuyant contre le mur pour ne pas s'écrouler.

Les hommes et les femmes qui meublaient l'endroit lui apparaissaient anonymes, voire inconnus. Elle n'avait plus le goût de boire. L'espace lui devenait toxique. Pleurer lui était impossible, mais la douleur creusait des tranchées dans son âme meurtrie. Elle peinait à respirer. Elle n'osait plus se déplacer. Disparaître, seulement, la lune l'aguichait à travers la lucarne, à l'étage supérieur. Le sous-sol lui semblait peuplé de son ombre en lambeaux. Elle n'osait plus s'exprimer, de peur d'avouer avoir trop bu, perdre sa cohérence. Pourquoi demeurent-ils tous encore sobres ? Monter, elle se décidait, rejoindre l'astre, puis japper.

Elle escalada une autre balustrade, puis s'avança vers le balcon. Plus bas, elle pouvait entendre les discussions qui s'emmêlaient pour ne devenir que neige et statique. Dans sa tête, les pensées étourdies tournoyaient. L'ancrage dans le moment lui échappait. La lumière du chalet, derrière elle, lui semblait trop éclatante, mais la noirceur du terrain, devant la forêt, s'imposait tout aussi encombrante. Impossible de voir au-delà des quelques planches qui la supportaient. Il lui semblait entendre le bruit de la nature. Était-ce le vent qui caressait les arbres pour mourir contre l'asphalte ? *S'éteindre puis s'étendre*, pensait-elle. Pourquoi souffrir à chercher à s'ouvrir ? Ses tempes lui faisaient mal. Ses jambes ne tenaient plus qu'à un fil d'Arianne que son esprit laissait s'émietter dans un labyrinthe incongru. Un pas, un autre, dans l'inconnu, mais la gravité la retenait contre la porte fermée. Allait-elle s'endormir ici ?

L'air se sculptait un glacier intemporel. *Se jeter dans le néant,* pensait-elle. S'oublier, sans plus, sans quoi, simplement tomber, sans faire semblant. Et si toutes les possibilités venaient s'échoir sur les berges de son incapacité ? Le vide s'éventre, elle ferma les yeux et marcha dans une foulée incertaine. Renoncer, désapprendre, franchir un pas vers le rebord du balcon ! Puis s'arrêter, sourire, se demander si quelqu'un l'a vu. Rire à gorge déployée ! S'enchaîner ! Perdre le filon de ses mouvements. Avoir froid, avoir faim, avoir envie d'abdiquer. Tâter le bois des alentours, et craindre sans savoir pourquoi. S'oublier ! S'abandonner, voler au gré d'un zéphyr qui nous promet un monde sans s'évanouir. « J'en ai assez, Claude. » murmurait-elle. « Laisse-moi mourir. » Que dire de ces enfances perdues dans les mouvances ardues. Si, au moment où l'oxygène rejoint l'antioxygène d'un instant corrompu, elle décidait de plonger.

C'est alors qu'elle toucha cette roche de son front, saignant.

   « Claude ? »

Tu m'entends, mon amour ? Il faisait froid et la douleur frappait son crâne de l'intérieur, martelant les parois de ses tempes à chaque battement de son torse épuisé. Ses pleurs laissaient un arrière-goût salin contre ses lèvres, et le rouge de ses blessures dégageait une odeur ferreuse. Un zéphyr nocturne soufflait à travers sa chevelure de coton froissé, et elle craignait s'endormir délaissée. « Claude. » gémissait-elle, tout bas. « Je ne veux pas survivre, tu m'entends ? » Elle avait du mal à formuler ses phrases, et son âme étourdie reflétait l'envie d'appeler Julien à ses côtés. Comme il serait fier de la découvrir ivre et prête à mourir. Il aurait honte. *Claude.* se disait-elle à voix très basse. Et si vivre était un concours de performance ?

Est-ce qu'une divinité saurait la voir souffrir avec tellement de conviction qu'elle lui accorderait un prix indéniable ? Une seconde chance ? Une fois pour toutes. *Je t'entends, mon ami !* Les atomes se décrochaient au moment de suggérer ces derniers mots.
Ses tentatives à une carrière se voyaient vouées à l'échec.
Si tout revient à une illusion, alors elle aurait perdu ses opportunités à partager son semblant de vérité. L'enfer, c'est les autres.
Mais le maître philosophe avait sans doute oublié son nom. *Muriel ?*

L'oxygène l'a pris par surprise ! Elle devait vivre ! Mais pas maintenant ! Elle doit se battre, combattre, passer l'éponge Nettoyer, s'étendre pour mieux disparaître. Avec un peu de chance, elle allait mourir de froid. La brise glaciale s'éclatait incendiaire au creux de sa chair, gerçant sa moelle et son sang jusqu'à fendre ses veines. Une petite neige tombait au-dessus de son regard livide et dévidé. La gravelle lui crevassait la peau, et la musique clamait son absence. Elle s'imaginait le groupe s'amuser sans elle. Comment trouver le courage de se relever et regagner le chalet, alors que l'univers nous jette aux rebuts comme une vidange qui a trop bu ? « Où es-tu, mon beau poète ? » se demandait-elle. Une ombre se dessinait au loin, dans un point d'horizon qu'elle peinait à percevoir. Tout s'effaçait sous ses yeux affaiblis, même son sourire n'arrivait plus à se tenir debout. Peu à peu, elle sentait ses forces la quitter. L'angoisse se voulait paisible à l'idée de savoir qu'elle allait bientôt disparaître. Une brume se formait au-dessus de son corps, comme la brunante vert-de-gris des nuits décomposées. Le matin allait se pointer sans elle, et la nocturne s'apprêtait à la jeter aux poubelles.

Mais l'ombre s'approchait, à la manière d'une faucheuse certaine, venue lui rappeler que la mort attend les mal-aimées qui se détestent. Elle ferma les yeux, son souffle la quittait tranquillement puis la silhouette la prit dans ses bras. À peine consciente, elle entendait la voix de Robert : « Muriel ! » criait-il. « Réponds moi. » La lourde complainte de la nature la traînait avec grande misère en direction du chalet. Il respirait avec force, poussant son inquiétude à travers ses poumons. Il avait laissé la porte entrouverte et Françoise s'était pointée à l'entrée. Son regard se médusait à voir son amie blessée. Que devient-il de ces jeunesses qui s'effritent contre le sable d'un papier incertain ? « T'étais parti où ? » s'exclamait-il, alors que Muriel fondait au creux de ses larmes sanguines. Robert ignorait comment aborder ce silence, se demandant si elle périrait avec un sourire, saoule au point de s'endormir. Le temps prend son temps ; l'oublie se veut discrète mais solide. Que devient-il de ces enfants qui meurent sans connaître l'amour ?

« Je suis avec toi, Muriel, parle-moi. »

« Parle-moi de tes influences. » murmurait-elle. Comment une jeune femme de vingt-neuf ans s'est amassé les têtes les plus importantes d'un Québec naissant ? Chercher à faire du bien alors que l'univers nous veut du mal. *Je t'aime depuis la soirée chez Bruno Cormier* pensait-il, incapable de trouver le courage. « Muriel, tu m'entends ? » Elle s'épanouissait dans ses bras, sans réaliser que quelqu'un s'inquiétait pour elle. Tout doucement, elle laissait son ivresse la recouvrir d'un hiver au sommeil profond. Son corps fiévreux l'enlace d'une glace assassine. Ses frissons lui apportaient une envolée de lucioles aux ailes enflammées. Bientôt, elle irait retrouver une inconscience sans fond, s'enfonçant dans les oublie d'une vie qu'elle cherchait à fuir. Elle entendait le souffle énervé de son amant. Il s'empressait d'entrer à l'intérieur du chalet. Puis elle sentit la chaleur des lieux. Il ferma la porte derrière eux, plus rien ne valait maintenant le désir de se départir de ce coma qui devenait son nouvel état. « Claude. » murmurait-elle. « Claude, je veux mourir. »

Pas sans moi, Muriel, je t'en supplie.

La banalité est la loi. L'unique est tabou.
Les hommes justes souhaiteraient qu'il fût possible d'expier d'être
unique. Hélas, l'unicité est inexpiable.
Malheur à l'ange diaphane qui s'égarera dans l'auge de boue !
Je l'imagine, toute petite, avec sa chevelure rouquine. Elle est déjà
une beauté baroque.

Beauté Baroque — 1952

Chapitre Dix-Neuf:
Claude Et Muriel

Elle a passé les derniers jours à dormir, préférant le confort de sa chambre à la présence de ses amis. La fièvre l'enveloppait sous ses couvertures. Elle portait une hallucination à sa cheville, incapable de quitter ce matelas qui lui infligeait des plaies. La vie délaissait l'image de son vécu de jeune enfant heureuse, assoiffée de réussite et de conquêtes théâtrales. Ces objets que l'on croyait cher à notre adhérence au bonheur sont appelés à disparaître. S'en suit une perte de repères. Un illusoire s'agrippe à notre cou et nous enfonce un pieu impair. Pourquoi personne ne lui a dit qu'il était aussi destructeur de devenir adulte ?

Vingt-neuf ans s'accrochaient à son passage. Sa dix-huitième lui faisait honte. Sa vingtaine se fracturait en quarantaine, dans une chambre au mariage délaissé. Et s'il fallait mourir pour que l'univers puisse s'ouvrir au génie des autres ? Claude l'aime d'une tendre passion depuis qu'ils ont treize ans, mais Hortensien lui avait promis une maturité sécuritaire. La frustration détruit l'intérieur comme l'externe, et pourtant, un jour, la jeunesse fera de l'art sur leur corps réfractaire aux musiques d'outre-tombe.

Les hommes ont-ils inventé le succès pour se forger un empire de femmes-objets ? Et si elles se soulevaient, au point de bannir des mots, des phrases, des jugements, ou créer des antithèses aux intentions fragiles d'enfants qui observent les élites avec effroi ? Elle fixait des yeux le téléphone pendant des heures, incapable de trouver la force requise pour saisir le combiné. Elle pouvait apercevoir la cuisine, à travers une porte de chambre grande ouverte.

La vaisselle s'y est accumulée depuis des jours, ne laissant que peu d'espace vide dans l'évier. Le matin, elle entrevoyait Robert quitter l'appartement, puis elle se rendormait jusqu'au soir. Son amant revenait, le temps de préparer un repas qu'il lui apportait. Puis, il alla au salon pour écouter la radio. Muriel pouvait puiser à peine la force de se nourrir, lentement, sur le bord de l'agonie. Épuisée, elle s'assoupissait pour la nuit. Cette routine durait des semaines. Robert ne déterrait aucune conviction, la détermination ou les mots pour la sortir de cette torpeur. Il avait caché les bouteilles de whisky, mais Muriel trouvait suffisamment de courage pour les dénicher, et les vider le même soir. S'ils se retrouvaient à sec, elle irait chercher du vin au dépanneur, en robe de chambre, asséchant les économies que Robert et elle avaient accumulées.

Un dimanche, alors que le soleil pointait à travers quelques nuages disparates, jusqu'à fendre la fenêtre pour agacer le regard de la muse dépressive, Muriel se surpris à empoigner le téléphone et contacter son beau poète. Son esprit se vidait de toute idée ou émotion, affaibli d'avoir plus bu à l'ivresse que s'être nourri de viande ou de tendresse. Il répondit, à l'autre bout du combiné. L'univers se figea un long moment. Les pensées étourdies s'entrechoquaient dans la tête de Muriel.

Sourire semble impossible. S'ouvrir blesse, tellement qu'elle désirait raccrocher, maintenant. Elle avait besoin de s'abreuver de sa voix, son beau Ti-Claude.

« Muriel ? C'est toi ? » demandait-il, avec un brin d'inquiétude. Le temps s'étirait jusqu'à un fin filet aux minutes interminables.

« Tu te rappelles, quand on avait quatorze ans ? » implorait-elle, enfin. Claude ignorait quoi répondre, alors elle renchérit :

« On pouvait passer des heures au parc Lafontaine à jaser puis à regarder les petites familles se parsemer des piqueniques. »

Claude respirait de l'autre côté, sans s'investir davantage dans cette conversation. Muriel angoissait à ne pas l'entendre lui apporter un peu de réconfort. « T'es là, Claude ? » suppliait-elle.

« Oui. » chuchotait-il, enfin. Sa bouche sèche lui alourdissait la tête. Ses mains tremblaient. « Okay. » chuchotait-elle, incapable d'interrompre un flot de larmes qui s'amassait au bas de sa joue.

« Je vais arrêter de t'achaler. »

Elle avait envie de s'ouvrir les veines, mais les lames l'échappaient aux larmes. Elle raccrocha et retourna se coucher. Le temps s'écoula. Elle ne trouvait plus l'énergie requise pour appeler son meilleur ami. Le téléphone lui semblait hors de portée Elle ne mangeait maintenant presque plus. Vider une bouteille de fort l'interpelle et la répugne. Ses espoirs rétrécissaient au creux d'un entonnoir. Ses journées ne ressemblaient plus qu'à de profonds silences contre un mur blanc. Les semaines s'accumulaient, et avec elles, des mois s'empilaient, sans qu'elle ne vît d'âme qui fut. Robert ne lui parlait presque plus. Claude vint la visiter, un soir d'automne à l'agonie à fleur de détresse. Elle se comatait sous les couvertures comme ce fut le cas depuis déjà trop longtemps. L'appétit lui manquait. Claude se tenait droit, au pied du lit, et il ressentait une douleur atroce à la voir ainsi dépérir. Elle ne dit rien, souriant à sa présence, sans plus. Elle sommeillait ou cherchait simplement à fermer les yeux, mais elle exprimait un clair-obscur à travers ses lèvres à demi ouvertes.

« Je me suis ennuyé de toi. » soupirait-elle, sans réellement fléchir le ton, comme si ses réflexions se perdaient dans l'oubli.

« Je t'ai emmené un hot chicken. » marmonnait Claude. La tâche ardue s'imposait pénible. Comment pourrait-il formuler les mots pour lui inspirer une sorte de bonheur?

« C'est les meilleurs. » frémissait-elle, mais à peine. Elle puisa assez d'énergie pour le regarder de face, et ajouta : « Je vais toujours me rappeler la première fois que tu m'as emmené là. »

Claude installa un petit repas de fortune sur les genoux de Muriel Elle trouva assez de force pour se nourrir, lentement, tenant fermement la main de son poète. « Reprends des forces, pitchounette, puis je vais t'emmener là encore une fois. »

Elle prenait des grosses bouchées de son pain, son poulet et cette sauce brune qui coulait le long de ses commissures, jusqu'à former des petites flaques entre ses cuisses. Une sorte de saveur de moisis hante un dernier repas, qu'elle goûtait avec amertume et engouement. À boire le vin à la lie, elle s'étouffait en riant toute seule. « Tu veux tu rester coucher ici ? Je vais dire à Robert qu'il dorme sur le divan. »

Claude ignorait comment répondre à cette invitation, mais avant qu'il ne puisse s'exprimer, Muriel lui avait déjà saisi le bras à deux mains. Il tremblait d'effroi, mais ravalait sa peur à coups d'orgueil. Il accepta d'une timide politesse, mais maladroite. Puis il s'assied à ses côtés pour s'adonner à un massage, comme ce fut, au chalet, il y a quelques mois à peine. Elle se calmait et fondait dans son geste un peu brusque, mais sincère. Les yeux fermés, ses larmes formaient des veines ouvertes. Elle fixait le sol et s'imaginait que le temps s'arrêtait. « Je jouerai plus au théâtre. » Lui confiait-elle, tout bas.

« Il y a pas juste le théâtre dans la vie, mon petiot. »

Il cherchait à la réconforter, au moment de la serrer contre lui Comment pourrait-elle lui rendre cette tendresse ? Son front s'enlisait de douleur, ses yeux s'étaient rougis au point d'éclater à travers ses paupières insoutenables. Son visage brûlait d'une fièvre qui incendiait son corps. « La vie. » balbutiait-elle, avant de se déprendre de l'affection de son meilleur ami. « Elle ne veut pas s'arrêter pour que je reprenne mon souffle. » Claude l'aida à se coucher convenablement. Il s'attarda à lui masser les pieds.

« Ils sont froids. » admettait-il. Mais elle ne l'écoutait pas préférant fixer le plafond. « La mort, Claude, c'est beau quand la vie est une souffrance qui n'en finit plus. »

Il n'arrivait pas à trouver les mots pour la consoler. Il se coucha près d'elle, flanc contre flanc, main contre main. Muriel avait du mal à respirer, tant le mucus se formait dans sa trachée. Sporadiquement, elle fermait les yeux pour laisser s'écouler une goutte saline puis une autre. « Pense à autre chose. » implorait Claude, alors qu'il cherchait à lui prendre les doigts.

« Pense à moi ! Pense à Saint-Hilaire, à nous ! On va créer, encore ! Nos enfants sont immatériels, tu le sais. »

Ces derniers mots ont poussé Muriel à éclater comme un fruit de sanglots trop mûr, presque pourri, percutant l'asphalte et giclant contre l'oreiller.

« On dirait que tant que je vais vivre, je vais souffrir. » souriait-elle, amère. Claude ignorait comment l'aborder pour la calmer.

« La vie veut me voir morte. Comme l'enfant que j'ai laissé mourir. » La détresse s'en prenait maintenant à l'attention de Claude. Son front l'angoissait. « De quoi tu parles. » Il chuchotait, inquiet d'entendre des paroles aussi macabres sortir de la bouche de son grand amour. Muriel s'assied, alors, poussant son dos contre le mur. Elle fixait un point vide, au fond de sa chambre.

« Je la portais en moi, Ti-Claude ! » murmurait-elle, sans pouvoir y investir la moindre émotion. Claude l'observait de sa position couchée. Elle prenait plus d'espace, comme une déesse qui lui apparaissait pour la première fois.

« Ma petite fille, mon Émeraude, je la portais en moi. Je voulais la garder, mais il voulait pas ! » Elle cherchait à transcender le mur trop blanc de son regard trop amer, mais l'odeur de ses pleurs contre les couvertures l'incommodait.

« Il voulait la voir morte. Je voulais la garder, il voulait qu'elle soit morte. » Claude l'observait sans l'écouter. Il se demandait comment a-t-elle pu devenir une aussi belle femme. Un bout de pureté s'affiche comme le meilleur souvenir de leur rencontre.

Il avait envie de lui offrir : *disparais si tu le dois, je serai toujours là pour toi*. L'idée de la voir mourir le hantait. La voir souffrir lui apportait l'agonie. « Calme-toi, mon amour, calme- toi. » Ses mots s'emmêlaient. Le chaos s'installait entre eux, à la recherche d'une mélodie qui échappait à leur harmonie. Le macabre rattrapait les désirs d'expression de Muriel.

« Il m'a forcé à la tuer ! » répétait-elle. « Je l'ai tué, Claude ! Mon Émeraude. » *Je vais t'attendre.*

« Mon enfant. » *Calme-toi, je t'en supplie.*

« Mais tu comprends pas ! Ma petite fille. » L'insoutenable silence .

Mais oui, je comprends, mon amour, tu le sais ! C'était leur progéniture qui est partie sous les bistouris. Muriel le fixait en secret *Je t'aime moi aussi* semblait exprimer son regard et ses lèvres moites. « T'es comme un frère, Ti-Claude, tu le savais ? » affirmait elle. Sa nervosité la rendait un brin paranoïaque. Trouver les mots l'étouffait, alors il se taisait. Pourquoi cet univers si cruel écrase les premiers soupirants d'une saison souveraine ? Ils restèrent alités tout l'après-midi, s'écoutant respirer. Ils fixaient le plafond, laissant le soleil s'éteindre. Un paisible continue depuis des milliards d'années. Robert passait par là, s'arrêtant à la porte entrebâillée, sans s'inviter. Il alla se préparer une tartinade de confiture, son dernier repas de la journée.

Claude se montrait sensible aux moindres bruits qui habitaient l'appartement. Les craquements du plancher se mêlent à la radio qui jouait un concert jazz, et Robert qui toussait. Il cherchait l'attention de Muriel, mais celle-ci dormait, serrée contre Claude. Il n'arrivait pas à fermer l'œil. Il s'accrochait au silence et attendait que la nuit achève. Il soupirait. Son environnement devenait muet. Puis, Muriel s'éveilla au bout d'un cauchemar, s'écriant :

« Il m'a forcé à la tuer ! » Elle serrait le bras de Claude avec tant de force, il pouvait à peine retenir un cri de douleur. Elle fixait le plafond et se répétait :

« Je l'ai tué, Claude ! Mon Émeraude, ma petite fille. »

Désemparé, Claude convoitait ses meilleurs mots pour la calmer, mais une partie de lui aurait préféré qu'elle se rappelle des souvenirs plus joyeux. « On devrait aller au théâtre, demain. » proposait-il. Elle ne l'écoutait pas. « Je pense qu'elle a raison. La vie a raison. » disait Muriel. Claude voudrait ajouter quelques mots, mais il avait trop sommeil, ou bien il cherchait à s'échapper de cette conversation trop lourde. Elle l'observait s'endormir et retourna son regard vide vers le mur.

Le matin se peignait d'une lueur aussi étrange que le dernier soir. Robert s'incrustait au divan, consultant un magazine : Time, trente-et-un décembre mille neuf cent cinquante-et-un. Un article promet de révéler qui sera l'homme de l'année, le trois janvier prochain. La radio emportait la voix d'un animateur monotone jusqu'à la toilette. Claude y était enfermé, s'étudiant devant le miroir. Il questionnait sa présence, ici. Il s'imaginait voir Muriel dépressive sous les couvertures. La force et le courage pour lui apporter un peu de lumière s'échappaient. S'il cherchait à l'inspirer, elle ne l'écoutait pas. S'il se permettait de l'accompagner dans sa discussion, l'échange devenait très lourd et sombre. Devait-il rejoindre Robert dans le salon ou passer toute la journée au lit avec Muriel ? Et s'il retournait chez lui ? Allait-il trahir celle qu'il aime ?

Elle a besoin de le voir, mais c'est pénible. L'animateur a donné place à un orchestre de blues. La mélodie semblait l'interpeller, l'inviter à quitter la salle de bain, mais il pouvait difficilement affronter la réalité. Il doit se montrer plus présent que tous les hommes qu'elle a fréquentés ! Mais il ne doit pas insister. Il fixait le lavabo, puis le plafond, qu'est-ce qu'il pourrait lui dire pour la rassurer ? Les chants et la guitare lui montaient à la tête. Il prit une grande respiration et sortit de sa cage.

La musique tonnait, encore plus forte, presque insoutenable. À sa gauche, Muriel s'assoyait, nue sur le lit. À sa droite, Robert lisait le journal dans le salon. Comment disparaître ? Il avait faim, mais il préférait souffrir, il avait honte, mais il aurait aimé s'ouvrir. Et s'il avait connu le succès de Borduas ? Pourquoi n'a-t-il pas mieux performé dans ce cercle de privilégiés ?

Il balbutiait avec incertitude. Il se demandait s'il devait prendre un bain ou une douche pour se calmer. Et s'il portait la prestance d'un maître comme Riopelle ? C'est un cancre, la société l'en voudrait ainsi. Un cancer avant son heure.

Quelques jours ont passé ; c'était dimanche. Claude s'est installé confortablement dans son salon bien rangé pour écouter l'un des opéras les plus tristes sortit de plume d'homme. Jules Massenet a écrit Thaïs pour une muse : la soprano Sibyl Sanderson, vers mille huit cent quatre-vingt-quatorze. Véritable incarnation des chorales archangéliques, elle aura tombée, elle aussi, sous l'emprise d'une intense dépression et un alcoolisme destructeur. Une pneumonie viendra chercher l'âme de cette divine enfant. Claude plongeait dans son chant en s'imaginant les générations qui séparent cet enregistrement de son écoute.

La journée avançait dans un calme profond, et le poète s'invitait à écrire quelques vers. La complainte des arias le laissait amer et défait. Il aimerait pouvoir serrer sa Thaïs à lui. La sachant souffrante, isolée et perdue dans ses propres lueurs d'agonie, Claude se sentait impuissant. L'univers tournait autour de lui à une vitesse vertigineuse, mais c'était encore plus troublant de le voir s'étourdir dans sa tête. Il cherchait tant bien que mal à trouver un point de repère sur lequel accoster son accalmie. Les jours se succédaient sans la moindre répétition, sans s'équivaloir, la mouvance sidère les pensées suicidaires.

Il fixait le téléphone, espérant recevoir l'appel de son grand amour, mais celui-ci se taisait. Il pouvait entendre l'horloge qui égrenait les heures, et le vent qui sifflait à travers une fenêtre mal fermée. Son corps tremblait, son esprit s'effritait, et il ne parvenait plus à distinguer les mots qui se chantaient depuis le haut-parleur. Il avait besoin de prendre l'air, mais le fauteuil l'emprisonnait. Immobile dans le temps et l'espace, il ressentait le passage des âges, incapable de se libérer du présent. L'avenir lui procurait une telle incertitude, il angoissait à se dire qu'un autre jour devait s'enfuir.

La lumière se tapissait, plus discrète, à l'extérieur. Et s'il allait disparaître avec elle ? Se coucher avant le matin, malgré la fatigue. Le soir débutait. L'opéra ne faisait que commencer. Chaque seconde qui s'écoulait sous son menton tenait un couteau. Émeraude, il pensait à l'enfant mort sans être né. À quoi aurait-elle ressemblé ? Aurait-il eu la force d'un paternel ? Il ne l'aurait pas quitté, se répétait-il. Comme c'est pénible, attendre un moment qui n'arrivera jamais. Et s'il allait se coucher, lui aussi ? S'il s'assoupissait pendant des jours, ignorant les repas, l'extérieur, le travail, la survie, la famille, les amis, seulement dormir.

Le téléphone l'arracha à ses réflexions lourdes et sans conséquence. Il attendit un long moment avant d'aller répondre, laissant tout l'espace à la sonnerie qui hantait dorénavant les lieux. Sa main produisait des spasmes, au moment de ramasser le combiné. Un silence le séparait de son interlocuteur. « Monsieur Claude Gauvreau ? » entendait-il de l'autre côté du désespoir. « Muriel Guilbault aimerait vous parler. Prenez-vous l'appel ? » Un faible *oui* sortit de sa bouche, puis un blanc de présence. « Allo Ti-Claude ! » s'exclamait sa muse, d'une voix filtrée par des mètres de fils téléphoniques. Claude ne répondait pas, alors elle ajouta : « Je sais à quoi tu penses. » Il fermait les yeux et s'imaginait la voir dans son lit, buvant à même une bouteille, et s'exprimant dans la nonchalance de son état second.

« Tu penses : elle se sent toute seule. Elle m'appelle pour se sentir moins seule. » Elle s'allumait sans doute une cigarette, aspirant la boucane à plein poumon pour s'empêcher de pleurer.

« C'est un peu vrai, dans le fond. Mais, je t'appelle, c'est aussi pour entendre ta voix. » Elle fronçait les sourcils pour rester forte, puis s'étouffait avec sa fumée.

« Qu'est-ce que tu veux m'entendre te dire ? » Claude osait s'exprimer malgré la lourdeur de cette conversation.

« Quelque chose de doux. » chuchotait Muriel. « Dis-moides
paroles tendres. Quelque chose de gentil, dis-moi quelque chose de
gentil. » Elle se versait un autre verre de whisky en s'effondrant
dans une tristesse sans fond. Claude l'entendait sangloter,
incapable de trouver la force ou le courage de lui apporter les
moindres mots de réconfort. Il fixait un fil téléphonique depuis son
salon. Un moineau se posait sur celui-ci, ange annonciateur ? Allait-
il porter le char de la déesse vers des jours meilleurs ?

« T'es-tu là ? » demandait-elle. « Je t'écoute. » disait-il. Elle
cherchait à rire, mais la soif l'entraînait à boire à la place. Le vide la
contemplait. Le nihilisme de cet instant s'invente en tout puissant.

« Tu penses-tu, des fois ? » Ces mots qu'elle formulait
refoulaient une gorgée de whisky. Elle ajouta : « À ce qu'il y a de
l'autre côté ? »

L'angoisse se réservait une place de choix dans la migraine de
Claude. Il fixait le moineau en s'imaginant y voir l'augure
d'Aphrodite. Un char solaire porté par leurs ailes précaires. Mais un
présage à la noirceur certaine plongeait cette image dans une suie
plus sombre que la plus meurtrière des nuits. Comment pouvait-il lui
répondre ? L'autodestruction la ronge depuis des lunes, et il ne peut
que japper tel un chien qui l'espionne derrière la clôture. Les mots
ne faisaient plus de sens. Les phrases ne revêtaient plus d'essence.
Il haletait comme un éventail froissé. « De quel côté ? »

De quel côté ? De quoi parlait-il ? *De quoi parlait-elle.*

« Toutes les côtés, partout, n'importe où. » soupirait-elle, d'une
voix à peine perceptible. « Laisse faire. Des fois, je me demande ce
que ça, à quoi que ça ressemble de plus respirer. »

« Dis pas des choses de même. »

« Je vais dire ce que je veux ! » Muriel s'exprimait avec un peu plus d'assurance. Elle éprouvait la même souffrance, avant d'ajouter : « Je fais de l'automatisme morbide. » Le silence ne trouvait plus de phase où s'incarner aimant ou mal-aimé. Émeraude ? Désirait-elle disparaître pour le nom d'un ange qui n'est jamais apparu ? Il devait raccrocher et l'abandonner à elle-même, mais l'univers l'interpellait. Elle est en de meilleurs mondes.

Oublie-la, mon amour. Elle est dans un meilleur monde. si tu t'agrippes au souvenir de son départ avant sa naissance, tu négliges ton pouvoir et ta croissance. Et si tu laisses les autres te faire croire que tu l'as tué, alors que monsieur Chevalier, mari attentionné et père de quatre filles. Animateur de radio adulé, ne partage pas ta souffrance. Pourquoi voudrais-tu mourir ? Et si Julien Major t'aime, mais n'arrive pas à accepter qu'il puisse fonder une famille sans enfants, alors ne te sens pas coupable d'être infertile. La matière n'a jamais connu l'idéal, tu sais ? Ce sont des rochers qui se percent le nombril avec les vaccins d'eux-mêmes. Et puis quoi, Borduas est une superstar ? Et puis quoi ? Si on n'est jamais que des moins que rien à ses yeux ? Je t'adore, moi, et ça vaut mieux que ma carrière de poète. Quand je t'ai aperçu, dans la ruelle, derrière le théâtre, tu m'offrais une cigarette, moi je voyais notre enfant à nous. Tu la portais dans ton sourire. Puis mon frère est venu entre nous, nos ambitions, mon beau petiot, ont envenimé nos aspirations réelles. Le bonheur, c'est pas un succès matériel. Le bonheur, c'est une fin de semaine à Saint-Hilaire avec celle que j'aime.

« Claude ? »

« Quoi? »

« Je pensais que t'avais raccroché. »

« Non, je t'écoute, mon amour. » La respiration discrète de Muriel s'enfonçait, comme si elle avait décidé de s'évanouir.

« Tu penses-tu que je pourrais m'incarner dans ta poésie ? »

« Muriel… »

« Je veux mourir, Ti-Claude, mais je veux réapparaître dans ton verbe, dans ta parole, ton génie, tu comprends ? »

« Tu veux-tu que je passe par chez vous ? J'aime pas t'entendre parler de même. »

« Non, reste chez vous. Je vais me la fermer dans pas long. Pour de bon, je te le promets. »

« Reste avec moi, mon petiot, reste avec moi ! »

« Tu te souviens-tu de la dernière fois, comment tu te sentais, avant la souffrance ? »

« C'est dans nos têtes. Reprends sur toi. »

« Qu'est-ce t'en sais de ce qui est dans ma tête ? J'aimerais qu'elle arrête de tourner, ma tête. Que les images s'arrêtent. Que les spectres s'en aillent. »

« Muriel, tu me fais peur. »

« Au fond, je sais ce que j'ai à faire. »

Claude ne parvenait pas à s'exprimer. Les paroles le hantaient sans trouver l'ombre d'un verbe. *J'aimerais mourir sur scène, comme un chant venu d'un lointain réel, c'est là que je suis née.* S'il disait le moindre mot qui manquerait de compliment, il la perdait à tout jamais. *Muriel,* pensait-il tout bas*, est-ce que tu m'entends ?* L'insoutenable se vouait au mutisme. *Parle-moi si tu m'entends. Sa* respiration devenait saccadée. L'inquiétude l'étouffait. Il devait faire vite pour reprendre le dessus sur cette conversation et lui apporter un peu d'encouragement, mais l'effroi le clouait au silence.

« Ce soir, tout va s'arranger. » rassurait-elle, d'une voix décidée et convaincue. « Demain, tout va être beau. Beau, Ti-Claude ! Ça va être beau ! »

Une bribe de bonheur aguichait son intonation, mais la tristesse qu'elle traînait depuis neuf ans demeurait pesante et opaque. Les instants qui suivaient l'égorgeaient. L'air s'envenimait de cette seconde qui ne voulait pas s'estomper. C'est pénible de subir un moment douloureux aux accents d'infini.

« Muriel ? » chuchotait-il, malgré ses mains qui tremblaient et ses paupières qui retenaient avec malaise les larmes qui s'écoulaient.

« Bye, Claude. »

Muriel... non...

« Je t'aime, dans le fond. »

Ne dis pas que tu m'as toujours aimé, je t'en supplie.

« Je t'ai toujours aimé. Je t'ai aimé comme ça. »

Il raccrocha sans réfléchir, mais non sans hurler son agonie et pleurer sa vie. La radio chantait la complainte, l'aria, la douleur : « Thaïs va mourir ! » Son cosmos s'évidait. Les mots qu'il entendait ne faisaient aucun sens. Et s'il faisait confiance à l'univers ? Et si elle avait perdu la foi. Et cette fois, et si, *parle-moi ! Pourquoi les as-tu laissés te toucher si tu m'aimais ?* Le silence s'imposait encore plus dérangeant que son annonce. Son environnement tournait dans sa tête. Les images revêtaient un voile chaotique, les sons s'entrechoquaient. Il voulait la rappeler, question de se faire rassurer. Elle va bien, elle ira mieux. La suite agonisante et incertaine le terrifiait. Oublier cette discussion ; c'était impossible.

Et si tous les souvenirs qu'ils se partageaient portaient sur leurs épaules la beauté du cycle de l'or ? Si ce sont des vagues que l'océan des êtres nous imposait ? Leur amour flottait-il à ce point à contre-courant qu'ils se diront au revoir au moment où elle aura choisi de mourir ? Qu'adviendra-t-il de ces scènes qu'ils allaient conquérir ?

Ces voyages qu'ils se sont promis s'éteignent sur une plage qui voit l'onde s'éloigner. La sécheresse brille à l'horizon. Claude a du mal à composer avec cette douleur qui lui coupait les poumons en lamelles. Son corps s'enveloppait de soubresauts troubles et de secousses sismiques comme une danse subtilement épileptique. Il prenait ses bras à deux mains, poussant les ongles dans sa chair, refoulant une larme puis fronçant les sourcils, appuyant ses paupières contre son désir en pleine évasion.

Thaïs va mourir. La nuit s'invitait rapidement dans son salon, toutes lumières éteintes, les portes fermées, les promesses évaporées. Si seulement il pouvait trouver la force de quitter ce calvaire pour la retrouver, la serrer contre lui et l'emmener loin de cette tragédie. Le sommeil se tissait une lueur mythique aux accents d'inexistence. Il s'apprêtait à plonger dans un lac profondément insomniaque, se disant que sa bien-aimée portera son âme sur les ailes poussiéreuses d'une noctuelle éprise d'un feu-follet fou et carnassier. Il pouvait s'entendre respirer, et s'il cherchait à interrompre son souffle, il ressentait la chaleur des lèvres de Muriel contre sa gorge. Il implorait cette sensation de devenir l'ombre de son toucher sur ses cuisses. Il croulait sous le poids de ses acouphènes. Laissez-le dormir !

Les petites heures de l'aube ouvraient les concerts des premiers orchestres animaliers. Leur chant matinal sonnait en harmonie avec ce prénuptial qu'ils ont connu, à Saint-Hilaire. Et si l'univers fut créé pour permettre à deux âmes de procréer ? Une fois, seulement cette fois, comment pourrait-il lui assurer un paisible pour l'éternité ? L'heure d'aller se coucher approchait. L'incompréhension le hantait. Elle va mourir. Les clochers clamaient déjà le deuil des orchidées. Le poète cherchait à se convaincre de son innocence. C'est son choix, c'est sa vie, son corps, ses décisions. Mais pourquoi lui avoir imposé l'avortement alors qu'elle désirait cet enfant ? On l'aurait châtié pour avoir conduit un homme respectable dans la débauche, mais elle aurait fondé cette famille à elle seule, si elle le devait. Le monde des idées encombre la pucelle d'une sphère charnelle.

« Tu m'entends ? »

Rien ne sert de pleurer les possibles légués aux avers d'un improbable. Je t'aime, mon amour. *Le chaos se tisse une illusion, tu sais ? Tes blessures, mon ange, elles portent le seau du nous ne connaîtrons jamais.* À quoi tu pensais, quand je t'ai offert ta première cigarette ? *Je me foutais bien de m'étouffer. J'avais rencontré au théâtre la plus belle jeune fille de l'univers.* Elle est devenue une femme, mais pas dans tes bras. *Et si la sagesse n'avait aucune ambition ?* Et si l'ambition n'avait aucune sagesse ?

« Vraiment ? » Muriel lui apparut dans un rêve. Elle revêtait la forme d'une infirmière. « Et si je voulais avoir du plaisir dans ton moment le plus intime ? »

Autant mourir avec toi que me faire du plaisir dans ton souvenir.

« Ti-Claude, je vais bientôt disparaître. Je ne veux pas que tu m'oublies, mais j'aimerais que tu sois heureux. »

Et la mélodie, on en fait quoi ? On se doit un théâtre et une révolution. « On ne contrôle pas le cours des événements, et j'ai perdu pied à trop vouloir courir » *Dans un autre univers, on s'est marié, toi pis moi. On a adopté notre Émeraude. Elle a grandi pour suivre les traces de sa mère, et elle est devenue une actrice internationale.*

« Tu dois m'oublier, Claude. Je ne t'ai jamais mérité, et tu n'as pas à t'imposer mon enfer. » Il ignorait s'il s'était imaginé cette dernière conversation, au téléphone, alors qu'il souffrait au point d'engourdir son âme jusqu'à la moelle du soi. Il se ravisait à regagner son lit. Le froid qui enveloppait sa crainte le portait à prévoir le pire. Et s'il se réveillait dans cette ruelle, derrière le théâtre où ils se sont rencontrés ? Et si le temps s'effritait et ils ont oublié de le saisir en son plain progrès ? Se coucher, se répétait-il, vaincre le sommeil n'est rien devant une vie de misère. Et si les chansons appartenaient aux générations révolutionnaires ?

Une technologie de l'âme. Rien de rien ! Piaf prenait d'assaut la radio. *Elle doit partir*, entendait-il, *c'est son problème si elle ne l'a pas aimé comme il l'a aimé...* et si cette chanson ressemblait aux feuilles mortes qu'ils ont négligé d'apprécier ? *Que Mallarmé aille se faire voir*, gémissait-il. *Le romantisme est disparu depuis longtemps* L'avenir appartient aux découvreurs d'espace ! Bientôt, les gouvernements enverront des larbins sur la lune. Glacés par la peur de se sentir arriérés derrière une guerre silencieuse.

Bonne nuit, Ti-Claude.
Au fond, on s'est aimé,
juste pas en harmonie.

Il a rejoint son lit après une nuit blanche. Elle s'est réveillée seule, comme sur les planches. *Tu me manques*, pensait-il.
La vie continue, mon amour. « Mais si j'allais te retrouver ? »

Il n'en pouvait plus d'endurer ce calvaire, ces pensées qui s'appuyaient contre les parois de son crâne pour pousser son esprit dans tous les sens. Il avait la nausée, tellement ça tournait dans sa tête. Il ne dormira pas, cette nuit, non plus les nombreuses qui suivront. Muriel non plus. Elle se forçait à subir sa dernière nocturne blanche, fixer le plafond et se demander si elle pouvait le percer pour se rendre de l'autre côté de la douleur. Les instants n'avançaient pas assez rapidement, comme si chaque seconde qui s'écoulait était une décennie, un siècle, un millénaire. Elle entendait les ampoules griller dans le couloir et le bruit de fond de la radio. Elle espérait que Roberte ne viendrait pas la retrouver.

Elle préférait s'assoupir avant qu'il ne se glisse sous les couvertures, mais c'était inaccessible. Le sommeil ne voulait plus rien savoir d'elle. La nuit se tapissait d'une robe du soir, et Muriel pouvait sentir la mélancolie des lampadaires. Chacun de ses soupirs portait les chaînes d'une dérision. Elle se roulait au creux de son lit jusqu'à la fièvre, mais s'endormir lui était impossible. Ne pas pleurer lui semblait impensable. Au cœur de la résilience habitait le stoïcisme. Elle se l'imposait d'une voix en quête d'essence. Une conscience chaotique, une fois les lumières éteintes. Tirer le voile sur une agonie allait sans doute lui apporter une nouvelle dimension de détresse.

221

Elle se rendit compte du silence, lorsque Robert déposa son magazine, mais la sensation d'un vide encore plus grand l'interpellait. Et si les sentiments venaient à s'éteindre et s'étendre sur le parvis des espoirs négligés ? Aurait-elle dû choisir Claude Pourquoi s'est-elle entêtée à tomber dans les bras de la misère Même Robert ne souhaite plus la toucher. Il s'est couché sans même lui parler. La trouve-t-elle indésirable ? L'angoisse la prenait par la gorge. L'anxiété lui rongeait les synapses. Elle voulait se fondre dans ses nerfs engourdis. Pouvait-on vivre pleinement une vie jusqu'à l'aube de son trentenaire ? Puis choisir d'avorter, parce que c'est notre corps à nous, et c'est à nous de décider de son sort ! « Robert ? » chuchotait-elle, pour attirer son attention. La brute dormait. « Je vais mourir, demain. » conclut-elle, avant de lui tourner le dos et fixer un point vidé de son aire, au coin du mur.

Je vais mourir, se répétait-elle, sans arrêt, pour se convaincre que c'était la seule issue. Née dans la solitude, elle va se jeter dans l'abîme du jamais plus. Voulait-elle s'élever au rang des étoiles ? Et si c'était pour disparaître dans l'anonymat. Et si toutes ces sociétés n'étaient que des troupes de théâtre prises sous les griffes de l'incertitude camériste ? L'enfance n'a jamais demandé une gouvernance. Ces humains qui s'incrustent dans notre histoire l'instant d'un sursis. Ils nous dérobent de nos chances d'inédits. Vont-ils tomber, un jour, et se réclamer de cette rencontre qui leur a apporté un quelconque éveil ? Pour quelle raison se rappelle-t-elle chacune de ces interventions étrangères ? Et si ça ne sert à rien de s'inquiéter pour si peu, la vie c'est le choc des pourquoi. Elle ne veut pas mourir, au fond, elle veut comprendre.

Je t'aime. Aurait-elle voulu entendre, comme le sens d'un mot raconte des univers.

« Robert ? » chuchotait-elle, mais il dormait d'un sommeil encore plus profond.

Le mutisme des familles. L'incompréhension des racines eugéniques. Ça lui rappelle le théâtre, la seule réalité qui se soutient. L'illusion se maintient en poussière que la ménagère aura oubliée. *Accroche-toi*, suppliait-elle à l'ange qui cherchait sa mort. Le matin se tenait tout près, mais pour Muriel c'était l'aube des derniers aurevoirs. Sa chambre s'inondait d'ombres, et elle préférait se cacher sous les couvertures plutôt que quitter son angoisse alitée. *Laissez-la disparaître*, clamait la vermine qui lui rongeait l'âme. Qu'elle s'endorme jusqu'à s'effondrer. *Le courage des lâches, c'est celui de choisir l'heure de son décès.* La lumière envahissait la pièce. Robert se dessinait en colline sur le matelas, de l'autre côté du ravin. L'éveil qui l'attendait lui imposera un choc. C'était fini. Elle plaça un oreiller sur sa tête, usant de la plus grande précaution, puis appuya fermement pour s'empêcher de respirer. Robert quittait le lit sans se préoccuper des gestes qu'elle s'imposait. Il se dirigea vers la cuisine pour se préparer un déjeuner. Elle cherchait à étouffer l'envie de le rejoindre.

L'existence perdure comme la vérité : un soi transcendant aux émotions tétradimensionnelles. Un être souffre, et tout est dépeuplé. Le temps s'achève en un filament assassin. L'espace s'incruste à même nos replis conceptuels, remous membraneux contre un lac sans flot. Tant que le souffle se poursuit, l'illusion demeure. Quand celui-ci s'impose en messager de douleur, alors la toile s'alourdit.

Puis, midi vint s'implanter une écharde lumineuse dans l'ombre que l'actrice déchue recherchait. Elle entendait des voix, une visite imprévue se présentait. Des mots imperceptibles s'envolaient. Le désir de déceler les présences lui échappait comme le lait le long de ses doigts, des rivières qui s'éteignent sous les paupières trop pénibles. Elle ignorait le jour et l'heure, mais elle décidait que ce seraient les derniers. Une musique à peine audible, depuis le salon, l'invitait. C'était Piaf, puis Alys Roby, et les anges de la solitude qui inspireront la poésie de Léo Ferré. Pourrait-elle se fondre au nexus de tout ce qu'elle aurait pu devenir ? Chaque moment qui lui passait entre la torpeur et la peur de trop attendre lui semblait de moins en moins tendre. Puis, la visite se mettait à parler plus fort, et se verser de la bière et du whisky. Un climat de plaisir, contraire à l'angoisse, étouffait l'actrice sur son lit de chaos.

La vie est léthargie, une incessante dévotion des consciences en présence de pulsions animalières. On s'égare un vécu à retrouver le confort d'une berceuse, la chaleur d'une mère. Le social nous veut adultes avant l'heure. Debout à travers les loups ! L'humain est un monstre. Muriel en perd ses dernières chances à un semblant de bonheur. Quand vint les premiers abords de la soirée, le silence emplit les lieux. Du coin de l'œil, elle pouvait les apercevoir autour de la table. Des silhouettes imperceptibles jouaient aux cartes. Allait-elle les déranger ? Comme un fantôme avant son heure, elle préférait s'enfoncer davantage dans le matelas, jusqu'à disparaître. Elle savait qu'elle ne ferait que retarder l'inévitable, la douleur interminable qui lui a déjà dépecé l'âme et s'attaque maintenant à son corps.

Émeraude, toujours, encore, Émeraude et Claude ? L'agonie prenait de nouvelles dimensions. Un poisson dans les mains d'un enfant ébahi. L'eau s'écoulait entre ses doigts, et elle manquait d'oxygène. Si seulement il pleuvait. Mais non, il fait clair. Elle doit trouver le courage. Elle doit sortir du lit pour aller se pendre ! Se pendre ? *Surprendre,* pensait-elle, *attirer l'attention, dormir, un peu, encore.* En corp, en esprit. En quoi ? Suspendre le temps pour un temps.

Pour l'instant ! Jamais. Pour j'aimais. Pourchassée, pour chasser, pourquoi, donc ? Souffrir, demander pardon à l'enfant morte avant d'être née.

« Muriel ? Ça fait des mois qu'on ne fait plus la tendresse. »

Avait-elle entendu Robert ou Julien ? Des silhouettes, des souvenirs la hantaient et se mêlaient à ce réel sans vérité. Sans vrai ! Sans *laissez la partir !* Qu'elle s'envole, qu'elle s'affole. « Franchement, elle a pas besoin d'entendre ça. »

« Claude ? » hurla-t-elle. Les silhouettes disparurent. Le malaise revint de plus belle. Un ravin, elle n'en pouvait plus ! Elle n'en pouvait plus d'attendre, tendre, elle fixait le téléphone, espérant que son poète l'appelle : « Ti-Claude ? » dirait-elle. *C'est toi le plus grand de tous les hommes, au fond, c'était toujours toi. Mais on doit laisser tomber.* L'incompréhension est un mal sans remède *J'aimerais mourir avec toi,* pensait-elle. Certains se prépareront à se jeter dans un précipice, s'ils savaient qu'une corde élastique allait les retenir dans ce qu'ils connaissaient de plus beau. Ce serait une mode, dans vingt ans, trente ans, quarante.

Sitôt la science trouverait un nylon qui en vaut le coup. Mais une actrice s'en moque. Elle est une muse ! Et les anciens sont des microbes. « T'es un microbe ! » se répétait-elle, pour se convaincre que celui qui l'a violé puis a volé son enfant n'était pas aussi puissant que la société le prétendait. *Je vais mourir, et tu t'en fous !* insistait-elle, pour se persuader que ses mots portaient un poids social. La citadelle de l'orignal s'érigeait, de plus en plus épormyable. Japper à la lune, comme une demeurée sans résidence, à en cracher ses poumons et s'effondrer dans une mare de sang. Crier! Jusqu'à engourdir son âme. Laisser ses membres fondre dans le magma de sa mélancolie. Fixer un point dans l'espace-temps, un élément immuable, et garder la pose pendant des heures… jusqu'à ce que tout se clarifie dans sa tête. La tristesse est un parasite. Une voie existe vers la seule liberté qu'elle ne pourra jamais plus, comme avant, goûter.

> *Rappelle-toi la cigarette.*

Elle visualisait l'instant de sa rencontre avec Claude, alors qu'elle quittait le lit, vêtue d'un drap blanc qu'elle portait comme une toge. S'en suivit un long cortège solitaire qui l'emmena de sa chambre à la cuisine. Elle sentait la présence de trois invités et celle de Robert, jouant aux cartes, sans doute, ou bien ils parlaient autour d'une bière. Son esprit s'évidait, asséché, détruit. Chacun de ses pas lui coûtait une vie entière, en chair, en misère. Elle se traînait les pieds, ignorant les yeux qui l'épiaient, en douce, en cachette, avant de s'écraser au sol. C'était pénible, la regarder. Lentement, elle s'approchait de la salle de bain. Son pas certain s'affirme, les pupilles résolues, les paupières prêtes à ne plus jamais s'ouvrir, ne plus souffrir, laisser le soin au temps de l'effacer, la ratifier de la mémoire de l'univers.

La toilette en désordre l'invitait. Des serviettes jonchaient le plancher. Des cheveux s'étaient amassés dans le lavabo, et une fenêtre séparait un mur à l'écart de l'extérieur. Muriel ferma la porte derrière elle et étudiait les lieux. Personne ne viendrait l'empêcher de poser l'acte. Son cœur se débattait avec l'angoisse qui l'enveloppait. Sans trop réfléchir, elle se dirigea vers le châssis et l'ouvrit, question de voir si son corps tout mince pourrait se faufiler, trouver un moyen d'agrandir ce passage. Elle arracha chacune des quatre vitres qui la séparaient d'une plongée certaine. Sa rage bruyante s'assourdissait, et l'adrénaline assura les derniers mouvements.

Un trou rectangulaire l'invitait. Le verre et les cadres sont tombés à l'extérieur. Il lui restait encore assez d'énergie pour nouer son drap à la manière d'une corde. Elle perdait son souffle avant même que ses décisions morbides ne l'étouffent. Les voix qui meublaient l'appartement ne formaient plus qu'un bruit de fond. Muriel était déterminée à en finir. Elle attacha son tissu bien tordu après une poutre, et l'autre bout lui servit de collier. Ayant pris soin de bien verrouiller ces deux emboîtures, elle grimpa et s'installa, toute petite, dans le portail qui séparait sa salle de bain du gouffre.

Et elle se laissa choir d'un trait, contre le mur qui l'éloignait de la vie qu'elle délaissait. Le drap se resserrait contre son cou, l'oxygène quittait ses bronches d'un sale coup, et tout dévalait dans son âme comme une cacophonie de souvenirs. Elle gisait, pendue contre la brique, morte, le deux janvier mille neuf cent cinquante-deux.

SATIN-AU-BEURRE – Monsieur Ritchenbaum… Monsieur Ritchenbaum… L'automobile…

RITCHENBAUM – C'est Loret? Dites? C'est Loret?

SATIN-AU-BEURRE – J'attendais le maître sur le trottoir. Il est sorti des coulisses en tenant le robot dans ses bras ; il avait une mine si ténébreuse, si farouche, que je n'ai pas osé intercepter son élan. Pourquoi faut-il être timide? Il s'est engagé dans la rue. L'auto a surgi en trombe… Oh!

RITCHENBAUM – Loret est mort, Mademoiselle?

SATIN-AU-BEURRE – Loret Lojiaul, notre maître, a été écrasé par l'automobile. Le corps du robot, qu'il tenait dans ses bras, a pénétré en lui de telle sorte qu'ils ne font plus qu'un.

RITCHENBAUM – Loret Lojiaul est mort… Il n'y a plus de maître… Les deux amants s'étreignent dans la mort… Nul n'aurait su vaincre la force de Dolma Iritrakk.

SATIN-AU-BEURRE – Paix au maître heureux dans la mort! Paix au génie fracassé!

Chapitre Vingt:
Beauté Baroque

La banalité est la loi, l'unique est tabou.

C'était Pâque dans la cellule du poète, condamné à revivre la mort que s'est infligée la plus parfaite de toutes les femmes. Il fixait la pointe d'un stylo qu'il pointait contre sa veine. Pourrait-il appuyer plus fort ? Percer la chair jusqu'à sa silhouette ? Démembrer l'ombre pour ne laisser en charogne que la moelle de ses souvenirs inassouvis. Brandir devant l'oubli l'oriflamme des jours ensevelis, et se convaincre qu'elle n'est pas tombée pour rien. Viendront les panachés aux ongles arrachés pour racheter le péché originel.

Les hommes justes souhaiteraient qu'il fût possible d'expier d'être unique. Hélas, l'unicité est inexpiable. Il se rappelle le cercueil, le petiot qui dormait, le prêtre et les érudits qui récitaient des pierres et du béton. Près du chalet de Borduas, le Richelieu fait la tendresse à la plage. Les vagues savaient la muse épormyable disparue et pleuraient la douleur de son seul amour véritable. Le monde pouvait bien vaquer à son quotidien, le temps, lui, avait décidé d'interrompre son flot incessant pour que s'imprègne contre les lèvres du poète le goût du sang. *Le petiot est mort. Oui. C'est fait.*

Rien ne pourra plus charmer l'espoir. La blancheur des douceurs vanilles se vêt d'un départ aux accents de vinaigre. Les obsèques s'imposaient encore plus agonisantes. Les automatistes lui tournaient le dos. Il cherchait sa pénitence dans l'ombre d'un cercueil qui s'enfonçait sous la pluie. Claude fixait le trou que l'on creusait depuis les souffles stoïques d'un mouvement qui s'appropriait l'intellect d'une culture naissante. Un peuple oubliait, encore une fois, la place des femmes. Et si on avortait au lieu de bâtir ?

As-tu peur de t'ouvrir à moi ? Il contemplait la mort comme le vide, sans haine ni désir. Seulement exister dans l'inspiration universelle un axiome aux couleurs de Muriel. La texture de l'irréel, ces trophées que l'on accepte pour des atrophiés. Ces âmes qui affectent la chair se promettent une vie éternelle. Et si on était bien que par soi-même ? *Par nous-mêmes.* Par foi, par tempête.

Peu de temps après les funérailles, le poète retourna au chalet qui avait connu leurs premières tendresses. Près d'un rivage qui aura soutenu les pieds de la muse, au moment où le créateur se dessinait des films dans sa tête, le vent poussait la vague morne et triste contre le rocher. Claude fixait les eaux qui se déchaînent. Une parcelle de l'âme de celle qu'il aime occupe-t-elle l'élément d'un souvenir qui s'évapore ? Le frémissement caressait l'herbe autour de lui, mais l'inspiration ne s'y trouvait pas. Comme il aurait apprécié se fondre à cette marée qui s'effondre contre la plage. Son existence devenait un fer, lourd et encombrant. Il exprimait en silence le souffle d'une lointaine souffrance. Regagner l'abri, s'installer, écrire, mais qui croyait-il charmer ? Il attendit pendant des heures avant de se convaincre d'entrer. Les trois cents pas qui le séparaient de la rivière au chalet lui semblaient interminables.

Et si le vécu de l'homme portait l'image des saisons ? Un ratio d'or et de lumière à travers l'horreur des aurores intemporelles. Mais on craint le printemps des affres embrasées. En franchissant la porte, un pied sur le patio et l'autre dans la passion, Mycroft s'inventait un idiome impensable, mort-né dans les mains d'une muse impassible, aux abords d'une résurrection impossible. Qu'en est-il des générations qui oublient le sensible des harmonies anciennes ? Ces spirales dépareillées s'imaginent un centre du monde insouciant.

Le langage exploréen de Claude Gauvreau n'était pas aléatoire. Son verbe l'était, le choix des mots n'existait pas, mais la volonté occupait l'entièreté de sa poésie. L'amour du probable portait sa Parole en mouvance. En mouvance! En mouvement! Au moment de s'asseoir derrière la machine à écrire.

Laura?

Et si les artistes vivaient comme des millionnaires dans un monde réservé aux traits amers, sinon tristes, aux accents imaginaires ?
Le martyr de l'heure voudrait se voir souffrir pour un idéal qui se possède. Le vide se tenait opaque entre son corps abandonné sur une chaise, et une intimidante dactylo. Un restant de lasagne traînait sur la table de cuisine, à peine entamé. La radio demeurait allumée, dans le salon dépeuplé, alors que Claude côtoyait quelques spectres pris dans la vase de sa mémoire. S'il hurlait, personne ne l'entendrait. S'il pleurait, il s'effondrerait sous le poids de la douleur. Il doit demeurer de marbre et d'acier !

S'installant derrière une page blanche, il fixait les touches noires de la machine à écrire, sans y trouver le courage de les appuyer. Si un rien immaculé emplissait son âme, son esprit, lui, cherchait des fragments d'histoire à raconter. L'encre semblait s'assécher contre les barres de lettres, lasses d'attendre que le poète s'éveille.
S'il tapait trop fort ou trop vite, ces petits bras de fer s'entremêleraient avant d'atteindre la pulpe. S'il y poussait peu d'entrain, délivrant un mot aux douze secondes, alors ce sont ses idées qui formeraient des bouchons coagulés dans l'éther.
Il se mettrait à sacrer, puis il arracherait le papier pour le froisser de toute sa frustration.

Puis ce moment précis entre le désir et le désert, l'appréhension et la pression d'après l'ascension d'un sentiment délaissé. Cet instant qui s'inscrit dans l'action avant qu'elle ne pose un geste, l'élan est lancé ! Il s'appuie d'un trait dans le temps et l'espace. L'écriture transgresse à travers les draps de la paresse, un mot, un seul, puis un second, formé de la génération du précédent, sans impliquer la naissance du troisième, qui vient de lui-même. Il pourrait, alors, fermer les yeux et laisser son cœur et ses doigts s'exprimer. Mais ses pupilles se confondaient dans l'horizon qu'elles perçaient

Pitchounelle, je comprends, moi, entends-tu,

je n'ai pas cessé de

comprendre, reviens, mon amour, reviens, mon amour.

Il composait une symphonie littéraire sans jamais se relire. L'électricité au cœur de son crâne craquait au son d'un jazz émancipé. Ses membres palpaient les sons d'une cacophonie sympathique, et ses idées voguaient au gré des saisons d'un appétit vivement décalqué. Pianoter des phrases devenait aussi naturel que respirer. Plus aucune frontière ne s'érige entre la matière et l'illumination. Le blanc de la page embrasse le noir de l'encre, puis l'énergie des mots en colliers perlés aux boucliers de perce-oreilles.

*J'attends ton retour, et, en attendant, je pleure. L'émoi à manteau d'hiver*Les cimetières portatifs, meilleurs pour les mains du cœur. On perd l'admiration des siens à chercher l'affection des autres, et on divise à vouloir devenir la somme de l'univers pour soi-même. Le calme s'inscrit dans le mouvement ininterrompu d'un verbe sans complément. Percer la verve implémentée, corrompue, plausible, ne serait-ce que pour y déposer l'œuvre d'une vie. *L'œuf ressaisi d'une Émeraude existe, mon amour, dans un monde que personne ne peut concevoir.Mon enfant, ma petite princesse.* Notre enfant, ma petite princesse. Comme si le trimourti formait un trois avec la trinité et soi- même. Claude savait et le verbe naissait :

Pénombre Vrrrrrrrombi Leuil Nia Un peso Djà l'œil ré Pardon peuttètre Une main lance Crevé le doute Pati les feuilles bombe meurtri le climat saule Il y a des déchets sur les tombes en fleurs.

Ainsi les générations croissent sur l'implosion des sourires intouchables. Les soutanes soutiennent une conversion à huis clos, et si l'enfer c'est les autres, alors l'existence c'est ailleurs. Le bonheur c'est maintenant. L'érudit prit une première gorgée de vin, explorant l'œuvre poétique qu'il venait de pondre, et se tournant vers le vide, elle n'existe plus pour le féliciter.

Je t'aime prend des allures de j'oublie Le feu s'éteignait derrière Claude. Sa mouvance perdait de la vitesse. Et si l'histoire n'écrivait qu'un ramassis d'espoirs ? La mélodie des Grands Anciens. *Les comptines des petiots d'outre monde.* La bouteille de vin se vidait, mais le poète créait! Sans se rendre compte de l'implication ésotérique de ses choix syntaxiques. Et si des millions de cœurs fracassés se donnaient la peine de chercher à comprendre le facteur fractalisé. Un virus aimant, reflet adoré devant l'oubliée. *Mais je l'ai toujours aimé.*

231

Il fixait la machine à écrire d'un regard à peine observateur, et à peine évasif. Il venait de pondre douze pages en une heure.

Il en sortira trois fois plus, au long de ce week-end qu'il passait, seul, dans le chalet de Borduas. L'isolement pesait sur ses épaules, comme une fourrure d'épines qui lui transperçait la chair. Le vent faisait craquer les fondations, et le vertige de Claude attirait les murs vers lui. S'il avait déjà pleuré l'entièreté de son océan intérieur, il lui restait assez de douleur pour provoquer des spasmes déchirés à travers son corps. Épuisé, il quitta son siège pour regagner la petite cuisine. Un pain sec traînait sur le comptoir, près d'un pot qui abritait un fromage recouvert d'un fin vert-de-gris. Le poète n'avait plus faim. Un verre de bière se vide à moitié au sol. Il se tourna vers le soleil, sur le point de se coucher, et fixait la radio, au fond du salon. L'univers cherchait par toutes les manières à s'écrouler sur lui, mais il restait debout. Vaincu, il baissa la tête, fronça les sourcils et de dirigea vers le lit qui gardait l'odeur de leurs ébats, sous des couvertures maintenant poussiéreuses. L'image de leur tendresse lui retournait l'esprit, mais il choisit de laisser le cinéma s'étouffer dans la pénombre d'une amère solitude.

Une rage s'emparait de son antre, mais le temps avait déjà complété l'œuvre des tourments. Elle ne reviendra plus, la ville ne le reprendra jamais plus. Il sera détesté, pensait-il. Les courants lucides s'entourent de contre-courants putrides. Trois mois après ces vacances indigestes, il ira dans un restaurant, près de chez lui. La caissière est une jeune femme qui lui rappelle ses impressions d'un âge adolescent. Mais ce n'est pas Muriel !

Au lendemain, le feu se taisait. Claude jeta une bûche et quelques papiers pour le raviver, mais les flammes se suicidaient sous ses yeux. Qu'il crève ici, maintenant! Les mots projettent des âmes que les chiffres ne comprennent pas, mais l'équation du mal de vivre reste le même. Et si l'éducation forgeait une volonté divine entre les mains d'incompétents ? Née dans un monde où les poètes sont tout puissants, Émeraude est morte dans les ovaires d'une actrice inconsciente. *Mais si les générations à venir pouvaient la prendre sous leur aile ?*

Je vais me coucher à mon tour, ma pitchounelle. Je laisserai l'univers m'engouffrer jusqu'à l'oubli originel. Je serai l'avatar des mémoires asséchées, le Messi non annoncé des souffrances génitrices d'amnésie. Je marcherai sur la page blanche des jours à venir. Et chaque pas funambule que je pousserai sera une nouvelle ère noircie par le temps. S'il m'arrivait d'éclater de rage, jeter les meubles, hurler ma douleur dans les lieux publics jusqu'à me faire arrêter par la police. Ce serait au nom de cette décision finale que tu auras pris, sans me demander mon avis, alors que tu savais combien je t'aimais. Si la justice me déclare fou, si elle m'envoie entre quatre murs, suivis par des médecins qui ne comprendront jamais toute la profondeur des écrits qui te rendra éternelle, alors je prêterai serment aux astres.

Autant que j'existe, ton nom sera l'ivoire du firmament. Si je meurs, alors tu vivras à travers mon œuvre. Si mes écrits disparaissent, alors nous vivrons ensemble, dans l'enlacement des énergies de ce monde. Des voix sans pore nous diront que nous mourrons enflammés dans la carbonisation. Ce n'est pas vrai ! Nous sommes Dieu pour nos sourires secrets. Et en vérité nous sommes soi-même, francs, nobles et pleins de libertés. Draggammalamatha birbouchel ! Ostramaplivli tigaudô umô transi Li !

On m'ouvrira la porte de la prison d'âmes. J'y entrerai d'un pas fier, le dos droit, vêtu de l'uniforme des fous. On me montrera ma chambre, une petite pièce avec un lit, un pupitre, quelques feuilles de papier et une plume sans encre. J'y dormirai sans toi, fixant le plafond sans quoi je perdrais la raison. Les jours s'enfileront comme un collier d'ennui qui viendra me serrer le cou jusqu'à l'envie de me voir périr. Puis, un brin de génie viendra s'incruster au creux de mon oreille. Je me dirigerai vers le pupitre, je ramasserai une feuille, puis la plume. Je m'ouvrirai une veine pour emplir l'objet de ton sang. Et je me remettrai à écrire.

La souffrance est une renonciation d'un paisible imaginaire. Les algorithmes écoutent les instructions de penseurs intransigeants aux couleurs personnelles. *Je t'aime ! C'est pas compliqué ! J'ai pas besoin de m'expliquer, je t'aime ! Je t'aime, je t'aime, je t'aime, reviens ! Embrasse-moi...*

4

gastribig aboulouc nouf geûleurr naumanamanamanamouèr
agulztri stubglèpct olstromstim ulzz stupp lûdzz lagauzniopc légo
lagoztropche agouannse légblé atoutss stroumblamblam lighili auz
urm lumn stréglo flaf aflafl aflafl aflaf fréné ghudughé agoldogle
sirmounx afré stinkchle grédlamouèr luce amoustroufle gudd putt
putt abuzdlufle ozcrondche grutche agrégutche glussmlâ mouorte
meûlze mouof woulplof pufft tpufft aglinnslanne solss apébècht
clarolinaclannaclunnaclubec

Jappement à la lune - (6 octobre 1968)

Chapitre Vingt-et-Un
Mycroft Mixodem

Il y avait un corridor à Saint-Jean-De-Dieu si long et étroit, on y marchait pour s'enfoncer dans nos douleurs innommables. Claude s'y retrouvait régulièrement, lorsqu'on ouvrait la porte de sa cellule. Il pouvait demeurer là pendant des heures, fixant le plancher. Observant le plafond, il cherchait un point dans l'horizon. Une convergence qui s'agencerait avec le bruit des néons sur le point de mourir. Le silence s'accompagnait d'une promesse opaque. Solide comme le monument qu'il devenait, le poète laissait les desseins d'autres spectres dessiner l'intrinsèque de son incarcération. Tout forme une œuvre ; rien n'est réel. Seulement le souffle qui sort de ses poumons porte le gouffre de lumière qui le maintient debout.

Je te cherche encore, Muriel !

Je te cherche dans ces murs, dans mes souvenirs que je vois partir, comme t'es parti.

Un patient pouvait marcher près de lui, l'observer avec une grande angoisse, mais le poète demeurait droit. Il restait fort. Il savait qu'un réseau de bienpensants transgressait l'illusion de la science. Immobile, il devait réaliser l'arbre sans s'afficher. Il ne connaissait personne, mais il existe pour elle. Les coïncidences traversent des bribes de vérité qui portent le vocable des passants sur le trottoir de la raison. Claude demeurait de chaîne et de marbre au fond du couloir. Et si la lumière se tenait au creux du vouloir ? Et si sous l'eau des lieux déliés des os désertés, l'archevêché cherchait la pénitence d'un intellect désuet ?

« On a gagné la guerre ! » affirmait le malade imaginaire. Claude l'observait, sans plus. Des millions d'humains sont tombés au sein d'une nuisance politique qui s'encrassait depuis deux mille ans.

« Le langage est un animal. » lui répondait Claude. L'impulsion est maîtresse de la pulsion parolière. Son vivant est un restant de rien, sans l'essence de celle qui l'a conduit à sa poésie. Et si ceux qu'on aime sont appelés à s'ouvrir les veines ? L'espace formait un rien, une sorte de vide, qui poussait Claude à la hantise de ses pensées. La solitude traîtresse peste l'avarice des malentendus mélodieux. Les démons carnivores en savent trop.

Il se sent seul sans elle. Il empeste, sale, sans elle. Sa laideur le rend malade. Complètement sans corps, il gisait comme un oiseau mort. Claude fixait le sol et se répétait, tout bas :

« Pour moi. Pour toi. Ce cycle sera celui d'un emprisonnement qui donne le goût de la liberté. » Il se dirigeait machinalement vers sa chambre, sous les regards intrigués de pensionnaires épris de millions de faiblesses d'âmes. Au moment de regagner son intimité, Claude s'assied au pied du lit, dévisageant la petite fenêtre qui faisait office de frontière entre deux pénitenciers. Une fièvre mystique s'emparait de son être, plongeant son esprit dans un malaise qui frôlait le mal d'exister.

« L'ivresse est pour moi le plus beau souvenir de toi. » murmurait-il, au moment où l'infirmière Doris venait à passer. Elle inspectait les quelques médicaments qui traînaient sur son pupitre, sans chercher à croiser le regard du poète. Une gêne se prenait de sa présence. Celle de l'homme dont le silence forgeait une attirance l'invitait à espérer une quelconque conversation. Il la sentait trop distante. Était-ce le crucifix à son cou ? Allait-il s'attacher à elle par envie de la chair ? Doris caressait son porte-bonheur en se répétant qu'il doit mourir par amour. Mais le Christ ne s'est pas donné ce décret par insouciance. Il savait ! Elle ferma les yeux, un instant, et trouva le courage de lui affirmer :

« Vous avez des médicaments à prendre, monsieur Gauvreau. »

Qu'en pensait-elle ? Les docteurs lui ont dit, et elle devait faire confiance à leur expertise. Mais sur quoi repose cet examen ? Elle insisterait pour qu'il engloutisse cette médication ! Des traitements justifient des salaires énormes pour détruire des vies. Des chercheurs les ont démontré viables à ces hommes assez intelligents pour gagner trois fois sa pitance, alors c'est qu'ils ont raison, et si ne pas forcer le poète à avaler ses drogues était la meilleure solution ?

Hésitante, Doris aperçut quelques mots trifouillés sur le coin d'un morceau de papier. – *L'insurrection des petits monte en pente et l'on croirait que ce sont des grains de chapelet* –

« Les petits sont mitraillés. Sont mitraillés ! » Claude lui répétait-il, s'imaginant un jeune étudiant prêt à mourir devant un tank. Doris laissa tomber la pièce, effrayée. Claude quitta son lit pour la ramasser et ajouta : « C'est le rose enfer des animaux. »

*Vous écrivez pour le théâtre ? p*ensait-elle. « Bien sûr ! » se disait-il, comme un professeur qui a passé sa vie à enseigner la nature d'une beauté infinie à la seule classe de lui-même. Le chaos empile le butin des chasseurs interstellaires, sous un vecteur ancien qui a oublié le goût de l'ambre. On s'attache à ces formes d'amour qui cherchent notre souffrance.

Doris lui présentait sa médication avec un brin d'insistance. Claude grogna, puis ramassa les pilules dans la main de l'infirmière. Il se les enfonça au fond de la gorge et reprit son écriture. Elle resta un moment avant de décider de le laisser seul devant une page presque blanche. En fermant derrière elle, ce sont les cris d'un voisin qui attirèrent son attention. Des gémissements ponctués de brefs hurlements hantaient le corridor depuis une porte verrouillée. L'homme d'un certain âge semblait se démener entre le fou rire et l'agonie. Il s'effondre souvent dans des pleurs interminables. Doris s'éloigna de ces lieux lourds et encombrants. Elle poussa un long soupire.

Claude pouvait aussi entendre le patient qui, tout près, n'en finissait plus de grogner, gueuler, se débattre avec ses pensées. « Arrêtez les voix ! » hurlait-il. « Les cris ! Arrêtez les cris ! J'en peux plus ! »

S'en suivit une charge contre le mur mitoyen, un vacarme si fort qu'il perdit sa concentration. Il se calma rapidement, expirant un souffle amer, avant de se remettre à écrire. Mais son voisin n'en démordait pas. « Arrêtez les voix ! Arrêtez, arrêtez ! Criez pas ! » Il frappait sans cesse contre le plâtre, dérangeant le poète. « As-tu fini ? » hurlait Claude. « Les voix vont finir par m'avoir, je dois les assommer ! » Répondait le patient. Claude devait trouver les mots pour le calmer. « Tu vas faire venir les gardiens pis les infirmiers. Si tu continues, ils vont te donner des électrochocs ! »

Le silence imposa le dernier malaise, comme si le céleste se laissait aller à travers une auréole écervelée. Se rendre malade pour une chanson. Et si les générations de l'avenir comprenaient sa douleur ? Il pourrait se donner la mort n'importe quand, mais il n'en sera pas ainsi. « Oui, ça va les calmer, ça va calmer les voix. » croyait son voisin. Claude se voyait déjà ailleurs. Il palpait le cosmos à travers un océan de mots dégourdis. Elle existait encore, savait-il. Tant que des idées fourmilleront, sa présence verminera. Il doit pondre une poésie qui traverserait le temps et l'espace. Joindre aux paroles l'accable des années esseulées. Le voisin se plaignait maintenant à gorge déployée. Claude avait du mal à se concentrer, et l'intervention du gardien ne faisait qu'empirer le malaise.

« Tu te calmes-tu ? » hurlait-il. « C'est des démons, ils parlent ! Ils n'arrêtent pas. » répondait le patient. Une infirmière s'interposait : « C'est une crise… on ne peut pas le laisser dans sa chambre, il pourrait s'automutiler. On va devoir le traiter. »

Le silence revint. Claude entendait les gardiens traîner le pauvre hors de sa chambre. Le poète fixait sa page blanche d'un air pensif. « Ça finit plus ! Les voix, ça finit plus ! C'est des démons, qui, fini, ça continu ! » insistait encore l'homme en crise. Claude fermait les yeux et chuchotait : « Des voix, si seulement, si c'était la tienne ? Si je t'avais entendu crier, je l'aurais défoncé la porte, moi ! À grands coups de tête, à coups de tête de cochon ! » Il angoissait derrière son pupitre, fixant cette page blanche qui le hantait. La fièvre montait depuis sa moelle. L'instant bouillait, incertain au creux de son sang. Qui pouvait l'écouter ? Il voulait quitter les lieux. Renoncer à ce monde, s'enfuir vers des univers où rien ne soit. jamais naître, s'enliser dans la vase maudite des mots incongrus. Faire germer sous la paume un langage extraterrestre.

« C'est rien. Rien, au fond. » murmurait-il pour s'entendre gémir.

« Si je souffre en silence, la société va se faire compréhensive, aidante, amicale. Mais si je m'emporte à penser à toi, elle va m'étouffer. Elle me livre aux docteurs Cro-Magnon qui me tuent à petit feu, je vais mourir, Muriel ! Ils vont me faire mourir. »

Il fixait maintenant la porte, s'imaginant y trouver une horde de gardiens, de l'autre côté. S'il provoque une scène, ils la défonceront et l'emmèneront rejoindre son pauvre voisin. S'il se tient tranquille, ce sera sa chambre exiguë qui aura raison de sa lucidité. « On est isolé. » chuchotait-il. C'est le moment d'agir ! Il appuya d'abord sa tête contre la porte, question de palper l'existence qui le séparait de cette frontière de bois et de plâtre. Il frappa un peu plus fort, et encore plus fort.

« Isolés ! » répétait-il, avant de marteler son front une nouvelle fois. « C'est pour ça qu'on se voit plus, mais je suis certain que t'es ici, quelque part ! » Il pouvait ressentir son haleine flotter bien bas, entre sa bouche haletante et la sortie verrouillée.

« Ils te gardent cachée. » chuchotait-il. La chambre semblait se refermer sur lui. Impossible de s'enfuir. Impensable de trouver la force de regagner son lit. Alors, il se cognait contre le mur, puis la porte, encore, et une autre fois, jusqu'à ce que son front saigne. « Je vais les défoncer les portes ! Toutes les portes ! » Il hurlait ! Sa plaie s'ouvrait béatement, et il souffrait. Toutes ces idées s'enfonçaient dans un tourbillon, alors qu'il ne voulait qu'écrire. N'importe quoi, maintenant ! Son corps tremblait depuis la moelle, et son esprit lui donnait des chaleurs intenses. En fermant les yeux, il réalisait qu'il perdait la maîtrise de ses mouvements. Tout se passait si rapidement !

Impossible de suivre, mais la porte, elle, le rappelait à l'ordre sanglant ! Une tache écarlate éclatait sur le blanc insouciant. Doucement, Claude s'écroulait, n'en pouvant plus de braver le vide existentiel. Une main s'agrippait à la poignée, puis il se hissait à nouveau. Il percuta la porte à coup de front ! Et puis, c'en était trop. Il perdit connaissance au moment où les gardiens entrèrent.

La noirceur se traçait un tracas sans équivoque. Le chaos n'avait plus d'yeux pour se forger l'ordre. L'étoile tapissait le regard du poète. Engourdi, il ne pouvait plus formuler la moindre objection.

Des voix l'encombraient.

Il s'est ouvert les veines ?

Laissez-moi mourir.

Oui, docteur, avec son stylo.

Il a perdu beaucoup de sang ?

La flaque est énorme.

*Mais pourquoi, Claude ? On faisait du chemin, à quoi tu pensais ?
Bon, emmenez-le à l'infirmerie. On va le préparer pour
une séance d'insulinothérapie.*

Le dernier regard du poète, avant de s'évanouir, peignait
l'interrogation du scientifique en des longs moments
d'incompréhension, puis, la noirceur s'installa.

Cilaine Douze Meyfè

Ile pleure
Folle clarté
Ibaude nostrum des cactus châlés
Le brouâ danse un flanc qui l'isole du monde
Iahh---r-rennn-ni. Je saute sur vous et vos pleines moustaches
dégustent
  mon éther.
Assassin ! Assassin !
Mes doigts perdent....
je saute --- je roule
Vous êtes sur moi
dans moi
Un sperme ivré joue avec le don de connaissance
Et ma machine solaire dolère sur le plan d'une fausse fausse
couche.
Jésus est né. Son cul m'inonde.
Patère. Loncq. Voch.
Tuer. Troué.
Logg---gue.
Ayez pitié du filou qui a eu peur de vos seins.
Lorgnez mon front, abattez mes ulcères, au plus loin de la crête un
  chant triste inspecte nos soupôts.
Vive la liberté !
Mon cheune est mort.
Je suis mort.
calllllllllllllllll---p.

Étal Mixte — 1950 - 1951

Chapitre Vingt-Deux:
Mykpbvdfghiklpklp Vgtyhykjpo

L'illusion forge le tout. On amasse des mots comme d'autres se remplissent les poches, et au moment de quémander son reste, on jure au ciel de ne plus jamais promettre l'éternel. On se procrastine une nouvelle société ! On s'imagine l'âcre des anciennes, sans se poser de question. Puis, on se réveille, un matin, à l'infirmerie. Le crâne pansé, la pensée encornée dans une crasse pavoise à la voix cramoisie. Claude fixait le plafond. Son front lui causait des démangeaisons, mais impossible de se gratter. Ses bras semblaient soudés aux parois de son lit. S'il se débattait, le cuir se resserrait contre ses poignets. Une petite musique jouait, au fond de la pièce. On aurait dit de l'opéra, ou bien les hurlements d'un patient engourdi. Claude s'affamait, mais impensable de se déplacer.

Son esprit flottait entre le désarroi et la panique. Son angoisse dessinait des diablotins contre le plafond, et il ne pouvait pas regarder ailleurs. Quelques docteurs et des infirmières se promenaient autour de son lit, comme des spectres venus lui annoncer sa dernière heure. Un faisceau de lumière traversait un nuage de poussière. Il se prenait de spasmes et d'asthme, voulant un peu de chaleur pour demeurer en vie jusqu'à la tombée du soir.

« Nous craignons qu'il tente de s'automutiler. » pouvait-il déceler à travers les murmures et les conversations à mi-couvert. Sans voir personne, il ressentait le poids d'un million de regards. Un seul pour lui apporter un voile velouté.

« Vous allez bien, monsieur Gauvreau ? » lui demandait-elle.

« La souffrance, c'est notre droit de passage, infirmière Hall. » lui répondit-il, sans fléchir ni s'affaisser sur son sort. Il se laissa convaincre de dormir, s'il voulait gagner des forces. Le sommeil se voulait avare. Au bout d'une heure, la pièce se vidait. Il ignorait toujours où on l'avait stationné, et le silence qui remplissait les lieux pesait sur sa conscience. Un gardien vint l'observer.

Claude pouvait consulter un psychologue. Devait-il demeurer prisonnier de sa torpeur? Le patient gémissait sans le savoir. Dans son esprit, il entendait des louanges à sa fortitude. Ne jamais plier les genoux ! Se tenir debout jusqu'au saignement de l'orgueil ! Vaincre !

« Tu auras ton univers, mon petiot. » se répétait-il, sans sourire. Il ressentait la hantise de ces lieux opaques contre sa nuque. Un malaise à fleur de chair incombait son inconfort. Respirer lui était pénible, mais il devait affronter ces douleurs. Puis, le sommeil vint l'achever au cœur d'un instant qui ne voulait plus se taire.

Cette nuit-là, Claude s'offrit des rêves à la texture d'une mémoire à la membrane fêlée. Pourquoi se laisserait-il mourir pour une actrice que les générations futures ne connaîtront jamais ? L'immédiat lui apportait l'odeur de l'infirmière. Se savoir apprécié demeure relatif. À travers un néant aux mathématiques incertain, le réel n'existe que pour un moment. Si l'aimant n'aimait que son instant, alors l'atome des avenirs en peau de satin s'effeuillerait au matin des sécheresses. Chaque fois, le supplice sera à recommencer. *Pondre l'effondrement de l'esprit,* se répétait-il. Joindre à la plume l'opacité de son sang. Le porter au papier comme une promesse d'immortalité. S'ouvrir la veine pour y plonger son art ! Former des flaques écarlates et y voir l'image de ses faiblesses. S'endormir, à l'heure où l'effort ne se fait plus. Se retrouver branché à ce lit, des tuyaux aux bras, l'insuline qui pousse l'esprit au ralenti. Ne plus se maintenir qu'en parcelle d'énoncée du soi. L'assombri comateux du *ne soyons plus* prévalait.

La salive lui coulait le long des commissures salines. Les lèvres ne goûtent plus l'air de liberté. Seul l'hiver perdurait pour s'éclater. Les corridors s'enfoncent au fond de sa vision d'entonnoir. Bientôt, ce sera le soir. Le matin viendra à son heure, mais le poète voudra rester au lit, dormir, mourir, s'effacer. Pour quelques lueurs, le temps prenait son heure, puis disparaissait sous une pluie de torpeur. Il n'entendait plus que le grattement de la vermine. La blancheur des draps l'étouffait. Le plafond l'écrasait. Respirer ? Impensable. Impossible de s'exprimer. Engourdi, il ne daignait pas bouger. Son corps évoluait en obstacle à l'âme qui cherchait à s'évader. S'il frappait les portes ? Les cogner de tout son coffre ? Parviendrait-il à s'enfuir ?

Sa corpulence devenait un manteau épineux. Inconvenable de s'en départir. Si le sommeil venait à prendre le dessus, alors il demeurait alité pendant des heures qui séduisaient les jours. Finalement, ce sont des plaies qui le ramenaient à l'éveil. Et toujours cette solitude qui l'agrippait comme une chaîne de chair et d'acier. Ses muscles se crispaient d'eux-mêmes. S'il cherchait le moindrement à réfléchir, un vortex se formait au fond de son crâne. Rien ne parvenait à son vocable. Il se tenait là, amorphe et muet. Il fixait le néon blanc qui grisaillait tel un rideau de lames. Il s'imaginait percevoir des insectes par les millions qui volaient entre son regard et la lumière artificielle. Le silence lui pesait sur la conscience. Si seulement il pouvait crier, mais l'insuline s'imposait toujours dans ses veines. On le forçait docile sans se rendre compte qu'on l'assassinait.

Il trouva enfin le courage de quitter son lit, alors qu'il ignorait ce qui s'est passé dans les nombreux jours derniers. Claude crut bon retrouver la cour arrière. Comme d'habitude, les patients déambulaient sur le gazon sans se poser de question. Les infirmières veillaient sur eux, toujours avec le même regard affectueux qui rejoignait ceux-là plein de tristesse. Assis, seul, sur un banc, Émile fixait un arbre. Il s'imaginait pouvoir le faire disparaître, mais l'écorce demeurait là. Il apercevait son ami le poète s'avancer dans sa direction. Émile ne pouvait pas le dévisager en face, préférant s'arrêter à cet énorme chêne qui s'imposait au milieu de la cour.

    « Tu aimerais être ailleurs ? » demandait l'être de lettre et de fer.

« Si seulement j'avais connu autre chose. » lui répondait Émile. Il fixait toujours le pilier feuillu devant lui, sans bouger, sans même cligner des yeux. Claude, lui, observait l'infirmière Doris s'occuper d'un vieil homme en crise. Tant de bonté couvait dans ses gestes et ses yeux. Claude avait du mal à détourner son attention. Est-ce que le monde est à ce point corrompu que les moindres poussières d'amour attirent les cosmos incompris ?

Une fois son patient rassuré, elle alla rejoindre une collègue pour s'allumer une cigarette. Le poète la suivait toujours du regard. Elle se sentait épiée, mais voyant que son admirateur était le gaillard au verbe captivant, elle souriait. C'est à ce moment qu'Émile aperçut le pansement autour de la tête de son ami.

« Qu'est-ce qu'ils vous ont fait ? » s'inquiéta-t-il.

Claude n'osait pas lui répondre. La gêne se prenait de son aise. Doris observait ses blessures avec effroi et fascination. Émile décida de changer le cours de la discussion.

« Je crois que vous lui plaisez bien. » Émile s'exprimait depuis son inconfort. Intrigué, Claude se tourna vers lui. Émile se sentait soudainement apprécié.

« Je ne la vois jamais sourire. Mais quand vous êtes près d'elle, ses yeux s'illuminent. » Le cœur du poète se mit à battre à une vitesse inattendue. La hantise qui l'habitait depuis cet épisode d'insulinothérapie lui revenait à grand coup d'inquiétude. Devait-il aller lui parler ? L'a-t-elle vu dans une période des plus vulnérables de sa vie ? Lui a-t-elle offert un sourire ? Riait-elle de lui ? Et si Émile lui offrait sa connivence ? C'est un complot ! Ils veulent tous qu'il abandonne ! Claude fronça des sourcils, poussant un grognement inaudible. « C'est une religieuse ! » concluait-il.

« On n'est pas du même clan, elle pis moi. »

Émile pouvait sentir un contact entre la muse et le poète. Entre l'inspiration et l'incompréhension, on retrouve un univers, celui des secrets que l'on voudrait garder pour soi. Mais l'illusoire nous obtempère un semblant macramé à la perdition cramée. Tout n'est que prévaloir ! La cantine s'invente des ogres. Les radins de pouvoir vous désirent tant que vous produisez dans cet illusoire !

245

« Mais l'amour, Émile, tu y as pensé ? »

« Quoi ? Pardon, quoi ? »

On se crée un savoir sous des lambeaux charnels ! Voilà ! C'est dans le quantique des cantiques que l'amour se refait bon enfant. *Vous devriez lui parler*, croyait-il entendre son ami lui chuchoter. « Pour moi, la religion et la poésie, c'est pareil. » Claude a compris ces dernières paroles, mais Émile demeurait immobile. « Je ne suis pas près de mourir ! » pensait-il lui répondre. Émile se retourna, ayant capté une voix. Ils s'offrirent un sourire, sans plus.

« Ils ont du pudding, à la cafétéria. » lui confiait Émile.
Les neurones du poète s'activaient. Ou était-ce ses hormones ?
Une littérature attendait de naître de cette confrontation, c'est certain.
Mais quoi ? Crier à l'univers que la muse de sa vie est morte trop tôt ?
Les communications manquent d'âme. Elles ont des cotes d'écoute.
Chaque petite victoire du commun de l'éveil lui remémore la dernière fois qu'il s'est senti en sécurité.

« Du pudding ? » chuchotait-il à son jeune ami.

L'identité n'appartient à personne. La vision d'autrui s'impose sur la nôtre. Puis, la poésie se veut Daphné dans une soupe primordiale.
À chaque enjambée narcissique, la société rappelle l'affamé à l'ordre.
Pourtant, c'est dans la faim que l'on retrouve la passion d'une sommité à la sagesse latente. Et si l'idéal l'attendait à l'autre bout du monde ? Pourquoi voudrait-il s'époumoner à dire que Borduas n'a pas à craindre les Américains ?

« Et du pâté chinois. »

Et du pâté chinois… ils restèrent ainsi tout l'après-midi, discutant à peine, sinon pour rompre le silence et s'acquérir de la présence d'un ami. Chaque fois qu'il le pouvait, Claude observait l'infirmière Hall. Émile semblait apprécier sa position de complice. Il souriait et se parlait tout bas. Lorsque Claude se tourna dans sa direction pour capter le sens de son soliloque, Émile lui dit : « Vous devriez lui parler. Pour moi, la religion pis la poésie, c'est pareil. » Inspiré, Claude se leva et entreprit une marche en direction de la belle aidante.

Il fixait son but sans regarder derrière. Là, près du mur de l'hôpital, fumant une cigarette en observant le sol, Doris portait sur ses épaules la lourdeur des journées de travail. Elle s'imaginait écouter la radio, seule chez elle. Une coupe de vin bon marché traîne sur le coin de la table. Déjà si longtemps qu'elle se peint d'altruisme aux dépens de son moral, elle a oublié la couleur des compliments. La blancheur des moments n'en finit plus de lasser la jeune femme. Cette cigarette qu'elle déguste, emplissant ses poumons d'une fumée à la fois brûlante et réconfortante, la dernière paroi entre la fatigue et le rêve. La vue du poète, en revanche, l'intriguait. Une personne aussi brillante ne peut pas être emprisonnée ici ! Tant d'admiration l'attire vers cet homme. Elle lui souriait sans même y penser. Claude se montrait d'une même affection.

Leurs regards se croisaient, l'envie de discuter s'imposait. Impossible de percer le voile de la gêne. Impensable de trouver le courage de leurs pulsions. Il ne restait plus au poète que retrouver sa chambre. L'infirmière soupirait en le voyant s'éloigner, puis elle retourna auprès de quelques nécessiteux qui imploraient sa présence. Émile, quant à lui, observait la scène qui se déroulait à quelques mètres. Il souriait, à la manière des enfants qui ont du mal à garder un secret.

Une fois sur son lit, l'érudit fixait le plafond en se demandant comment il pourrait aborder la vierge inatteignable. Une part de son âme se sentait amère et dégoûtée de le voir développer ces sentiments. Que gardes-tu de Muriel, mon beau poète ? Il demeurait immobile à attendre le sommeil, mais il ne trouvait qu'une divagation aux accents de pardon. Pourquoi ne pas tourner une page ? Clamer l'avant-garde comme il écrivait à Borduas. Devenons l'idole de nous-mêmes ! Que dira-t-il, si elle décidait de visiter sa chambre ? Il ignorait le réel qui dépassait les cloisons de sa cellule, mais il savait que Doris pensait à lui. Elle aime son verbe. Elle apprécie ses phrases ! Ainsi s'affiche le mariage de sa parole et de son auditoire. Un chantre exploréen au-devant d'une révolution des mots. Que s'écroulent les dogmes ! Rien de plus vrai qu'un vocable libéré de son vocabulaire. Des syllabes déliées du neuronique accablent ce sens que la raison voudrait ordonner. La poésie, parfum du musical. C'est une aisance à la naissance désincarnée. On lui prodigue le précieux spiritueux des chants symétriques, mais Claude lui préférait l'éther désaccordé aux saveurs intrinsèques.

Les moments se déroulaient avec langueur. Le patient n'avait que le temps déchiré. L'énergie d'une nouvelle création s'imposait en son essence, cependant, il lui semblait impossible de rester en place. S'exprimer pour afficher son être du haut de son vivant !
Ramasser une feuille, une plume, un bout de pupitre.
Croître hors de soi. Délier la pulsion du surmoi !

Les ravages tremblés

    Écrivait-il d'un coup de tête.

    les ravages en pleurs

    Non, sa main tremblait à l'idée de trouver le courage que son âme lui édictait.

Non Nima Nita Témor

Percer la plage qui le dévastait d'un silence acrimonieux. Rédiger, tout simplement, sans plus, pousser la note jusqu'à l'exclamation sans ponctuation, aucune.

Gleu

Mon frère

 S'il se fermait les yeux, alors l'ombre de sa création se pose contre ses paupières. Son écriture se poursuivait sans qu'il ne se rende compte de ses mouvements.

Astépèk Iv-nouta un grain Stéèrrr -

Glon

Tublâ Tabac

La plume revêtait la chair de l'homoncule sous des airs éventés. Entre l'homme et le papier, l'ange dépose une fine pellicule de poussière éventrée.

Ghin… Ghin…

Os merge !

Lô !

Le verbe se dévergondait de lui-même. Impossible de l'arrêter, le mouvement devenait passionné. Le silence implorait l'assistance des âmes attentionnées.

Du u uk

Mé

- -frairrr-

Transcendent l'espace jusqu'au translucide de la vérité, le vivre du poète s'extasiait d'un paisible à l'interne démesuré et l'éternité mesurable au poids de sa passion.

Holl

Blonje

Ifna

Stupp…!

Conclut-il, avant de lancer le stylo qui lui servait d'exutoire et regagner son lit. La nuit venait étendre son opacité sèche et amère. Plus le temps passait, et plus le matin devenait une légende que se racontent les insomniaques. S'il jetait un coup d'œil vers la fenêtre, il ne retrouvait que quelques lampadaires. Une lueur désespérée se projette. Les secondes s'écoulaient sous d'interminables instants. L'érudit quittait ce matelas trop dur pour relire quelques œuvres qu'il composait, dernièrement. Quel titre ira à ce recueil ? Poèmes de solitude ou de détention ? Un Brochuge Syllabaire. Il avait depuis longtemps dépassé les limites de ses entrailles. Il n'écrivait plus pour plaire à la muse de son amour infini. Ses créations visaient l'immortalité de l'être littéraire.

Lorsque les premiers chants aviaires se firent entendre, et que le solaire se pointait timidement à l'horizon, peignant les cieux d'un indigo aux reflets de flammes, Claude réalisa qu'il n'avait pas fermé l'œil. Il quittera bientôt sa chambre pour rejoindre les bovins à la cafétéria. À l'entrée de celle-ci, une file d'attente n'en finissait plus de trouver le temps long. Claude apercevait Émile, au bout. Il n'avait ni la force ou le désir d'aller le retrouver. Le jeune garçon prit son mal en patience, demeurant figé dans l'angoisse et le silence. Le cabaret qui espérait Claude était taché de sang. Il préférait ignorer ce détail, remplissant son assiette de bien médiocres victuailles. Une fois à table, le créateur mangeait son gruau et ses toasts lentement. Puis, il regagne sa cellule.

L'espace exigu conservait la même aura austère qui hante le poète depuis son arrivée. Les feuilles jonchaient le sol. Certaines se souillaient d'encre et de traces de mine. Il ne révisait qu'à peine ses textes. L'expression pure de l'inconscient devait percer les limites qu'impose l'autocensure. Bien sûr, un français écrit devait se montrer aux règles de grammaire bien maîtrisées. Le ressenti au cœur du pressenti, c'est l'essence de toute beauté de la poésie. Claude le savait sans l'avoir appris.

Le brouillon traînait sur le plancher. Vint le temps d'offrir au monde sa raison et sa passion d'être. Il s'installa par terre, ramassant quelques feuilles et un crayon mine. Le plafond pesait sur lui, comme si l'immeuble cherchait à l'amoindrir, le diminuer, le réduire à cette posture infantile qu'il prenait. Claude savait. Il porte en lui l'univers dans son plus vrai. Alors, il se mit à écrire ainsi, sans se poser de question, simplement un *Maison tirl* suivi de *Kikçabadesçptaghliuntonmieur*... on ne trouverait pas deux poèmes comme celui-ci. La banalité est loi, mais son unicité est en voie de croître. Bien au-devant des critiques acerbes en robe de jugement.

Deux joueurs

Ont là

Les frondes

Le terrain se dessine dans l'assemblage de molécules de carbone aux pulsions synaptiques. Ce n'est pas un poème écrit au crayon mine, c'est une mine angélique qui s'ouvre à même le cœur des enfers. *Meurs miasme* plongeait-il en mots, avant de soupirer un bref instant et reprendre *Nez Fronton-plaine*. Il ressentait la présence de Doris, alors qu'elle s'immisçait dans sa chambre un brin intriguée, un peu désireuse. Claude poursuivait sa création :

Mon chat rit

Et les étoiles pleurent

Sur le bassin des eaux

« Monsieur Gauvreau ? » chuchotait-elle. À peine remis de cet oscillement de conscience il souffla un peu avant d'écrire : *Neutre*. Puis il se tourna en direction de l'infirmière qui déposait quelques pilules sur son pupitre.

« C'est moi, monsieur Gauvreau. Je vous ai apporté vos médications du matin. » L'énergie et les mots lui manquaient pour lui rendre le revers de sa conversation. Il pouvait sentir son parfum, en revanche. Se fondre dans sa chair, si seulement. Ses hormones allaient le trahir, alors il devait se calmer.

Doris cherchait à se rapprocher, mais la corpulence du golem aimant l'effrayait. Pourrait-elle déterrer le courage de l'aborder autrement qu'en professionnelle ? Était-ce acceptable de se laisser séduire par un patient ? Elle fronça les sourcils et hocha la tête.

« Merci. » Lui dit-il, sans plus, sans insister. Ne pas aller au-delà des signes consensuels, se répétait-il. L'attirance se désire-t-il réciproque ? C'est improbable. Comment pourrait-elle désirer un athée ? Un raté, un prophète sans confession !

« J'ai mis vos médicaments sur le pupitre. » ajouta-t-elle, sans sourire. « Il faut les prendre. » Elle espérait que ces paroles traduisent son sentiment protecteur.

« J'ai besoin de parler, infirmière Hall. » expliquait-il, dans un élan écervelé. Il soupira et se ressaisit : « Discuter avec vous, sans rien. J'aimerais vous parler, vous connaître. »

251

Elle hésita un instant et laissa s'échapper un sincère :

« Je ne suis pas docteur, vous savez ? » *Bien entendu*, répondait le tendre sourire du poète. Elle détourna le regard. Il devait saisir le Diem au Carpe le moins insolent.

« Vous êtes douce, et je sais que c'est mal de laisser s'exprimer une faim irrationnelle. »

Ce ne sont pas les bons mots. Il doit revoir sa réflexion.
Doris s'est sentie conquise après le narratif au goût de délicatesse.
Claude prit un profond respire et se ressaisit :

« Je crois que votre bonté, votre présence tendre et votre beauté me font plus de bien que les traitements qu'on m'impose. » Il lui fallait s'arrêter ici. S'il insistait, c'est sa chair qui s'exprimerait. Devoir s'assurer que l'âme conservait le dessus dans cet échange. Impensable de lui répondre. Une partie d'elle-même voulait disparaître. L'autre désirait l'entendre lui réciter l'Évangile selon ses choix erronés. Pourquoi n'est-elle pas devenue artiste ? Elle l'aurait sans doute rencontré dans des cercles moins insensés.

« You are too kind. » chuchotait-elle. *Si bon, comme une plage qui vient calmer la vague*, pensait-il. Elle rougit et quitta la chambre avant que cette discussion ne sombre dans l'incertitude. Claude retourna à son exercice exploréen : *Sur l'établi aux miroirs tendres le jeu de ses lombes outrés calamistre l'œil qui veut voir.* Une pile de feuilles mobiles gisait sur l'oreiller. Un moment de silence lui paraissait comme une éternité de victoire. Une plus à réservoir traînait sur le papier. Claude ramassa le tout et se dirigea vers le pupitre. Il se sent deux fois plus riche.

Elle attend l'absinthe et nous attendons l'abandon.

Il se mit à écrire d'un jet, un geste totalement irréfléchi.

He hèk Qu'elle s'abandonne. Dou rou lou Dou rou dlabv Dans le canon les miettes de pubis

L'illusoire recherche de nouveaux martyres. Prisonniers de sensations, inquisiteurs d'incertitudes, la connaissance se perd quand on convoite le confort de la chair. Claude ressentait un bref espoir de bonheur, à se savoir possiblement désiré. Le docteur Lemieux lui a dit que son passage en ces lieux s'achève. Il a d'ailleurs subi les douze derniers jours sans pouvoir s'adresser à Émile, et non plus à l'infirmière Hall. La sécheresse se formait une carapace. Aucun désert ne porterait plus l'oasis des rapaces en pelure prospère. Claude est un poète accompli. Le monde irait là où il devait devenir, mais Claude s'y trouvait déjà.

Chez lui, dans cette pénombre ? Dans cet appartement trop obscur ? L'individualisme a fait trop de victimes ; il devait se tenir debout.

Il est né pour la pitance des vœux en pénitences, mais il n'en sait rien. L'aimée ignore la source de son confort, et Claude s'en doutait bien. Il s'éveillait au fond de son lit. Il s'imaginait avoir rêvé toutes ces souffrances. Il fixait le plafond comme il croyait maintenant si bien y parvenir, mais il méprisait le tarissement d'une chambre trop petite. Il se félicitait d'avoir pu échanger ses coordonnées téléphoniques avec elle, mais se demandait si entretenir une nouvelle flamme manquait de respect envers sa muse éternelle. Muriel habite son passé, à la manière d'un verset idyllique. Doris cultive l'instant exploréen. La beauté du verbe s'inscrit à travers ses pulsions adorées, et Claude demeure fidèle à l'inspiration vivante. S'abandonner corps et âme à l'amour aura été sa seule religion.

CENTRE-DROIT – Discipline. Le mot est frappant. Le mot me frappe en plein crâne. Discipline. Quel judicieux choix de vocabulaire ! Il faut de la discipline à ceux qui sont enclins à batifoler avec intempérance. Une idée me bouillonne en l'intellect. La licence doit être soumise au contrôle. Il est certain que l'Étalon a principalement besoin d'être plié à une réglementation rationnelle. Je connais un dompteur. Ce fervent de discipline, il est vrai, est un dompteur d'ours ; mais voilà vraisemblablement l'homme dont nous avons nécessité. Je sais où trouver le dompteur, et je me dirige de ce pied à sa rencontre.

L'Étalon Fait De l'Équitation – 1965

Chapitre Vingt-Trois:
La Libération

Se réveiller dans son propre lit, après de longues semaines passées en détention, c'est un luxe que l'on a tendance à oublier. Des mois, non, en fait on parle d'années interminables, cloîtré chez les marginaux. L'odeur de cette petite chambre humide lui manquait. Ces draps imbibés de son vécu charnel le rassurent. Le parfum du jardin avoisinant s'invitait à même la fenêtre grande ouverte. Sa mère venait passer le balaie et s'occuper des quelques plantes qui peuplaient son logis. C'est comme si elle s'était donné le mandat de conserver les souvenirs d'un spectre. Il pouvait entendre son frère et Julienne se disputer, dans une autre pièce. Entre le sommeil et la lourdeur d'un nouveau matin, Claude ne réalisait pas qu'il n'était plus enfermé chez les fous. Il se sentait, pourtant, très sain d'esprit. La masse traite l'incompréhension marginale comme un mal que l'on doit emprisonner.

Au bout du salon, un radioroman emplissait les lieux, comme un bruit de fond que l'on cherchait à oublier. Le poète ne parvenait pas à se concentrer sur une conversation. Le concret ne savait se départir de l'imaginaire. Il voulait se rendormir. Ses nuits se tapissaient de souvenirs à la souffrance qui se tarit d'agonie. L'univers le disait d'énergie et d'émoi, puis c'est dans la lumière de Breton et Borduas qu'il aura appris à prononcer, tout bas : *écoutez*. Ces derniers mois, il aura subi le déshonneur d'une société qui se cherche des messies dans des résidus de thé, apprenant à détester l'athée sans entendre son message. La nature lui aura enseigné qu'à travers *aidez-moi* on retrouve une main aimante qui s'oublie pour l'autre. C'est dans l'humilité que s'affichent les éclats compassionnels.

.

Sur la table, le Time magazine du six juillet mille neuf cent soixante-deux s'est laissé ouvrir. Une publicité demande *Où irez-vous cet été? Parcourez la tournée des sept grands lieux des États-Unis selon LIFE*

« Dérange le pas, Pierre. Il a besoin de dormir. » Sa mère réprimandait son grand frère dans la cuisine. Comment pouvait-il trouver le courage de quitter ce malaise ?

« Il n'écoute pas, maman. Il fait à sa tête. Il s'imagine que le Canada français va suivre son courant automatiste, mais on est rendu à un autre niveau. »

« J'ai pas élevé deux intellectuels pour que vous commenciez à vous chicaner sur des questions philosophiques ! »

Un silence suivit cette affirmation maternée. Claude avait les yeux ouverts. Il se demande si le bon moment pour les retrouver se présentait ou non. Un amour inconditionnel l'unissait à ces deux êtres. Comme c'est le cas dans bien des familles, cette affection a souvent la forme de disputes et d'incompréhension. Le silence qui s'implantait dans la douceur portait une annonciation amère. Au fond de son crépuscule, il recherchait le confort de braise de sa mère. Bien qu'il ne voulût pas se chicaner avec son frère, il savait que s'il quittait cette chambre, une prise d'ongles et de mots s'en suivait. Et s'il se rendormait ? Pourrait-il disparaître ? Remonter le fil des déceptions jusqu'à la genèse de son manque d'affection.

« Il n'est plus d'un âge pour qu'on lui dise quoi faire. Il vit dans les nuages, maman, tu comprends tu ? Il va falloir qu'il apprenne autrement qu'en internement. »

Qu'est-ce qu'il en sait de cette prison ? De quel droit se croit-il agent de vertu ? Tout s'achève. Aussi bien demeurer alité jusqu'à développer ces plaies qui lui rappellent l'incompétence des mouvements éphémères. C'est dans le perpétuel que s'inscrit l'immortel ! Son esprit semblait flotter dans un vide incorporel. Sa chair lui faisait mal. Ses tempes cherchaient à s'écrouler sous le poids de son agonie.

« Essaie d'être un peu accueillant, s'il te plaît. » lui réprimandait leur mère. Est-ce que la raison même de ce monde implique l'éclat du maître ? Devons-nous s'illustrer en une sommité pour mourir en étant quelqu'un ? Au diable la célébrité ! Claude n'existe que pour l'âme de sa bien-aimée. Le vocable de l'artiste appartient à l'esprit au créatif réfléchi. Il savait qu'il ne pourrait pas demeurer ainsi amorphe toute la journée. Il affrontera cette famille qui a perdu le fil de son affection. *Raccommoder l'imperceptible*, pensait-il. Brûler la perle jusqu'à la moindre parcelle. Le bien-être pousse un souffle qui oublie l'inquiétude. « Tu n'es pas le seul. » répétait-il à voix basse, comme pour se donner un peu de courage. Des générations en guerre lui défilaient l'angoisse sous les yeux, mais Claude irait parler à son frère. *Le paisible enfante une intuition*, se persuade-t-il sans réfléchir.

« T'as jamais vraiment connu Borduas, Pierre. »

Le spectre du poète se dessinait à l'orée du couloir. Le reste de la petite famille l'attendait, sans plus. Claude tirait son corps un peu lourdaud jusqu'à pouvoir atteindre une chaise, la table, une assiette vide. Sa mère déposa un œuf brouillé, avant de lui servir un jus d'orange. Sur le comptoir, le café bouillait. Le silence se sculptait une présence.

« Le docteur Lemieux n'a pas appelé ? » lui répliqua son frère. « Ils t'ont laissé sortir ? »

Claude se taisait. Il enfourcha son déjeuner sans grincer. « J'ai appris à répondre à leurs questions. » expliquait Claude. « Je pense qu'ils ont arrêté de me voir comme une menace. »

« Lemieux devait me rappeler. » se désolait Pierre. Leur mère ne trouvait ni les mots ou la force pour détourner cette conversation. Elle se contenta de servir le déjeuner, comme lorsqu'ils étaient enfants. Ont-ils réellement grandi ?

« Pierre ! » s'offusqua Julienne. « Laisse le temps à ton frère d'arriver. » Ils se dévisageaient sans produire le moindre son. Une sorte de cynisme s'immisçait dans le regard de Pierre, et une douleur à peine camouflée dans celui de Claude.

« Ben je suis là. » affirmait Claude. « Puis je suis content de te voir aussi. » Son frère alla déposer son assiette vide dans le lavabo, fixant le néant qui se dessinait devant lui. Son amertume se revêtit d'une robe de tristesse. « C'est réciproque. » chuchotait-il, comme pour se convaincre qu'il n'était pas tout à fait affligé de retrouver le poète égaré.

« Je vais me remettre aux radioromans. » Claude brisa le silence ainsi. Il jugeait mieux de s'éloigner avant que ce déjeuner devienne porteur de douleur. « Je sens que j'ai trouvé la clé, Pierre ! On va parler de moi, comme on a parlé de Muriel, mais encore mieux. Elle et moi, on va donner naissance à l'éternel. Peux-tu m'aider ? »

À mi-chemin entre l'incrédulité et l'inquiétude, Pierre se tourna vers son frangin : « On fait de la télévision, maintenant, Claude. Depuis dix ans. » annonça-t-il. « Si tu veux t'accrocher au passé, tu vas pas progresser ben, ben. » Comme c'était difficile de rejoindre cette conversation.

« J'ai vu, je crois. Bon, de la télévision. »

« Décroche, Claude ! Muriel est morte. Passe à autre chose. »

Le poète n'arrivait pas à former ses idées. Allait-il pouvoir écrire encore ? Se trouverait-il un auditoire ? Qui souhaiterait entendre ses entrailles hurler à la lune ? Ils se dévisageaient sans produire le moindre son. Une sorte de cynisme s'immisçait dans le regard de Pierre, et une douleur à peine camouflée dans celui de Claude.

Le poète n'arrivait pas à former ses idées. Allait-il pouvoir écrire encore ? Se trouverait-il un auditoire ? Qui souhaiterait entendre ses entrailles hurler à la lune ?

« De la télévision… » murmurait Claude. Pierre le dévisageait d'un air désolé.

« Dix ans, c'est pas long, mais ssez pour changer de technologie. T'es certain que tu veux écrire pour la radio ? »

La cacophonie des bienpensants, s'imaginait le poète.
Une bouteille de whisky attirait sauvagement son regard. Seule une
mélodie silencieuse le conduirait à l'irréparable. Les voix
consciencieuses qui volaient au bas du corps semblaient rappeler la
réflexion de meurtrières coïncidences. S'il buvait à sa mort,
maintenant, qui l'en empêcherait ? S'ouvrir, couvrir le vide sans
fond. C'est le néant ! Moins une source qu'un affront. *Je ne fais pas
dans le lettrisme*, avouera-t-t-il, un jour, à une animatrice de
télévision. « T'as pas idée, Pierre. » chuchotait-il, se demandant s'il
devait engloutir cette bouteille à la mémoire de celle qu'il ne verra
plus. Les convives au mariage de Frédéric Chir de Houppelande
savaient combien vivre sans se poser de question comptait.
Mais vivre, du moins, essayer. La bouteille devrait attendre.

     « Maintenant, plus que jamais, je devrais boire jusqu'à en
mourir. »

     « Claude ! » s'exclamait sa mère. « On ne boit pas, le matin, puis
on ne boit pas comme ça, point ! Ils t'ont rient appris, en
institution ? »

     « Il recherche l'attention. » se désolait son frère. « Tu cherches
constamment à t'accabler du jugement des autres ! »

     « Tout à fait ! » répondait Claude, avant de peser ses mots.
La lourdeur du méfait l'emportait. « Le jour où je pourrai plus m'en
abreuver, je vous jure que je me suicide. »
Julienne n'en pouvait plus.

     « Tu cherches à te faire prendre en pitié ? » insistait Pierre.

     « Tu penses-tu qu'on va plus t'aimer en te trouvant misérable ? »
Julienne se montrait plus qu'à bout, mais les mots lui manquaient
pour s'interposer. « Là, les garçons, vous allez reprendre sur vous
autres. » Elle se fâcha, sans plus. Sa présence suffisait pour qu'ils
écoutent. « Pierre, ton frère a passé un mauvais quart d'heure. Soit
un peu indulgent, ou sinon t'as une mère, ici, qui va te montrer à
vivre. » Observer Claude se verser un verre de whiskey à dix heures
du matin l'effrayait.

« Puis toi, Claude, reprends sur toi. Sinon, tu vas les faire tout seul tes œufs ! Parce qu'elle a mieux à faire que de vous entendre vous chamailler. »

L'absolu s'installa sans absolution. Les deux frères regardaient ailleurs, incapables de se voir en face ou faire face au savoir qu'ils ignoraient. Pierre se remit à manger son bol de gruau. Claude s'imaginait des péripéties aux accents d'autrefois. La matinée se poursuivit sans aucune conversation. On se fixait, on se demandait ce qu'il advenait de l'état d'un amour familial. Un aîné se disait insatisfait de son frangin, mais une mère préférait les laisser chacun de leur côté. Un cœur de pierre, c'est un arbre qui se fossilise à la mémoire d'une maison qu'il n'a jamais connu. Pierre n'en pouvait plus. Il quitta la table et retourna chez lui.

« Claude ! » interpellait-elle. Le poète voyageait déjà ailleurs.

Qu'il s'en aille, pensait-il. Ne pas chercher à plaire ceux qui s'assourdissent devant l'imploration de vos élans de bonheur. Aussi moroses que pussent être ces atteintes à son sourire essentiel, les jours qui suivront rappelleront aux générations futures à quel point aimer pour soi demeure nocif. D'abord la radio, maintenant la télévision ? Nous cultivons l'image à des fins narcissiques ! Les ères se succèdent et laissent déserts ces airs à l'arrière-goût dépassé. Non, Claude n'écrira pas pour le petit écran ! Au diable ces nouvelles technologies, il réinventera le théâtre ! Il ne boirait pas de ce whisky, en revanche. L'agonie se déguste à travers les mots, et rien n'appartient à cette bouteille qui détruit le vécu de gens aux mœurs progressifs. Il fixait le vide entre sa mère et lui. Julienne n'en pouvait plus de sentir l'inertie de ces disputes fraternelles. « Je vais te laisser finir ton déjeuner. » ajouta-t-elle, au moment de ramasser sa sacoche. « Si tu as besoin de moi, tu m'appelles. »

Elle quitta l'appartement sans regarder derrière. Ces sources d'inspiration qui poussent les progénitures à surpasser les épaules de géants, c'est trop lourd pour elle. Sacrifier autant pour élever deux cerveaux aussi brillants, et les voir se chamailler pour des histoires qui les dépassent. C'est trop. Qui voudrait de la vérité si celle-ci n'apporte qu'un désarroi ? Mieux vaut passer à autre chose. Survivre, encore un peu, un jour encore, puis s'en aller.

La cuisine avait des apparences de cafétéria, pour le poète.
Les secondes s'écoulaient comme des millénaires. Les luminaires
aux accents de néon produisaient le seul son, rappelant celui de
l'hôpital. Le temps s'allonge, et les souvenirs s'aggravent. La table
portait les restes d'un déjeuner qui s'est mal déroulé, et l'écrivain
décriait ce manque de discernement chez les siens. Pierre devrait
comprendre ! La télévision, ce sera inutile ! Si la masse se forge une
réalité depuis un écran, alors elle se découvrira exploréenne. Son
grand frère affichait de l'ambition, mais à quoi bon vendre son âme
pour le temps d'une paix ? Aussitôt acquise, celle-ci se voit confuse,
puis oubliée. S'aimer sans savoir s'adresser la parole. Vouloir le bien
de son prochain, le mieux s'il est son frangin, puis pousser un verbe
méprisant. L'incompréhension importe un malheur moins qu'un
malaise, mais aussi bien pleurer, maintenant qu'il est isolé.

Enfin ! S'exprimer à travers un flot qu'il n'a jamais pu tracer.
S'éterniser ! Maintenir la source de l'attirance éperdue. Hurler, si
seulement il le pouvait. Tout s'amassait en dedans. Ressentait-elle
les mêmes sentiments ? C'est pourtant si peu, ce n'est rien, on se
peint des couleurs. Ils se sculptent des visages.

« On se fait des illusions… »

On veut comprendre ou on cherche à s'imposer.

Je t'aime.

Sans plus, sans question.

« Je suis morte pour vos chapelles automatiques. »

Le silence portait en son deuil l'insolence au seuil de ce qu'il aurait
dû accomplir autrement. Des années en internement, il réalisait à
peine combien les technologies l'avaient négligé. L'image paraît
là où on devait se l'imaginer. Et quoi ? Les cultures qui se
barbarisent à coups d'influences notaires ? Notoire, non, il ne
regrette rien. Combien d'esclaves sont morts au combat ?
Combien savaient que les propriétaires étaient des pions ?

« Ti-Claude ? »

L'infirmière parlait-elle à travers son amertume ? À travers son chapeau, en diraient d'autres. La vérité est un sentiment.

Je t'ai aimé, il y a un temps...

Ces fenêtres tracent les pas des amants dans les feuilles que l'on ramassait à la pelle. L'évolution se veut un privilège du non vulnérable, au moment qu'il se convainc qu'on l'appréciera comme jamais. L'univers en va autrement, et c'est très bien. Les jours que la vie lui réserve portent l'odeur de l'infirmière. Cette torpeur imposait un passage. Claude observait le téléphone, se tenant droit, au bout du salon. Un nouveau modèle ? Une nouvelle génération. L'avons-nous enfermé aussi longtemps ? Est-ce que les opératrices répondent encore à l'autre bout ? Et ces mélodies d'un monde qui chuchote à son oreille, devenir l'ombre de sa main, l'ombre de son chien.

Muriel ? Mon ange, mon petiot, mon petit n'importe quoi. Les années passent et l'angoisse s'entasse. *L'amertume se fourmille une solitude qui goûte le vieux café*, pensait-il. *Et si je l'appelais ? Ce serait d'insister ?* Sans trop y penser, il se mit à fouiller dans sa poche pour y retrouver le bout de papier qui détenait le numéro de téléphone de la belle infirmière. C'était un grand jour, renchérit-il. Souriant à travers un regard austère, il se dirigea vers le salon.

Il ouvrit la radio. Louis Armstrong clamait les soubresauts d'un amour aux côtés d'Ella Fitzgerald. Ses propres battements cardiaques semblaient valser au gré d'un malaise, alors qu'il empoignait le récepteur. Fermant les yeux, se rassurant libre et souverain de son bonheur, il décrocha un instant de félicité avant de téléphoner. Nerveux et gaillard. *Ce n'est qu'un bref appel : bonjour, comment allez-vous, vous souvenez-vous de moi ?*

Et si elle avait tout oublié ?Il devrait raccrocher ! *Maintenant !* Il raccroche, dans son esprit, dans son anxieuse âme...

« Oui ? »

Entendait-il, à l'autre bout de la ligne.

« Muriel ? » murmurait-il.

« Vous avez erreur de numéro.» L'infirmière raccrocha.

Agonie ! Une brûlure d'ennui, passer à autre chose et en trouver une nouvelle. Pourquoi ? Qu'a-t-il dit pour l'effrayer ainsi ? Faux numéro ! Mais comment ? C'est elle qui lui a donné. Muriel ! Tout son corps forçait son esprit à hurler : « Mon petiot, mon amour, mon seul amour. » Mais l'angoisse lui ramenait la raison.

Elle est morte. Ce n'est plus qu'un soupire qui lui fend le deuil. Et s'il rappelait Doris ? Et plus rien. Il devra apprendre à crever, un jour. Pour l'heure, c'est de honte qu'il disparaît. S'enfonçant au creux du fauteuil, son corps entier brûlait sous l'engourdissement et la gêne. C'est une fièvre du vouloir. La matinée se passait ainsi, clouée au même endroit, près du téléphone. Impossible de trouver le courage de la rappeler. Allait-il s'imposer une nouvelle souffrance ?

Devait-il plutôt se détacher de ces envies ? *Se raccrocher au néant*, pensait-il. Midi vint sans s'inviter, puis l'après lui projetait une lumière insoutenable. S'il fixait vers l'extérieur, il pouvait découvrir le vert des arbres : une forêt timide de l'autre côté du boulevard Saint-Denis. Sommes-nous l'été ? Il fermait les yeux pour ne pas regarder l'inévitable en plein visage. Il devra le revoir, un jour ou l'autre ! Ce n'est pas comme s'il voulait la rencontrer en retournant en internement.

La rappeler ? Percer l'abcès et affronter un refus ? Maintenant ? Attendre une heure avancée, sans doute. D'accord, ressaisir son courage, et ramasser le combiné. Plus tard ! Mais pourquoi attendre ? L'indécision le rendait aveugle. Et s'il allait se préparer un repas ? Il devait prendre le temps de se changer les pensées. C'était une mauvaise idée de l'appeler aussi vite, une fois sortie de l'hôpital. Alors, ça y est ! Il lui téléphonera dans une semaine, un mois, jamais. Mais il pouvait tenir l'appareil, le contempler, l'apprivoiser. Non ! Il devait plutôt aller se coucher. Il ramassait sa tête à deux mains ! Ses tempes lui faisaient mal. Il voulait hurler, mais le silence l'étouffait. Respirer, il devait respirer. Se calmer. L'anxiété, cette peste ! Ses artères l'étranglent à chaque battement d'un cœur qui va exploser. Assez ! Se calmer, se calmer !

Puis, le téléphone se mit à sonner. Se calmer, insistait-il, penser à autre chose, passer à autre chose, s'occuper à autre chose ! Et le téléphone qui continue de sonner. Il devait s'en aller ! Aller n'importe où, mais partir loin d'ici. Et le téléphone ! Quoi ? C'est elle ? C'est son frère, c'est sa mère, c'est Borduas ? Il continue de sonner, alors, il répondit. Silence.

« Oui ? »

« Monsieur Gauvreau ? »

« Oui. »

« C'est Doris. Vous m'avez appelé ? »

« Oui… »

« Ça me fait plaisir d'entendre votre voix. »

« Moi aussi. »

Le temps d'un instant, l'univers empilait des guimauves à fondre sur sa chair mièvre. Il se laissa tomber sur le sofa. Sa main moite tremblait. « Ça s'est bien passé, le retour chez vous ? »

« Oui, très bien. » Il doit l'inviter à sortir, quelque part Maintenant ou jamais. Le vide l'incommodait. Comment allait-il apporter cette suggestion ? « Je suis heureuse de l'entendre. »

« Je pourrais vous appeler à nouveau ? »

« Pardon ? »

« J'avais des choses à faire, je peux, on s'appelle ce soir ? »

« Oui, bien sûr. »

« Et, samedi ? »

« Vous m'appelez quand vous voulez, Claude ! »

« Je veux dire, on pourrait se voir. »

« Je ne sais pas. Est-ce qu'on pourrait se parler au téléphone, pour le moment ? »

« Oui, bien entendu. »

« Merci. »

Claude ne trouvait plus rien à lui dire. Avait-elle refusé son invitation ? L'heure qui suivit n'apporta aucune réponse.
Ses interrogations se froissaient devant l'ouverture à laquelle il espérait. Ils discutaient comme dans la cour ou dans sa chambre, pendant des mois. Chaque fois que le temps s'étirait entre un propos qui se lançait et une réaction qui se laissait désirer, Claude se sentait apprécié. Elle l'écoutait ! Elle lui posait même des questions !
Comment va votre mère ? Et votre frère ? Est-il toujours aussi aimant sans comprendre la beauté de votre marginalité ? Pierre est un ange, mais leur rapport avec Borduas diffère.
Vous devriez pourtant l'aimer.

« Vous devriez l'aimer. » énonçait-elle. Claude se réveillait d'une lointaine torpeur. « Vous croyez ? » Ce n'est pas ce qu'il voulait lui demander. Cependant, une connexion dans son affirmation raisonnait avec l'appréciation que Claude portait envers son frère. « Jésus, notre Christ, ne s'est jamais posé la question s'il aimait ou non Judas.
Il s'est laissé à l'abandon, et c'est tout. »

« Doris, vous savez que je suis athée. »

« Non, Claude. Vous êtes poète. »

L'amour hors du corps projette une lueur inespérée d'un jour sans lourdeur. Claude le ressentait. L'intrinsèque de l'être savait qu'un univers se divisait pour mieux se reconnaître. Si c'était ça, l'amour ?
« Un poète sans sa muse, vous imaginez ? »

« Je ne sais pas, je suis votre muse ? »

« Depuis le premier instant. »

« Pourtant, vous m'avez appelé Muriel, tout à l'heure. »

Le commun du peut-être porte l'effleurement du possible.

« Oui, je… »

« C'est le nom de celle qui s'est tuée pour vous ? »
Pour lui ? Pourquoi ? On ne meurt pas pour quelqu'un !
On disparaît pour l'univers.

« Je dois y aller, Doris. Je vous rappelle samedi. »

Le silence qui suivit cette conversation lui semblait insoutenable.
Un malaise insoluble le tourmentait depuis des promesses
ensevelies. Allait-il tromper son plus grand amour ? Se rapprocher
d'une nouvelle muse semblait-il convenable ? Pourquoi refusait-elle
de le rencontrer en personne ? Claude n'en pouvait plus de craindre
l'inconnu. Le désir d'un contrat d'écriture l'incombait ! Vivre ses
passions vaut si peu quand on doit survivre de raison. Il voulait la
rappeler, ne serait-ce que pour entendre sa voix. Il prit ses distances
du téléphone. Surtout, éviter qu'il succombe à cette tentation.
Lui parler, pensait-il, *encore une fois, sans cesse, jusqu'au soir.*

Les jours qui suivirent se parsemaient d'inspiration. Armé de sa
plume et vêtu de ses convictions, Claude visita les stations de radio à
maintes reprises, leur offrant quelques scénarios de radioromans,
de la poésie à réciter en onde et des pièces de théâtre. La réception
de ses manuscrits demeurait toujours aussi froide et cynique.
Son titre de signataire du Refus Global semblait porter plus de poids
sur les épaules de sa crédibilité que son œuvre ne savait dépeindre.
Malgré tout, certains producteurs montraient un intérêt empli de
curiosité envers sa littérature. Claude ne cherchait aucune sympathie
ni leur approbation. Il avait déjà conquis le cosmos. Il ne manquait
plus qu'à inviter les oligarques radiophoniques à transporter leur
regard vers les cieux. Qu'on lui donne une tribune, une petite boîte
d'agrumes, et qu'on laisse son génie s'exprimer. À pas lents, sur les
traces impossibles d'un voyage à dos de mule, Claude s'entêtait.

Le soir venu, après avoir, ou non, charmé quelques diffuseurs, le
poète revenait à son pupitre. Sa nature, plus grande que lui-même, se
blottissait dans la duvetée de son langage inventé. On perce l'univers
à grandes enjambées de glossolalies ! La libération de l'âme
commence par celle du verbe.

On *Jack-ristourne-abécédère* tant *Le pieu n'a pas tué celui dont les
lèvres sont embuées de rosée triste.*

Sa littérature deviendra son bouclier mégalomane. *La colère épastouille les rythmes dont la subtilité décadente fait plaisir au chanoine à verrues.* Le geyser vocable emplissait la page d'une glorifiante odeur reconquise. *Eglise ténèbres. Faux des rustauds à caboches-étaux. Le trèfle de mai coudraquile les baumes dont la splendeur izifie les simplifications de l'amour. Pasturlurettatonnelle Les greffiers ont abdiqués l'honneur de m'entrevoir. Le puits d'orge tracasse la chevauchée de l'or du Rhin tandis que les betteraves énumèrent les travées de la hardiesse. Comébonvoize crustifichagatouille l'énée des toises atrouplue l'onde des dés sévères. Je t'aime silençaisne.*

« Ce sera le numéro vingt-six. » murmurait-il.

Qui de la muse ou de la nymphe pouvait s'enorgueillir de cette dernière création ? N'avait-il pas taillé le cycle de l'or pour celle qui habite ses plus tendres regrets ? L'amertume, pour un solitaire, c'est un sentiment âcre au moment d'une émergence qui ne peut pas jaillir. Écrire pour la radio, se rappelait-il. Pour prouver aux critiques de la mission automatiste : il reste encore cet espoir ! Un jour, des générations voudront connaître le langage exploréen. Le marginal sera célébré ! Mais pour l'heure, c'est son isolement qui s'alourdit. Pour toutes ces histoires qu'il lui a racontées, et ces rêves qu'ils ont construit jusqu'à sa mort, Claude s'imaginait un univers figé dans le sourire de Muriel. Les printemps s'effaçaient au fil de son absence, laissant pour seule chaleur le souvenir de son odeur. Mais venaient la mouvance des heures et la présence de l'infirmière. S'il osait, cette fois ? Et s'il l'invitait au parc Lafontaine ?

Claude fixa longuement le téléphone, incertain de ses prochains gestes. Les heures passaient et son angoisse s'entassait. Vint le temps d'inviter l'infirmière à prendre un verre.

Les chefs-d'œuvre de l'art n'ont pas de chair tiède à sacrifier à nos palpations : certain donnerait sa vie pour sauver de la destruction quelques-uns. La jeune femme, pour moi, avait cessé d'être essentiellement une humanité à convoiter : je la voyais un chef-d'œuvre à contempler, dont je devenais le conservateur consciencieux.

Elle ne perdait rien de sa matière de femme. Sa chair, inusable et royal don, demeurait à offrir : encore elle donnerait sa chair, à moi-même... Seulement, ce n'était plus là sa fonction principale d'objet : analogue à l'inestimable œuvre d'art, son utilité primordiale devenait de nourrir la contemplation.

Beauté Baroque - 1952

Chapitre Vingt-Quatre:
La Nymphe Vampirisée

Le parc Lafontaine s'est vêtu d'une matinée aux couleurs printanières. Claude observait les écureuils s'adonner à leurs activités intemporelles, sans se demander si, un jour, un poète ressentirait le même émoi. *L'angoisse de revoir une muse hors de l'acabit des pensées,* pensait-il. Ils sont tous deux des citoyens libres ! Avait-il enfreint un quelconque code en l'invitant ?
Le respect des frontières professionnelles, sans doute. À quoi bon se doter d'une toge intimidée quand le réconfort ne connaît aucune patrie. L'homme s'invente l'éthique dans un espoir chevaleresque, mais il en oublie les tournants romantiques. Aimer semble naturel ; la morale se vêt un nuage d'artifices.

Un banc de bois l'attendait, comme jadis. Ce dernier portait Muriel au bord des larmes. C'était le même, se rappelle Claude.
La souffrance d'un enfant arraché à même les entrailles a laissé des cicatrices sur son écorce. Il serait maintenant témoin d'une idylle. Avoir saoulé leur frêle quotidien semble complice de cette rêverie. Le trac emplissait les nerfs du poète. Allait-elle lui faire faux bond ? Pourquoi est-ce aussi atroce d'entretenir des sentiments ? On se projette un avenir incompréhensible, peignant l'immédiat d'un songe impossible, et le cœur se fend quand la vérité sort au grand jour. À peine poussait-il un long soupir que la silhouette incertaine de Doris se dessinait, au loin. L'angoisse demeurait, mais un champ duveteux lui procurait un calme temporaire. L'infirmière regardait ailleurs, comme si elle désirait disparaître. Lui-même un peu malaisé, Claude alla à sa rencontre. Au moment de se croiser, le silence pesait sur le maigreespace qui les séparait.

« T'es encore plus belle habillée en civil. » lui chuchotait-il

« Quand l'opératrice m'a demandé si je voulais prendre l'appel, j'ai eu peur. » Doris rougit, incapable de formuler une pensée intelligible. « Quand elle m'a dit : "Il dit vous avez sauvé sa vie." J'ai pleuré, un peu. Jésus, notre Christ, a sauvé la mienne. »

Claude lui serra la main, espérant la rassurer. Leurs deux paumes se glaçaient, trahissant leur timidité. « Je suis athée, mais je peux comprendre. » expliquait-il, alors qu'un brin de courage se faisait sentir. Doris se mit à rire bien bas.

« Y a pas de médication pour ça, malheureusement ! »

Ces mots sont sortis à la hâte, comme si elle voulait cacher sa peur derrière un rideau humoristique. Elle se reprit aussitôt, s'excusant sous un sourire enfantin : « Je m'excuse ! Je suis pas très bonne à être funny. » Ils marchèrent, alors, sans trop se poser de questions. Claude n'ajouta rien à cette remarque, sinon un bien cordial : « On se comprend, c'est le principal. » Puis la journée se poursuivit dans un café du Vieux-Montréal.

La terrasse se peuplait à peine, sinon de quelques lys blancs qui pointaient vers un ciel ennuagé. Claude n'a pas visité ce petit café depuis des années. Les lieux lui rappellent un temps où Muriel vivait encore. L'infirmière dégustait son gâteau avec un brin d'inconfort. Une heure s'est écoulée, et aucun d'eux n'a trouvé la parole. Une serveuse remplit leur tasse d'un nectar colombien, récemment infusé. Prenant une bien amère gorgée, Doris plongea dans une discussion :

« Est-ce que tu écris toujours ? » chuchotait-elle.

« Y a de jeunes poètes qui me demandent des conseils. » répondait Claude, perdu dans la beauté de son interlocutrice.

« That's impressive! » se surprenait-elle, entre deux bouchées.

Jadis, il aurait apprécié un tel compliment. Partager ses connaissances n'impressionne aucunement. « Mais la poésie, c'est un moment dans l'univers. » Ainsi s'exprimait Zarathoustra.

« C'est une molécule dans la pensée immortelle qui cherche à incruster celle des autres. »

L'érudit dégustait son feuilleté sans toucher à sa tasse. Son regard portait la lourdeur d'une souffrance qui ne finissait plus de l'abattre. Ne sachant trop comment conjuguer avec ce silence, Doris lui demanda : « Je croyais tu étais athée.» *Seulement parce que la divinité que j'ai connue ne reviendra plus.* Il lui offrit un sourire, en guise de réponse. « Le dieu que vous adorez a promis son retour et se laisse désirer. » suggéra-t-il. *La mienne se laisse juste désirer.* Il conserva cette remarque au plus profond de son hésitation.

« Je vais lui donner son univers, et je pourrai mourir ensuite. »

Il laissa échapper cette pensée, ce qui glaça le sang de l'infirmière, au point où Doris ne savait plus comment l'aborder. Elle lui serra les doigts sous une pulsion maternelle.

« Vous savez, Dieu a donné son fils à mourir pour nous. Il y a pas de sacrifice trop petit ni trop grand pour son amour. » Elle souriait comme si son propre enfant venait à elle avec des questions existentielles. Claude le voyait autrement. Il reprit ses mains d'un geste brusque et concerté.

« On ne parle pas du même amour, Doris. » grogna-t-il.
Ils conclurent ce dîner dans l'inconfort le plus absolu. Maintenir l'intérêt de Doris ne semblait lié qu'à son parcours poétique.

Pour l'infirmière, fille de Dieu, l'exploréen exprimait un exutoire. Elle parvenait difficilement à l'identifier. Elle ressentait la présence de Muriel à travers la vocation de Claude. Un univers plus puissant que le réel assommant se manifestait depuis son verbe. Lire ses textes, à Saint-Jean-de-Dieu, lui ouvrait une porte sur des lieux encore impratiqués. Ce n'était pas une attirance physique qu'elle éprouvait, mais une véritable adoration envers un esprit à l'ascension complaisante. Allait-elle le suivre jusque chez lui ? Peut-être le devait-elle, si seulement pour mieux baigner dans son génie.

Claude ressentait le jubilé d'une muse qui s'abreuvait de sa pensée. L'admiration se dresse en un des sentiments les plus réconfortants. Leur goûter se termina sur un fond au mutuel bienveillant. Les regards se courtisaient, alors, un peu à l'amical, surtout dans une contrée aux vents de curiosité.

« D'accord, Gauvreau. » chuchota-t-elle. Il sourit, sachant qu'elle acceptait de poursuivre l'entretien chez lui. Avant d'en arriver là, cependant, une nouvelle bouteille de vin devait être célébrée. Doris versa l'accompli dans le verre de Claude. Elle prit une profonde gorgée, au point de s'étouffer un brin, mais la glace était définitivement rompue.

Le trottoir semblait s'effriter sous leurs pieds. Doris titubait, mais Claude se tenait droit et solide. Ils marchèrent depuis le restaurant, s'exprimant à peine, sinon par quelques fous rires. La timidité s'était envolée entre ces deux chercheurs de vérité. L'été s'imprégnait de fraîcheur sous un zénith charmeur.

« Pourquoi m'avoir appelé ? » demandait-elle, avant de se pendre à son cou. Le poète prit un temps pour répondre, mais son inconscient automatiste lui pressait une parole animiste.

« Ce n'était qu'avec vous que j'étais bien, derrière ces murs. » expliqua-t-il.

« Je ne voudrais pas retourner dans ces lieux morbides, mais j'affronterais des hivers en enfer, s'il le fallait, pour vous retrouver. » Ces derniers mots glacèrent le sang de l'infirmière. Ils poursuivirent leur route dans un mutisme lourd et malaisé.

L'immeuble abritant l'appartement de Claude surplombait la rue Saint-Denis. Un snack-bar invitait les gourmands, au coin d'un chemin passant. L'après-midi ouvrait la porte à une soirée enchanteresse, et déjà Claude se sentait apprécié dans les bras de sa maîtresse. Ses idées, cependant, se tiraillaient. Allait-il commettre l'adultère ? Il avait promis une vie à celle qui l'ignora trop, pour partir trop tôt. Sa main tremblait. Celle de Doris venait la chercher au creux d'une douleur. « Vous êtes pensif, Claude. » laissa-t-elle s'échapper. « Ça va passer. » répondit-il.

Doris se sentait à l'écart. Le malaise disparaissait quand la porte d'entrée s'ouvrait. Le corridor de son logement s'éclairait à peine. Des nuées de poussière s'amassaient dans les coins. La lumière se navrait à tracer le contour des silhouettes ivres. *Allons*, se lançaient-ils, *encore un verre*. L'appartement s'invitait de lui-même. Après un bon moment, Claude parvint à déverrouiller les lieux. Que vienne l'inévitable ! Ce jour appartient à la guérison. Il réapprenait à sourire.

« On fait de la poésie ? » chuchotait-elle, alors qu'un long corridor se dessinait devant eux. *On fait un peu de folie,* s'imaginaient-ils, pour un moment, un tout petit instant. Elle se sentait vivre, pour une première fois. Sans se poser de question, elle l'embrassa. Il la repoussa tendrement contre le mur ! Elle le reprenait pour l'embraser davantage, cherchant à lui dérober sa chemise. Les flammes épousaient leurs gestes et les regards. Au diable les anges ! La passion domine, toute puissante. Ils s'empressèrent à rejoindre le sofa, s'enlaçant sans relâche. Des années de désirs enfouis rugissaient, enfin !

Doris se contenait un bref moment. Elle doit respirer. Claude lui bécotait le cou. Des battements cardiaques s'en prenaient au silence qui voulait les étouffer. On déchire les chandails ! On retire les pantalons. On tombe au sol, et on se retient pour ne pas rire. Saisir l'instant par les tripes ! Les mots n'existent plus. Seuls les touchers s'affichent. Doris, fille de Dieu, en oubliait sa vocation. « Claude… Claude… » se surprit-elle à prononcer. L'homme n'en pouvait plus. Il l'embrassait, encore, en corps, et « Claude ! » Elle le repoussa violemment. « Je suis promise au Christ. »

Prisonnier d'un carrefour, entre la bête et la sagesse, l'érudit souffrait en silence. S'imposer sur elle s'invite plus facilement que de se retenir. Doris lui léchait le bout des doigts, en riant tout bonnement, mais il savait. Il connaissait la vérité de l'esprit. Il s'assied au bout du divan et fixa la fenêtre.

« On peut se faire de l'affection, mon beau poète. » lui proposait-elle. « Je dois seulement préserver mes secrets. » L'envie quittait le corps de l'écrivain.

« Ce n'est pas une bonne idée, Doris. » murmurait-il. Vexée, elle cherchait à lui caresser l'épaule.

« On peut être de tendresse sans faire l'amour. » suppliait-elle.

« Le langage exploréen, c'est pas celui d'un peuple ! » Il voulait se convaincre lui-même.

« De quoi parles-tu ? » demandait Doris.

« Mais les peuples se cherchent, individuellement, exploréens. »

Se sentant de trop, Doris se rhabilla et quitta l'appartement. Claude était maintenant seul avec ses désirs renfloués. Un trop plein l'encombrait. Il entendait Doris refermer la porte avec violence. Il jeta la lampe au sol. Il lança un coussin contre la radio. Il frappa le mur pour le trouer ! Il s'écroula en pleurs et en cris. S'infliger la souffrance plutôt que de faire souffrir autrui, mais toute sa vie, il acceptait cet abandon. Pour en retirer quoi ? À quelle fin ? Plaire plus que se pourvoir ? Sacrifier ses besoins pour répondre à ceux des autres ? Ces jappements à la lune l'assommaient ! Ne faire de mal à personne, même si ça nous ronge les entrailles. Alors il reproduira son agonie à la radio ! Il la lança au sol ! Il ignorait que le poste jouait, tout bas.

Thaïs va mourir

Le baryton hurlait sa douleur, ayant trop cherché à convertir la courtisane païenne qui termina ses jours dans un couvent. Massenet connaissait l'histoire d'amour entre Claude et Muriel. S'imposer en période de sécheresse porte l'odieux des déserts aux parois des temples. Il ne devrait pas la rappeler. S'alimenter d'amertume au parfum de regret. Retourner dans cet enfer solipsiste aux murs aseptisé, s'il ne peut satisfaire un soi empreint d'un firmament irradié. La petite boîte de bois poursuivait son chant. Claude se prenait le visage à deux mains. L'infirmière n'a sans doute pas rejeté le poète. Son incompétence lui inflige un célibat des plus acerbes. Comme ce serait simple d'en vouloir au féminin dans sa globalité ! Les relations humaines devraient s'en tenir au ressenti d'un seul parti. Les meurtrissures d'artère brandissent l'oriflamme au cardiaque obstrué La pâleur du moment n'aura pas sa peau. Que rougisse son regard, s'il ne peut fixer le réel dans le blanc des vieux. Que pleuve sa cornée, engorgeant ses joues d'un océan imberbe. Le poète se tiendra droit ! Il demeurera debout, fort de chêne et d'acier !

Sa colère indémaillable rugit ! La vaisselle et les murs croiseront le fer. Sa violence sera portée en appel, reprise par un jury autodestructeur. Un trou épousera son poing, et le plâtre revolera en éclats contre un plancher qu'il néglige de tout son poids. Une fois sa rage épanchée, il s'écroulera pour fondre en saline. L'âme de toutes celles qu'il a aimées viendront le clouer contre le bois franc. Au-devant de cette armée inquisitrice, il verra le regard enchevêtré de douleur d'une Muriel qui refuse de quitter son affection.

L'asthme lui interdira de respirer sans l'approbation d'une trachée nouée sous les affres à saveur de ruine. Tout, chez lui, l'invitait à mourir. Plutôt en finir maintenant que de continuer à s'enfoncer dans un vécu impossible. Qui se souviendra de Claude Gauvreau ? Il peut bien disparaître ! L'univers n'en viendra pas à s'éteindre pour si peu. S'il devient aussi lourd pour ses proches, alors son dernier sacrifice se versera pour eux.

La douleur lui assenait un tremblement aux accents engourdis. Pourtant, il lui reste encore des écrits à pondre. Il n'a pas terminé ses œuvres complètes. S'il doit souffrir pour s'abandonner à son art, alors peut-être que ces moments insoutenables forgent un mal requis. La radio à l'écorce fendue continuait son récital.

Au creux de son imaginaire, Claude se rappelle :

L'embrasement des croisées, dans la ruelle derrière le Gesù, il se souvient. Le premier sourire du petiot, son regard imprégné de promesses, il angoisse. La chaleur de ses bras, alors qu'ils s'embrassaient à peine, de peu, dc près, sans vraiment se toucher, il souffre. Son haleine lui caressant les lèvres, il pleure. S'il la revoyait dans toutes ces femmes, aucune ne savait porter sur elle l'envolée des versets inspirés qui donnèrent naissance à sa poésie.

Les heures s'enfilaient de minutes effilochées, jusqu'au soir. Claude demeurait ainsi couché au sol, incapable de bouger. Il n'avait rien mangé depuis la veille. Peut-être que l'infirmière reviendra bientôt. Elle lui apportera ses médicaments, et un bon repas chaud. Impossible de dormir. Impensable de réfléchir. Ses idées s'annoncent la guerre comme l'amour se déclare l'ardoise. Il se laisse crever d'épuisement. Si un nouveau matin se dessine de l'autre côté de sa fenêtre, alors ce sera le dernier. Il faut bien mourir un jour.

ROUOROL – Le crâne du poète m'a parlé. Il m'a expliqué que je pouvais pénétrer dans cette toile qui a été inspirée par la poésie de l'athée. J'ai pénétré à l'endroit qu'il m'avait indiqué. Et, ainsi qu'il me l'avait fait savoir, j'y ai rencontré sa femme Eytelda et j'y ai vu les six crânes de ses enfants. Il y avait aussi un ange doré.

L'imagination règne – Le Crâne sous le globe — 1963 - 1967

Chapitre Vingt-Cinq:
Julienne Major

Trois jours vinrent à passer. La matinée se dressait d'une robe printanière, invitant la nature à s'exprimer sous les louanges les plus mélodieuses. La radio annonçait une météo plutôt nuageuse, mais Claude demeurait trop distrait pour entendre ces foutaises. Il fixait le mur, étant assied par terre depuis des heures. Le salon montrait des signes de colère. La table s'est vue renversée, ses bibelots fracassés contre le plancher. L'atmosphère portait encore les blessures d'une longue nuit à hurler. Il a fait fuir l'infirmière. Comment a-t-il pu devenir aussi mécréant ?

Il lui était impossible de trouver la force de se relever. Au loin, le téléphone sonne. Le bruit insiste, mais Claude ne se lèvera pas pour répondre. Au bout d'un bon moment, les complaintes se tarissaient, mais le silence devenait pénible. Et si c'était elle ? Elle sait où il habite. Peut-être qu'elle l'attend de l'autre côté de la porte ? Trouver le courage d'aller voir.

Au bout d'une heure, la sonnerie reprit de plus belle. Claude demeurait toujours indisposé. Il fixait le plafond en s'imaginant une rivière de lave venue l'engouffrer. Une douleur lourde et encombrante l'empêche de retrouver le goût de fonctionner. Écrire ! Il doit s'exprimer. Ouvrir le canal, pourfendre l'écluse, recracher l'angoisse contre le papier. Sa chambre s'éloigne au bout du couloir. Il peut à peine apercevoir le pupitre et les feuilles. Certaines traînent au sol. Parviendrait-il à pousser sa chair et son spectre jusque-là ? Son visage rougeâtre portait la marque d'une vie inconsolable.

Et s'il la rappelait ? S'il insistait? Une dernière fois, pour la revoir. Visiblement, il ambitionnait mais elle pourrait sans doute entendre son plaidoyer elle va comprendre. Elle doit comprendre ! Il a déjà perdu sa muse, il ne peut se permettre de perdre sa nymphe ! Si seulement il pouvait s'endormir, oublier jusqu'à son existence. S'enliser au fond d'un abîme aux accents intolérants. Qu'on le foudroie ! Fou, droit…

« Claude ? T'es là, Claude ? » Sa mère l'interpellait depuis l'autre côté de la porte. « Tu réponds pas au téléphone ? Ça fait trois jours que je te cours après. Jase-moi. » Silence. Elle va partir s'il demeure muet. « Je sais que t'es là ! J'ai vu ton bordel, de dehors. T'as pas l'air d'aller. Ça m'inquiète. »

Pour un poète automatiste, la vérité n'appartient qu'à l'élicitation d'un inconscient révélé. Un nombre doré jaillit dans la félicitation d'un verbe apprécié. La coïncidence syntaxique n'existe pas. Chaque syllabe se rattache à un microcosme inattendu. Un courant vécu dicte à l'être l'âme d'un jour, pour l'instant cessé d'un moment distancié. Désapprendre la présence de celle qui lui tend la main. Oublier ceux qui tiennent à lui. On ne siège qu'à travers la souffrance. Le bonheur est un fossoyeur, un charlatan. Il renifle un instant, incapable de taire les grondements du frigidaire, ou les acouphènes qui l'atterrent.

« C'est pas le bon moment, maman. » exprima sa voix tremblotante. « Reviens plus tard. » La seconde qui suivait l'enivrait d'une morsure trois fois plus cruelle. L'entendre soupirer lui semblait encore plus intenable : « Je vais pas partir tant que tu m'auras pas laissé entrer. Je défonce la porte, si il faut. »

Le pouvoir d'une mère. Sans même s'en rendre compte, Claude venait de trouver la force de se lever et ouvrir à son invitée impromptue. « Regarde pas le désordre. »

« Claude ! » s'exclama-t-elle. « T'as-tu braillé ? »

« C'est correct, je suis correcte; tu veux-tu un café ? » Sans lui répondre, Julienne s'introduit dans le logement de son fils. « Tu devrais te ramasser mieux que ça. » lui reprocha-t-elle. « On sait pas quand est-ce une jolie demoiselle pourrait te visiter. »

« Je dis ça pour te taquiner. » Elle s'empressa de ramasser un balai pour entreprendre un grand ménage. Claude ne pouvait que rester de marbre, derrière. « Veux-tu ben me dire quel ouragan est passé ici ? »

« Je me sentais pas bien. »

« Tu veux qu'on en parle au docteur ? » Le poète secoua légèrement la tête en guise de protestation.

« C'est rien de grave. »

« Claude ! T'as tout sacré à terre. C'est grave. »

Voyant que sa mère ne semblait pas prête à quitter, Claude se dirigea vers la cuisine. Sans dire un mot, il irait préparer deux cafés.
En chemin, le pupitre l'interpellait. Écrire, s'exprimer, hurler l'encre jusqu'à fendre la pulpe et rompre les liens du stylo-bille. Lentement, s'avancer vers la pièce. Oublier l'issue ; négliger le paisible.

« Je vais repasser avec de nouvelles fleurs. T'as saccagé tes pots, sur le balcon. » Il les a lancés contre le trottoir. Quelques promeneurs se sont plaints, et la police s'est présentée à son domicile.

« J'en n'ai pas besoin. »

Le couloir se resserrait contre sa gorge. Avancer, continuer, préparer le café. S'arrêter, s'interroger, observer le pupitre et les feuilles, le stylo-bille qui s'énerve. Retourner à la cuisine. Claude manque d'énergie.

« Ben voyons, Claude. Je te ramène des lys blancs. Ça va te faire du bien, un peu de beauté chez toi. » Un peu de beauté. Des fleurs, respirer, ne rien dire, souffrir sans s'exprimer. Préparer le café, juste préparer le café. Deux tasses. Un peu de lait. Du sucre. Arrêter de réfléchir. ***Ta gueule !*** Criait-il dans sa tête. À lui-même, à sa faiblesse, il hurlait sa propre torture.

« Claude ? » Silence.

« Ça s'en vient, maman… »

Julienne n'en pouvait plus de sentir son enfant glisser dans l'endolori d'un temps souffrant qui ne guérira jamais. « Laisse-faire le café, Claude. Viens, on va jaser. » Alors que d'autres se forgent un monde à l'image de leur peur de mourir, Claude se bat pour donner l'univers à sa crainte de ne jamais aimer.

« J'ai presque fini, c'est correct. Combien de sucres ? » L'art, cette une explosion existentielle. Une mine interpersonnelle.

« Regarde, je vais m'occuper du déjeuner. Je pense que t'as faim. »

S'effondrer, pleurer, mais pas devant sa mère. « J'ai presque fini, c'est correct. » Son estomac vide voulait dicter un geste violent à ses bras mous et malléables. Son esprit évidé allait approuver le mouvement, sans aucune conscience.

« Claude ? Ça va ? » Il se calma, au moment de réaliser… la cafetière traîne au sol, les tasses ont éclaté, la boisson s'est répandue sur le comptoir. « Tu prendrais-tu un verre de lait à la place ? »

Se calmer davantage, se calmer. « Ben oui, c'est certain. » Ses mains tremblaient. Servir un verre de lait lui semblait impossible. La faim l'assiégeait. La fatigue l'encombrait. « Claude, t'as-tu besoin d'aide ? » Sa mère insistait. Le poète soupirait, cherchant tant bien que mal à surmonter cette épreuve. Trouver le courage de ne pas flancher, ne pas s'écrouler, fondre, s'enfoncer au fond du plancher. « Ça s'en vient. »

Il empoignait le réfrigérateur comme son dernier rempart, avant de s'évanouir. Servir, il doit prendre une pause. Même respirer lui donne un mal de tête atroce. Il n'a plus la force d'exister.

« Claude. » Sa mère s'exclama, derrière. « J'ai besoin d'être seul, maman. » murmura-t-il, enfin. « Je vais bien aller. Je vais écrire un peu, puis je vais dormir. » Julienne avança davantage, d'un pas prudent, sous un regard inquiet et aimant. Elle serra son enfant tendrement, comme si le temps s'étirait à travers un amour intarissable. « Je veux que tu m'appelles, ce soir. Va te coucher, prends des forces, mais je veux entendre ta voix. Tu comprends ? »

Entre un sanglot et un hurlement intérieur, Claude acquiesça. Sa mère le remit sur pieds avant de déposer un baiser dans son cou. Elle le serrait très fort contre son corps traqué d'inquiétude. Elle quitta les lieux. Le poète s'empêcha de vaciller, jusqu'à ce que la porte principale se referme. C'est alors que les larmes forgèrent les pires crevasses, le long de ses joues. Chaque clignotement apportait un nouveau torrent. Ses lèvres et sa moustache offraient un bien frêle abri pour ces pleurs orphelins. Au bord de se jeter contre les tuiles de la cuisine, il panique. Sa tristesse devenait trop lourde pour qu'il relève la tête. Regagner le lit, mais cette tâche représentait un défi insurmontable.

Avec peine et pesanteur, il se traîna jusqu'à sa chambre. Ses tempes pressaient contre son crâne, et son front arborait une fièvre parsemée d'engourdissements. Claude ne sentait plus ses membres. Peu à peu, l'essence même de sa conscience ne tenait plus le fil de son existence. Disparaître ! Fondre au fond de son souffle haletant et inconfortable. Ses repères se perdent au creux de son peu de sommeil. La chaleur des bras maternels lui manque déjà. Rappeler sa mère. Maintenant ? Non, écrire ! S'exprimer ! Dormir…

Le matelas se trouvait dénudé. Les couvertures et les draps traînaient au sol. La température l'incommodait. Il devra plonger tout son corps au milieu de ce réceptacle moelleux, sans s'abriter. Compter les heures une à une, à travers d'interminables sabliers aux accents incertains. Le soir tomba. Son ventre vide grognait. Sa tête s'enfouie sous un monticule de regrets. Claude s'interrogeait. Devrait-il appeler sa mère ? Reverra-t-il l'infirmière ? Et si c'était une erreur. L'univers le punit pour avoir trompé Muriel, à travers quelques fantasmes.

Minuit vint à passer. Muriel lui chuchotait quelques appréciations, sous couvert de hantise. Sans bouger, Claude se permettait une paralysie somnolente. Des ombres peignaient la noirceur d'une solitude empreinte de défaite. Une vie gaspillée ! Rêver l'impossible.
Il doit abandonner, maintenant. Écrire ne sert plus à rien. Mourir, il doit mourir. Disparaître, comme s'il n'avait jamais osé dévoiler les secrets d'un vécu en habits de béton.

Ti-Claude ?

Dormir ne sert à rien… Fonctionner ne sert à rien. Vivre ne sert à rien ! Il a froid, mais son crâne pousse la chaleur jusqu'à ses tripes. Respirer empoisonne ses désirs. Abandonner, tout laisser tomber.

Ti-Claude !

« Mon petiot, mon ange, je suis désolé. »

Elle se tenait au bout du lit. Une apparition s'invitait, à la fois angélique et enivrante. Son attention ne parvenait pas à se blottir au creux de son sourire, et pourtant regarder ailleurs lui était tout aussi impossible. Il se l'imaginait comme au moment de leur première rencontre, au théâtre. Le spectre portait une cigarette à ses lèvres. Il pouvait presque l'entendre réciter du Baudelaire. Sa vie aurait dû se figer dans ces instants. Muriel n'aurait jamais dû se perdre dans cet âge adulte qui vous martèle à coups de banalité.

C'est pas fini, mon beau poète. Il te reste encore à illuminer les cieux. Fendre les foyers, craqueler les reins d'un titan.

« Je n'ai plus rien à dire, Muriel. Je dois me laisser mourir. »

Sans avoir publié ton œuvre ? Mais non, Claude. Pense aux générations qui te suivront. Mourir sans lui offrir ces firmaments ? Non. Claude doit se ressaisir. Il doit écrire.

La nuit s'assoupit, ouvrant la voie à une matinée sans force. Un tiroir montrait l'entièreté de sa création. Des centaines de feuilles, toutes dactylographiées, s'empilaient, propres et bien rangées. Elle se tenait là, sa vie. La souffrance ne crée pas de poésie. Elle forge le poète.

Le pupitre l'invitait, comme pour une dernière danse, avant de rejoindre cet univers hautain, au temps des vendeurs d'ambre.
Il ne doit pas mourir avant cette ultime offrande. Écrire, encore, sans cesse. Écrire jusqu'à l'effondrement. S'évanouir pour écrire, encore. Le zénith pointait à l'horizon. Claude a retrouvé sa muse.

L'apoliῌ que

L'intimité en peau de carence cisaille sans atirail. Crémoisie nicktolaire, je demande un report des gigantesques! L'intolérance mitraille l'incertitude sous la paiillance, que déjà le névrotique palpite dans une marre de dieudonnées. Juxtaposons ces kornéliaillles aux troncs d'introductions. Kog mangue rictus ne corlure sans patrimoine. Le jeu des jambes s'appartient, moi je préfère découper l'orgueil. Généreuse génération prisée en cote de maille. Je fendillerai l'intransigeant si la gencive dégente en gants d'anti vok! Carnorlo carn, carn, carn, lordoflaganihghvnklophgt! Je suis l'imposture en robe du soir. Humblement, je me remets à l'ordre. Un jour, nous boirons tous le sang du fuligule.
Ma jeunesse s'époumone. C'est fini.

Poème exploréen – Martin Poirier – 2023

283

Le Vide Anéanti

Peu de temps après l'annonce du décès de Muriel, un état psychotique s'éprit de l'esprit de Claude, le plongeant dans un déni au goût d'amnésie. Il se réfugia au chalet de Borduas pour écrire son roman moniste : Beauté Baroque. Il traînera ce boulet psychologique toute sa vie.

C'est trop! Les conventions s'inclinent. C'est trop! On décline l'invitation. C'est trop! Je manque d'air, je m'étouffe! J'ai mal, j'ai mal! Quelqu'un m'entend? Quelqu'un? J'ai mal! Je veux mourir, laissez-moi mourir, maintenant! C'est trop! Le calme me fait sa tempête. C'est trop! L'impuissance s'invite, souvent au moment où la vie s'envole. La naissance est un traumatisme qui prend un vécu à s'épanouir. Personne ne demande à s'y reconduire. Le néant devrait nous servir de tombe éternelle, mais non. L'univers nous plonge dans un corporel sans pardon. On s'incarne comme l'ongle animiste, poussant les panaris aux confins d'un doigt inachevé. C'est l'âme qui s'infecte, à travers nos chemins inversés. Alors on boit pour oublier.

Ronge les sens, l'essence des songes allongés d'aisance à la primauté Primale, ronge l'impuissance, l'appui des penses aux dépens des lances aux panses de fonds démenBels. Ronge le ciel, plonge. La tristesse débonnaire enterre la voix sous des tresses sanguinaires L'aisance est un anévrisme qui surprend un vaincu à s'évanouir Survivre demande trop d'efforts, alors on laisse tomber, on lâche l'emprise, on accepte la mort. On la souhaite, même! Qu'elle pourfende ce qui nous reste de bonne chair. Rien n'avance; tout s'éternise. La blancheur des hivers qui égorgent les premières mésanges du printemps. On regrette d'exister, puis on boit pour oublier. Nage l'image narguée au naufrage plaquée d'un fond laqué d'un vernis à ombre. On s'en tambour que l'orchestre se vacarme! La révolution électrise les guitares! Pour les violons, c'est trop tard

C'est trop tard! La noirceur s'en balance, c'est trop tard. Tout est souffrance! Le désarroi d'une infortune au goût d'un blé amer enivre nos soirées d'amnésie. Ce charnel devient réceptacle de spiritueux alors que le spirituel fuit le spectacle. Tout s'évapore à l'ombre d'une envie poreuse, encombrée, puis diminuée. Chaque lueur, aussi faible soit-elle, conquiert la nuit. Qu'en est-il des veilleuses endormies?

Ces moires insoumises que l'on étouffe sous un tapis de sanglots.
On boite jusqu'à la bouteille, puis s'en est trop, et on boit pour oublier.
On tombe pour s'encombrer, fondre en incommode, rompre la
commande des vagues impressions de comprendre l'équation d'un
chaos décharné L'ordre s'en balance. On s'élance. Enfer et gradation!
Le silence nous rappelle à l'orgue, à l'heure douloureuse d'un revers de
pendaison. Un pas sans regarder derrière, sans périphérie, sans rien voir
devant, puis c'est terminé. Le petiot n'est plus. Le souffle non plus,
sinon quelques gémissements au creux de l'agonie.

Suivre le courant pour vivre sans poursuivre cette promesse libératrice,
ou s'éteindre sans craindre l'effacement des feux de l'aboli. Le retour
au néant. De morsure tu redeviendras blessure, au regard rougis d'avoir
trop pleuré. On rejette l'incompréhensible! On refuse l'inévitable.
Fracassez les âmes sensibles! À coups de pierres, à bras métallique,
craquez-moi ces crânes! Meurtrissez l'impardonnable !

Le sol s'enfonce sous une avancée mièvre. Les piliers en perdent leurs
repères, comme l'enjambée projette le front contre le coin d'une table
Le rouge et le salé. La façade s'est éclatée. La salive se mêle aux
hurlements, en commissures béantes d'une voix étranglée! Il fait trop
mal pour pousser un autre cri. Un tremblement thoracique martèle
les artères contre un vertébral paralytique. La colonne n'est plus.
Le temple sporadique, citadelle au parterre cérébral animique, on oublie
qu'on a trop bu.

Eunuque au goût encastré. On n'aime pas, dans le monde des idées.
On s'apprécie, on se découvre, mais on éjacule à peine.
L'incandescence asphyxiée plonge la poussière dans une noirceur
insonore. Le ba se désintègre, sous le cas d'une émergence vivace.
Le réel se désinvite. Quelqu'un est mort? Je l'ai connu? Qui?
C'est une femme qui m'a, quoi? Le piano en fait trop. Persister, rester
debout. Elle s'est éteinte! De son propre aveux, elle a sauté. Je ne lui
parlerai jamais plus. J'ai envie de vomir sa vie, mais ça lui manquerait
de respect. Mon ka se débat, je n'en peux plus alors j'oublie que
j'ai trop bu.

Néant à la nuance flânant au flagrant Nelligan d'une délivrance sur fond
de Lamartine. Julie Charles? Tu m'entends? As-tu lu mes lettres, avant
de disparaître? Ils parlent de Charogne, moi j'existe que pour toi.

285

Le silence est une putain! Pourquoi elle ne m'a pas attendu? Je lui aurais, boire, bon! Je n'aurais pas été parfait. Mais une famille, c'est beau, non? C'est un microcosme de presqu'un univers. Laissez-moi disparaître. Une bulle, c'est une perle ou une roche. On s'en fout comment les autres vont lire mes textes! Sans saveur, rien qui les interpelle. J'écris pour elle! Morte trop jeune, les générations ne font que réapprendre à détester la renaissance. Mieux vaut oublier quand on boit trop.

Tu te souviens du lac Bourget? Un soir qui immortalisa l'amour véritable dans la poésie. Regarde! Il est là, aussi. On ne tombe en véritable passion, vraiment, qu'adolescent. Ensuite, c'est mort. Malgré tout, je me sers une autre bière. Certains me voudraient morts, d'autres m'ignorent. J'ai un univers à mettre sur papier! Je vais y arriver, même si vous me détestez! Je ne suis pas un homosexuel, je dirai à cette animatrice, mais bon, je n'ai rien contre la pulsion. On s'impulse comme on peut, mais non. Je ne peux pas oublier qu'elle soit morte. On s'est à peine touché. On se découvrait sous les couvertures de Borduas. L'asthme, mais encore. Les voyages forment la solitude. Tu n'existes plus, Muriel.

J'ai mal! J'ai mal d'avoir mal. C'est trop! Je me sécheresse à vouloir t'expulser de mes larmes. On me pèle la peau à vif! Mes ongles se détachent sous la lame barbare d'un souvenir qui me harcèle. Je m'efface, je disparais, oubliez-moi, je suis une charogne! Tu te souviens? Alors je n'existerai plus! Non plus, je disparaîtrai de la surface de ton nom. Je m'effacerai jusqu'à négliger l'ombre de nos souvenirs. Le corps est absurde. Il nous impose l'appartenance. Pourtant, la souffrance nous instruit sur la vertu d'une transcendance! Un traumatisme si intense, le soi s'élève quand le bas se soulève. Un astral au voyage départagé. Il t'a touché! Il s'est imposé, et je l'ai senti. Tu rêvais de grandeur, il t'a rabaissé. Je rêve aussi d'égalité, mais je comprends pourquoi tu buvais. Je me vandalise les sens! J'aurais dû insister! J'aurais dû me retenir! Comment on fait pour empêcher quelqu'un qu'on aime de partir? C'est trop! J'ai trop mal, j'ai trop mal, je veux mourir !

Je bois, moi aussi. Regarde : le monde se déchire. La Terre souffre depuis les colons romains. Le temps n'a jamais existé, mais l'amour essayait. Tu sais? Un respire ne s'attache d'aucun atome. Pourquoi on se crochirait pour quelqu'un d'autre? On n'est ni Messie et ni apôtre. J'aurais insisté, si ce n'était de nos pulsions révolutionnaires. Tu sais? On vient d'apprendre l'importance d'une femme visionnaire. Et là elle se jette de l'autre côté d'une fenêtre? La couverture au cou? Pourquoi t'as pas bu, plutôt?

Muriel! Parle-moi! Réponds-moi! On se connaissait à peine, mais déjà le monde tremblait sous nos émois. L'impuissance s'invite. La tristesse débonnaire enterre la voix sous des tresses sanguinaires. Tout est souffrance! Enfer et gradation! Le sol s'enfonce sous une avancée mièvre. L'incandescence asphyxiée plonge la poussière dans une noirceur insonore. Le silence est une putain! Malgré tout, je me sers une autre bière. Alors je n'existerai plus! Je bois, moi aussi. Muriel! Parle-moi!

Parle-moi! Dis-moi que c'est pas arrivé. J'ai imaginé toute cette histoire. Je vais me réveiller, on va être à Saint-Hilaire. Je t'ai laissé dormir dans mes bras. T'étais saoule, mais je t'ai pas touché. On a fait la tendresse, comme tu voulais. C'est mon ange qui t'a embrassé, mon ange. Nos corps s'enlaçaient, sans qu'on se dévêtisse. On se revêtait l'un de l'autre. T'étais ivre et tu riais. Moi, j'étais en amour et je me taisais. Tu t'es levée, tu m'as pris par la main. *A rrête de faire ta sainte nitouche Ti-Claude…* l'amour, c'est pas carnassier pour deux scènes.

Le feu crépissait hors de ses bonds, et toi tu me faisais un massage J'étais tendu, mais je te désirais! La vertu, c'est une ceinture de sainteté. *On se fait du Bien-Être, Claude,* alors on respire. On respire, on s'épuise à s'espérer. Le blanc crème porte un sublime en robe de mariée. C'est toi qui as porté tes lèvres contre mon sein. Je m'en souviens comme si c'était toujours. J'ignorais où déposer mes mains. Les tiennes trouvaient leur chemin sans réfléchir. Je ressentais ta chaleur à travers la paume de mes paupières. *Relaxe, mon beau poète,* tu murmurais, comme si on enfantait en secret. *Je suis saoule, mais je sais ce que je fais,* alors j'ai tout abandonné.

J'ai fermé le deuil. Ta chair s'est enflammée contre la mienne.
Le vierge immolé, incendiait Lapointe. *On fait de la poésie :*
« Tu me fascines tellement, ma muse. » La jeunesse s'invite au bal
des incohérents. Le social martèle le rêve à coups de béton. On nous
a retiré le droit de s'aimer le jour où l'Église a déposé sa première
brique! Le Frère André est un grand portier, un homme de bonheur,
mais moi, Laura, je voulais que tu sois mon paradis. J'ai défoncé les
portes pour te retrouver. On se fait du théâtre, maintenant.
Je comprends, j'ai compris, on existe pour un son, le temps d'une
pulsion, passion, autre je comprends! Je t'ai compris, la jeunesse
vivra! On va se faire de la poésie.

Je t'ai laissé faire, mais j'ai aimé ça. J'ai appris à exister quand mes
lèvres ont touché les tiennes. L'abandon, c'est un pain béni. Même si
on espère que quelqu'un nous ramasse, avant de percuter l'asphalte
On se laisse tomber, quand on croit avoir trouvé la bonne. Là, t'es
parti, c'était ton choix, si tu savais comment je souffre, mais c'est ton
choix! Mais dis-moi, Muriel, pour qui choisis tu de t'abandonner
ainsi? Pourquoi te lancer, d'un coup de tête, dans le vide, à en rompre
tes obligations, alors que tu te savais appréciée?

On est des agents chaotiques dans un ordre qui nous échappe. C'est
pour ça que j'écris! J'organise mes raisons d'appartenir à plus grand
que moi-même. T'étais pas lâche d'avoir sauté à ta mort avant tes
trente ans. C'était brave!

C'étais ce que t'as eu de plus brave à nous offrir.

Je ne vais pas sauter à ma mort, maintenant. Moi, Muriel, j'appartiens
à une révolution. Elle se fait tranquille, mais elle est certaine.
Je te permets de partir. Je t'autorise cette disparition. L'ordre se
reconnaît. On est nés épaves, mais on se retrouve, parfois.

VOLTÉGRAHATAHAZINE

ORNZCOCOX - arzmanncadelin ujuwolchépurl taufaugnel tadi craudarel
yavachartala zauzcnunaumilr moludelle tnauhir augloza fochin
idize causechéwngli tubucleuznér aravéghé poldrête
tupachin waugoldé terbar woholné naragzdildetéré bodolide
taunau carachète ziglndri taucaulferme dubli chagle stauvre
chimadéhelde tapabavlir turmate daghouidze teulta vérn drugle
touzoudaglozi warwérlé taugaudaglenoze tafdcholhirglohé
tafanoèr dégléjédé zafadir touné molglé polfènn tahi jugdle
onescaur wildé taublauhir wounesta tachatle cozneul woln trude
acafir zégollé taumaunoir boldi ftcheu tahir ganlé tnâ
tivanna érpoldé tuvavir sugla tochodir gaudé panahl wilgle
gohouze tauchautruacte dolzdli dauvanghère chollerzde cnarma
tnaupaufaulglulède auzcaupoire tulvda zari chné arzq tublade
tigaunnec yapaltrize suchugelde yorné dlala knéfé zohil
chawahûl dubudla zuvardir taunaucle zaglahir jdé zonn fornle
zuguhècle yatazire chmnunné total zobli chude gadache flèr
yéwétaratodize urcmulmneu yochérfe ozecauwèlnaharsi tibil yové

Faisceau d'épingles de verre — 1961 - 1970

289

Chapitre Vingt-Six:
La Révolution Sonore

S'affirmer ! S'afficher. Rompre les liens avec l'illusion. Claude n'a jamais été. Le verbe était. La parole soit ; le poète sera. La lumière n'émet aucune couleur. L'œil perçoit des ombres. L'érudit apprend à nager. On se découvre prophète sans jamais le savoir, et Gauvreau s'est effacé dès le premier regard. De marbre et d'audience, on se tient debout. La vérité s'affirme et s'affiche d'elle-même. La loi des cordes décordait Muriel dans sa petitesse. On se déploie dans notre grandeur, mais l'authenticité n'a aucune emprise sur l'empire des encombres. De granite et d'audace ! *On me croit fou, on me prend pour sot, on m'improvise une bête. Au diable ! Je suis la lumière de moi-même.* Le phare d'un *j'aurais dû* sur l'océan des *je devrais*.

On s'aime tant qu'on s'oublie. Neuf ans à composer une pièce de théâtre exploréenne. S'afficher dans sa dernière décennie. S'abreuver de l'expression déplumée. S'extrapoler pour autant qu'on écrit. La chaleur d'un corps voudra toujours retrouver le placard d'un autre. L'esprit s'envoie une nouvelle prestance. *Comble mon vide, mon beau poète,* dira-t-elle. *Ne sois pas égoïste.* Répondra-t-il. L'abîme est démocratique. Fibonacci connaissait un semblant de violon en tête de salade. Le passé n'existe pas *Elle existe.*

La singularité n'a jamais préféré une musique. Le calme n'a jamais demandé à être aimé. On aseptise un cubicule pour s'inventer un bonheur familial, alors que la jungle se débat contre ce béton. On veut respirer ! On désire tous s'exprimer ! Vivre ! Seulement, et si seulement. Vivre !

Le paisible est une illusion.

Le silence est mélodieux. Pourquoi préférer une chanson qui représente notre cheminement. Elle meurt contre la plage d'une scène, dans un bar de danseuses nues. Autrui, c'est soi-même en d'autres circonstances. La jeunesse frappe la marche des révolutions en guise d'effroi. On heurte notre prochain pour conquérir un trouble qui n'existe qu'en soi. L'âme demeure. Le corps s'interpose.

Dans cette dernière décade, aux années qui s'effritaient le temps d'un jour, Claude multipliait ses présences sur scène. Il attira l'attention de Gérald Godin, intrigué par ce discours aux ficelles rompues. Loin, maintenant, du sous-sol chez Bruno Cormier, le public s'agrandissait devant le poète exploréen. Sa mélodie syntaxique emplissait la pièce, s'emportant au-delà l'ouïe d'un auditoire en peau de sirène. Il se tenait droit et fier, comme l'albâtre. Ses mains serraient les feuilles de papier avec la promesse d'enseigner la tradition automatiste aux bons entendeurs.

Puis il récitait ses vers informes à la manière d'un augure incroyant. Divisant les foules, Claude se laissait croître en pleine libération poétique. Un nexus harmonieux, l'univers venait à s'exprimer à travers l'incandescence de ses élocutions démesurées Singulièrement, le réel ne connaîtra jamais un second poète-monument. Prisme humain ! L'entier des Mystères déplume l'apostrophe. L'apôtre surgit à l'aube de ses strophes.

Au milieu des buissons, comme un guetteur sinistre, je me postai
Devant moi : le chemin, la maison ; derrière moi : la rivière
protectrice. (Beauté Baroque).

À l'an mille neuf cent soixante-sept, Montréal recevait le monde Tapis au creux de ses mots, le poète contemplait plus de vingt ans écoulés depuis le premier jet sur ses entrailles. Dix-neuf ans le séparent du Refus Global. Il s'écriait d'un hurlement littéraire comme autant de syllabes incendiaires qu'il tailladait à la manière d'un moine ludique. Sa consécration se verra totale ou elle sera vaine.

Le léger d'être s'empreint d'une logorrhée délicate aux paroles déliées. La liberté s'invite en parfait mariage avec l'expression écrite. C'est au passage des maux que l'on parvient à pondre des phares. Séduire la page d'un trait, sans se tourner derrière, éviter les regards bitumineux d'un doute. S'enliser sans laisser d'adresse Jusqu'à la moelle vertigineuse d'un paragraphe en peau de verre. À se fondre aux cycles, à côtoyer la douleur, Claude nous offrait un grand Faisceau d'or massif !

Oser surprendre ! Décoiffer l'orage ! Nous bâtissons l'avenir à coups de jeunesse, ensemençant les rizières depuis les souvenirs épuisés de rêves oubliés. Peindre l'existentiel aux couleurs avenantes. C'est accorder un peu de réconfort sous couvert d'énoncés.

Je crois qu'il faut toujours donner le meilleur de soi-même, sans se laisser restreindre, a priori, par quelque dogmatisme moral que ce soit. Il faut obéir à un désir intérieur ; s'il n'y a pas de désir intérieur, on ne peut pas faire une œuvre de portée considérable. Et si le désir intérieur existe et s'impose, il faut lui obéir sans concession.

Au moment de déposer l'ardoise, la craie s'effrite. Le vent emporte l'œuvre en poussière safranée depuis l'enduit des meurtrissures au fond des paupières. Le poète s'assèche le bout des lèvres. Les doigts chevrotants contre un stylo à l'encre rare, il se souvient : cette nuit qui l'a reconduit dans les bras de sa bien-aimée. Le souffle haletant des corps qui s'échauffent, il se rappelle : ces marches au parc Lafontaine, les mains soudées à l'autre. Il lui a promis l'éternité

Même les plus harmonieux instants se choient. Le réel s'impose en une succession de finités. Dans les derniers moments, la mémoire se voit envahissante. À quoi bon vaincre davantage quand le passé s'invite ? À qui servent ces vécus abrasifs quand le quotidien se drape d'un cloître d'ermite ? Défricher la page blanche ! Déchiffrer l'otage déchiré, le littéraire en peau de cerise. La main contre le coin de la table, il se souvient de Muriel.

Le présent, ce monolithe. Une infranchissable éminence habite les confins de l'insoluble. S'il avance, c'est de tourment et d'indigence. À chaque jour suffit sa fortitude écaillée. Le stylo lui glisse des doigts. Il se percute, tête première, contre le sol, oracle de malheur. Son front lui fait mal ; son souffle se rarifie. Il doit poursuivre cette œuvre ! Son dernier opus s'invente, l'offrande ultime aux divinités exploréennes. Retrouver l'éclat, puis éclater la trouvaille.

Vendredi 11 avril 1958

Cher Borduas,

J'ai été arrêté au Festival dramatique pour avoir manifesté en faveur de la liberté d'expression et pour avoir refusé d'être classifié comme inférieur dans un endroit public. Ici, quelques sévices médiévaux ont encore eu lieu et tout est tranquille pour le moment. Même si on me profère encore des menaces d'électro-chocs. Je suis, bien entendu, détenu en la forteresse de St-Jean-de-Dieu.

Sans quitter son siège, le poète s'enlise en silence. Il insistait à s'acquitter de l'audience nihiliste. Si la ferveur s'invitait, il ne quémanderait aucun pardon à sa muse. Pourtant, il ponctuera cette vie d'un ultime recueil. Parfaire l'émoi d'un ambre informel, puis se fondre à l'effondré des mœurs qui s'oublieront. Le temps s'écoule puis s'efface. S'il doit y laisser sa trace, alors qu'il se force à écrire ! Crier sans remuer l'échine.

Se confondre au panaché de continents en dérive, c'est se rappeler sa romance à l'ombre de sa Pangée. Prière de rebâtir le phyllade métamorphose ! La gravelle s'aggrave au tournant républicain. Le moindre esprit s'invente un agrément souverain. Ramasser l'outil Affronter l'affable blanche. Se remettre à créer. Personne ne lui dictera l'art d'être lui-même. Il terminera cette pièce de théâtre d'un élan inimaginable !

PABDEN – jidir claranavassec ouzpieuteiotl aznajémcovviz eunatebaulblan arnanémocglouize zubeudleu volvéthé zachiargz troglé meudeu wollpouézé nimatin glovir pudassecle chunaze gliz vési anabztrécautele cuzmuhanss ocholocle drigz diabl tnonn orzc

293

L'expression libérée d'un poète automatiste, c'est une transe lascive, un exutoire au relâche absolu. Que le verbe soit ! Le reste crée l'illusoire. On n'inspire plus que pour ce trait inimitable d'une phrase expiratoire. La solitude n'apparaît plus. L'amorphisme se déguste à la saveur du jour.

Craindre l'invitation aux détours vampiristes. C'est demander aux nymphes l'aumône ; rompre avec l'ancien. Prôner ce pronom existentiel au goût amer. Plaire aux lévitations sans équivoques, puis oublier la facture. L'harmonie, c'est l'abandon. Ces courants s'écoulaient d'une coïncidence. Et si l'abside ecclésiastique des temples irréligieux peignait l'incidence acidique des jours heureux ? Alors, la littérature se découvrira agonistique. La mélodie se verra musiquée à l'ombre des mosquées.

Un poète mis à nu ; un prophète mis à pied. L'attachement obsolète se gangrénise. On se sensibilise comme on peut, mais la vérité nous fout souvent la gueule. L'audience se revêt un algorithme odieux. Le bonheur s'impose une pause dans l'immensité. Une lecture conventionnelle demande un brin de réflexion. Un récital exploréen, c'est un univers qui s'appartient. On ne dérange personne, sauf si l'offusqué cherche l'opposition diaprée. Croître, jusqu'à ne plus y croire !

Le stylo revint entre ses mains, mais la page se dénudait, plus vierge que la veille. La poésie n'est pas prédatrice. S'improviser soi-même, sans incommoder ni s'imposer. Le réel se désagrège comme il s'annonce, en peau de craie et en cerisier ascète. L'illusion ? C'est se laisser convaincre que le bonheur dépend des autres. Le cinéma se réinvente, mais l'amour de soi reste le même. L'humanité court à sa perte, et l'humain plonge à sa gloire. Qu'advient-il de l'abandon ? Un lâcher-prise s'exerce devant une cause plus majestueuse que notre confort.

Se rappeler au bien-être : chaleur universelle et protectrice ! Se retrouver sous son aile. Blanchir le seuil de la peur. Pondre la prochaine génération vocable ! Le poète reprend possession de sa plume. Il lui incarne, sans confession, la légèreté de son verbe, libre de concessions ! C'est reparti pour de longues strophes, à la structure dénudée, et aux réparties déconcentrées. Une lettre n'en attend pas l'autre, sa création vole à l'autopilote.

Issédaubétreldav cache à cormo quiquévé kolkussdène

Sans s'interrompre, le flux mot-mifié de son imaginaire se fossilise à vol d'oiseau. Brisant le calcaire à force de démesure, la page se noircit. C'est le chaos mis à tao ! L'œuvre se veut plus grande que lui-même. À la manière d'une conscience planétaire, sa création existe de son propre maître : candeur multisensorielle et sibylle, c'est se recadrer sous son Elle. Franchir l'esseulé de l'effort. La transcendance maintenue, le verbe sera ! La parole se réinvente L'écriture lui forge la matière.

Un possédant cossu de l'équilibre : et devant, un fragile réceptacle de la vulnérabilité. Comment, sur cette route en pente, les communications se feraient aisément ? Le tourmenté, hélas, bande l'arc de la sincérité en face d'une seule cible l'humilité amoureuse.

La modestie en robe de grandiose, le geste fomente de longues tirades à l'inconscient décomplexé. Alors que le monde se tyrannise à coups d'ambitions anthophages, le poète déverse l'éternité au bout d'une épingle. Il brode ces confirmations virginitaires d'un néologisme sans frontière. D'un syllabaire à la sonorité scintillante, jusqu'à la moelle d'un plexus incorporel, c'est le génie attendri d'une vocation génitrice qui remodèle les vibrations d'irréel.

Le paisible se découvre. L'invisible se recouvre d'un cageot en fibre d'hiver. La vérité pousse un souffle qui s'épuise au gré d'un respire Le soi sublimisé s'exalte ! Le poète en enterre jusqu'à l'ombre de son nom. L'œuvre, seule, apparaît. Expirations à l'expiation des sourires inspirés, le récit se poursuit. La certitude d'un raisonnement asservi s'assèche, libérant le neutrino d'un élan créatif absolu. Tout existe *le temps de se taire.* On aime vraiment qu'en s'oubliant. Puiser le paisible, c'est lâcher prise. Rompre les liens sombres qui polluent l'eau saillante ! Océan se déchaîne aux séances des chaînes ! Puis, réapprendre à dire *je t'aime :* À la vie, à soi-même, à l'autre.

Rompre avec la meurtrissure ! Délier le courage bélier ! Enfanter la muse de lumière ! S'inventer des parchemins parsemés de promesses. Une vie à s'investir dans ce courant à l'intellect éclairé ancre l'immédiat d'une mouvance perpétuelle. Ne s'arrêter qu'au moment d'observer la croissance parcourue.

S'affamer à projeter le soi logosif à travers la fenêtre ! L'invincible
perforation des marathons vivaces ! Le poète n'en finissait plus de
terminer sa création ! Un autre mot, une phrase inassouvie, le
graphite paramétrique un fond de cale ! Le temps se fabule une
illusion, à la manière des photons qui ne cessent leur danse
existentielle qu'au moment de refermer le quatrième mur.
Une destinée à dénombrer l'or, entre le vide et le trop tard.
Les décennies dessinent la frénésie enrobée des journées qui défilent.

Puis, on regarde derrière soi. C'est terminé ! Le collage est bouclé
On ne peut plus revenir au temps d'un canevas tout blanc. Le roman
s'achève, comme l'âge suivant la vague. Les modes se succèdent, les
jeunesses se relèvent, la page se tourne d'elle-même. Le phare d'un
c'est terminé sur l'île des *je peux maintenant mourir*. La souffrance
et le bien-être s'incrustent dans deux extrémités d'un mouvement
identique. Ni moindre, c'est dans la solitude que l'on apprivoise la
chaleur et le froid. Une image s'inscrit à la fois, inébranlable comme
le roc. Puis une autre, de soie et de diamants. L'art se visualise.

Les révolutions se succèdent ! L'insuccès révolu, on entame un
nouveau chapitre. Laissant derrière l'incessante prière aux souhaits
insatisfaits, les astres peignent le cosmos en silence. Pour le poète,
ce sera deux précédents rendez-vous à ses calendes romaines.
Le six octobre mille neuf cent soixante-huit et le vingt-cinq mars
mille neuf cent soixante-dix. Une dernière présence sur scène le
dessine devant l'objectif d'un cinéaste ! Puis on signera l'épilogue.
Tout arrive à son comble, et tout connaît une fin. C'est dans
l'immédiat que l'on existe vraiment.

*COULAMME – moul-iamitte amardcûble zod-kerp fottil zupp
crodziac-crouzic long.*

Il ne lui reste plus qu'à écrire et crier ses *Jappements à la Lune*.
Pour, enfin, s'interrompre ! Déposer la plume, remettre l'ardoise.
Claude Gauvreau aura terminé ses Œuvres Créatrices Complètes !

C'est-à-dire que ma poésie n'est pas de la musique. Je l'ai déjà définie dans des textes théoriques qui, hélas, sont encore impubliés. Ma poésie repose sur l'image. Évidemment c'est une image non figurative, comme dans les tableaux non figuratifs, on a une image concrète non figurative. C'est-à-dire que dans la poésie, ce que j'exprime exprime une réalité singulière concrète. Qui est un produit du cerveau humain. Et comme je suis athée, et modiste, le cerveau humain est concret.

(Claude Gauvreau —)

Le cerveau humain fait partie du réel.

Chapitre Vingt-Sept:
La Nuit De La Poésie

L'irréparable ne se produit qu'une fois. L'érudit compose sa dernière mélodie. Oser, croyait-on, ne serait-ce que pour affirmer notre unicité au sein des marginaux. Un passé ne se réécrit d'aucune manière, et encore moins lorsque le pas franchit le seuil, de l'autre bord du toit. S'il laisse l'immeuble brun, étroit, derrière lui, c'est pour que les générations à venir déduisent de son génie le moment où sa propre candeur prodigue la mouvance du dévouement. Au carrefour existentiel, le soi fait choix d'une pulsion narcissique ou altruiste. Claude Gauvreau aura préféré offrir son vécu à la gloire d'un renouveau poétique. On brise la stagnation post-surréaliste pour libérer l'émoi dans sa forme la plus refoulée. Ses œuvres complètes se sont vues publiées. Des universitaires parlent déjà de sa littérature. L'intellect commun s'intéresse à son parcours créatif. Le temps de sceller son passage projette la dévolution des vivaces.

Gérald Godin lui aura fait signer cette parution, la plus chère à son être, sous une maison d'édition au nom évocateur : Parti pris.
Il peut s'en aller. D'autres œuvres circulent à travers les réseaux naissants d'une culture québécoise qui se découvre. Britzneff, entre autres : un scénario exploréen laissé en offrande à l'oubli. Mais le Golem de Chêne se dresse devant la caméra de Jean-Claude Labrecque qui l'immortalisera à travers des générations vouées à l'éclosion du virtuel.

« Je sais que j'espère être, d'abord, le plus grand poète local. » se confia-t-il au cinéaste. « Ensuite, le plus grand poète d'Amérique du Nord. Ensuite, le plus grand poète du monde. Enfin, le plus grand poète de tous les temps ! »

Il laissa déposer ces mots devant la caméra de Labrecque, avant de retourner à ses vers. Gauvreau ne manquait pas de conviction. Il se l'est bâti sur fond de souffrance. Ses sourcils fronçaient d'eux-mêmes, et sa moustache empruntait cette courbature en forme de réflexion. L'angoisse lui pinçait le nerf, non pas sans lui rappeler sa mission sur Terre : le petiot vivra. Que ce soit à travers son théâtre ou les strophes qu'il servira à une foule en quête de grandeur. Claude foulait les cent pas, mais son esprit figeait au centre d'un magma princier.

Un puissant yodel se faisait entendre depuis la scène. Offrant un regard, Claude pouvait apercevoir Raoul Duguay s'adonner à une récitation imagée depuis l'intérieur d'une boîte de carton ayant contenu un jouet : *l'homme visible*, pouvait-on y lire. Le chantre prenait soin d'étirer chaque syllabe de son souhait de bienvenue à tout le monde. Il se rebaptisait au nom d'une vie géminée à la poésie.

    « Que la lettre soit dans l'esprit et l'esprit dans la lettre. » déclamait-il. « Que la poésie soit ici et là, que tout le monde soit poète ! Des milliers de poètes s'avançaient dans la nuit. Lumière en tête de tricycle, et leur parole annonce : Sept cent trente-trois mille kilos mots kilowatts d'énergie solaire, terrestre, céleste, de l'eau, de l'eau, de l'eau du Québec ! Mon amour ! Que la parole soit d'or, que le silence soit de lumière ! »

    Une sorte de fierté emplissait le regard de Claude. Ces intellectuels qui affichent leur émoi dans l'ambre de leurs pensées suivent le tracé de Borduas, son *Refus Global*. Mais d'autres voix se levaient aussi ! Jacques de Tonnancour et son *Prisme d'yeux*, publiés aux côtés de l'illustre Alfred Pellan. Bel ouvrage d'éveil. Bien que moins radical que celui de Borduas, il rejetait tout autant la censure de cette époque. Chaque génération revêt en son sein la révolte, le siège des traditions forteresses, la promesse d'un meilleur avenir.

Aujourd'hui, notre Québec a trouvé sa place dans l'humanité. Le boisé affranchi qui meuble notre modernité, c'est l'héritage des automatistes ! Un peuple de porteur d'eau se sera tenu debout devant des oligarques à la conquête facile. L'heure n'est plus au rêve, mais à la pyromancie des ères anciennes ! Le mot s'appartient ! Le verbe se démesure ! La gloire enfante l'inconscient gnostique ! Claude le sentait au fond de son âme. Ce soir, il participe à la révolution retranquillisée !

« Un poème de Michèle Lalonde. » s'exprimait une voix.
« Panneau réclame. »

Il sera le prochain. Le chêne ressentait le goût amer du trac. Sa sève,
non plus suave, s'enlisait au fond de ses racines. Si seulement elle
pouvait le voir et l'entendre ! C'est pour elle, s'il a survécu à ces
douleurs. Cette pensée lui apportait le réconfort qui l'invitait à foncer
sur scène. Il ferma les yeux, un long moment, alors que Michèle
Lalonde claironnait la présence francophone s'affirmant libre de
magasiner au Centre Eaton dans une langue qui lui appartient.
Un cri du cœur à trois s'ensuivit, la foule clamant ce délire de vérité
Michèle manifesta la totalité indélébile de la poésie.

Puis, c'était son tour : « Et maintenant ! Claude Gauvreau ! »
annonçait la voix féminine. Le grand homme se présenta sur scène
tel un promis devant les conquis. Le clair-obscur lui dessinait une
présence que les années ont longtemps attendue. Chacun de ses pas
illuminait un nouveau firmament qu'il piétinait. Les nombreux
applaudissements lui conféraient la confirmation qu'il se trouvait au
bon endroit, et au bon moment. La révolution automatiste !
C'est maintenant. Il tenait ses feuilles à deux mains, les caressant
comme s'il dansait avec sa muse, comme jadis, dans le chalet de
Borduas. Les acclamations se turent, et il commença :

« Mes apports avec la nuit de la poésie sont de diverses époques ! »
entama-t-il. « Mais ils sont tous à fort accent non figuratif.
Le premier texte que vous entendrez de moi est de mille neuf cent
quarante-cinq. C'est un extrait des entrailles. En fait, il s'agit d'une
pièce de théâtre, mais d'une pièce de théâtre sans personnage. »

Il regarda ses feuilles, soudainement plongé dans son univers.

Keulessa Kyrien Cobliéniz Jaboir
Veulééioto Caubitchounitz Abléoco
Vénicir Chlaham Kérioti Kliko
Sannessa vélo Moutchnaïk Révoi
Kharinaïne bénessoir sellèr achmatz
krioun alégo amemor ripiutz leslé
aglradine noeutéon paklica erremmetz
djackliane mandousse petréobor
nochnéagriawa sétel-sel clariassener
jôquoimoil nontonduc allessande rébrér
novaképalès Djvoriadjiana Kuntroubel
tétrapaite jonsel nilâcouâ alrivage
akdoc cousine-germaine déplaatz
circuitz monse dobo lévil-clair
palosse-pensée moulmolosse adjeuate
Kénoice Salibleuwić Aklistantan
Schnlouem Jakonitz Eulbéka Krôhenn
LaToilia Dédjoitonte Wanékoin
Lite-gazère Goitena Chapelle automatique

Le trac l'empêchait d'entendre si on le clamait ou si on le huait.
L'instant s'éternisait, puis son existence s'accrochait aux feuilles de
papier. Toute sa vie se déroule ici, figée dans un moment
d'expression délivrée. Le public, quant à lui, répondait à l'appel
de la réflexion. Il représentait le commun social. Il adoptera l'œuvre
colossale de Gauvreau. C'est une variation sur le thème des
générations évolutives. On préfère le passé ou le renouveau,
l'ordre ou le chaos, mais on recherche tous le bien-être.

La balustrade décomplexait la clôture. S'étant jeté en bas du toit, le
poète laissait derrière lui un accompli aux accents de fierté. Il venait
de commettre son mouvement automatiste le plus absolu. Plus rien
ne s'éveillera de son esprit, le souffle dernier évaporé. Le trottoir
s'offrait aux passants. La mort et l'oubli le défient, ces siamois
incompris. On n'aime vraiment qu'une fois. On est que soi au
monde. Les traditions effacent les révolutions, puis d'autres naissent,
poussant l'espace vers des terres nouvelles.

Le deux mai mille neuf cent soixante-dix, on présente La Charge de l'Orignal Épormyable au Gesù, par le groupe Zero. Un public rarissime attendait sa venue. La troupe se plongeait dans une angoissante remise en doute. Cette pièce demeurait-elle pertinente? Au bout de trois soirs, ce sera tout, on remballe et on avorte. Claude ne perdra aucunement cette foi inébranlable dans l'éloquence de son propos théâtrale. Invité à l'émission *Femme d'aujourd'hui*, le treize mai, soit trois jours avant la finale qui n'aura pas été, il se préserve :

C'est une œuvre de Claude Gauvreau. Introduisait l'animatrice. Sa voix calme au français impeccable ajoutait : *il est un dramaturge, auteur de nombreux textes radiophoniques. Et aussi, surtout, poète, défenseur irréductible de l'expression automatiste. Il prépare, en ce moment, aux éditions Parti Pris, la publication de ses œuvres créatrices complètes. Parmi lesquels nous retrouverons, entre autres, son recueil de poésie Étal Mixte et Brochuge.*

La télévision, chère à son frère Pierre, n'a rien à offrir. L'individu oublie aussi rapidement qu'il acquiert. Si des moines apprennent à vivre avec un célibat déconnecté, alors il saura mourir d'un accord universel entre les lèvres de celle qu'il a aimée.

Moi, à une première audition, je me suis d'abord demandé ce que ça signifiait, épormyable. Et je me suis demandé si vous n'aviez pas inventé le mot. lui demandait l'intervieweuse. Se tenant de marbre dans sa chaise, il fixait les loges, à sa droite. Il attendait la question avec aplomb. Puis, se tournant vers son interlocutrice, il répondit :

« Oui, j'ai certainement inventé le mot. Il fait partie de mes convictions, de croire qu'on peut inventer des mots pour enrichir la langue. Le mot épormyable est d'ailleurs défini par une réplique de la pièce, donné par un personnage qui s'appelle Lontil-Déparey. Personnage péjoratif, à mes yeux d'auteur. Mais cette définition est adéquate. Elle signifie, à peu près que le mot épormyable signifie : formidable et fantastique. Mais dans un sens tout à fait singulier. Étant donné que le personnage principal de ma pièce, Mycroft Mixodem, selon la conception originale de la pièce, devait avoir six pieds et six pouces. Et était doué d'une force physique tout à fait extraordinaire et dangereuse pour quiconque le provoquait. »

Présent de corps, l'esprit du poète s'effaçait, à la manière des acteurs mutins qui ont déserté, ou celui du public qui l'a boudé.
Cette hautaine porteuse d'étendard cherchait le scandale bien plus que la vérité.

Vous parlez de la liberté d'inventer des mots. Je pense que la liberté, pour vous, c'est une chose extrêmement importante. Et en tant qu'écrivain, non seulement vous inventez des mots, mais vous utilisez, aussi, des sons, des sons verbaux. Je vous ai déjà entendu réciter de vos poèmes, qu'on appellerait peut-être de la poésie lettriste. Je ne sais pas si c'est un mauvais terme, mais en fait c'étaient des sons. Vous aimez utiliser, ainsi, de la musique concrète, en poésie ?

Gauvreau n'est pas un lettriste ! Isidore Isou jouait avec les syllabes comme un sculpteur fait renaître la matière. Claude a choisi l'émotion dans son expression épurée, donnant vie à une succession alphabétique, sans jamais se demander si ces dernières formeront, ou non, des mots intelligibles.

S'il sautait en bas du toit? Maintenant ? Qui allait l'en empêcher ? Lontil-Déparey le paranoïaque ? La nymphomane aux désirs vampiriques ? Demeurer accroché au passé interrompu, c'est à l'encontre d'un mouvement automatiste ! Devrait-il plutôt retrouver sa plume et son ardoise ? S'affirmer, projeter cette douleur contre le papier, mais que reste-t-il à écrire ?

L'avenir se dresse comme un pas franchi ! Une libre chute se dévale dans les bras d'un franc renoncement. Partir, cependant, mieux vaut que ce soit en paix. Rompre avec le réel en proie de vivacité, puis s'éteindre à l'heure, la seconde, là. Distinguer le seuil, comme l'eau qui ruisselle, goutte écaillée, au bout d'une feuille. En finir avec la souffrance ! Se divorcer de la tristesse.

Le vent se perdait au fond d'une chevelure ensauvagée. Il caressait l'albâtre du créateur, comme la présence inavouée d'un spectre lui frôlant la nuque. Des voitures s'amassaient le long de la rue Saint-Denis, ne s'arrêtant aucunement pour calmer les ardeurs d'un poète au bord de l'adieu. Les passants ne pensaient pas à intervenir.

Le temps des pragmatismes débonnaires s'estompait aux pieds décidés d'un érudit en fin de parcours. Les souvenirs perdent de leurs couleurs, comme une peinture encore fraîche, sous la pluie. Encore un pas et c'est le bon, le dernier. Sa poésie l'appelle, mais que reste-t-il à écrire ? Une bribe sans nom? Une litanie informe? Un conte inachevable. Sans réfléchir davantage, il saute.

Le vent souffle la couverture d'un Time magazine : *Le cinq juillet mille neuf cent soixante-et-onze.* À la une : La Guerre Expose : Le Droit de Savoir. Deux jours suivant cette publication, Claude Gauvreau est mort.

Le Cycle Incolore

Son âme s'évade à travers ses plaies ouvertes. Il s'est causé la souffrance ! Le morbide se prépare une sandwich de pain d'hospice. On l'emprisonne, mais c'est peu quand on songe au désordre qui habite ses propres cellules. Il s'enfonce dans des instables mouvants ! Il s'est présenté, le point cardinal, l'ultime achèvement d'un rougeâtre qui s'envole, libre. Pourvoir aux moments d'une finalité, les mélodies se poursuivront sans lui. Impossible de revenir en arrière. Impensable ! Subvenir aux lendemains. L'opéra touche à son terme. Athanaël doit mourir. Le créateur se remémore les chants de Massenet et la poésie de Louis Gallet, ce sera sa dernière ivresse.

Son souffle s'évanouit. Sa conscience effleure l'entre-deux-mondes. Pourquoi les complaintes en larmoiement de miel n'apportent aucun confort ? L'irréparable pousse un hurlement musical. Un nexus s'annexe à l'instant qui s'efface. Bientôt, on ne retrouvera plus que son enveloppe, la lettre postée aux frontières de la postérité. Le vide transforme la nouvelle unicité, sans tabou, que l'on expierait à coups d'expiration. Que reste-t-il à écrire, sinon aimer n'arrive qu'une seule fois ? La conscience s'incruste en un instant de privilège. La mémoire de nos proches devient son dernier rempart, au moment de l'ultime départ. L'amertume se prend des airs de sucre, puis c'est trop tard.

L'opacité s'invente une récente noirceur. L'harmonie du non-être s'enduit d'une plénitude en conduit d'inexistence. Les sons disparaissent, laissant au soi les soins nihilistes. C'est la promesse des jours sans douleur, et l'allégresse des amours sans couleur. Les vibrations s'évaporent sous une sensation à l'or du cycle poétisé. La vague revient à l'océan. Elle attend qu'une conscience la ramène, incarnate, au fond d'une naissance au requiem écarlate. Les clochers s'agitent derrière un cinéma muet. Le blanc du noir se dégrise. Les passions s'assoupissent sur un tapis raisonnable, puis c'est le temps de la récréation. L'immeuble ne sera bientôt plus qu'un mauvais pas. Laissons au piano la liberté de ses émotions.

Le bruit des pas contre un plancher aux tuiles éclatantes retentit. Son audition ne lui appartient plus. Cette cacophonie esquisse des sillons aux répercussions de tambours. Tout plonge dans un long couloir ! Une lumière se dessine, au bout, c'est une porte. Il respire encore.

Les flots de la rivière sans histoire s'atténuent. L'albâtre d'un corridor trace des silhouettes à travers un moustiquaire. L'air se rafraîchit, mais les flammes d'un feu discret rappellent les amoureux à l'ordre. Le non-dit s'infiltre dans la paume de leur conversation. Rien ne s'éternise, sinon ces silences qui remémorent le bien-être. Une chanson aux effluves de douceur caresse l'ouïe en quête de chaleur. Ils s'observent. Ces nouveau-nés laissent le soin à l'existence d'ouvrir leur champ d'allusion. Des mains s'enfoncent dans une chevelure, d'autres s'aventurent sur l'épaule de l'être apprécié. Une respiration nerveuse ; on sourit. Le toucher revient au bercail, puis on se reprend, tranquillement, en se souhaitant la bienvenue. On accepte, puis on replonge.

Ce premier baiser en terre reconnue, c'est le plus beau souvenir qu'il apporte avec lui. L'abandon revêt les habits dont il rêvait toute sa vie. S'enlacer l'un de l'autre, lâchement, sans attachement, seulement lasser le temps jusqu'à l'effacement. Puis s'embrasser, finalement ! *Je suis tellement bien dans tes bras, avec tes caresses, ta tendresse, j'aimerais que ça ne finisse jamais.* Mais tout doit se conclure, un jour, même le bonheur. Par chance, il y a les souvenirs.

www.ingramcontent.com/pod-product-compliance
Lightning Source LLC
Chambersburg PA
CBHW080732250626
47170CB00010B/2798